Traudi Schlitt

Gerne!

Wie man sich den Wahnsinn schönredet und was noch so hilft ...

86 Kolumnen aus dem Leben
und eine Handtaschengeschichte

Bibliographische Information der Deutschen Nationalbibliothek

Die Deutsche Nationalbibliothek verzeichnet diese Publikation in der Deutschen Nationalbibliographie, detaillierte bibliographische Daten sind im Internet über http://dnb.d-nb.de abrufbar.

1. Auflage: November 2021

Umschlaggestaltung: Maike Lindner Mediendesign / Traudi Schlitt
Umschlagsfotos: Merci photography by Steffi Wittich

© 2021
Herstellung und Verlag: BoD – Books on Demand, Norderstedt.
ISBN 9783755701835

Irre Zeiten - machen wir das Beste draus:
Nutzen wir den Wahnsinn für den Flow!

Vorwort

„Gerne!" – Kurz und knapp sollen sie ja sein, die Titel meiner Kolumnenbücher, auch wenn „Gerne!" nicht immer ganz zutreffend ist, wenn man mal ehrlich ist. Ebenso wenig wie das „Sehr gerne", das man jetzt häufig im Dienstleistungssektor hört und dort ganz bestimmt die wenigsten Male ernst zu nehmen ist.

Tatsächlich sehr gerne habe ich dieses Buch für uns gemacht, also für euch, meine lieben Leserinnen und Leser, und für mich natürlich auch. Ich hatte sehr das Bedürfnis, meine Texte wieder mal zu sortieren und natürlich auch unter die Leute zu bringen, bevor sie ihre Halbwertszeit deutlich hinter sich haben. Bei manchen Kolumnen erschien es jetzt schon nötig, kleine Hinweise zum Datum ihrer Entstehungszeit mitzuliefern, was ich natürlich auch gerne getan habe. Alle Texte sind im Übrigen zwischen November 2017 und Oktober 2021 entstanden.

Gerne bin ich auch nach wie vor dem Alltagswahnsinn auf der Spur, wenn auch nicht immer ganz freiwillig. Manchmal könnte ich auch gerne auf das eine oder andere I-Tüpfelchen auf dem Alltagswahnsinn verzichten, aber wir wollen ja nicht kleinlich sein. Es gibt halt nicht das eine ohne das andere.

Sehr gerne verzichtet hätten wir sicher alle auf die Erfahrungen mit der „Scheiß-Carola", wie meine Kinder sie anfangs noch scherzhaft nannten. Je mehr Zeit wir mit ihr verbrachten – und ja auch immer noch verbringen -, je mehr sie unser Leben bestimmte, umso unmutiger wurden wir alle damit. Kosenamen sind auf jeden Fall nicht mehr angebracht. Zwischendurch wollte ich gar nichts mehr schreiben, was mit der Pandemie zu tun hatte, aber ich erlebte ja sonst nichts (Mitleid, bitte!), und bei genauem Hinsehen lieferte ja auch die Pandemie das eine oder andere schöne Thema. Soweit man in diesem Zusammenhang überhaupt von „schön" sprechen kann. Aber ihr wisst, was ich meine. Nicht immer hat mich die Muse geküsst in diesen Zeiten, in denen es dann doch auch bei uns mehr ums Überstehen ging. Deshalb sind in den letzten beiden Jahren auch nicht ganz so viele Glossen entstanden wie zuvor.

Dass sich in diesem Buch dennoch deutlich mehr Texte finden als in den vorhergehenden drei Bänden, liegt einfach daran, dass ich vier Jahre sammeln konnte. In dieser Zeit hatte sich dann doch eine lange Reihe an Kolumnen angesammelt. Und ich wollte keine weglassen. Im Gegenteil: Ich beschloss, euch auch noch ein paar Texte aus meinen Handschuh- und Handtaschenprojeken mitzugeben – einschließlich einer meiner seltenen Kurzge-schichten. In dieser hier wird das Geheimnis der Handschuhe der Queen gelüftet. Ihr werdet staunen.

Ihr seht: Obwohl ich schon zahlreiche Ratgeber zum Thema „Loslassen" gelesen habe, bin ich im Weglassen gar nicht gut. Wirklich, gar nicht gut. Daher ist dieses Buch dann auch dicker geworden als seine Vorgänger – aber auch damit liegt es ja im Trend, denn wir werden ja alle nicht dünner. Also, die wenigsten von uns. Und vielleicht werden wir mit zunehmendem Alter ja auch noch weiser, wer weiß? Ich auf jeden Fall habe in einem Schub von Altersmilde eines meiner Kapitel „Frauen, Männer, Liebe und so" genannt. Seht es mir nach, betrachtet es als inklusiven Beitrag dieses Buches oder meldet euch einfach bei mir, wenn ihr findet, das geht jetzt gar nicht.

Ansonsten wünsche ich euch wie immer viel Spaß beim Lesen.

Vielleicht sehen wir uns ja doch wieder mal da und dort – ich täte es wirklich sehr gerne!

Eure Traudi Schlitt

... und bevor ich es vergesse: Schön, dass ihr alle noch da seid!

INHALTSVERZEICHNIS

FAMILIENWAHNSINN

FRAUEN, MÄNNER, LIEBE UND SO

TRAUDI SPEZIAL (oder geht das nur mir so?)

JAHRESWENDEN

Advent, Advent ...

Da war es! Das erste Weihnachtsfilmchen. Am ersten Advent, pünktlich um 8.27 Uhr kam es über WhatsApp zu mir und war ein animiertes, blinkendes Weihnachtshaus, zu dessen bunten Lichtzuckungen eine ungenannte Person Amazing Grace sang. Ich ließ das Filmchen durchnudeln und schaute auf die YouTube-Leiste auf meinem Bildschirm, die mir weitere Weihnachtsgenüsse verhieß. Es folgte ungefragt ein Film, den jemand aus Aufnahmen von 1941 zusammengeschnitten hatte und mit einem Weihnachtslied aus 1963 hinterlegt hatte, um schöne, altmodische Weihnachtsstimmung zu zaubern. Ich wunderte mich, dass in den Kriegsjahren ein schöner gutgenährter Mann auf dem Bild zu sehen war, doch bevor ich meine Gedanken darüber, dass es sich bei dem honorigen Mann vielleicht um einen Nazi-Funktionär handeln könnte, dem das amerikanische Stück „Merry Christmas Darling" wohl nur so mittel gefallen hätte, weiterspinnen konnte, sprang schon das nächste Lied an:

„Staad, staad", spielte eine bayrische Sängerin, namens karenmuenchen, die sich mit ihrer Klampfe hinter ein bunt geschmücktes Fenster gesetzt hatte, in dreifacher Erscheinung hingebungsvoll dieses volkstümliche Lied sang, das sie unten drunter – vermutlich für das geneigte amerikanische Publikum - auf Englisch erklärte: „This will be my last song this year...and it is a very special , very old Bavarian country song . This kind of songs which were sang and played traditional in the ‚pre-Christmas period', called the ‚Adventszeit' (time in Advent) and you could hear them in all Alpine Villages, the whole family comming together, sitting in their cottages and celebrating the Christmas festivity." Dann schreibt karenmuenchen den Text ihres Liedes darunter, der so schöne Passagen enthält wie „Staad, staad, heit is´Advent, wia unsa Kerzerl sche brennt, ham ma zum Denga grad gnua, gemma vo´soi ba a Ruah.", um dann zu erläutern: „Well, to be short...it means: ‚Silent , silent...today is Advent, see how our candle burns...we have some time to think about' und so weiter und so fort.

Da ich direkt mit dem Schreiben dieser schönen Kolumne angefangen hatte, die mir ja quasi als erstes Weihnachtsgeschenk zugeflogen war, während ich verzweifelt über das Thema einer neuen Weihnachtskolumne nachdachte, konnte ich nicht verhindern, dass ein weiteres Weihnachtslied am frühen Morgen mein kleines Büro erfüllte. Es hieß „Es wird scho glei dumpa", und dargeboten wurde es in diesem Fall vom Familiendreigesang Kröll, drei in adrette festliche Dirndl gekleidete CSU-Wählerinnen mit einem hageren nicht weiter benannten Mann an der Zither. Während ich so drüber nachdachte, ob die Bayern jetzt auch noch die Kulturhoheit über weihnachtliches Liedgut im Land haben, stieß ich auf einen Kommentar unter dem Clip. Richard Himmelstoss (die Frage, ob er wirklich so heißt oder nicht, wollen wir mal dahingestellt lassen), sieht das nämlich so: „Dieses Lied hat schon sehr viele progressive Modeerscheinungen überstanden, von denen heute kein Mensch mehr spricht. Der Zugang zu dieser Darbietung erschließt sich besonders österreichischen und bayerischen Zuhörern, die intelektuell und mental das Werk zu würdigen wissen." Dass Herr Himmelstoss intellektuell damit überfordert war, das Wort „intellektuell" richtig zu schreiben, wollen wir nicht unerwähnt lassen...

Ja, und jetzt weiß man auch, warum es keine hessischen Weihnachtslieder gibt, und man sich auf YouTube von den Perrseer Dirndln oder den Ursprung Buam weihnachtlich bedudeln lassen kann. Zwischen die Clips hatte sich übrigens der Ernährungscoach Patric Heizman geschlichen, der kurz vor Weihnachten damit warb, Menschen per Webinar und mit Hilfe ihrer Hormone schlank zu machen, aber das nur am Rande.

Ich schaute auf die Playlist neben den Filmen und war fast froh, unter Hansi Hinterseer, also jetzt nur in der Liste, Helene Fischer zu finden, die mit „Maria durch ein Dornwald ging" eines meiner weihnachtlichen Lieblingslieder singen wollte, und ich frage mich, welcher Star wohl welches Lied noch nicht gesungen hat. Es ist natürlich schwer, eine vollständige Liste aufzumachen, aber es ist sehr leicht, den alten Karl-Valentin-Spruch zu variieren: „Es wurde zwar schon alles gesungen, aber nicht von jedem." Gerade die Stars der Volkmusik und des Schlagers müssen ja quasi irgendwann mal eine schwülstige Weihnachts-CD veröffentlichen – die Liste geht von den Amigos über Andreas Gabalier und Michelle bis hin zu – ich kann es Ihnen nicht ersparen – Wolfgang Petry. Bei uns kann es nun auch nicht mehr lange dauern, bis unsere hausinternen Helene-Fischer-Fans deren Weihnachtswerk wieder hervorholen, auf deren Cover sie in wunderschön weichgezeichnetem Sepia auch noch so unverschämt gutaussieht, dass man sich fragt, ob man nicht vielleicht doch mal die Dienste des Ernährungscoaches in Anspruch nehmen sollte. Wäre aber natürlich nur ein Tropfen auf den heißen Stein, wie man realistischer Weise sagen muss, von daher: Ohren zu und durch!

Von Schwänen, Spielen und roten Tannen oder Weihnachten bei Trumps und Königs (2018)

Weihnachten ist ja an sich schon schwierig, also so für uns Normalos, oder die wir uns dafürhalten, aber natürlich ist das kein Vergleich zu dem Weihnachtsstress der Promis. Mir fiel das auf, als Melania, die Gattin dieses merkwürdig frisierten US-Präsidenten, wieder einmal Spott und Häme erntete, die Arme, und zwar für ihre Weihnachtsdeko. Offenbar ist es die originäre Aufgabe der Präsidentengattinnen, das Weiße Haus zu dekorieren, und wahrscheinlich ist das schon allein der Grund, warum Hillary Clinton nicht gewählt wurde: Man stelle sich vor, ihr Mann, Bill, würde das Weiße Haus dekorieren. Mit seinen Vorlieben! Das kann ja keiner wollen.

Also, Melania: Waren es im letzten Jahr noch weißgezuckerte Weihnachtsbäume, die im Foyer der Machtzentrale standen, hat sie dieses Jahr eine Galerie an blutroten zotteligen Tannenbaumimitationen in einen der langen Gänge des Ostflügels gestellt und niemand weiß, was sie damit sagen wollte. Das Internet überschlägt sich mit Kommentaren und Anspielungen, die von Ähnlichkeiten mit den Riesenwaschpuscheln einer Autowaschanlage über Ähnlichkeiten mit Tier, dem Schlagzeuger aus der Muppetshow, bis hin zu einem Vergleich mit Riesentampons gingen, aber zu ihrer Ehrenrettung will ich sagen, dass sie es ja auch wirklich nicht leicht hat. Sie hat wahnsinnig viele Räume auszustatten – da können einem schon mal die Ideen ausgehen. Und ich weiß jetzt auch gar nicht, ob es im Weißen Haus so eine Ecke gibt wie bei uns, wo man jedes Jahr die Weihnachsdeko rausholt und sie dann wieder hinverstaut. Bei den Mengen an Deko im Weißen Haus müsste das ja schon ein kleiner Anbau sein, und so wie ich die First Ladies kenne, will da ja auch keine die alte Deko der Vorgängerin nehmen. Also, ich könnte mir durchaus vorstellen, dass sich da im Lauf der Zeit ganz schön was angesammelt hat und dass da mehr rumliegt, als bei uns, auch wenn meine Männer das anders sehen.

Und dann wird das dort mit der Weihnachtsdeko ja auch ganz anders zelebriert: Während man meine Aktivitäten wortlos zur Kenntnis nimmt, gibt es bei Melania eine richtige Präsentation:

Wenn sie fertig dekoriert hat und den Rest, den sie nicht braucht, wieder verräumt hat, wenn sie die Leiter und die Heißklebepistole wieder an ihren Platz getan hat und sich die Kleberreste von den Fingerkuppen gekratzt hat, dann zieht sie sich um und schreitet zur Preview der Weihnachtsdeko: Während Mann und Sohn sich vermutlich irgendwo verkrümeln, müssen geladene Gäste und Fotografen „Ah" und „Oh" rufen und Fotos machen, und weil so ein bisschen Bling-Bling nicht reicht, wurden im letzten Jahr sogar noch ein paar Tänzerinnen beauftragt, in der damals schneeweißen federähnlichen Deko zu tanzen – es ist ja auch von staatstragender Bedeutung, wie das Weiße Haus zur Weihnachtszeit geschmückt ist, auch wenn Melania es wieder versäumt hat, dem Herrn Gemahl ein wenig Feenhaar aufs schüttere Haupt zu kleben. Er hätte sich nur verbessern können, aber man hört, dass er keinen geeigneten Übergangsplatz für sein orangefarbenes Eichhörnchen gefunden hat. Ich denke, man hätte es vielleicht bis zum Ende der Weihnachtsdeko diskret an einen Ast des Baumes im Red Room hängen können oder auf der Spitze im Baum des State Dining Room platzieren können, aber mich fragt ja keiner.

Staatstragend wird es am Heiligen Abend aber nicht nur im White Haus, sondern auch im Buckingham-Palast, wo ja nun tatsächlich eine geschiedene und wiederverheiratete Amerikanerin mit an der Tafel sitzt. Ihr wurde Medienberichten zufolge eingeschärft, dass sie keinesfalls, also gar keinesfalls, die Queen beim Scharadespielen besiegen dürfe, was für die Schauspielerin natürlich ein Leichtes wäre. Aber was tut man nicht alles am Heiligen Abend, um den Familienfrieden zu retten – wer kennt es nicht? Bei Königs ist das allerdings wirklich nicht einfach. Nicht nur, dass man die Queen beim Spielen gewinnen lassen muss, man darf auch nicht vor ihr schlafen gehen – und das, wo sie so eine Nachteule sein soll! Am anstrengendsten allerdings ist das mit dem Umziehen: Sarah Ferguson verriet letztens einer Zeitung, dass sie sich vom Heiligen Abend bis zum nächsten Abend, im Vereinigten Königreich ja der eigentliche Tag der Bescherung, siebenmal habe umziehen müssen, unter anderem elegant zum Entgegennehmen der königlichen Weihnachtsbotschaft, danach leger zum Spaziergang, danach wieder festlich zu einem luxurösen Dinner. Für mich wäre das nichts, denn ich ziehe mich sehr ungern um, auch ohne Weihnachten. Meistens wird, was da liegt und noch geht, genommen mit dem festen Plan, sich zu einem bestimmten Termin oder Anlass nochmal ordentlich anzuziehen. Ist es dann soweit, schaue ich an mir herunter und denke, geht nomma, wie der Oberhesse und die Oberhessin sagen würden. Und wenn man ein Kleid anziehen will, braucht man ja auch wieder Strumpfhosen und stellt bei der Gelegenheit fest, dass die Beine winterlich unrasiert sind, und vielleicht bräuchte man auch noch ein wenig Shapewear, was das Ganze auch wieder eher unbequem macht. Und so muss es bei uns am Heiligen Abend auch mal reichen, wenn ich die Schürze ausziehe – sofern ich eine anhatte. Mit ein wenig Glück lag morgens was Gescheites auf dem Gewandsessel und wenn nicht, egal. Und in der Kirche lässt man ja ohnehin den Mantel drüber...

Nochmal zurück zu den Royals: Bei meinen Recherchen habe ich erfahren, dass die Queen laut eines Erlasses aus dem 16. Jahrhundert Besitzerin so gut wie aller Schwäne auf der Insel ist und das Recht hat, diese auch zu essen. Macht sie aber nicht. Sie zieht wie alle ihre Landleute Truthahn vor – eine Präferenz, die die Truthähne sicherlich gerne an die Schwäne abgeben würden. Aber es fragt sie ja auch keiner. Die Truthähne gibt es übrigens auch für alle Bediensteten. Das ist bei uns übrigens genauso: Da darf ich an Weihnachten mit am Tisch sitzen. In den Klamotten vom ganzen Tag und in der armseligen Deko aus den acht Kisten in der Abstellkammer. Und weil das genau das ist, was ich will, fühle ich mich an Weihnachten inmitten meines kleinen Hofstaates eigentlich sehr königlich. Was will man mehr?

Früher war mehr Lametta

Als ich mir aus gegebenem Anlass wieder mal meine alte Weihnachtskolumnen durchlas – die älteste von ihnen nun doch schon acht Jahre alt -, fiel mir der gute alte Loriot-Spruch ein: Früher war mehr Lametta! Für ganz früher trifft das auf jeden Fall zu; früher war irgendwie sowieso viel mehr Weihnachten. Also, ganz früher jetzt. Mit Lametta, das von Jahr zu Jahr verkrumpelter am Baum hing, und mit echten Kerzen, die – obwohl sich meine schusselige Seite schon als Kind heftigst bemerkbar machte – nie das Brennen anfingen. Ein Weihnachtswunder, wie ich heute weiß.

Erzählt man heutigen Kindern und jungen Erwachsenen nämlich davon, dass man von echten Kerzen am Baum träumt, vom Bienenwachsduft der Kindheit, dann schaut man in schreckgeweihte Augen, die nicht größer sein könnten, wenn man ihnen vorgeschlagen hätte, sie sollten ohne Einarbeitung auf dem Weihnachtsmarkt als Feuerschlucker anheuern. Man kann leicht den Eindruck gewinnen, dass die jungen Leute heute einen völlig anderen Blick auf die Gefahren des Lebens haben als wir, die wir ohne Sicherheitsgurt und Fahrradhelm aufgewachsen sind und ohne Handy mit Trackingfunktion. Wahrscheinlich ist dieses Gefahrenbewusstsein auch mit ein Grund für das aussterbende Lametta. Lametta wurde wegen seines hohen Bleigehalts als gesundheitsschädlich eingestuft, und da die Jugend ja überhaupt nicht mehr risikobereit ist, wurde bereits vor drei Jahren die letzte heimische Lamettaproduktion geschlossen. Nun müssen Weihnachtsfreaks ihr glitzerndes Weihnachtsgewimmel entweder selbst aus Alufolie schnippeln – oder das billige China-Bling-Bling kaufen, das im Land der Mitte zusammen mit unzähligen anderen Weihnachtsdekorationen hergestellt wird: 70% Prozent unserer Weihnachtsdeko kommt aus China, wo niemand so genau weiß, was die westliche Welt mit Glitzer-Rentieren und singenden Männern in roten Mänteln will. Da kann man schon froh sein, wenn nicht hier und da kleine Fehler unterlaufen, wie vor wenigen Jahren, als sich ein kleines Hitlerkonterfei zwischen Rosenmuster und Zierschnitt auf einen Kaffeepott im Vintage-Look für 1,99 Euro geschlichen hatte. Da könnte natürlich durchaus der Verdacht aufkommen, dass hinter den heute so hippen Baumschmuckartikeln wie Weihnachtsgurken, Glitzerfischen oder

Totenkopfkugeln gar keine designerische Absicht steht, sondern dass es sich hierbei um Fehlproduktionen oder mit Glitzer versehene Restbestände aus anderweitiger Produktion handelt. Wie dem auch sei: Weil in China der Klimawandel noch nicht so schlimm ist wie hier und das mit dem Arbeitsschutz nicht so eng gesehen wird, darf neben allem anderen Weihnachtszeug dort glücklicherweise auch Lametta hergestellt werden, das hier allerdings als Sondermüll entsorgt werden sollte.

Aber es ist ja nicht nur das Lametta, das fehlt. Mehr und mehr stelle ich fest, dass auch die Geschenke rar werden, also die richtigen, die die man groß und fett und bunt unter den Weihnachtsbaum stellen kann und die wir vor Jahren noch im Kofferraum unseres Kombis von A nach B und C und zurückgefahren haben. Ganz zu schweigen von den Papiermengen, die es nach Weihnachten zu entsorgen gab – natürlich im Altpapier, wo sonst, es sei denn, es hätten sich Lametta, Feenhaar oder eine kleine Lichterkette darin versteckt...

Was waren das für Weihnachtsvorbereitungen, als ich noch Verstecke suchte für Pakete noch und noch, als der Hermesbote und der Postbote sich bei uns die Klinke in die Hand gaben, die Augen der hiesigen Einzelhändler mich nur so anstrahlten und mein Büro voller anonymisierter Pakete überquoll, weil ich dachte, meine Kinder würden die vielen Kartons für Toner- und Kopierpapierlieferungen halten. Und dann das Einpacken. Abende lang stand ich bei Weihnachtsmusik, aromatisiertem Tee und Kerzenschein und packte ein. Machte Schleifen, klebte Sternchen und hängte noch ein bisschen Deko dran, schrieb kleine Kärtchen für die Beschenkten - und heute: Nix! Kein einziges Päckchen weit und breit, weil ich andere Dinge verschenke – gemeinsame Zeit bei einem schönen Event, Konzert, Theater, Essen – sowas in der Art, damit man auch im neuen Jahr gleich schon wieder ein paar frische Termine hat. Das Praktische daran ist, dass man mit ein wenig Glück einen Geistesblitz für den ganzen Inner Circle der Familie hat. Das Unpraktische ist, dass man damit die ganze Familie an einem Tag X zusätzlich zum Weihnachtsfest zusammenführt – ganz egal ob, die das will oder nicht. Weihnachten ist schließlich kein Zuckerschlecken, und wenn der Geistesblitz erstmal da ist, kann man auf kleine persönliche Befindlichkeiten eben nicht immer achten. Wenn sich für die Großeltern also das Amigo-Konzert als Geschenkidee anbietet, kann es uns und den Enkeln doch nicht schaden, da mal mitzugehen, oder?!

Mit einem kleinen Click kann man auf dieses Weise bis an die zehn Personen glücklich machen oder zumindest beschenken – vorausgesetzt, man findet die klitzekleinen Eintrittskarten und Gutscheine, die man irgendwann ausgedruckt hat oder die mit der Briefpost ins Haus flattern, wieder rechtzeitig vor dem Fest – bei dem Chaos auf dem Schreibtisch ist das an sich schon das Weihnachtswunder schlechthin!

Die anderen, die außerhalb dieses erlauchten Kreises, bekommen das gängige Pendant zur Zeit geschenkt: Geld. Manche aus dem Zeitgeschenke-Pool mögen da vielleicht neidisch hinschauen, aber wer nun mit welcher Gabe glücklicher ist oder glücklicher wäre, das kann ich wirklich nicht erörtern. Und eins schon mal gleich vorweg: Getauscht wird nicht!

Doch egal, ob Geld oder Zeit: Um beides schön zu verpacken, fehlt mir noch so ein bisschen die Idee. Es würde ja schon reichen, einen Gutschein oder einen Geldschein irgendwo dran zu hängen. Ich gehe jetzt nochmal los, vielleicht finde ich ja noch irgendwo eine schöne Weihnachtsgurke, ein Glitzertortenstück, einen sprechenden Weihnachtsbären – und wenn nicht, dann backe ich mir was, denn auch hier gibt es inzwischen Formen und Motive, von denen hätte zu Lamettazeiten niemand auch nur geträumt. Aber das hebe ich mir für nächstes Jahr auf!

Sexy little Christmas

In dem Edeka-Laden, in dem ich aufgewachsen bin, konnte man ab Ende November Adventskalender für die Kinder kaufen. Es waren meist DinA4-große dickere Kartonblätter, auf die ein weiteres aufgeklebt war, das nummerierte Türchen besaß, die man öffnen konnte, um ein mehr oder weniger gelungenes weihnachtliches Motiv zu finden. Eigenlicht sollten sie nur die Zeit bis Weihnachten ein wenig verkürzen und die Tage zählen helfen. Das Fensterchen vom 24.12. war immer am größten und das Bild war immer eine Krippe. Im Lauf der Jahre wurden die Adventskalender immer raffinierter: Erst glitzerten sie und dann wurden sie dicker und hinter ihren Türchen verbarg sich Schokolade in Stern-, Glocken- oder Nikolausform. Doch auch das reichte bald nicht mehr aus. Die Schokoladen- und Spielwarenindustrie rüsteten auf, und inzwischen gibt es kaum einen namhaften Hersteller, der nicht einen wild designten Adventskalender mit kleinem Zeug für ein Vielfaches des Warenwertes verkauft, damit Kinder in der westlichen Welt Ü-Eier, Lego, Playmobil oder was immer das Herz begehrt oder das Kinderfernsehen und Weihnachtskino gerade hypen, hinter den Türchen hervorholen. Selbst für Babys ab einem Jahr habe ich schon Adventskalender gesehen. Angeblich werden die Kinder ja immer schlauer, aber ob schon ein einjähriges Kind im Stand ist, die Türchen selbst zu finden und zu öffnen und im Anschluss die kleinen Teile nicht zu verschlucken – ich weiß ja nicht.

Wahrscheinlich bleibt das, wie vieles Weihnachtliche, an der Mutter hängen, sofern die nicht mit ihrem Adventskalender für Schwangere und junge Mütter beschäftigt ist. Darin befinden sich für 219 Euro so tolle Dinge wie Schnuller, Rassel und Beißring und – weil es ja eigentlich für die Mutter ist – ein Streifenlos-Balsam zur Vorbeugung von Schwangerschaftsstreifen. Ich stelle mir es toll vor, als junge Mutter Schnuller und Rassel aus meinem Adventskalender zu holen und bin meiner Umwelt im Nachhinein dankbar, dass sie mich damit verschont hat. Allerdings hat sie mich auch mit allen anderen Adventskalendern verschont, wohingegen ich als erwachsene Frau mitunter ziemlich losgelegt habe. Irgendwann verfiel ich nämlich der irrwitzigen Ansicht, erwachsene Männer bräuchten Adventskalender und ich bastelte, was das Zeug hielt. Mit dem realistischen Blick einer Überfünfzigjährigen kann ich heute sagen: Es hat sie weder interessiert noch begeistert und genau das ist wahrscheinlich auch der Grund, warum ich niemals einen Adventskalender von einem von ihnen bekommen habe oder bekommen werde. Sie können einfach nichts damit anfangen.

Doch das wird sich ändern: Die Industrie für Erwachsenen-Adventskalender läuft auf Hochtouren, wahrscheinlich weil die Männer dann irgendwann doch dachten, dass sie nicht mit ganz leeren Händen dastehen könnten, wenn ihre besseren Hälften wieder mal gebastelt haben. Es begann harmlos mit hochwertigen Pralinen-Adventskalendern und steigerte sich im Lauf der Zeit zu Kosmetikadventskalendern der verschiedensten Marken und in den verschiedenen Preisklassen. Da kann man ja nicht viel falsch machen und von 20 Euro bis 400 Euro sind der Fantasie hier keine Grenzen gesetzt. Wenn man bedenkt, dass man dafür eigentlich auch das ganze Jahr über nur die überflüssigen Pröbchen aus der Parfümerie und den Frauenzeitschriften sammeln und eine Nummer draufkleben müsste, ist das natürlich ein teurer Spaß, aber über Geld wird in der Weihnachtszeit ja nicht gesprochen. Und so findet man zahllose, wirklich zahllose Adventskalender für Erwachsene, hauptsächlich Frauen, im Handel. Als Kosmetik-Special sei hier der „INNER BEAUTY"-Adventskalender hervorgehoben, der mit dem Slogan „All I want for Christmas is Youth" wirbt und verspricht, das volle Schönheitspotenzial abzurufen und die jugendliche Elasitzität möglichst lange zu erhalten. Unter „Inner Beauty" hatte ich mir zwar was anderes vorgestellt, aber jugendliche Elastizität kann ja auch nichts schaden, und wir können uns uns ja auch immer noch schön trinken: Von „Geile Weine" über den „24-Days-Rum"-Kalender bis hin zu dem „Single-Malt-Whisky"-Kalender mit LED-Funktion gibt es wirklich alles. So hat man bis Weihnachten dann schon einen kleinen Grundpegel und die Lampen an – was kann da schon schiefgehen?

Allerhand, denn neben den Gewürz-, Tee- und Gourmet-Weingummiadventskalendern, neben den „Für Männer" deklarierten Kalendern, die beispielsweise minderwertiges Werkzeug, Barthaarpflege oder Schokolade mit Playboy-Motiven enthalten, gibt es da ja noch die ganz andere Sparte, die, bei der –

Insider ahnen es – es im Karton rappelt Und im Adventskalender auch – für schlappe 450 Euro beispielsweise! Getreu dem Motto „Have yourself a sexy little Christmas" kann man hier Türchen zur „horny 12" oder „hot 16" öffnen. Wen man damit beglückt, muss man gut überlegen, denn wenn Fingervibratoren, Cockrings, Loveballs, Lederhandschellen und pinkfarbene Augenmasken aus Satin nicht zum Standardrepertoire gehören oder man die oder den Beschenkten noch nicht allzu lange kennt, könnte es schon mal zu vorweihnachtlichen Irritationen kommen. Aber spätestens, wenn man dann bis zum Fest die zweite Tube Gleitgel verbraucht und am Heiligen Abend den Paarvibrator in Weihnachtsrot ausgepackt hat, ist das sicher wieder vergessen, oder?

Was auch immer Ihr Fest schön macht – genießen Sie es!

Anmerkung: Diese Kolumne stammt aus dem Jahr 2019. Wer sich für die Quellen heute noch interessiert, kann sie gerne (natürlich vertraulich und unter dem Siegel der mir größtmöglichen Verschwiegenheit) anfragen.

Tatsächlich ... Weihnachten!

Jedes Jahr um die Weihnachtszeit gibt es einen Abend, da sitze ich auf der Couch vor meinem Glas Rotwein und heule Rotz und Wasser. Ich weine mit meinem Freund Daniel, der gerade seine Frau verloren hat und – begleitet von Musik der Bay City Rollers – von ihr Abschied nimmt und nun mit seinem blonden, treuherzigen Stiefsohn irgendwie weiterleben muss, der seinerseits unglücklich in die Schulschönheit verliebt ist. Ich verzweifle mit Karen, als sie feststellt, dass die Kette, die sie kurz zuvor im Jackett ihres Mannes gefunden hat, nicht ihr Weihnachtsgeschenk war, und kann mich – wie sie – kaum zusammenreißen, dass die Familie nichts von ihren Tränen mitbekommt. Dazu singt Joni Mitchell und alle Dämme brechen. Ich fiebere mit Jamie, der am Weihnachtsabend in Marseille, begleitet von dramatischer Orchestermusik und der halben Stadt, um die Hand seiner Liebsten Aurelia anhält. Ich tanze mit dem Prime Minister zu „Jump" durch Downing Street No 10, und schäme mich fremd, wenn der abgehalfterte Sänger Billy Mack splitterfasernackig Gitarre spielt.

Haben Sie auch so Weihnachtsbeziehungen, ohne die Sie an den Feiertagen nicht über die Runden kommen? Als wir klein waren, liefen unter dem Motto „Warten aufs Christkind" immer die tollsten Sachen auf den beiden verfügbaren Programmen, die uns ablenken sollten vom geheimnisvollen Treiben bis zur Bescherung. Einmal kam meine Mutter zu uns ins Wohnzimmer. Es war mucksmäuschenstill und wir hatten hochrote Ohren, was daran lag, dass sie bei „Maxifant und Minifant" eine echte Geburt zeigten. Das war meiner Mutter damals in den 70ern doch too much Ablenkung, auch wenn so eine Geburt natürlich in unmittelbarem Zusammenhang mit dem Weihnachtsabend steht. Dann doch lieber wieder sowas Unvergängliches wie die schönen Geschichten aus Lönneberga. Noch heute schießen mir vor Rührung die Tränen in die Augen bei der Erinnerung daran, wie jede Weihnachten der kleine Michel den verletzten Knecht Alfred durch den Schneesturm nach Mariannelund zum Arzt bringt und ihn damit vor dem sicheren Tod bewahrt. Und wie stolz seine Mutter dann doch auf ihn war! Aaah... Dann war da noch das Aschenbrödel, das auch in diesem Jahr wieder sage und schreibe zwölfmal seine drei Nüsse knacken muss, um die passende Kleidung darin zu finden, mit der es den Prinzen erobern kann. Ach, wenn's doch nur so einfach wäre. Apropos Prinz – ich sage nur: „Ach Sissi" – „Ach Franzl".

Angesichts dieser und anderer Schmachtfetzen wie „Der kleine Lord", „Ist das Leben nicht schön?" oder das „Wunder von Manhattan" darf man sich schon fragen, warum – zumindest aus filmischer Sicht – an Weihnachten mehr geweint werden soll als an anderen Tagen. Und geweint werden will, schließlich schauen wir ja das ganze klebrige Zeug freiwillig an.

Waisenkinder finden neue Familien, Scheidungskinder bringen ihre Eltern wieder zusammen, mehrfach werden auch hartherzige Karrierefrauen endlich geläutert – kein Weihnachtswunder ist zu klein, schon gar nicht für Hollywood! Neben diesen Tränendrüsendrückern – natürlich mit Happy-End-Garantie - gibt es zahllose Klassiker, der bekannteste natürlich: Charles Dickens' Weihnachtsgeschichte, tausend Mal verfilmt, nicht zuletzt mit den Muppets. Überhaupt gibt es viele Trickfilme, animierte Filme, Filme mit sprechenden Tieren – vorzugsweise Elche. Besonders die amerikanische Filmindustrie hat sich auf Weihnachtsschwarten aller Art spezialisiert: Wir lernen Weihnachtselfen kennen, von denen wir in unserem Kulturkreis bisher nichts wussten, entdecken Santa Clause und den Grinch, den Weihnachtshasser, der eigentlich der beste Weihnachtsmann von allen ist. Wir reisen mit dem Polar-Express an den Nordpol oder mit einer Zeitmaschine auch gerne mal an die Front, wo vor über hundert Jahren am Weihnachtsabend die Waffen schwiegen. Apropos Front. Für Männer ist das ja alles nix, das zuckrige Zeug, wie wir aus sorgfältigen Studien am lebenden Objekt wissen. Für sie hat aber glücklicherweise Bruce Willis Abhilfe geschaffen: Er hat „Stirb langsam" zum Weihnachtsklassiker mit Testosteron-statt-Zucker-Overkill erkoren und befreit als einsamer Polizist John McClane am Heiligen Abend ganz Los Angeles vom Bösen (übrigens in Gestalt eines deutschen Gangsters). Anstatt einer großartigen Geburt gibt es hier unzählige Todesfälle, John McClane allerdings überlebt, schließlich musste er anschließend noch in vier Fortsetzungen ran, von denen zumindest die erste auch noch für einen Weihnachtsactionfilm gut war. Egal, ob „Tödliche Weihnachten", „Nightmare before Christmas" oder „Bad Santa" – der geneigte männliche Zuschauer kommt hier auf seine Kosten, auch wenn die Romantikfraktion am anderen Ende der Couch lieber etwas anderes gesehen hätte. „Tatsächlich Liebe", zum Beispiel. Wissen Sie, da wo am Ende, wenn ich beseelt beim dritten Rotwein sitze, jedes Jahr wieder alles gut wird: Der Witwer trifft auf Claudia Schiffer (in echt jetzt), der abtrünnige Ehemann sieht seine Dummheit ein, und der Prime Minister steht zu seiner etwas moppeligen Ex-Sekretärin. Mehr Weihnachtswunder geht nicht!

Stille Tage

Jedes Jahr, wenn ich meine Weihnachtskolumne schreibe, leide ich immer erstmal ein bisschen unter dem Eindruck, dass ja immer alles gleich ist. Irgendwann kommen mir dann doch noch neue Gedanken, sei es in Form von Melanias Weihnachtsbaumdesaster im Weißen Haus (Wer war nochmal Melania?) oder den ungewöhnlichen Weihnachtsangeboten der Sex-Toy-Industrie. Dieses Mal – und das ist einer der Vorteile von 2020 – ist wirklich alles anders! Und wie immer kommt es drauf an, was man draus macht.

Jetzt mal abgesehen von allem, was nicht geht – gemeinsame Abende mit Freunden, Bummel auf dem Weihnachtsmarkt, Shoppen, bis der Arzt kommt (der oder die in diesem Jahr auch anderweitig dringend gebraucht wird), die unvermeidlichen „Driving homes for Christmas", glühweinselige Treffen an schönen Orten – ist es doch auch sehr entspannend, einfach mal nichts großartig vorzuhaben, finde ich. Da macht es letztendlich auch nichts, dass die Läden früher geschlossen sind, denn wenn man nirgends hinfährt, braucht man auch keine Geschenke. Ist das nicht praktisch? Wir konnten uns in diesem Jahr sogar mit einer der Großmütter verständigen, dass sie auf die Übergabe von Geld an uns verzichtet und wir dafür auf die Übergabe eines etwa gleichwertigen Gutscheins an sie. Ist das nicht revolutionär? Und ist das nicht die vielbeschworene Chance, die in der Krise liegt und die hoffentlich über die Pandemie hinaus Bestand haben wird?

Als alter Listenfan habe ich – auch um mich und andere in bisschen aufzumuntern – mal eine Aufstellung gemacht, was für mich persönlich besser an diesem Weihnachten ist als sonst. Vielleicht ist da für den einen oder die andere ja auch eine Anregung dabei:

1. Man kann in diesem Jahr deutlich weniger essen, da man ja nur bei sich selbst eingeladen ist und sozusagen autonom in der Essensabgabe und -aufnahme. Dafür kann man deutlich mehr trinken, da man nicht mehr fahren muss. Eventuell wird das auch nötig sein.

2. Man kann in diesem Jahr ohne schlechtes Gewissen ausschlafen, da keine, wirklich gar keine Termine im Kalender stehen.

3. Man kann endlich hemmungslos alle Sendetermine von „Drei Nüsse für Aschenputtel", „Tatsächlich Liebe" und „Obendrüber, da schneit es" ausnutzen. Mit ein wenig Glück ist dann auch noch Platz für die Lieblingsliste meines Mannes, der sich – wie Ostern auch - auf alle Folgen von „Winnetou" freut. Und falls das mit dem Alkoholkonsum überhandgenommen haben sollte, würden wir uns vielleicht auch noch zu „Sissi 1 – 3" hinreißen lassen. Aber da müsste es schon sehr hart kommen, und da würde sich auch die Frage stellen, ob das noch in die Vorteilsliste aufgenommen werden könnte.

4. Auf jeden Fall könnte man beim Fernsehen endlich mal alle angefangenen Strickarbeiten der letzten Jahre beenden. Ich habe davon so viele rumliegen, dass ich dafür auch die Feiertage um Silvester noch einplanen könnte, allerdings bin ich da gerade noch nicht aussagefähig, was das passende Fernsehprogramm betrifft. Zur Not müssen wir auf unsere alten Tage eventuell doch noch netflixen oder so. („Netflixen" wird von der Rechtschreibkontrolle nicht angemahnt – was ist da nur die letzten Jahre an mir vorbeigegangen?)

5. Man könnte Spiele spielen: Ich zum Beispiel könnte mit meinem Sohn endlich das Malefizspiel zu Ende spielen, das wir am 6. Mai 2012 aus inzwischen vergessenen Gründen abrupt abbrechen mussten, dessen Stand wir aber als Handyfoto dokumentiert hatten.

6. Und natürlich kann und sollte man lesen. Viel lesen. Der Stapel aller Bücher, die ich mal lesen will, wenn es Zeit ist, ist hoch. Und zur Sicherheit habe ich mir im Buchladen meiner Wahl am Weihnachtsfensterchen auch noch ein paar Bücher dazu geholt. Hamstern ist ja so in, dieser Tage – es kommt halt auch hier drauf an, was man hamstert! Auch meine Fachzeitschriften türmen sich ungelesen im Bad. So viel kann da gar nicht sitzen, dass ich das noch schaffen würde. Brigitte und Barbara dürfen über die Feiertage ihren angestammten Platz neben meinem stillen Leseörtchen verlassen und mit ins Wohnzimmer

kommen. Dort werden sie mit mir lange, lange Weihnachtsnachmittage bei Tee oder Punsch oder Kakao auf dem Sofa verbringen.

7. Des Weiteren sollte man in diesen Tagen unglaublich viel telefonieren, skypen, zoomen. Es ist Zeit dafür, ehrlich!

Und noch was für die Masochisten unter uns:

8. Man kann natürlich auch die vielen anderen Sachen machen, die in den diversen Lockdowns und Quarantänen des Jahres aus unerfindlichen Gründen immer noch nicht dran waren: die Ablage im Allgemeinen und die Steuererklärung im Besonderen und somit für kleine persönliche Weihnachtswunder (und dem Hörensagen nach für ein gutes Gefühl) sorgen. Aber das kann man auch lassen. Es soll ja ein schönes Fest werden, das muss man ja nicht mit aller Gewalt verderben.

Noch ein Tipp: Bei so vielen Aktivitäten, die im Sitzen oder im Liegen stattfinden, sollte man entweder ein, zwei Pilates-Tutorials runterladen und sie mit der Familie in einer gruppendynamischen Tageseinheit durchführen. Und man sollte die Öffnungszeiten der hiesigen Drogerien nutzen und sich ein wenig Franzbranntwein gegen Wundliegen und Verspannungen aller Art besorgen. Wenn man seine Mitbewohner damit einreibt, kann es zu vielen schönen weiteren weihnachtlichen Beschäftigungsideen kommen, und ich will damit gar nicht auf meine Kolumnenidee vom letzten Jahr anspielen. Gar nicht. Und natürlich sollte man bei all dem hygge homing nicht vergessen, ab und an vor die Tür zu gehen. Von Sauerstoffentzug ist in den Vorschriften ja glücklicherweise nicht die Rede.

Also, ich glaube, aus den vor uns liegenden Feiertagen lässt sich einiges machen. Und ganz ehrlich: Ich persönlich habe schon weitaus, weitaus schlechtere Weihnachten gehabt als dieses, weil es jenseits von Laden- und Gastronomieschließung andere Hindernisse für ein schönes Fest gibt. Dafür muss man allerdings mitunter seinen Horizont erweitern und jenseits der eigenen Grenzen schauen, und auch dafür könnte dieses Weihnachten eine gute Gelegenheit sein. Ja, ich gebe zu, als die Situation sich zuspitzte, habe ich bei meinem vorletzten Wocheneinkauf schon mal gefrorene Gänsebrust und Kühlschrankklöße und eine – hoffentlich – ausreichende Menge meines Lieblingsrotweins gekauft. Mit der Quarantäneerfahrung der letzten Wochen denke ich, wir könnten überleben. Auch dieses Weihnachten.

Machen Sie es sich schön! Machen Sie es zu dem entspanntesten Fest, das Sie je hatten. Und wollen wir hoffen, dass es nie wieder so ruhig wird!

Zwischen-den-Jahren-Blues

Die einen Feiertage waren um, die anderen standen noch vor der Tür, und ganz plötzlich befiel mich beim Blick auf eines der Weihnachtsgeschenke eine tiefe Melancholie: Es war so ein Geschenk, das keiner haben will, das aber dringend jemand verschenken wollte, und nein, wir sind noch nicht beim Thema Schrottwichteln! Das Geschenk lag neben einem anderen Geschenk, über das man durchaus das Gleiche sagen konnte, andernfalls hätten sie ja am 29.12. nicht mehr dagelegen, wo man sie direkt nach dem Empfang abgelegt hatte. Da viele meiner Leserinnen und Leser aus meinem näheren Umfeld kommen, kann ich jetzt leider nicht genau darauf eingehen, um welche Geschenke es sich handelt – die Wiedererkennungsangst wäre zu groß - aber die kleinen Päckchen werden jetzt sicher Wochen lang auf diesem Platz verharren, weil man sie nicht wegwerfen will. Das wäre ja dem Schenkenden gegenüber auch blöd und ein bisschen ungerecht, da man es ja gutgemeint hat. Außerdem würde es bei mir selbst natürlich ein ganz und gar schlechtes Gewissen verursachen. Bei meinem schauspielerischen Talent würde es bei der nächsten Begegnung wie ein Spruchband auf meiner Stirn stehen: „Und übrigens: Dein blödes Geschenk habe ich noch gleich am nächsten Tag weggeschmissen. Hat mir nicht gefallen und meinen Gästen und Familienmitgliedern auch nicht." Das kann man ja nicht bringen.

Man kann es auch nicht weiterverschenken, weil man ja nichts verschenken kann, was einem selbst nicht gefällt, und weil auch die Gefahr groß ist, dass es am Ende wieder bei dem Erstschenkenden landet. Und so liegen die Sachen da und liegen und liegen, bis man sich dann kurz vor Ostern mit dem Gedanken angefreundet hat, dass sie für den Grad ihrer Hässlichkeit und Nutzlosigkeit nun lange genug an prominenter Stelle für schlechte Vibrations gesorgt haben. Ab April dürfen sie guten Gewissens in die Tonne wandern. Ist das nicht furchtbar traurig?

Mit anderen Geschenken ist das schon was anderes: Die geschenkte Flasche mit außergewöhnlichem Sekt kam mir gerade recht, als wir eine spontane Einladung am zweiten Weihnachtstag erhielten. Ich nahm sie mit und stellte mir vor, dass sie vielleicht schon auf genau diesem Weg am ersten Feiertag zu uns gekommen sein könnte. Allerdings war ich mir sicher, dass sie dort, wo sie jetzt war, ihren letzten Aufenthaltsort gefunden haben und ihrer eigentlichen Bestimmung zugeführt werden würde. Als nächstes spontanes Geschenk nahm ich ein Buch mit, das ich am Abend zuvor geschenkt bekommen hatte, ein schönes Buch, wirklich. Ich hatte es mir selbst gewünscht, aber jetzt brauchte ich halt dringend was – und zwar was richtig Gutes! Ich würde es mir einfach nochmal nachkaufen. Musste ich gar nicht: Meine Freundin hatte genau das gleiche Buch am Vorabend geschenkt bekommen, und ich konnte meines, nachdem ich besten Willen gezeigt hatte, wieder mitnehmen! So ist das eben mit guten Geschenken!

Eine schöne Möglichkeit, ungeliebte Geschenke loszuwerden, ist ja immer gern das Schrottwichteln. Allerdings gibt es auch hier eigentlich nur Verlierer. Wir haben in diesem Jahr eine Riesenbrotdose in Bananengelb mit bananenförmigem Griff zum sicheren Transport einer solchen erwirtschaftet. Dafür hatten wir ein vergleichsweise harmloses, wenn auch recht hässliches Weihnachtsmännchen in die Schrottwichtelkiste geworfen. Im Nachhinein betrachtet, würde ich diesen Tausch gerne rückgängig machen, schon allein, weil das Männchen nur einen Bruchteil so groß war wie die Bananen-Brot-Dose und auch farblich nicht so aufdringlich gestaltet. Ich werde die Riesen-Bananen-Brot-Dose mit dem Plastikmüll entsorgten, denke ich, und mir fällt die Geschichte von dem Rucksack ein, den jeder mit sich trägt: Wirft man alle auf einen Haufen, nimmt angeblich wieder jeder seine eigene, ihm vertraute Last. So ähnlich ist das mit dem Schrottwichteln auch...

Aber zurück zur Melancholie zwischen den Jahren, die in diesem Jahr nicht nur von trübem Regenwetter und grauem Himmel begleitet wird, sondern auch von der Liste der vielen unzähligen Dinge, die man zwischen den Jahren, nämlich zwischen 2017 und 2019, nicht geschafft hat. Große Dinge, wie das Ausmisten des Kellers, gehören dazu, und noch größere, wie das immer wieder verschobene und nun in zwölf Monaten gar nicht stattgefundene Treffen mit der Freundin. Es ist alles so traurig, finden Sie nicht?! Mein Blick fällt auf den Weihnachtsbaum, über dessen Glanz man sich wenige Tage zuvor noch gefreut hat und der jetzt schon langsam wieder anfängt lästig zu werden: Eigentlich stand er ohnehin schon die ganze Zeit im Weg. Jetzt nadelt er auch noch. Kaum im Haus, wird es eigentlich schon wieder Zeit, dass man ihn loswird. Genauso wie die Weihnachtsdeko, die man vor wenigen Wochen so erwartungsvoll aus ihren Kisten geholt hat, und die Weihnachtskekse, die aus unerfindlichen Gründen schon ab dem 24.12. keiner mehr will. Die übriggebliebenen Nikoläuse müssen sich langsam mit einem Dasein als feingemahlene Schokostreusel auf einem zukünftigen Kuchen abfinden, und man selbst schaut an sich herunter und bereut jedes Plätzchen, das man gegessen hat, realisiert man doch, dass man die Gänse, Lachse und Crème brûlées bis zum Silvesteroutfit keinesfalls mehr los wird. Und endlich, endlich weiß man auch, was Geoff Smith mit den tief, tief traurigen Liedern auf seiner CD „15 Wild Decembers" gemeint hat, die man keineswegs anhören sollte, wenn man sich noch ein bisschen Lebenslust bewahren will: Den Blues zwischen den Jahren. Aber wie es immer ist – es kann immer noch schlimmer kommen:

Die Traurigkeit perfekt machen in diesem Jahr die Jahresrückblicke, besser gesagt, das Mega-Ereignis schlechthin, dass erst kurz vor Weihnachten eingeschlagen hat wie eine Bombe: Helene Fischer und Florian Silbereisen haben sich getrennt. Warum nur, warum, haben sie sich diese schlechte Nachricht nicht bis nach Weihnachten aufgehoben? Wissen die denn nicht, dass Weihnachten die emotional überfrachtetsten Tage des Jahres sind? Warum muten sie Deutschland nach den politischen und klimatischen Wirrnissen des Jahres und zusätzlich zu allem Weihnachtsstress auch das noch zu? Während ich mich wohl als Einzige frage, warum sie ihn erst jetzt verlassen hat, fragt sich eine ganze Nation, wie es weitergehen wird: Die Regenbogenpresse warnt Helene bereits vor dem Doppelleben ihres neuen Schluris, und ob Herr Silbereisen sich wirklich so schnell getröstet hat, wie es im Internet steht.... Bleibt zu hoffen, dass die beiden sich nicht bei irgendeinem Schrottwichteln wiedersehen. Denn wie gesagt, da wird ja auch keiner glücklich...

Was bleibt...

Wenn sich das alte Jahr dem Ende zuneigt und das neue schon dämmert, stellt sich zum einen natürlich alljährlich die Frage, was man an Silvester macht. Irgendwie immer dasselbe, in der direkten Fortsetzung der weihnachtlichen Tradition wird in erster Linie getrunken und gegessen, vielleicht gibt es etwas mehr Sekt und andere Alkoholika, auf jeden Fall irgendwo ein Feuerwerk, dann noch ein bisschen Heringssalat, wahlweise Sauerkraut am 1. Januar. Alles Gute, euch auch, endlich wieder Alltag!

So geht das Jahr um Jahr, und irgendwie ist man dann schon geneigt, sich mal zu fragen, was einem das alte Jahr so gebracht hat. Wäre doch schön, wenn an den zwölf Monaten oder 365 Tagen seiner Lebenszeit, die man nun schon wieder und unwiederbringlich im unergründlichen Nirwana der Zeit oder vielleicht auch der Ewigkeit zurückgelassen hat, etwas hängengeblieben wäre, das einem von Nutzen sein kann, oder besser noch, das anderen zu Nutzen sein kann. Die Suche nach solch nachhaltigen Wirkungen, und seien sie noch so klein, trieb mich die letzten Tage um, nicht zuletzt, weil die Kolumne zum Jahresende anstand und ich es noch nicht geschafft hatte, die zehn Frauenzeitschriften mit den Jahreshoroskopen, die ich mir extra für die langweiligen Feiertage und die Zeit zwischen den Jahren angeschafft hatte, zu lesen, auszuwerten und etwas draus zu machen. Und so sitze ich nun am Rechner und suche was Bleibendes in meinen letzten zwölf Monaten. Und damit meine ich nicht die vermutlich ein, zwei Kilo mehr, die mir das Jahr 2017 gebracht hat. Auch die Tatsache, dass meine Kinder und mein Mann halbwegs gut genährt sind und wir alle auch dieses Jahr wieder einigermaßen, ach was, ziemlich gut sogar, hinter uns gebracht haben, ist zwar sehr erfreulich, aber ist sie auch so etwas wie ein „nachhaltiger Erfolg"?

Definitiv gelernt habe ich, dass man Klamotten, die man an der Tankstelle schusseligerweise mit Diesel in Berührung gebracht hat, besser nicht mit anderen Sachen zusammen wäscht. Noch nach zehn weiteren Wäschen, mehreren Tagen an der frischen Luft und Monate später holte ich stinkende Kleidung aus den Schränken und gebe diese Erfahrung gerne an Sie weiter! Ich habe gelernt, dass man ein Stromkabel auf einer Trommel wegen der magnetischen Kräfte, die hier wirken, immer ganz abrollt, und ich habe außerdem gelernt, dass Männer einen vollen Kühlschrank, in dem keine Wurst und kein Leberkäse ist, für leer halten. Okay.

Auf der Suche nach weiteren Erfolgen schaute ich meinen Outlook-Kalender durch – zwölf bunt kategorisierte Monate mit vielen, vielen Terminen drin: Arztbesuche mit allen Kindern, Termine mit Kunden, Termine zum Sport, kryptische Angaben, von denen ich überhaupt nicht mehr weiß, was da war. Fachtage, Seminare, und dazwischen: Termine mit Freundinnen! Da kommen wir der Sache schon näher, finde ich. So ein Käffchen oder eine Party im Freundeskreis ist durchaus von bleibendem Wert, oder nicht? Apropos Party: Zum letzten Mal möchte ich an dieser Stelle an die Party meines Lebens, die zu meinem 50. Geburtstag, erinnern. Im Nachhinein betrachtet, hat sie mir sicher ein paar Falten mehr eingebracht – also auch was Nachhaltiges -, und dazu auch noch jede Menge Spaß!

Dann habe ich wiederholt Eintragungen gefunden, in denen ich für eine Freundin in schwierigen Zeiten da war. In diesen Monaten habe ich festgestellt, dass Hilfe nicht nur demjenigen Menschen guttut, der sie bekommt, sondern auch demjenigen, der sie gibt, also mir. Das hat mich sehr beruhigt, schließlich bekomme auch ich oft genug von vielen Seiten Hilfe und fühle mich dann so ein bisschen schlecht und in der Pflicht. Ist also gar nicht nötig. Und genau darüber habe ich gerade gestern sogar auf Spiegel online gelesen: „Warum Menschen einander helfen", wurde hier gefragt, Doch ganz so selbstlos ist die auf den ersten Blick uneigennützige Hilfe nicht, stellt der Autor mit dem treffenden Namen Engeln fest: „Sie ist Teil des Erfolgsrezepts der Spezies Mensch." In seine Ausführungen kommt Herr Engeln schließlich dazu, dass für Menschen, die sich gegenseitig helfen, Vertrauen eine wichtige Rolle spielt. „Wir sind nett zu jemandem, den wir für zuverlässig halten", heißt es da, und „An der Supermarktkasse lassen wir lieber einen Menschen vor, der nur eine Wasserflasche trägt, als jemanden, der eine Bierflasche in der Hand hält."

Also, für mich gilt das nicht: Ich habe durchaus Vertrauen zu Menschen, die eine Bierflasche in der Hand halten, und weil morgen Silvester ist, würde ich Sie heute auch mit einer, oder sagen wir des Feiertags (und meines wieder mal bis zum Rand gefüllten Einkaufswagens) wegen, mit zwei oder gar einer ganze Kiste Sektflaschen an der Kasse vorlassen.

Sicher habe ich dafür dann irgendwann auch mal bei Ihnen einen Stein im Brett, und wenn nicht – geschenkt!

Kommen Sie gut ins neue Jahr!

We go high

In das neue Jahr startet man ja immer mit mehr oder weniger ernsthaften Vorsätzen. Ich zumindest. Die Auswahl an Verbesserungsmöglichkeiten wäre enorm, wenn ich mal ehrlich bin: keine Zigaretten, weniger essen, weniger Alkohol, weniger Termine, weniger Kaffee, weniger Fleisch, weniger Shoppen, mehr Ordnung, mehr Geduld, mehr Schlaf, mehr Struktur, mehr Neinsagen, mehr Lesen, mehr Sport – mehr von dem, weniger vom anderen, gar nichts mehr von dem ganz anderen.... Die meisten Dinge schon tausendmal probiert – nicht nur zu Neujahr, sondern auch unter dem Jahr, in der Fastenzeit, vorm Urlaub, in einem kurzen, lichten Moment, der so schnell vorbei war, wie er gekommen ist. Und warum: Natürlich, weil der Geist schwach ist und das Fleisch stark, aber auch, weil vieles von dem, was ich mir vornehmen könnte, halt einfach nicht zu mir passt, was vielleicht auch wieder mit dem Geist und dem Fleisch zu tun hat. Das mit dem Neinsagen übe ich schon solange ich denken kann, aber es gelingt mir nicht: Gerade eben habe ich nach kurzem Zögern eine Lesung zugesagt – an meinem eigenen Geburtstag, noch dazu an einem Sonntag und nach einer krachenden Party! Geht's noch?! Von den anderen Dingen will ich schweigen – viele davon sind Ausdruck von Kontrollverlust, aber ganz ehrlich: Menschen, die sich immer unter Kontrolle haben, sind mir suspekter als ich es mir bin. Wahrscheinlich ist alles ohnehin nur Kopfsache und eigentlich, in meinem tiefsten Inneren, will ich vermutlich genauso bleiben, wie ich bin: chaotisch, übergewichtig, den Alltagsdrogen nicht abgeneigt, immer unter Strom und nie am Ende einer Aufgabe.

Allerdings hatte ich vor Weihnachten dann doch Gelegenheit, einen guten Vorsatz zu fassen. Nicht nur für das neue Jahr, sondern für mein restliches Leben: Ich will der letzte Mensch bleiben, der höflich ist. Und das kam so:

Wir saßen in einem Theater auf reservierten Plätzen, als zwei ältere Herren kamen und auch auf Platzreservierungen bestanden. Sicher hatte man ihnen auch zwei Plätze reserviert, aber irgendwie war ein Platz zu wenig vorhanden – das kann ja mal passieren. Während wir schauten, was vielleicht schiefgelaufen sein könnte und ob es an der Reihe vielleicht nur ein wenig hin- und herzurücken gab, waren die beiden Herren nicht geneigt, auch nur irgendetwas Konstruktives zur Lösung des Problems beizutragen – im Gegenteil: Wir säßen auf einem ihrer Plätze und das völlig zu Unrecht und der Rest sei ihnen egal. Außerdem hätten sie ein Recht auf die Plätze – die Tochter des einen sei die Hauptdarstellerin. Nun hatte ich die Mutter der Hauptdarstellerin zuvor gesehen und bemerkt, wie sie sich in eine der hinteren Reihen zurückgezogen hatte, aber die Höflichkeit verbot es mir, darauf einzugehen. Am Ende lenkte eine Dame aus unserer Gruppe ein und setzte sich woanders hin – ein Ensemblemitglied übrigens -, und die beiden Herren nahmen direkt hinter mir Platz.

„Früher hätte ich mir das ja gefallen lassen", raunte der eine dem anderen zu, „aber diese Zeiten sind vorbei. Die Menschen werden immer rabiater und ich möchte nicht am Ende der letzte höfliche Mensch sein." Diesen Plan hatte der Herr an diesem Tag erfolgreich in die Tat umgesetzt – er konnte stolz auf sich sein! Schon einen Tag zuvor hatte ein anderer, ebenfalls älterer Herr bewiesen, dass auch er alle Ambitionen in Sachen Höflichkeit bereits aufgegeben hatte. Zwei Tage vor Weihnachten schob er an einer langen, langen Schlange vor der Metzgertheke vorbei, und ließ sich auch nach mehrmaliger Aufforderung nicht dazu bewegen, sich wieder hintenanzustellen. „Sie schwätzen doch sowieso noch", war sein einziger Kommentar, bevor er uns alle wieder mit Missachtung strafte. Nur Körpereinsatz hätte ihn von seinem unrechtmäßig eingenommen Platz direkt vor der Wurst fernhalten können. Aber das wollte in der Schlange wohl niemand. Wir waren alle fassungslos von so viel Dreistigkeit, aber im Nachhinein denke ich, wir hätten ihn vielleicht nur in unser Schlangengespräch, das sich in Alsfeld, wo man in der Schlange ja immer jemanden kennt, gut entwickelt hatte, einbeziehen müssen. Vermutlich fühlte er sich nur einsam.

Egal wie – diese Beispiele zeigen, dass man mit Unhöflichkeit, Dreistigkeit und Ignoranz seine Ziele schnell erreicht, seien es nun die besten Plätze im Theater oder die letzte Kartoffelwurst vor Weihnachten. Das gilt auch im übertragenen Sinn, wie man in der aktuellen Politik sicher ohne große Mühe feststellen kann. Ich will jetzt auch nichts dazu sagen, dass hinter beiden beschriebenen Fällen von Unhöflichkeit Männer standen und dass mir auch in der

Politik als erstes ein Mann zu dem Thema einfällt. Ich will mir nur Gedanken über die Höflichkeit machen. Über Respekt, über einen wertschätzenden Umgang miteinander. Nicht zuletzt, weil ich auch Angst habe, dass man mit zu viel Höflichkeit den Unhöflichen stets das Feld überlässt. Getreu dem Motto, wenn die Klugen immer nachgeben, haben bald nur noch die Dummen das Sagen. Aber ich will es versuchen. Trotz meines losen Mundwerks, trotz meines Temperaments: höflich bleiben, Respekt zeigen. Es ist schwierig in diesen Tagen, und ich weiß nicht, ob es gelingt, ich weiß nicht mal, ob es zielführend ist. Aber wie sagte Michelle Obama so schön: „When they go low, we go high." Kommen Sie doch einfach mit! Falls es mir gelingt, der letzte höfliche Mensch zu bleiben, wäre ich nicht so allein...

Vorsätze

Wie jedes Jahr geht man ja mit irgendwelchen großen oder kleinen Plänen an den Start. Sie nicht? Also, ich eigentlich auch nicht. Eigentlich. Denn so ein bisschen Verbesserungspotenzial hat ja jeder und jede von uns. Mehr Fitness, weniger Fleisch (nicht nur auf dem Teller, sondern auch auf den Rippen), bewusster Konsum, immer mal wieder etwas Kultur, Zeit für Freunde und Familie – die Reihe ist lang und könnte leicht diese Kolumne füllen. Auch die Liste des Versagens wäre dazu geeignet: 80 Prozent aller Änderungswilligen scheitern noch in den ersten Januarwochen, verkündete in diesen Tagen die Süddeutsche. Wir wären also in bester Gesellschaft – wenn wir denn gescheitert wären! Die Folgen des Aufgebens wären tragisch: Monate der Selbstvorwürfe und Versagensgefühle. Warum, warum nur ist das Fleisch so schwach? Und warum kann der willige Geist sich nicht durchsetzen? Schlimmer noch: Wo bleibt der Geist, wenn das Fleisch sowohl schwach als auch willig ist? Fragen über Fragen.

Fast hätte ich es also aufgegeben mit den guten Vorsätzen – wenn sich nicht Anfang des Jahres die Möglichkeit eröffnet hätte, gleich einen zu fassen und zu erledigen. Und das alles an einem Tag! Am 3. Januar habe ich alle Unterlagen für die Steuererklärung 2016 zusammengesucht, geordnet, kopiert und verschickt. Jawohl! Wer mich nicht kennt, kann vielleicht nicht ermessen, was das bedeutet. Das dies passieren würde, ist in etwa so wahrscheinlich wie eine Liebeserklärung von Donald Trump an Alice Schwarzer. Und als ob das nicht genug gewesen wäre, habe ich den Flow dieses unglaublichen Momentes genutzt und gleich auch noch die Unterlagen für 2017 zusammengesucht, geordnet, kopiert und – noch nicht verschickt. Mir fehlen noch Sachen externer Büros, die mit ihrem Schlamperladen nicht nachkommen. Unglaublich! Und das – nur für diejenigen, die mich nicht kennen – ist in etwas so, als ob Alice Schwarzer auf Donald Trumps Werben eingegangen wäre. Den Rest wollen wir uns lieber nicht vorstellen!

Also weiter zu meinen Heldinnentaten zum Jahresbeginn: Die krankheitsbedingten Absagen zweier meiner Freundinnen in dieser ersten, bedeutungsschweren Januarwoche nutzte ich weiterhin dazu, mein komplettes Büro aufzuräumen. Etwa 10 mittelgroße Kartons mit zu archivierenden Dingen mussten meine Männer danach in den Keller tragen, ehrlich gesagt, ohne dass man meinem Büro eine große Veränderung angesehen hätte, außer dass ich die drei Meter vom Schreibtisch bis zum Materialschrank jetzt ohne akrobatische Klettereinlage schaffe. Aber ich arbeite dran. Und über den Zustand des Kellers wollen wir an dieser Stelle lieber schweigen. Er böte Potenzial für weitere gute Vorsätze. Aber sicher nicht mehr in diesem Jahr. Die Woche im Januar war zwar sehr fruchtbar, aber sie hat mich auch echt erschöpft. Außerdem finde ich, dass ich vorsatztechnisch für dieses Jahr erstmal ausgesorgt habe. Was soll denn jetzt noch kommen? Mehr Sport, weniger essen, kein Alkohol? Quatsch! **Ich habe die Steuerunterlagen sortiert!**

Dieses schöne Gefühl musste ich dann gleich mit einer Freundin in der Frankfurter Skyline Plaza feiern. Und mit einem Blüschen oder zweien. Auf der Heimfahrt wurde mir bewusst, dass die Aktion mit der Steuer außerdem extrem nachhaltig ist: Eigentlich hätte ich im nächsten Jahr auf den letzten Drücker die Unterlagen für 2017 gesucht. Mein Steuerberater würde sich sicher freuen, wenn ich den diesjährigen Elan beibehalten würde, und 2019 dann gleich 2018 in Angriff nähme. Aber das mache ich nicht. Ich setze bis 2020 aus. Wenn das mal kein guter Vorsatz ist!

In meinem Jahreshoroskop heißt es übrigens unter anderem: „Sie haben die Kraft, nicht nur zu träumen, sondern diszipliniert und voller Engagement Dinge konkret anzupacken." Aber davon lesen Sie nächstes Mal!

Freibeuterin

Also, ich wusste es ja schon immer, und ich hätte es auch für mich behalten, aber jetzt kann man es ja ganz öffentlich nachlesen: Ich bin eine Freibeuterin der Liebesmeere! Jawohl! Warum mein Mann so gelacht hat, als ich ihm das am Frühstückstisch vorlas, weiß ich bis heute nicht, aber das tut auch nichts zur Sache.

Die Astrologin Edda Constantini von der Fachzeitschrift „myself" kennt mich wirklich! Obwohl ich zugeben muss, dass ich auf einige Dinge noch warte, die sie als gegeben voraussetzt: In Sachen Liebe und Sex würde es nämlich bei mir „so *busy* zugehen wie im Airbnb-Topseller auf Ibiza mit Pool und Dachterrasse". Könnte ich jetzt im 20. Jahr meines Ehelebens nicht so direkt sagen, hört sich aber interessant an!

Jetzt hoffte ich nur, dass die Fachfrau nicht jedem Sternzeichen solch tolle Sachen attestiert, schließlich will man, zumindest im erlauchten Club der Liebesmeerfreibeuterinnen, in dem sich übrigens alle Wassermannfrauen mit Freuden tummeln dürfen, unter sich bleiben. Aber was soll ich sagen: Exklusiv geht anders:

Die Fischefrauen dürfen im „kosmischen Sandkasten sitzen und dank Venus ganz hemmungslos ihrem Spieltrieb nachgeben", während eine „Welle der Leidenschaft über sie hinwegfegen wird wie ein karibischer Hurrikan". Joh, hört sich auch nicht schlecht an, oder? Bei Widderfrauen reihen sich „vielversprechende amouröse Phasen aneinander wie bei einer Perlenkette", während, tut mir jetzt echt leid für die Stierinnen unter Ihnen, deren Liebesleben so „vertraut und verstaubt daherkommt wie ein Autorenfilm". Ach nein, schau an, auch hier ein Hoffnungsstrahl: Später im Jahr „glitzert Venus lüstern in Goldpailletten". Puh, das ging ja nochmal grade so gut! Und die Zwillinge? Für Sie, liebe Damen, halten „Venus und Mars mehr als nur ein Bett im Kornfeld bereit!" Also, rein in die Hippie-Jeans, Daumen hoch und auf Jürgen Drews warten oder was? Da könnte ich mir zur Not auch noch was Schöneres vorstellen. So wie die Krebsdamen: Ihr Liebesleben wirkt wie „ein Multiple-Choice-Test ohne falsche Antworten", im April leuchten sie wie „eine Lavalampe aus den 60ern, gutes Essen und grandioser Sex sind garantiert!". Wo bitte kann man nochmal sein Sternzeichen ändern lassen?

Das frage ich natürlich nicht für mich, denn ich kenne mich natürlich mit beidem bestens aus - besonders das mit dem guten Essen hab' ich drauf -, sondern für die Löwinnen, die sich darauf beschränken müssen, dass sich zumindest bei Paaren die im „Frühling saisonal üblichen Gefühle einstellen". Naja, besser als gar keine Gefühle, oder?

Wenden wir uns den Jungfrauen zu, die sollen ja auch mal zum Zuge kommen, und das tun sie wohl, und wie: In deren Liebes- und Sexleben geht es zu wie „in einem wilden Garten, in dem es so bunt wuchert wie in einem Bühnenbild von Tim Burton. Waagefrauen indes müssen tapfer sein: Ihnen droht eine „Intimlücke". Ich hoffe, das ist nix, womit sie zum Frauenarzt müssen, sollte man aber vielleicht mal abklären lassen. Die Fachfrau empfiehlt den Waagefrauen – allerdings ohne auf Risiken und Nebenwirkungen einzugehen - daher, es doch mal mit Wischen bei Tinder zu probieren. Also, mit denen will man dann lieber auch nicht tauschen.

Skorpioninnen haben „im Dschungel ihres Unterbewussten die wildesten Gefühle" – wer kennt's nicht? –, und Schützefrauen dürfen sich endlich, nachdem „Spaßbremse Saturn ihr süßes Leben gezügelt" hatte, auf einen Hormon-Boogie-Woogie einstellen und auf eine aktive Rolle in einem kitschigen Liebesfilm. Will man das oder kann man nochmal umbestellen? Bleiben noch die Steinböckinnen, ein echtes alternatives Sternzeichen, finde ich, fühlen sie sich doch wie „in einem Vergnügungspark, der nie schließt, mit Erotik ohne Ende!"

Wenn ich gewusst hätte, dass das alles in nur einer Zeitschrift zu finden ist, hätte ich mir viel Geld sparen können, denn ich habe noch die Horoskope von emotion, Brigitte, Maxi und Für Sie in petto. Ich heb die mal auf und werde Ende des Jahres mal Bilanz ziehen. Dann nämlich soll ich, wenn ich Frau Constantini Glauben schenken darf, auf ein Jahr zurückblicken, das bunter wirkt als das Holi-Festival in Neu-Dehli. Bis dahin setze ich jetzt mal meine Segel und fahre auf meinen Liebesmeeren rauf und runter. Welche das sind, wollen Sie wissen? Na, die Schwalm und die Krebsbach!

Die Zwanziger kommen!

„Du siehst aber müde aus!" Das sagte kurz vor Weihnachten ein netter Herr zu mir, der ab und zu seine Nase in mein Büro steckt und es dieses Mal tat, als ich mit schreckgeweihten Augen eine E-Mail öffnete, in der mir eine Deadline von Mitte Februar auf Mitte Januar vorverlegt wurde – und das mit Weihnachten, Silvester und Neujahr im Genick – die Zeit, in der selbst ein emsiges Land wie Deutschland für mehrere Wochen in die Winterstarre fällt. Ich schaute auf meinen Kalender und strich meinen Urlaub am 2. Januar durch, um alle nötigen Maßnahmen zu treffen. Drei Damen aus meinem Team taten es mir gleich. Ich nutzte den Moment, um wieder mal mit großem Entsetzen auf meinen Terminkalender zu blicken, der bis zum Fest noch randgefüllt war, und ich fragte mich, warum um Himmels Willen in der letzten Arbeitswoche noch eine Betriebsversammlung und ein Erster-Hilfe-Kurs liegen müssen, und ich überlegte mir, dass ich mich bei dem Kurs ja zu Testzwecken als Koma-Patientin zur Verfügung stellen könnte, was meinem energetischen Zustand so kurz vorm Fest durchaus entgegengekommen wäre.

Aber ich will mich ja nicht beschweren. Selbst gewähltes Schicksal, würde ich sagen, denn neben den vielen dienstlichen Terminen hatte ich in diese Tage auch noch fast jeden Tag etwas Privates gelegt: Ich ging essen mit dem Pilates-Kurs, um mir an einem Abend alle, wirklich alle in dem vergangenen Jahr abtrainierten Kalorien wieder draufzuschaffen. Darauf erhoben wir in schöner Frauenrunde die Gläser und tranken auf unser Powerhouse! Das muss bei allem Stress auch mal gehen, finden Sie nicht? Genauso wie das das ultimative, stimmungsvolle Weihnachtskonzert in Schlitz, für das wir im August schon die Karten hatten – zu einem Zeitpunkt, als sich im Dezember noch kaum ein Termin befand. Konnte ja keiner ahnen, dass da noch was dazukommt! Dann natürlich auch das traditionelle Weihnachtstreffen mit den Schulfreundinnen in Frankfurt, das nun durch glückliche Fügung doch erst im neuen Jahr stattfindet, aber auch hier schon randvoll umzingelt von Neujahrstreffen, Neujahrskonzerten und Neujahrstheatern aller Art. Blieben noch der Weihnachtsmarkt zum 4. Advent, wo ich wie in jedem Jahr das Café betrieben habe, und natürlich der Wunsch, einen Tag drauf vielleicht doch nochmal den Fuldaer Weihnachtsmarkt zu besuchen, der aber dann doch den zeitlichen Realitäten zum Opfer gefallen ist. Am Morgen vor Weihnachten habe ich mich dann vom Osteopathen nochmal so richtig quälen lassen, um möglichst fit, gelenkig und schmerzfrei bereit zu sein für die großen Dinge zum Jahresende und zum Jahresanfang. Wer weiß, wofür es gut ist.

Wahnsinn, oder? Ich blickte auf meine To-Do-Liste und stellte fest, dass ich so kleine Dinge wie „Weihnachtskarten schreiben" oder „Geschenke kaufen" unbedingt noch vor Weihnachten erledigen müsste, andere unbedingt noch vor Silvester. Auch diese Tage schienen vor kurzem noch frei verfügbar und wurden entsprechend vollgeknallt. „Wenn die stille Zeit vorbei ist, dann wird es auch wieder ruhiger", sagte einst Karl Valentin. Ich weiß ja nicht, ob er sich da nicht vielleicht doch vertan haben könnte. Wieder fällt mein Blick auf meine To-Do-Liste, die eigentlich ein Heft ist.

Anfang letzten Jahres habe ich es nach einem Vortrag über Zeitmanagement angefangen. Ein Heft anstelle von losen Zetteln, hieß es, hat unglaubliche Vorteile. Welche das sein sollen, hat sich mir zwar nicht erschlossen, und geholfen hat es mir auch nicht, aber es sieht beeindruckend aus. Und erschreckend, denn die erste Seite, die im Januar 2019, beginnt mit „aus 2018". Und auf dieser Seite ist von allen Seiten in dem Heft, immerhin 26, am allerwenigsten durchgestrichen. Zwölf von 20 Aufgaben aus dem letzten Jahr, also aus 2018, sind noch unerledigt und ich frage mich, ob es sinnvoll ist, sie ins neue Jahrzehnt mitzuschleppen. Aber irgendwie habe ich mich auch schon ganz schön an sie gewöhnt. Auf fast allen anderen Seiten ist es mir gelungen, das meiste zu erledigen; manchmal konnte ich nach einiger Zeit ganze Seiten abhaken. Dennoch schauen mich zwischendurch einige unselige Posten wie „Ablage 2017" oder „Steuer 2018" vorwurfsvoll an. Ich finde, sie haben es verdient, auch im neuen Heft wieder mitgenommen zu werden – schließlich haben sie sich hartnäckig gehalten. Und wie heißt es doch so schön: Neues Spiel, neues Glück!

Und heute beginnen sie dann also, die Zwanziger. Ob sie golden werden, müssen sie erst noch zeigen. Vielleicht liegt es an uns, sie ein wenig zum Glitzern zu bringen. Das schreibe ich gleich mal auf mein neues To-Do-Heft. Vorne drauf:

Die zwanziger Jahre beginnen! Let them swing!

P.S.: Ich habe gelesen, dass ein Jahr wie 2020 nur alle 101 Jahre erscheint. Das letzte war 1919, das nächste ist 2121. Nicht alle Menschen erleben ein solches Jahr, noch dazu eines mit einem Tag mehr als sonst. Wir sollten all das gut nutzen!

P.P.S.: So hoffnungsvoll kann man in ein Jahr starten – und dann wird es 2020!

.

Der fast C-freie Jahresrückblick

Ja, es ist Corona, es war das ganze Jahr Corona und es wird auch noch ein bisschen bleiben. Ich denke, darauf können wir uns alle einigen, wenn auch ungern. Jede und jeder von uns hat ihre und seine Erfahrungen damit gesammelt, persönlich, allgemein, erträglich oder unerträglich. Zum Ende des Jahres will ich mal nicht darüber sprechen, was dieses Thema alles mit sich gebracht hat, sondern darüber, was das Jahr jenseits von Corona war. Denn wir hatten 365 plus einen Tag zur Verfügung. Tage, an denen Menschen sich verliebt oder entliebt haben, Tage, an denen Kinder gezeugt wurden oder geboren sind, Tage, an denen Menschen gestorben sind – auch ohne das Virus. Tage, an denen wir Schönes erlebt haben, Freundschaften und Familie intensiver gespürt haben als sonst vielleicht. Tage, an denen uns klar wurde, wie wichtig uns Selbstverständliches ist.

Keine Angst, es wird hier nicht so heilig und pseudophilosophisch, wie man jetzt vielleicht befürchten könnte, aber das musste jetzt einfach mal gesagt werden. Vielleicht können wir uns ja darauf einigen, unsere Gespräche mal wieder ein bisschen weniger C-lastig und dafür mehr L-lastig, also lebenslastig (gerne auch lebenslustig) zu machen. Und so habe ich mich auf die Suche nach anderen Themen gemacht und mir Gedanken darüber gemacht, was in diesem Jahr Schönes, Neues und Altes passiert ist. Die Auswahl ist spontan und wie immer Ausdruck mangelnder Zeit, aber genauso brainstormt man ja, also, stürmen Sie mit:

Ein schönes Ereignis in diesem Jahr war sicherlich die Abwahl des eichhornfrisierten Machthabers jenseits des großen Teichs. (Sorry, ihr lieben Eichhörnchen, ich weiß, dass euch das mit dem Frisurenvergleich nicht recht ist, aber ich nutze den Vergleich jetzt zum letzten Mal, ich versprech's euch.) Ich weiß nicht, ob er das inzwischen verstanden hat, aber man hört erstaunlich wenig von ihm – ein gutes Zeichen in diesen aufgewühlten Zeiten, finden Sie nicht?

Bei Neuem fällt mir jetzt außer dem Impfstoff nicht so richtig viel ein – toll, aber zu C-lastig, deshalb gleich weiter zu Altem. Es gibt wirklich alte Dinge, die wiedergekommen sind. Mehr und mehr habe ich in diesem Jahr weiße Tennissocken gesehen. Sie auch?

Unglaublich – sie wurden nicht mal verdeckt unter einer langen Hose getragen, sondern von hippen, jungen Leuten zu kurzen Beinkleidern, adrett hochgezogen, jenseits jeglicher jugendlichen Schlampigkeit, und was soll ich sagen, es macht mir ein wenig Angst. Zählten diese Socken nicht eindeutig zu den verachtenswerten Modesünden der geschmacksverwirrten Achtziger- und Neunzigerjahre, die wir Kinder dieser Jahrzehnte glücklicherweise ohne bleibende Schäden überstanden haben? Und habe ich nicht hier und da in den Modemagazinen wieder Karottenhosen gesehen? Karottenhosen! Heute hießen sie „Mom Jeans" (Warum nur?) oder Paperbag-Hose. Muss man nicht verstehen, aber ganz ehrlich, ich hätte sie auch umbenannt, um etwaige Verbindungen zu früheren Ausfällen zu vermeiden. Schulterpolster zu zu großgeschnittenen Blazern waren auch dabei, ebenso wie Animal-Prints, denen ich persönlich durchaus zugeneigt bin. Die Leggins sind zurück und die neonfarbenen Glanzblousons ebenso. Da kann man nur froh sein, dass man im Alter nicht mehr alles tragen muss, was so auf den Markt kommt. Und nicht alles tragen kann:

Nachdem sich die letzten Jahre ja bereits der Vollbart in der Männermode wieder einen festen Platz in der öffentlichen Wahrnehmung erobert hat, zieht nun sein kleiner Bruder, der Schnauzbart, auch bekannt als Pornobalken, nach. Ich kann's natürlich verstehen, dass er aus seinem Schattendasein herauswill, aber wer außer Rudi Völler, Thomas Magnum und meinem Onkel Gerhard kann guten Gewissens und ohne Einbußen des An- und Aussehens wirklich einen Schnurrbart tragen? Diese Frage ist, finde ich, angesichts der C-Lage in diesem Jahr völlig ins Abseits geraten.

Aber jetzt nochmal was weniger Profanes und außerdem Neues: In diesem Jahr hat die Bundesregierung ein Verbot von Einwegkunststoff-Produkten auf den Weg gebracht. Wegwerfprodukte wie Einmalbesteck und -teller, Trinkhalme, Rührstäbchen, Wattestäbchen und Luftballonstäbe aus Plastik, To-Go-Lebensmittelbehälter und Getränkebecher aus Styropor sollen nicht mehr auf den Markt kommen. Eine gute Nachricht, finde ich, für dieses und die kommenden Jahre.

Ob es das jetzt schon war? Ob meine Aufzählung hier schon zu Ende ist? Ob die einzig wirklich gute Nachricht ist, dass dieses Jahr irgendwie rumgegangen ist und hoffentlich wenige von uns Schaden genommen haben? Ich weiß es nicht. Ich habe gegoogelt „Was war gut an 2020?" und habe außer den vielzitierten positiven Corona-Folgen (Umwelt, Solidarität, Kreativität) nichts gefunden. Macht nix, dachte ich, dann aktivierst du halt deine kleine private Suchmaschine, die mächtigste Whatsapp-Gruppe der Region. Und da kamen viele kleine, schöne persönliche Erlebnisse, die auf den ersten Blick vielleicht C-frei waren, indirekt aber doch davon beeinflusst. Viele hatten mit Hunden zu tun, und mir fiel ein, dass allein in meinem Bekanntenkreis sich in diesem Jahr fünf Familien einen Hund angeschafft haben – zum ersten Mal! Wenn das mal nicht doch was mit der Pandemie zu tun hat, schließlich darf man mit Hund immer raus und ist auch drinnen nicht so einsam. (Wir hätten übrigens einen zu verleihen, sollten Sie mal in Quarantäne sein und einen Grund zum Rausgehen benötigen.)

Upps – und schon bin ich doch wieder beim Thema des Jahres gelandet, das sogar das Wort des Jahres geworden ist. Wenig originell. Wie es aussieht, führt kein Weg dran vorbei, keiner. Dann war es halt so, 2020. Die Medien nennen es ohnehin schon „Corona-Jahr". Auch wenig originell, aber getragen von der Hoffnung, dass 2021 anders heißen wird.

Mein Plan für das neue Jahr, den ich nur mir Ihnen umsetzen kann: Lassen Sie uns doch einfach nach anderen, schönen Themen schauen: Kochrezepte, Urlaubspläne (ja, wir trauen uns was!), Living at home, Literatur, schöne Gegend, nette Freunde, Lieblingswein, Spieleabend, Familienleben, alte Autos, schöne Blumen, Süßigkeiten – da wird uns doch was einfallen, oder?!

Selten hatte ein neues Jahr so viel Potenzial besser zu werden als das alte – geben wir ihm eine Chance!

ALLTAGSWAHNSINN

Düsenjet-Alarm

Kinder sind ein steter Quell der Freude. Keine Ahnung, wer das gesagt hat, aber es gibt viele Momente, bei denen mir dieser Satz in den Sinn kommt und mir – gelinde gesagt – doch ein wenig zu optimistisch erscheint. Diese Woche musste ich daran denken, als ich am Rand des hiesigen Schwimmbeckens saß und wartete, bis mein Sohn seinen Bahnen geschwommen hatte. Es war Vereinsschwimmen und viele Mütter und vielleicht auch ein paar Väter hatten ihren hoffnungsvollen Nachwuchs dort abgegeben, damit er das eine oder andere Schwimmabzeichen nachhause bringt, vielleicht auch nur, damit er eine Zeitlang von zuhause weg ist und müde, sehr müde zurückkommt.

Viele Freiwillige des Alsfelder Schwimmvereins waren vor Ort und wurden offenbar nicht müde, den Kindern die richtige Haltung zu zeigen, sie zu trösten, wenn es nicht klappte oder sie zu motivieren, wenn der Mut sie verließ oder erst gar nicht gekommen war. Alles schön, wenn auch für meine Verhältnisse schon ein wenig zu wuselig. Doch das ganz normale Gewusel war nichts im Vergleich zu der Geräuschhölle, die ausbrach, als am Ende der Stunde noch ein paar Minuten nach Herzenslust gespielt werden durfte. Ein Getobe und Geschreie machte sich breit, wie ich, Mutter von drei Söhnen, es so bisher nicht kannte und wie es im Sommer ansatzweise vom hauseigenen Pool des Nachbargrundstücks zu uns rüberschwappte. Unnötig zu sagen, dass hier wie da Mädchen im Spiel waren, sehr kleine Mädchen im Übrigen. Kinder müssen im Schwimmbad bekanntlich immer ganz furchtbar laut und schrill schreien, um ihre Freude auszudrücken - das ist zumindest von mir empirisch so bewiesen. In welche Höhen sich aber schon kleinste Mädchen auf einer Luftmatratze oder mit einer Badenudel in der Hand schwingen können, das war mir nicht bekannt. Es mag sein, dass auch die Akustik im Schwimmbad das Ihre dazu beigetragen hat, auf jeden Fall gingen mir am Beckenrand die Schreie durch Mark und Bein. Ich zuckte mehrfach heftig zusammen, wenn die Mädchen ihre Freudenrufe ausstießen – woher sie die aus ihren schmächtigen Körperchen nehmen? Keine Ahnung. Im selben Moment wurde mir bewusst, dass die Weltherrschaft der Frauen bisher nur daran gescheitert ist, dass sie sich ihr eigenes Schreipotenzial noch nicht zu Nutze gemacht haben. Ich denke schon, dass wir damit das eine oder andere bewirken könnten, Mädels! Ich hatte Visionen von einer kreischenden Amazonenmacht, vor denen alle Angreifer mit zugehaltenen Ohren kapitulieren müssten. Vielleicht würde auch schon ein bisschen mehr Geschrei im Alltag Wirkung zeigen und Typen wie Weinstein & Co. in die Arme der niedergelassenen Ohrenärzte treiben, wo sie mit Sicherheit gut aufgehoben wären. Aber ich schweife ab.

Mittendrin in dieser Höhle, stoisch, ruhig und gelassen: die Freiwilligen des Schwimmvereins. Kein Zucken durchfuhr sie, als sie aufpassten, dass trotz des Trubels nichts passierte, dass auch die Ruhigeren zu ihrem Recht kamen und dass auch die Draufgänger Platz für die anderen machten. Da mochten die jungen Damen noch so kreischen: Die Crew blieb gelassen. Was nehmen die, fragte ich mich, und: Kann ich das auch haben?

Und wieder einmal durchfuhr mich eine tiefe Bewunderung für Menschen, die sich freiwillig mit vielen Kindern auf einem Haufen abgeben. Das war schon so, als ich früher meine Kinder noch im Kindergarten abgegeben habe und dachte: Wenn mein Tag so anfangen würde, dass dreißig Mütter mir ihre Kinder bringen, bevor sie sich selbst – womöglich in irgendeinem Büro – einen schönen Lenz machen würden, dann vielen Dank. Ich stellte mir vor, wie an einem Wintertag alle dreißig Kinder der Zwergengruppe endlich in Schneeanzügen, Stiefeln, Mützen, Schals und Handschuhen zum Abmarsch bereit waren, als die ersten von ihnen schon wieder auf die kleinen Klos mussten. Das war ja bei uns zuhause mit dreien schon immer so! O Gott! Nachträglich nochmal ein Riesendankeschön. Ich weiß, es kommt spät. Immerhin werden die Erzieherinnen wenigstens bezahlt. Wenn auch nicht nach Dezibelbelastung. (Untersuchungen haben ergeben, dass es in der Kita bis zu 117 Dezibel (dB) laut wird. Zum Vergleich: Ein in 100 m Entfernung startender Düsenjet ist „nur" 100 dB laut. Das berichtet die Website www.pro-kita-de.)

Ähnlich oder höher dürften die Messungen im Alsfelder Schwimmbad ausfallen. Zeit also für ein Dankeschön an die Mitglieder des Alsfelder Schwimmvereins, und wenn wir schon dabei sind, an die tollen Männer und Frauen bei der Alsfelder

Feuerwehr, die spätestens nach jeder 24-Stunden-Übung mit 20 Kindern und Jugendlichen einen dreiwöchigen Wellness-Urlaub verdient hätten, an die vielen Trainerinnen und Trainer in Fußball-, Handball- oder anderen Sportvereinen, die geduldigen Damen bei den Faschingsvereinen, die ja bekanntlich nicht nur mit Kindern trainieren, sondern sogar mit Männern, mit Männern! (Man kann halt immer noch eins draufsetzen ...) Die Dirigentinnen und Dirigenten verschiedener Chöre und Orchester und alle, die sich kümmern, damit unsere Kinder eine Existenz jenseits von Smartphone und Tablet kennenlernen. Vielen Dank dafür!

Warum heute, werden Sie sich fragen. Ist denn Tag des Ehrenamts oder so?! Nein, ist es nicht. Ist mir im Schwimmbad nur mal wieder richtig aufgefallen. Als ich draußen war und Ruhe einkehrte.

Sächsism

Manchmal verreisen wir. Gerade eben war es wieder so weit.

Dresden stand auf unserer Bahnfahrkarte in den vermeintlich wilden Osten. Die sächsische Landeshauptstadt, so erfuhren wir auf einer gebuchten „Entdeckertour" per Doppeldeckerbus, Schwebebahn (die in Wirklichkeit eine Hängebahn ist) und Raddampfer von einem eingefleischten Loschwitzer, was wiederum ein Stadtteil von Dresden ist, ist nach Berlin, Hamburg und Köln die flächenmäßig viertgrößte deutsche Stadt. Das überraschte mich einigermaßen, denn ich fand unseren Radius zwischen Bahnhof, Altstadt und Elbe doch recht überschaubar. Wir erfuhren außerdem, dass in Dresden – wie wir Westdeutschen ja gerne unterstellen – gar kein Sächsisch gesprochen wird, sondern lupenreines Meißner Kanzleideutsch – die Sprache übrigens, die der Bibelübersetzung zugrunde lag und aus der sich später das Standarddeutsch entwickelt hat. Unser Gästeführer verstieg sich bei seinen Ausführungen sogar zu der Aussage, dass selbst das Bayrische letztendlich vom Meißner Kanzleideutsch abstamme – das würde ich aber bezweifeln. Ich glaube, Bayrisch ist ganz allein vom Bayrischen geprägt und kam und kommt wie die bayrische Restkultur seit jeher und für alle Zeiten ohne äußere Einflüsse aus. (Und wohin das führt, weiß man ja...) Sogar ihren eigenen Kaffee haben die Bayern erfunden, wie aus der schönen, ordentlichen und urbayrischen Dallmayr-Werbung hinlänglich bekannt sein dürfte.

Apropos Kaffee: Wir erklommen die Brühlsche Terrasse oder, um mit Goethe zu sprechen, den Balkon Europas, um dort die ersten Quarkkeulchen unseres Lebens zu kosten – mit Kaffee und Blick auf die Elbe natürlich und bei strahlendem Sonnenschein, denn den hatten wir selbstverständlich mitgebucht. In der Semper-Oper staunten wir darüber, dass auch das Gebäude selbst mitunter mehr Schein als Sein ist und man sich besser nirgends anlehnt. Wir erfuhren, dass man die Nachhallzeit in einem Raum wie dem Saal der Oper am besten mit einem Revolverschuss misst und dass Wein und Theater – in der Kunst und im Alltag – immer irgendwie zusammenhängen. Reisen bildet eben, da kann man sich gar nicht dagegen wehren.

Wenn man dann so als ausgemachtes Landei in die Großstadt kommt, dann will man natürlich auch shoppen – also rein in die Riesen-Mall am alten Marktplatz! Erstmals in meinem Leben betrat ich mit meinen Jungs einen Hollister-Laden. Während sie mit ihren drahtigen XS-Bodys dem geltenden Schönheitsideal voll entsprechen, wurde ich dort nicht fündig, obwohl es – allen Gerüchten, die mir stets von nachtschattener Dunkelheit in diesen In-Shops berichtet hatten – hell genug war, selbst für mich. Mit geübtem Auge lief ich auf eine sehr coole Sommerjeans zu – allerdings nur um festzustellen, dass Hosengrößen über 29 hier nicht vorkamen: Das Spektrum startete bei 24 – ich hätte die Hose also durchaus mühelos über meine Arme ziehen können -, und ich fragte mich, welches Kind mit Größe 24 sich wohl eine Hose für 160 Euro leisten könnte. Wenigstens blieb mir auf diese Weise ein übereilter Kauf erspart, außerdem befand ich mich mit den vorhandenen Klamotten in bester Gesellschaft.

Unsere Unterkunft hatten wir nämlich in der City-Herberge, einem in eine hippe, urbane Jugendunterkunft umgestylten Plattenbau. Hier verkehren inzwischen viele Familien mit Müttern, die wohl alle irgendwie meiner Peer-Group zugeordnet werden können: Altersmäßig plus/minus fünf Jahre (okay, eher minus fünf Jahre), Geisteszustand halbintellektuell bis intellektuell, Stil lässig. Dazu kulturell interessiert – Frauen, die ihren Kindern und möglichst auch ihren Männern ein an Anregungen reiches Umfeld schaffen wollen. (Was nicht immer gelingt, wie man weiß.) Zu dieser Erkenntnis kam ich, weil wir uns alle auch klamottentechnisch ähnlich sahen: Abgesehen von einigen Ausreißern in die Super-Öko-Ecke schienen wir alle den nordischen Style zu mögen: Boots und Jeans, Bluse oder Shirt, Strick- oder Allwetterjacke, unkomplizierte Frisuren, Wildlederbeutel mit allem drin, was man so braucht als familieninterne Reiseleiterin. Bei den meisten anwesenden Müttern hätte ich spontan das Label oder den Kataloghandel nennen können.

Und während ich all das zur Kenntnis nahm und mich freute, dass wir so eine schöne Reise machten mit soviel Erkenntniszugewinn obendrein, merkte ich, dass mir die sächsische Sprache, Verzeihung, das Meißner Kanzleideutsch, so richtig ans Herz wuchs. Kein Wunder: Die Sachsen lassen keine Möglichkeit aus, diese Sprache, Synonym für den deutschen Osten, im Westen gerne belächelt und im Fernsehen untertitelt, ihren Gästen näher zu bringen: Auf den Speisekarten findet man gerne mal „Mid Griemelgääse übberbagnes Würzfleesch midner knackschen Bemme" oder „Scheenes von dr Stellze", und es gibt zahllose Postkarten mit schönen sächsischen Wörtern wie „Ischgrischgleidegriese" oder „Orsch werbleede". (Laut vor sich hinsagen hilft.) Bis jetzt habe ich für mich nicht geklärt, ob das aus Scheiße Geld machen ist, aus der Not eine Tugend oder einfach nur berechtigter Stolz auf einen der charmantesten Dialekte Deutschlands. Wie dem auch sei: Unser Loschwitzer Führer brachte uns das sächsische „Ja" bei, das „Nu", das sich mit vorgeschobener Unterlippe und hängenden Mundwinkeln bilden lässt und seinen Ursprung im tschechschen „ano" hat. Und deshalb nahm ich neben vielen anderen Eindrücken auch das Graffito an einer Elbebrücke mit nachhause. „Fight Sächsism" hat dort einer hingesprüht. Ich hätte es nicht schöner sagen können.

Deutschland Steht Gopf

(Ein Hoch auf die DSGVO im Jahr 2018)

Was für eine Woche! Man möge mir die groben Fehler im Titel der Glosse verzeihen. Es ging nicht anders. Hört sich sächsisch an, hat damit aber nichts zu tun, wie sich noch herausstellen wird. Was für eine Woche also: Deutschland dreht am Rad. Aufgeteilt in den Teil der Menschen, die sich für Fußball interessieren, und in den Teil, der sich dem Ernst der EU-Gesetzgebung stellen muss. Erstere sind die wesentlich Glücklicheren, auch wenn das den Fans einer gewissen weißblauroten Mannschaft aus dem süddeutschen Raum sicher nicht so ganz bewusst ist. Gemeinsam mit ihrer Hälfte der Nation konnten sie in der vergangenen Woche trefflich darüber debattieren, was aus einem nicht gegebenen Elfmeter hätte werden können – ein Thema, dessen ich mich vor Jahren schon einmal annahm, als der BVB im Endspiel des DFB-Pokals gegen besagte süddeutsche Mannschaft Ähnliches hinnehmen musste, von den blauweißroten Fans damals aber völlig anders bewertet -, und darüber, wie sich eine Mannschaft als Verlierer auch verhalten könnte, vorausgesetzt natürlich, sie hätte sich jemals mit diesem so unwürdigen wie unwahrscheinlichen Thema befasst. Auch über die gegnerischen Fans ließ sich so einiges anmerken, etwa zu der geschmacklosen bis leicht aggressiven Plakatgestaltung, die den gegnerischen Trainer ins Visier nahm. Jedenfalls ermittelt der DFB jetzt gegen beide Clubs, sodass für Gesprächsstoff auch weiter gesorgt sein wird.

Den hat die andere Hälfte des Landes ohnehin. Sie quält sich mit einer neuen EU-Verordnung, die seit zwei Jahren formal in Kraft ist und deren endgültiges Inkrafttreten jetzt so plötzlich und unerwartet wie Weihnachten über sie hereinbrach und vor schier unlösbare Probleme stellt. In elf Kapiteln, 99 Artikeln und 173 Erwägungsgründen – was auch immer Letztere sind - stellt sie dar, dass die Verbraucher jetzt noch mehr Häkchen machen müssen, wenn sie shoppen oder surfen wollen und dass auch Kleinstunternehmen, One-Woman-Shows oder Vereins-Website-Betreuer (wie ich) sicherstellen müssen, dass auf ihren Websites Datenschutzhinweise stehen, die nach wie vor niemand versteht, dass Checkboxen aktiviert werden, die der Nutzer ohnehin abnicken muss, und dass auf Bildern niemand mehr zu sehen ist, es sei denn er sei unkenntlich, tot oder analog fotografiert. Ich freu' mich drauf!

Niemand von uns, die wir zum größten Teil mehr oder weniger zufällig und jetzt zwangsläufig mit dem Thema zu tun haben, weiß, was er zu tun hat. Dafür können wir jetzt für viel teures Geld die Leistungen von Anwälten, Datenschutzexperten, IT-Experten und Verschwörungstheoretikern einkaufen, die uns davor bewahren wollen, wegen eines Verstoßes gegen die DSGVO (Deutschland Steht Gopf Vor Ordnungsgemäßigkeit) in den Knast zu gehen oder bis zu 4% des weltweiten, in meinem Fall vogelsbergweiten, Jahresumsatzes zu zahlen.

Je mehr man liest, hört und erfährt, umso wuschiger wird man und kommt zu dem Schluss, dass es am besten wäre, das Internet jetzt erstmal komplett abzuschalten, aber das wollen wir ja auch nicht. Schon allein wegen des Shoppens. Und während meine Lieblingsshops aus dem europäischen Ausland – für die die DSGVO (Digital-Soziales GroßVersagen Ogott) ja genauso gilt wir für die hiesigen Vereine – mir weiter fröhlich Newsletter schicken, kriege ich von meinem kleinen, harmlosen Kulturverein eine ellenlange Mail mit datenschützenden Ausführungen, die wohl weder ein Empfänger noch ein Absender versteht. Andere haben ihre Website vorsorglich gleich vom Netz genommen. Die Angst geht um. Und zwar nicht mal so sehr die vor dem Gesetzgeber, der sich in Deutschland dem Thema ja selbst weitgehend verweigert hat und die Klärung den Gerichten überlassen will, sondern vor denjenigen, die jetzt schon wie Aasgeier das Internet auf Verstöße durchforsten und Verursacher mit Blick auf hohe Schadensersatzforderungen vor den Kadi zerren wollen. Was allerdings so einfach nun auch wieder nicht geht und laut Bekunden verschiedener Datenschützer auch nicht die Absicht des Gesetzgebers war. Wir werden sehen, und Einzelne wie Sie oder ich können nur hoffen, dass wir nicht diejenigen sind, an denen das neue Recht zurechtgestutzt wird.

Bis ich meine Nonchalance im Umgang mit Daten wiedergefunden habe, werde ich nur noch mit einem Ziehwägelchen zu Terminen gehen. Darin befinden sich verschiedenste Vordrucke von

Einverständniserklärungen für zu fotografierende Menschen und die dazugehörigen 99 Artikel der DSGVO (Die Schönsten Grüße Von Ohneworte – nicht mal zu einem gescheiten Akronym taugt das Teil, es sei denn man steht auf so Sachen wie „Das Schreckliche Gespenst Vom Onlineland" oder so.). Für Leute, die sich nicht fotografieren lassen wollen, werde ich ein paar Augenbalken mitnehmen, weil ich nicht so gut in Photoshop bin. Ich werde Einwilligungsdaten sammeln, dass es nur so kracht, und vermutlich muss ich schon bald einen Container in den Garten stellen, um die vielen, vielen schriftlich eingesammelten Einverständnis-erklärungen mit den Daten der betroffenen Personen zu lagern. Ich werde ihn grün anstreichen, den Container, damit er nicht so auffällt und niemand dort einbricht, um sie zu klauen, die Daten; vielleicht werde ich auf dem Container schlafen, vielleicht werde ich einen Wachdienst beauftragen, vielleicht sollte ich auch nur, wie alle anderen Betroffenen auch, meine bunten Pillen wieder nehmen und gut ist.

Viel ärmer als ich und meine digitale und analoge Daten sammelnden Freunde sind nur noch diejenigen, die dies für einen rotweißblauen Verein oder Fanclub tun. Sie befinden sich in der Schnittmenge des Jammertals der Woche, noch dazu mit den gnadenlosen Ermittlern des DFB. Tut mir echt leid für euch - in Gedanken bin ich bei euch!

Die Entdeckung der Langsamkeit (II)

„Heute Morgen habe ich endlich wieder mal gefroren, stellt euch das vor!" Übers Wetter zu schreiben, hat ja schon immer so was Verzweifeltes. So was von Themenlosigkeit mit Tendenz zu gar nichts mehr. Aber wenn selbst so jemand wie ich, Sommerfan durch und durch, morgens um sieben am Schreibtisch sitzt und sich freut, endlich mal nicht daran festzukleben, kalte Beine zu bekommen, sich gar eine Jacke überzuziehen, da ist irgendwas nicht normal.

Oder doch? Ich kann mich an Sommer erinnern, die genauso waren wie dieser. Kann ich das wirklich? Kindheitssommer, die sich unendlich lang und blau und heiß vor mir ausdehnten und auf die ich bereits 1993 wehmütig zurückblickte, als Rudi Carrell seinen in diesem Jahr vielzitierten Hit „Wann wird's mal wieder richtig Sommer?" anstimmte. Ich wusste genau, was er meinte: Sommer in den Siebzigern, also ganze Sommer, Sommermonate im Badeanzug und im Schwimmbad, lange warme Abende (so lange sie in der Kindheit halt waren), meine Mutter und meine Oma nur mit Unterwäsche unter ihren Ladenkitteln hinter der heimischen Wursttheke, die Männer im Dorf wochenlang im Doppelripp (bestenfalls) oder gleich nur in kurzer Hose (weil sie es konnten oder zumindest glaubten, dass sie es konnten, oder gar nicht drüber nachdachten). Die Wohnung tagsüber abgedunkelt, damit man sich zumindest halbwegs vor der Hitze zurückziehen konnte.

Man weiß heute, dass die Erinnerung uns Streiche spielt, dass wir oft nur glauben, uns an etwas zu erinnern, weil wir sicher sind, dass es so gewesen sein muss. Ich bin mir natürlich sicher, dass es so war und dass ich es genossen habe, genauso wie in diesem Jahr. Mit etwas mehr Verpflichtungen zwar und einem ängstlichen Blick auf den Klimawandel, aber auch mit ganz viel Schwimmbad, Draußensitzen, Schwitzen, Aperol, Grillen und mit der Erlaubnis, an der Arbeit alles etwas langsamer zu tun, eher mal einen Fehler zu machen und noch vergesslicher zu sein als sonst schon. Ich selbst habe mir erlaubt, die Wohnung verloddern zu lassen und nur das Allernötigste zu tun, ungeschminkt und in unvorteilhafter Kleidung vor die Tür zu gehen und mich nicht mehr zu föhnen. Zumindest für die fehlende Frisur gibt es eine Entschuldigung: Ich hatte festgestellt, dass die Haare, während sie trocken wurden, gleich wieder nass wurden. Ich war einem physikalischen Paradoxon auf der Spur, das ich mir nicht erklären konnte, und gab es daher gleich auf. Was soll's! Natürlich hoffe ich insgeheim, dass ich mich zu alldem wieder aufraffen kann, wenn das Wetter wieder schlechter wird, und hoffe daher auch, dass es noch ein wenig so bleibt. Ich weiß, das ist unvernünftig. Aber welche Wünsche sind das nicht?

Die Wärme jedenfalls, so habe ich festgestellt, umhüllt die Menschen selbst in unseren vermeintlich so disziplinierten Gefilden mit einem Hauch von südländischer Nonchalance, lähmt eine Leistungsgesellschaft mehr als ein anhaltender, langer Winter, legt sich schwer über den Tatendrang, den man hier und da verspüren mag oder glaubt verspüren zu müssen, umfängt die Menschen mit einer nie gekannten Art der Langsamkeit. Und nicht nur – so wie ich vor einigen Jahren über einen denkwürdigen Schwimmbadbesuch schrieb – für einen kleinen Nachmittag lang, sondern für nun schon zwei Monate. „Das ist bestimmt die Hitze" – dieser Grund gilt für alles: Magengrummeln, Faulheit, fehlende Konzentration, Schweißausbrüche, strähnige Haare, dicke Füße, verlaufene Mascara: „Mach dir nichts draus!"

So wird das Dolcefarniente geboren – und das im Vogelsberg!

Am Anfang des Sommers, wenn die Temperaturen, endlich mal auf über 25 Grad klettern und damit gemäß den Meteorologen echte Sommertage sind, begeistert man sich in unseren Breiten ja richtiggehend. Die Grills gehen gar nicht mehr aus, jede mögliche Minute wird draußen verbracht, denn der gemeine Deutsche (und der gemeine Oberhesse im Besonderen) weiß, dass diese Abende rar sind, dass jeder Sommertag, jeder Sommerabend genutzt werden muss. Ein Gefühl, dass nun nach sieben, acht Wochen langsam abgeflaut ist, besonders, wenn die Temperaturen anhaltend auf über 30 Grad klettern und sich da so festsetzen, als hätten sie sich verlaufen. Sollten die nicht eigentlich in Italien oder Spanien sein? Und bald kommt dann die Zeit, wo man auch mal wieder abends um viertel nach acht einen Tatort schauen will, obwohl das Wetter noch so gut ist. Wo man nicht das ganze Essen und Geschirr auf den Balkon schleppt, nicht nur, weil es zu heiß ist draußen, sondern weil man keine Lust mehr dazu hat.

Gestern Abend, als ich nochmal auf dem Balkon stand und die Temperaturen auf unter 15 Grad gefallen waren, roch es schon ein wenig nach Herbst, ganz so, wie es im Februar manchmal schon nach Frühling riecht. „Jetzt noch nicht", dachte ich. „Bleib noch ein wenig, lieber Sommer. Ich will auch wieder das Essen raustragen und abends kein Fernsehen mehr schauen, solange du da bist." Ein Blick auf die Wetter-App lässt hoffen.

Also: Raus mit uns!

Wahlvorschläge, bitte!

Ich bin Staatsbürgerin. Ein hohes Amt, finde ich. Ich verteidige die Demokratie, wo es geht. Nicht, weil ich sie perfekt finde, aber besser als alles andere, was die Menschheit bisher so fürs Zusammeneben im großen Stil erfunden hat. Und ich bin nicht intelligent genug, mir was Besseres auszudenken. Leider. Denn es wäre Zeit. Es läuft nicht gut mit der Demokratie. Sie lässt irgendwie alles mit sich machen, finde ich. Sie müsste viel mehr zeigen, was sie wert ist und dass jetzt mal Schluss ist mit lustig. In den letzten Tagen wurde mir das an vielen kleinen Beispielen bewusst. Als ich im Landtag war, zum Beispiel.

Zusammen mit einem Bus voll interessierter Bürgerinnen und Bürger wollte ich meine gewählten oder auch nicht gewählten Abgeordneten mal in Aktion erleben. Live und in Farbe. Gar nicht so einfach. Als wir vorschriftsmäßig und natürlich von langer Hand geplant am Landtag ankamen, wurde uns mitgeteilt, dass unsere Abgeordneten ihr Vormittagsprogramm überzogen hatten (was ja erstmal für ein engagiertes Parlament spricht) und jetzt erst in ihre zweistündige, ich wiederhole, zweistündige Mittagspause gingen. Das wäre mittwochs so. Also, das mit der langen Pause. Freundlich lächelnd zogen die wichtigen Herren und Damen, unsere Volksvertreter, an Teilen ihres Volkes vorbei. Nicht eine Sekunde dachten sie daran, dass sie ihrem Souverän ja vielleicht mal ein bisschen was schuldig wären – so performancemäßig –, und dass sie vielleicht auf eine Stunde ihrer Pause verzichten könnten, wenn sich 40 Leute auf den weiten Weg zu ihnen gemacht haben. Wir bezahlen sie schließlich – jeder Einzelne zwar nur mit einem minimalen Anteil, aber im Kollektiv dann doch. Nicht, dass ich den Abgeordneten das feine Mittagsessen nicht gönne. Aber wenn ich irgendwo arbeite und meine Chefs kommen extra angereist, um mir dabei zuzuschauen, da fühle ich mich schon so ein bisschen unter Druck und wäre eventuell bereit, auf Pausen jeglicher Art zu verzichten, um ein gutes Bild abzuliefern. Doch das mit dem Dienstleistungsgedanken haben die Abgeordneten offenbar noch nicht so richtig verinnerlicht.

Als die Pause um war, durften wir ihnen noch 15 Minuten zuschauen. Sie kamen pünktlich zu ihrer Sitzung, teilweise zumindest, und nahmen ihre Plätze ein. Dort unterhielten sie sich mit ihrem Sitznachbarn, daddelten auf ihren Handys, lasen Zeitung oder bereiteten einen Redebeitrag vor. Von oben, wo wir saßen, machte es den Eindruck einer schlechterzogenen Schulklasse. Am Rednerpult mühte sich ein Vertreter der Linken mit gar nicht mal so dummen Gedanken zur Wohnpolitik und Wohnrealität. Einzig seine Parteigenossen hörten ihm zu und applaudierten. Andere riefen immer mal dazwischen, aber sonderlich interessiert war niemand. Der Redner selbst gab zu Beginn seines Auftrittes zu, dass er bisher nicht dazugekommen sei, den kurz zuvor noch eingereichten Antrag der SPD zu lesen – offenbar war die zweistündige Mittagspause zu kurz -, was aber auch egal wäre, da man ihn ohnehin ablehnen werde. Ich persönlich fragte mich nach dem Demokratieverständnis der Abgeordneten auf der einen Seite und der Bedeutung des Wortes Parlament auf der anderen. Hat zwar mit Sprechen zu tun, das stimmt und das wurde ja auch genutzt, aber ich dachte, so ein bisschen Zuhören wäre da irgendwie mitgemeint.

Der Besuch im Landtag ließ mich aber nicht nur deshalb an der Demokratie zweifeln, weil ich mich fragte, wie auf diese Weise jemals überhaupt ein tragfähiger, demokratisch herbeigeführter Beschluss gefasst werden könne, sondern auch, weil ich quasi nebenbei erfuhr, dass wir zur Landtagswahl auch noch über 15 Verfassungsänderungen in Hessen abstimmen dürfen. Ich bin jetzt nicht immer so super auf dem Laufenden, aber ich würde behaupten, wenn ich es nicht weiß, dann wissen es 50 bis 75% der Wählerinnen und Wähler bisher auch nicht. Wann bitte soll uns das denn mitgeteilt werden, fragte ich mich, und war so ein bisschen am Verzweifeln. Es war die Woche, in der sich Herrn Maaßens Schicksal anschickte, eine Wendung zu nehmen. Inzwischen wissen wir, welche Wendung das zumindest vorübergehend war, und wenn Kevin Kühnert von der SPD sagt, dass der Innenminister („Du weißt schon wer") mit seiner Entscheidung, einem Mann, der in dem einen Amt als nicht mehr tragbar erachtet wird, ein höher dotiertes und bis zu diesem Zeitpunkt zumindest noch besser angesehenes Amt zu übertragen, den Bürgerinnen und Bürgern den Mittelfinger gezeigt hat, dann ist das sehr untertrieben.

Ein Schock für alle Menschen wie mich, die ihre Umgebung von den Vorzügen der Demokratie überzeugen wollen und dazu auch gleich noch von der Nichtwählbarkeit populistischer Parteien. Es war die Woche, in der ein Wald für Braunkohle – deren Abgesang zumindest nach außen schon begonnen hat – und den Profit eines offenbar gut vernetzten Konzerns abgeholzt wurde. Es war die Woche, in der der Verkehrsminister den VW-Konzern dann doch wieder vor Hardware-Umrüstungen beschützte und die Verantwortung für das Fehlverhalten desselben auf die Dieselfahrer abwälzte. Und es war die Woche, als ich erfuhr, dass es jede Menge Ehrenamtlicher gibt, die von ihrer Aufwandsentschädigung Steuern zahlen müssen, was für Firmen wie Amazon und Starbucks erst noch zu beweisen wäre. Wenn man dann noch bedenkt, dass eine Verfassungsänderung die Stärkung des Ehrenamtes vorsieht, schließt sich zumindest für diese Betrachtungen ein Kreis, der nicht grade für gute Laune sorgt.

Angesichts dieser Beispiele könnte man durchaus so ein bisschen politikverdrossen werden und in schönster Stammtischmanier auf „die da oben" schimpfen, was sich natürlich für eine echte Demokratieretterin wie mich nicht schickt. Nun bin ich zwar nicht intelligent genug, mir eine alternative Staatsform vorzustellen, aber natürlich nicht so blöd, dass ich aus Frust oder Verzweiflung AfD wählen würde. Aber wen kann ich denn wählen, wenn ich Antwort darauf haben will, warum so viele Dinge schieflaufen und irgendwie nicht mehr erklärlich sind? Ich frage jetzt mal diejenigen, die sich um meine Stimme bewerben. Mal schauen, was die mir raten...

Anmerkung: Das tat ich dann auch. Antworten erhielt ich von den Direktkandidaten der FDP und der LINKEN. Sie waren nicht aufschlussreich, aber es gab sie immerhin. Es ging hierbei übrigens um die Hessische Landtagswahl im Jahr 2018.

Alles nur gefühlt

Zum ersten Mal hörte ich das Wort „gefühlt" für etwas, das wir anders wahrnehmen als es tatsächlich ist, als ein Meteorologe von der „gefühlten Temperatur" sprach. Ich war ihm dankbar dafür, dass er mir erklärte, warum es mir manchmal kälter vorkam, als es temperaturmäßig war. Das ist lange her. Inzwischen ist gefühlt alles gefühlt. Wenn ich abends vorm Fernseher sitze und langsam zur Ruhe kommen, ist die gefühlte Zeit weit nach Mitternacht, wenn ich morgens aufstehe, auch, allerdings nicht weit genug. Und es fühlt sich jedes Mal anders an. Wenn ich in den Spiegel schaue, gilt mein erster Blick gefühlt meinem Opa, von dem mir hauptsächlich seine verwuschelten schwarzen Haare in Erinnerung sind, und das obwohl ich gefühlt immer noch 39 bin und monatlich gefühlt Hunderte von Euros für teure Anti-Aging-Produkte ausgebe.

Im Lauf des Morgens renne ich gefühlt zwanzig Mal zu den Kindern, um sie zu wecken. „Ich habe es heute nicht so eilig", verkündet eins von ihnen, „unser Lehrer kommt gefühlt jede Stunde zu spät." Da fühlt man sich als Schüler doch gleich viel besser verstanden und geht guten Gefühls noch ein wenig langsamer zur Schule.

Wenn ich früher etwas fühlte, war es meistens sehr emotional, schön, traurig, schrecklich, unvergesslich. Heute fühle ich mich gefühlt nicht mehr ganz so gefühlvoll, da ja alles gefühlt ist. Inflationär gefühlt sozusagen. Da liegt es auf der Hand, dass auch über den persönlichen und privaten Horizont hinaus immer mehr gefühlt wird. Die Süddeutsche fragte in einem Beitrag aus dem vorletzten Jahr, ob vielleicht die Inflation nur gefühlt wäre, viel früher schon berichtete Focus über die „gefühlt arme Mittelschicht". Ich habe mal gelernt, dass man Inflation durchaus anhand von Vergleichszahlen definieren und berechnen kann. Was bitte ist daran gefühlt? Und wann ist etwas nur gefühlt? Das Wort „gefühlt" relativiert die Realität und ist damit – gefühlt zumindest – der lässige Bruder des so (übrigens völlig zur unrecht) verpönten Wörtchens „eigentlich". Es schwabbelt so darum, gibt eine Meinung wieder, ohne genau zu sein und ohne dass sich hinterher jemand sagen lassen müsste, er habe sich festgelegt. Ein schönes Gefühl, finden Sie nicht!

Was waren das noch für Zeiten, als Gefühle noch prickelten oder wehtaten, Schmetterlinge oder Bauchschmerzen machten. Oder als man sich auf seine Gefühle noch uneingeschränkt verlassen konnte. Als Hausfrau zum Beispiel! Erinnern Sie sich noch an Loriots Sketch vom Frühstücksei, als die Hausfrau, ohne jeden Zweifel zuzulassen, sagte, sie habe es im Gefühl, wenn ein Viereinhalb-Minuten-Ei fertig ist. Das waren noch Gefühle damals, fein justiert, so genau, dass man sogar ein Frühstücksei danach kochen konnte. Heute hätte ein gefühltes Viereinhalb-Minuten-Ei irgendwo zwischen zwei und acht Minuten gekocht. Dann wäre es halt je nach Gefühlslage ein weiches oder ein hartes Ei, es läge im Auge des Betrachters, bzw. im Gefühl des Essers, auch wenn es eigentlich ein verhunztes Ei ist.

Gefühlte Wahrnehmung macht die Realität seicht und erträglich. Allerdings kommt es dabei – ganz ungefühlt – darauf an, an welchem Ende der Gefühlskette man sich befindet. Während manche Herrschaften am einen Ende fühlen, dass Hartz-IV-Empfänger nicht arm sind, fühlen die sich vielleicht doch so. Und das nicht nur gefühlt, weil Hunger und Wohnungsnot doch sehr real sein können.

Wer fühlt denn jetzt hier das Richtige? Und wer das Falsche? Und kann man sich über Gefühle eigentlich streiten oder ist das wie mit dem Geschmack, über den sich bekanntlich ja nicht streiten lässt, über den man gefühlt aber ständig mit irgendwem streiten könnte! Mein Gefühl sagt mir, dass dies eigentlich, gefühlt also, eine ziemlich sinnlose Diskussion sein könnte, andererseits ist es aber nun mal gefühlt so, dass alles irgendwie immer nur gefühlt ist.

Und das soll es jetzt dazu auch gewesen sein. Denn gefühlt ist jetzt alles dazu gesagt. Oder fühlt jemand was anderes?

Heul doch!

„Danke, Frau König" – mit diesen Worten endete letztens ein „Polizeiruf 110, und der eher dickfellige Kommissar Alexander Bukow hatte ziemlich gelitten. Ich hatte den Film gar nicht richtig mitbekommen, weil ich erst noch am Schreibtisch saß und dann am Bügelbrett stand, nur den Schluss, und der war wirklich dramatisch. Es ging um einen verlorenen Sohn, und als Kommissar Bukow sich dann eben bei seiner spröden Kollegin bedankte, da liefen mir die Tränen über die Wangen und ich fühlte mit ihm. So wie ich außerdem mit jeder Mutter mitfühle, die im Film von ihrem Kind verlassen oder nach einem Streit umarmt wird, mit jedem Vater, der sich nach einem dramatischen Irrweg für seine Familie entscheidet oder sie schweren Herzens verlässt, und natürlich mit diesen ganzen Paaren aus der Merci-Werbung, die sich für alles, was ihnen Gutes widerfahren ist, mit einer Tafel Schokolade bedanken. Gut, nach zehnmal anschauen hatte ich das dann ein bisschen besser im Griff, aber dann gab es ja auch schon die neue Werbung, die Edeka immer zu Weihnachten bringt, wo der alte Mann, damit er nicht alleine feiern muss, seine ganze in der Welt verstreute Familie zu seiner Beerdigung einlädt. Die stehen dann alle ganz schuldbewusst mit gesenkten Köpfen und schlechtem Gewissen vor dem kleinen Alten und ich heule, was das Zeug hält. Wenn ich dann noch kann, schaue ich hinterher noch „Tatsächlich Liebe", - da heule ich dann eigentlich von vorne bis hinten, am meisten natürlich in der Szene mit der Musik von Joni Mitchell, in der Emma Thompson klar wird, dass sie nicht die Kette mit dem Herz bekommen hat, und in der anderen Szene, in der Colin Firth – begleitet von dramatischer Orchestermusik – seiner Liebsten in Marseille einen Heiratsantrag macht. Mit Musik ist jede Rührung ohnehin gleich doppelt, ach was, zehnmal so groß.

Früher war das nicht so, da musste ich seltener heulen. Zumindest bei Filmen. Höchstens mal bei „König der Löwen"; als Simba glaubt, seinen Vater auf dem Gewissen zu haben. Oder bei Michel aus Lönneberga, wo er Alfred nach Mariannelund fährt. Das war aber auch ergreifend! Heute sitze ich mit meinen Kindern im Kino und heule Rotz und Wasser bei der unglaublich schlecht erfundenen Geschichte, in der ein Mädchen einen weißen Löwen rettet, während die jungen Leute neben mir fröhlich Popcorn futtern und

Cola trinken. Sicher hat es auch damit zu tun, dass das Mädchen seinen Eltern wegläuft und die es dann verzweifelt suchen und der Weg zu dem Mädchen natürlich der Weg zu einem besseren Verständnis füreinander ist. Dramaturgisch abgenutzt, ich weiß, wirkt aber trotzdem. Mir ist das immer furchtbar peinlich. Erst schniefe ich noch so ein bisschen heimlich und wische verstohlen ein paar Tränen weg, aber irgendwann gibt es kein Halten mehr. Dann täusche ich eine spontane Allergie-Attacke vor und zücke meine in weiser Voraussicht massenweise eingepackten Tempos, und irgendwie ist es ja auch eine allergische Reaktion, nämlich auf rührseligen Kitsch, dessen Wirkung ich mich nicht entziehen kann, was das Ganze nicht besser macht.

Wann fing das an? Hatte ich nicht als junger Mensch geglaubt, dass man mit dem Alter abgebrühter wird, sich eher abfinden kann und über das, was man im Überschwang der Jugend und ihrer Hormone noch wie vielfach potenziert erlebt, milde bis ironisch lächelt? Das Gegenteil ist der Fall, und ein Ansatz, den ich in meinen Fachzeitschriften von Brigitte bis Barbara als erstes gefunden habe, ist der, dass man sich immer von dem angesprochen fühlt, was man selbst fürchtet oder was man kennt, was man wahlweise hatte oder nicht hatte, was man zu verlieren glaubt oder gerne fühlen möchte. Sie nennen dieses Gefühl „Sentimentalität", und dieses Wort ist ja schon echt negativ besetzt, finden Sie nicht? Egal. Sentimentalität nähme es nicht so genau mit den Tatsachen. Wenn einen etwas so sehr berühre, dass es einen zum Weinen bringt, dann könne es ohne Rücksicht auf irgendwelche tatsächlichen Geschehnisse eben auch nur ein Gefühl sein, das dadurch in einem geweckt werde. Oder man weine grundsätzlich, also in seinem echten Leben, zu wenig, aber die Tränen müssten ja mal raus.

Jetzt bin ich ja einerseits ganz froh, dass die Handlung des Polizeiruf 110 nichts mit mir zu tun hat, dass aber jeder, wirklich jeder sentimentale Pups in mir solche Gefühle weckt, dass ich mehr oder weniger große Heulkrämpfe bekomme, stimmt mich echt nachdenklich. Wer will schon als Heulsuse durchs Leben gehen? Andererseits: Ich kann auch über jeden Scheiß lachen. Wirklich über jeden. Und das, finde ich, gleicht die ganze Heulerei auch irgendwie wieder aus.

Dennoch: Wenn Sie mal bei uns am Haus vorbeigehen und mich lauthals schluchzen hören, dann gehen Sie einfach weiter, es wird schon nichts passiert sein. Vermutlich schauen meine Kinder nur einen der beiden Mamma-Mia-Filme, bei denen jedes Mal wieder alle Dämme brechen. Im ersten Teil bei der Szene zu dem Song „Slipping through my fingers", im zweiten Teil bei den Szenen zu den Songs „I've been waiting for you" und „My love, my life". Und bei allen anderen auch. Wenn Sie mal richtig schön heulen wollen, dann sollten Sie sich diese beiden Gute-Laune-Filme anschauen. Sie werden sich hinterher besser fühlen. Es sei denn, Sie sind durch und durch hartherzig und abgebrüht.

Nachhaltigkeit

Nachhaltigkeit gehört neben Achtsamkeit zu den beiden Kompetenzen, ohne die man sich heute ja nirgends mehr blicken lassen kann. Ständig muss man sich etwas bewusst machen! Ist dieser Moment nicht besonders wertvoll? Keine Ahnung – ich bin ja in Gedanken schon wieder beim nächsten, ach was, in der nächsten Woche! Und hätte ich diese Strecke wirklich mit dem Auto fahren müssen? Mit ein wenig mehr Zeitmanagement wahrscheinlich nicht. Das wären dann schon drei Kernkompetenzen unserer Zeit, in denen ich nur so mittel bin. Übernehme ich mit meinem Handeln genug Verantwortung für die Natur und die nächste Generation? Wie groß ist der ökologische Fußabdruck, den ich hinterlasse? Als wie negativ wird sich meine Existenz am Ende für Welt ausgewirkt haben? Und warum, um Himmels Willen, habe ich eigentlich nie Zeit?!

Kommen wir zur Achtsamkeit! Eine ganze Industrie lebt davon, dass wir uns mehr Zeit für uns nehmen, auf uns hören, auf unser Inneres – und damit ist nicht Magenknurren gemeint. Zeitschriften namens Flow, Slow und hygge, was so viel wie Gemütlichkeit heißt, aber natürlich auf Dänisch, weil die Dänen nicht nur schönere Mode haben als wir, sondern auch viel gemütlicher sind und natürlich insgesamt auch glücklicher, wollen uns zeigen, wie wir achtsam sein können. Wie schön und sinnstiftend wir unsere Zeit mit dem Ausmalen von Mandalas und dem Wegwerfen von ToDo-Listen verbringen können. Ich kenne und mag sie alle, aber manchmal denke ich, dass das Leben vor lauter Achtsamkeit genauso an einem vorbeirauschen könnte, wie ohne. Da war man mal kurz ganz bei sich und wusch, sind die Kinder groß und der Mann weg!

Dabei ist Achtsamkeit ab und an ja gar nicht so schlecht. Selbst ich habe manchmal ganz achtsame Momente. Etwa wenn ich unter der Dusche stehe und mich freue, wie gut ich es habe, weil ich das kann, weil das warme Wasser so schön auf mich rieselt und weil mein Duschgel so schön riecht. Doch kaum ergebe ich mich diesem Moment – sofern ich das tue und nicht schon in Gedanken beim

Abtrocknen und Fingernägelschneiden und Broteschmieren bin -, kommt die liebreizende Nachhaltigkeitsfee aus ihrem Versteck geschwebt und fragt mich ganz höflich: „Musst du eigentlich so oft duschen? So heiß, so lange? Und weißt du eigentlich, wie sehr dein Duschgel das Wasser belastet und wieviel Mikroplastik selbst in deiner ganz bewusst gekauften Ökokosmetik steckt? Die Fische sterben und wir werden ihnen folgen." Boah eh, und das nur, weil ich geduscht habe! Natürlich nicht nur deshalb, aber in der Summe irgendwie schon. Aber ob Nichtduschen jetzt so die Lösung ist?

Mit schlechtem Gewissen trete ich vor den Spiegel und versuche, mich einen Moment lang an meinen neuen Klamotten zu freuen, doch schon steht sie vor mir, die freundliche Nachhaltigkeitsfee, schiebt meine Kleiderschranktür auf und schaut hinein. Sie muss nichts sagen. Ich weiß, was sie meint. „Aber diese schöne Hose hier ist aus recyceltem Meeresplastik hergestellt", sage ich, „und mit diesem Statement-Pulli übernehme ich politische Verantwortung. Ich kämpfe für die Rechte der Frauen". Die Nachhaltigkeitsfee schaut mich an. „Eine Plastikhose trägst du. Und das soll ich gut finden? Viel wichtiger wäre es doch, wenn es erst gar kein Plastik im Meer gäbe. Und wie, du kämpfst angezogen für die Rechte der Frauen? Nimm dir mal ein Beispiel an der Frauenrechtsgruppe Femen. Die brauchen keine Klamotten für den Kampf!" Ich stelle mir vor, wie ich nackig mit einem kleinen Vierzeiler auf dem Oberkörper vor dem Vogelsberger Kreistag meine Rede zum Frauenwahlrecht halten würde und wie sich das achtsamkeits- und nachhaltigkeitsmäßig sowohl auf das Publikum als auch auf mich auswirken würde, und mache mir zur Entspannung einen Kaffee.

Während ich mich am Duft meines vermeintlich fairen Kaffees freue, fallen mir Dokumentationen ein, wieviel Wasser man für eine Tasse davon braucht (nämlich 140 Liter), wobei es wahrscheinlich egal ist, ob fair oder nicht. Und dass mir die Frau aus dem Weltladen immer sagt, dass der Faire Kaffee von Tchibo nicht so fair ist wie ihrer. Oh Mann. Überhaupt ist das mit dem Einkaufen der Anfang von allem. Wer einen Blick in meinen Einkaufswagen wirft und ein kleines bisschen nachhaltig ist, wird nie wieder etwas mit mir zu tun haben wollen. Das einzig Nachhaltige darin ist das Flaschenpfand und die Tatsache, dass ich

Salatgurken und Bananen immer ohne Verpackung kaufe. Der Rest – naja. Das Flaschenpfand bezieht sich natürlich auf PET-Flaschen, die meisten zwar Mehrweg, aber PET halt. Finde ich besser zum Tragen und geht nicht so schnell kaputt. Ist aber Scheiße. Und dann die vielen, vielen, vielen Packungen. Am liebsten würde ich selbst nicht hinsehen und auf die Wurst- und Käsevorräte für eine Woche und eine inzwischen auf meist sechs Mitglieder angewachsene Familie eine Lage Bio-Möhren mit ganz viel Karottenkraut legen, damit es keiner sieht. Aber spätestens an der Kasse käme ja die Wahrheit aufs Band. Und was soll ich auch mit den ganzen Möhren? „Essen", ruft mir die Nachhaltigkeitsfee zu und schaut vorwurfsvoll auf die Schnitzel, das Hackfleisch und den Aufschnitt in ihren Plastikverpackungen. Sie hebt gerade an, mir vorzurechnen, wie viel Getreide, Wasser und Regenwald man für ein Stück Leberkäs braucht – und das ohne Brötchen -, als ihre große Schwester, das schlechte Gewissen, um die Ecke kommt. Es lacht mich an. „Na, wie fühlen wir uns heute", fragt es mich.

Ich drehe mich um und packte einen Rotwein ein. Bio. In einer Glasflasche und mit Naturkorken. Das schlechte Gewissen will was sagen, aber die liebe Nachhaltigkeit beschwichtigt. Es bisschen Spaß muss wohl doch sein. In einer alten, dem Aussehen nach schon mehrfach recycelten Wellness-Hose werde ich mich auf unserem Sofa lümmeln und zum 34. Mal „Tatsächlich Liebe" schauen. Ich werde den Moment genießen und den Biowein ganz bewusst in meiner Kehle wahrnehmen. Am Ende des Abends führe ich die leere Bioflasche dem Altglas zu und begnüge mich mit einer Katzenwäsche, bevor ich mich nackig ins Bett lege. Zu meinem Mann, der schon seit Ewigkeiten nicht mehr ausgetauscht wurde. Nachhaltigkeit kann so einfach sein!

Nachhaltigkeit (II)

Als ich vor ziemlich genau einem Jahr meine Kolumne zum Thema Nachhaltigkeit schrieb, war Greta Thunberg gerade erst auf dem Weg zur einflussreichsten Klimaaktivistin der Welt. Ihre einsamen Schulstreiks hatten im August begonnen und im November erste Nachahmer gefunden. Im Dezember hielt sie ihre erste große Rede auf dem UN-Klimagipfel in Polen. Kaum zu glauben, dass das erst ein Jahr her ist, oder?

Was dann kam, ist bekannt, sowohl das Gute als auch das Schlechte: Die Sechzehnjährige hat Generationen von Menschen bewegt, die ihr eigenes Handeln überdenken und ihrerseits Politiker zum Handeln zwingen wollen. Gleichzeitig wird sie extrem angefeindet, sie ist das Feindbild insbesondere von älteren Männern – seit geraumer Zeit auch als die Gattung „alte weiße Männer" bekannt, die sich keinesfalls etwas von einer Frau sagen lassen wollen und schon gar nicht von einer so jungen. Sie sehen nicht ein, dass auch ihr Verhalten zum Klimawandel beigetragen hat und noch beiträgt, und sie möchten ihr Verhalten auch gar nicht ändern. Es sei denn, es könne sich wirtschaftlich lohnen, dann wäre sicher vieles anders. Wobei „ältere Männer" natürlich relativ ist. Man denke hier auch an den Umweltminister oder schaue sich im Netz um. Da graust es einen.

Als über 50-jährige Hausfrau zählt man natürlich selbst nicht mehr so zu den flexibelsten Gewohnheitsänderinnen. Viele Dinge, die man tut und die der Umwelt schaden, sind einfach bequem, sehen gut aus, machen Spaß. Ich spreche hier von abgepackter Wurst, Jeans und Kreuzfahrten. Doch es war klar, dass sich etwas ändern musste. Möglichkeiten, wir wissen es alle, gibt es viele. Aber wo fange ich an? Ich jetzt? Kreuzfahrten mache ich nicht und ich fliege auch nur ganz selten. Das ist ganz schön blöd, weil ich in dieser Hinsicht schon mal nichts Großes auf dem Zettel hatte, das ich lassen könnte, um meine Öko-Bilanz aufzubessern. Also musste es an die kleinen Sachen gehen. Ich begann, weniger abgepackte Lebensmittel zu kaufen, was allerdings bei vegetarischen Lebensmitteln schlecht bis gar nicht gelingt, wie ich angesichts der wachsenden Anzahl von Vegetariern in der Familie feststellen durfte. Dafür gelang mir beim Joghurt eine 100%-Reduzierung: Ich schwenkte um von ca. zwanzig Plastikbechern in der Woche auf sechs Mehrweggläser. Schmeckt gleich viel bewusster, finde ich, besonders, weil wir den Joghurt stilvoll aus recycelten, kleinen Dessertgläsern löffeln. Ein wenig getrübt wurde meine Freude, als ich meinen Freundinnen diese große Neuerung mitteilte und eine davon meinte, sie würden schon seit Jahren ihren Joghurt selbst machen. Es geht halt immer noch besser. Davon darf man sich zwar anspornen, aber nicht entmutigen lassen, also weiter:

Ich kaufte einen Soda Stream, um keine Wasserflaschen mehr benutzen zu müssen und fülle für unterwegs das Mineralwasser für meine Kinder und mich in Mehrwegflaschen ab. Ich habe mich noch im Jahr meiner Avocado-Entdeckung wieder von dem Power-Food getrennt, weil der Wasserverbrauch horrend ist und die Abholzung für Plantagen in Mexiko illegal. Ich habe brottütenmäßig auf das gute alte Butterbrotpapier umgestellt und bin in diesem einen Jahr so oft es ging mit dem Fahrrad an die Arbeit oder in die Stadt gefahren, was nicht nur ökologisch gut ist, sondern auch der Gesamtverfassung guttut. Ich habe immer Einkaufstüten dabei und wenn ich sie mal vergessen habe, sehe ich zu, dass ich eine Baumwolltasche kaufe, aber da wird es schon schwierig: Experten sagen, dass eine solche Tasche nur sinnvoll ist, wenn man sie nach Erwerb mindestens 130-mal so oft nutzt wie eine Plastiktüte, da die Ökobilanz von Baumwolle auch nicht grade die beste ist. Schwierig sei es demnach auch, regionale Erzeugung generell vorzuziehen, denn wenn ein Bauer seine „Tomate mit dem Kleintransporter zum Markt töffelt", sei das oft umweltschädlicher, als wenn ein randvoll gepackter niederländischer LKW dorthin fährt. Am besten seien Bio-Lebensmittel, die oft nicht nur regional und saisonal seien, sondern auch noch frei von Pestiziden. Und weil das alles so einfach ist und so unheimlich schnell zu durchschauen und umzusetzen, habe ich mir zusätzlich noch auferlegt, nur noch solche Eier zu kaufen, für die keine kleinen Hähnchen mehr geschreddert werden. Allerdings frage ich mich seither, ob ich, wenn ich schon in Deutschland männliche Küken rette, nicht doch weltweit für eine gewisse Gendergerechtigkeit sorgen müsste und eine Mädchenpatenschaft bei Plan International in Indien übernehmen sollte. Wäre eigentlich logisch, oder?

Vom Fleischessen selbst kann ich mich nicht verabschieden, ich versuche zumindest, dass es weniger und dafür hochwertiger wird. Dafür bin ich hygienemäßig jetzt voll umgestiegen: Ich habe vegane Slipeinlagen gekauft und fühle mich zumindest in dieser Hinsicht untenrum nachhaltig, während der Rest sich den Wechseljahren ergibt. Was das nachhaltigkeitsmäßig bedeutet, will ich an dieser Stelle lieber nicht ausführen. Damit das obenrum nicht so auffällt, war ich kürzlich beim Faltenlasern, so dass ich visagistisch jetzt nachhaltig wirken kann. Um die Ökobilanz des Lasergerätes konnte ich mich dabei aber nicht auch noch kümmern, das verstehen Sie sicher. Und wo ich schon beim Sündenbeichten bin: Ich habe noch drei Päckchen Crema D'Oro Kaffeekapseln, die ich im Urlaub aus Versehen gekauft habe, bis ich die richtigen für die Maschine in der Ferienwohnung gefunden hatte. Will die vielleicht jemand haben? Ich hatte die Frage schon mal in meiner Frauen-WhatsApp-Gruppe gestellt und dafür ziemliche Schelte bekommen. Kaffeekapseln gehören sich nicht mehr, ich weiß. Und das obwohl George Clooney dafür Werbung macht. Ich habe sie aber trotzdem, und wer sie brauchen kann, kann sich gerne anonym bei mir melden. Wenn nämlich Sie die haben anstatt ich, dann sieht es mit meinem ökologischen Fußabdruck gleich schon wieder etwas besser aus. Und daran möchte ich auch weiterhin arbeiten. Es hilft ja nichts. Wir sind es Greta und ihren Altersgenossen einfach schuldig. Und uns am Ende auch.

Sylter Feelings

Im Urlaub will man ja für gewöhnlich alles hinter sich lassen, sich neuen Eindrücken öffnen, Unbekanntes entdecken, ausschlafen und sich einfach nur erholen. Stellt sich natürlich die Frage, warum man seine Familie mitnimmt. Und nicht nur die, sondern auch noch den Laptop, die ungelesenen Zeitschriften, mitunter den Hund und das angefangene Strickzeug. Umso überraschender, wenn es dennoch gelingt, abzuschalten. Ich hatte in diesem Urlaub das Glück, dass in dem Fernseher im Schlafzimmer unserer Ferienwohnung nur dänische Sender reinkamen und ich auf diese Weise nicht nur die Wahl Ursula von der Leyens zur EU-Kommissionspräsidentin, die Ernennung ihrer Nachfolgerin als Verteidigungsministerin und Boris Johnsons Start als Premier in England so gut wie verpasst habe, sondern auch den Schweinefleischskandal an einer deutschen Kita. Letzteres zog wirklich vollständig an mir vorbei und im Nachhinein, nachdem ich von dem Nachrichtenportal „Postillon" ausführlich darüber informiert wurde, frage ich mich natürlich, wie es sich kulturell und identitätsmäßig auf mich auswirken wird, dass ich zehn Tage eigentlich nur Fisch gegessen habe. Und das als Oberhessin auf der teuersten Insel Deutschlands. Fange ich jetzt vielleicht an, norddeutsch zu reden oder könnte ich am Ende sogar vornehm werden?

Gut möglich wäre es ja schon, denn ich beschließe eigentlich nach jedem Urlaub, mein Leben radikal zu ändern. Nicht dass ich mich gleich von meiner Familie trennen oder umziehen möchte, aber im Urlaub erscheint es mir stets realistisch, auch zuhause ausgeruht nach einem Frühstück mit frischem Obstsalat in den Tag zu starten, nachdem man die kühlen Morgenstunden vielleicht für einen Spaziergang oder eine Runde Pilates genutzt hat. Mir erscheint es dann durchaus machbar, mich im Lauf des Tages einmal an einem der gemütlichen Plätzchen in Haus oder Hof niederzulassen und Zeitung oder ein Buch zu lesen – selbst dann, wenn der Alltag wieder eingekehrt ist. Nicht dass jetzt der Eindruck entsteht, dass ich zu übermäßiger Fantasie neige. Ich würde zum Beispiel auch auf Sylt nicht dazu tendieren, für meine Töchter ab fünf Jahren einen Schminkkurs mit Ernährungsberatung zu buchen, und das nicht nur deshalb nicht, weil ich keine Töchter habe. Ich würde auch nicht in Versuchung geraten, für unseren Hund ein Luxuskörbchen für 698 Euro oder ein etwa genauso teures orthopädisches Hundekissen zu kaufen. Also, das nun wirklich nicht, obwohl natürlich die schönen Auslagen in den Boutiquen in List oder in der Westerländer Strandstraße oder die Immobilienangebote in den Fenstern der Maklerbüros...

Dass sich zwischen dieses ganze Fischessen auch nicht einmal die Rantumer Currywurst De Lüx eingeschlichen hat, ist übrigens einer Begegnung in Westerland zu verdanken. Dort trafen wir – zufällig - einen Verwandten aus meiner Heubacher Heimat, der uns vehement davon abriet. Wenige Tage zuvor hatten wir schon einen Bekannten aus Alsfeld getroffen, und ich fragte mich, wenn wir jetzt hier Leute aus meiner alten und aus meiner neuen Heimat treffen, und das auch noch innerhalb dieser gerade mal zehn Tage, und wenn das jedem so geht, wie viele Menschen halten sich dann wohl auf der Insel auf, deren eigentliche Einwohnerzahl mit knapp 18.000 nur minimal über der von Alsfeld liegt, und will man dann dort eigentlich Tourist sein, wenn man sich vorstellen kann, wie sehr diese Invasion, deren Teil man ja selbst ist, die Ureinwohner vielleicht nervt? Andererseits ist der Tourismus wie in allen Hochburgen ja Fluch und Segen gleichzeitig, denn was sollte Sylt schon anders produzieren als gutgemachten Tourismus. Bei der Ausgangslage?

Ich versuche dann ja immer einen auf einheimisch zu machen und betrete maximal gechillt und im Fall von Sylt mit lässiger, maritimer Nonchalance die kleinen Läden mit einem echt friesischen „Moiiiin" auf den Lippen. Ich schaue mir die Looks der Sylterinnen ab (oder der derjenigen, die erfolgreich so tun, als wären sie welche), und wäre ich nicht permanent in einem Auto mit VB-Nummernschild unterwegs gewesen, wäre ich bestimmt, also ganz bestimmt, als Einheimische durchgegangen, schon allein wegen meiner silbern glänzenden Gym Bag, früher Turnbeutel genannt, die hier jeder dritten Frau am Rücken hing. Wenn das nur mal nicht auch Touristinnen waren... Aber selbst diesen unterstellt man ja so als Dorfkind auf dieser Insel zumindest Reichtum und Vornehmheit, alles erstrebenswerte Dinge, mit denen ich wenig bis gar nicht gesegnet bin.

Und so machte ich dann doch das am liebsten, was Touristen und wahrscheinlich auch die Einheimischen am Meer so mögen. Rausschauen. Den Kopf freiblasen lassen. Den Wellen beim Kommen und Gehen zusehen. Über das Leben philosophieren. Die Erkenntnis setzen lassen, dass FKK wohl nur noch in der Generation Ü70 als ein Relikt bewegter, doch vergangener Zeiten beliebt ist und sich somit in den vermutlich nächsten 30 Jahren erledigt haben wird. Und was einem sonst noch so einfällt, wenn sich nach Tagen der Erholung eine völlige Gehirnleere eingestellt hat und das Überleben nur noch durch Reflexe wie Atmen und Shoppen sichergestellt ist. Wenn der Laptop in der Ecke starke Abwehrgefühle auslöst, aber die köstliche Basilikum-Ingwer-Limo Glücksgefühle verheißt. Wenn du dich auf einen Backfisch im muschelförmigen Brötchen freust und versuchst, auf dem Feuerwehrfest in Kampen doch noch einen Promi ausfindig zu machen. War das da mit den komischen Hosen und den Stiefeln nicht sogar Wolfgang Joop? Oder ist der schon tot? Nee, das war Karl Lagerfeld, also der Tote … Gehirnleere, ich sag's ja.

Göttliche (Un-)Ordnung

„Bei einer Razzia in Alsfeld stellte die Polizei 200 Paar Schuhe sicher", hörte ich letztens im Radio, als ich unterwegs war, und kriegte natürlich einen Riesenschreck! Wer sollte bei uns eine Hausdurchsuchung veranstaltet haben? Die einzigen, die das hin und wieder tun, sind wir selbst, wenn wir Dinge suchen, die wir nur einmal im Jahr brauchen. Oder zweimal. Oder wenn ich aufgeräumt habe. Also wer sollte es tun, und vor allen Dingen, was ist so schlimm daran, 200 Paar Schuhe zu besitzen? Schlimm im Sinne von kriminell, versteht sich, nicht im Sinne von unsinnig. Meine Erleichterung war groß, als ich feststellte, dass die Hausdurchsuchung sich nicht bei uns ereignet hatte – und das nicht, weil ich es dann doch noch nicht ganz auf 200 Paar Schuhe bringe, sondern weil die Schuhe nicht allein gefunden wurden, sondern zusätzlich auch Drogen. Und davon gibt es bei uns im Haus außer Alkohol, Zigaretten, Klebstoff und Paracetamol ja so gut wie keine. Kaffee vielleicht noch und Nagellackentferner. Das war also noch mal gutgegangen, und zwar nicht nur für uns, sondern auch für die Beamten, denn bei uns eine Hausdurchsuchung zu machen, ist – da kann ich schon mal alle, die sich mit dem Gedanken tragen – aussichtslos. Die einzige Person, die bei uns etwas findet, bin ich. Und das auch nicht immer. Schon meine Kinder haben begriffen, dass an dem Satz „Es ist erst dann wirklich verloren, wenn deine Mutter es nicht findet" kein Wort gelogen ist. Also, wann immer es zu einer Hausdurchsuchung bei uns käme, wäre es am einfachsten, man würde mich gleich nach dem Gesuchten fragten. Man könnte die Aktion dadurch sehr verkürzen. Aber das nur so als Hinweis.

Dass es bei uns so schwierig ist etwas zu finden, hängt natürlich mit der Anzahl der hier lebenden Personen zusammen, wir sind zu sechst und mindestens drei von uns könnten Messies sein oder zumindest werden. Das heißt: Zuviel Zeug, zu wenig Platz und dazu zu wenig Disziplin. Keiner von uns räumt gerne Sachen gleich an ihren Platz – welchen Platz eigentlich? Und ab und zu kriege ich dann einen Koller und räume alles weg, meistens ohne mir genau zu merken wohin, ja, und schon sind sie da, die Probleme! Aber da ich, wie gesagt, eine gute Sachenfinderin bin, vollziehe ich meine Wegräumgedanken nach, oder die meiner Mitbewohner, kalkuliere Eventualitäten mit ein, was man wo aus irgendeinem Grund vielleicht einfach fallengelassen haben könnte, und manchmal, also ganz selten, kommen mir einfach Bilder in den Kopf, wo ich die gesuchten Gegenstände finden könnte. Und wenn alles nichts hilft, bete ich zum Heiligen Antonius. Ich bin zwar nicht katholisch, aber der gute Anton hat's echt drauf. Sollten Sie mal probieren, wenn Sie wieder mal was suchen!

All das hilft professionellen Hausdurchsuchern natürlich nichts, denn ihnen fehlt ja die persönliche Bindung zu den gesuchten Gegenständen, die Aura quasi. Als alte Krimitante stelle ich mir immer gerne vor, wie jemand schon nur die Sachen aus meinem gerade mal neun Quadratmeter großen Büro mitnimmt und auf irgendetwas Undurchsichtiges hin überprüft. Die neun Quadratmeter sind gut ausgenutzt – meist ist der Boden nicht frei und die Unterlagen türmen sich zu mehr oder weniger stabilen Gebilden. Es gibt dort also jede Menge, und wenn ich mir vorstelle, dass gerade hier jemand etwas sucht, von dem er nicht weiß, dass er es sucht, dann findet er entweder alle zwei Sekunden was oder nie. Ich hebe nämlich wirklich spannenden Sachen bei mir auf: Postkarten für unterschiedliche Anlässe, Bücher mit schönen Sprüchen, kleine Geschenke für unerwartete Einladungen, wie beispielsweise das „Little Feminist Puzzle", Geschenktüten, unverkaufte Bücher von mir, Spiele für meine Presse-AG, Wörter- und Deutschbücher ohne Ende, Gimmicks aus Frauenzeitschriften und tausend, ach was, zehntausend einzelne Seiten aus ebendiesen Frauenzeitschriften, die mir insbesondere für Kolumnen und später vielleicht einmal für mein Buch Inspiration und Anhaltspunkte geben sollen. Man kann also wirklich so einiges finden bei mir und sich lange und sehr gut auf diesen neun Quadratmetern aufhalten, zumal die Aussicht ganz wunderbar ist und meine Kinder auf Zuruf frischen Kaffee bringen – sofern man dafür irgendwo ein Plätzchen freischaufeln kann.

Zu dumm nur, dass insbesondere die Zeitungsseiten unsortiert und wild auf mehreren Haufen und je nach Aufräumphase in Kartons oder Heftern liegen. So finde ich natürlich auch nicht den Artikel, den ich mir mal aufgehoben habe für eine Kolumne wie diese. Da ging es um einen Journalisten im Amerika der McCarthy-Ära, als die Redaktionsräume verdächtiger Zeitungen durchsucht wurden. In seinem Büro herrschte ein solches Chaos, dass die Beamten, die die Räume durchsuchten, dort nicht mehr nachschauten, weil sie sicher waren, dass hier schon durchsucht worden sei. So hat sich die Unordnung wirklich als himmlisch erwiesen.

Es gibt nichts, was für nichts gut ist, sagte mein Opa immer. Er hatte ja sooo recht!

Hallenbad-Blues

Früher ging man einfach schwimmen. Früher ist natürlich auch schon lange her. Seitdem sind nicht nur Bademützen mit Plastikblumen von der Bildfläche verschwunden, sondern auch die Bikinifigur ist auf dem Weg durch die Jahrzehnte irgendwo abhandengekommen. Wenn ich manchmal, also wirklich ganz früher, in der Mittagspause schwimmen ging, schwammen die älteren Damen, die so um die fünfzig, mit ihrer Freundin gemächlich ihre Bahnen. Langsam genug, um sich noch gepflegt unterhalten zu können, den Kopf streng aus dem Becken gereckt, um die Frisur nicht zu gefährden. An einem Rand des Bades standen die Startblöcke, an allen anderen Rändern mahnten Schilder, dass das Einspringen von der Seite verboten sei. Schlechtgelaunte, weil kommunale Bademeister in schlechtsitzender, weil kommunaler Badekluft wachten darüber, dass alle Schwimmbadregeln eingehalten wurden. Unnötig zu sagen, dass man im Schwimmbad nur schwamm. Sonst nichts.

Was dann in und mit den Schwimmbädern passierte, weiß ich nicht. Als ich Jahre bis Jahrzehnte später wieder mal eines betrat, waren Spaßrutschen eingebaut, Wellenmacher, Wildwasserduschen, Kletterwände und Solarien; Massagebänke und Relaxliegen allüberall. Attraktives, sportliches und sogar freundliches Personal tummelte sich in leuchtenden Outfits am Beckenrand. Aus den Hallenbädern waren Erlebnisbäder geworden, wie aus allem um einen herum ja ein Erlebnis hatte werden müssen: Egal ob Shoppen oder Kirchgang – ein Event muss schon sein. Shoppen kann man natürlich heute in jedem angesehen Hallenbad, und selbstverständlich gibt es dort jetzt auch Gastronomie. Event-Gastronomie natürlich. Hört sich abfällig an, ist es aber nicht. Denn ganz ehrlich: Wenn ich an meine frühen Jahre im Fuldaer Hallenbad zurückdenke, dann sind die schwarzweiß.

Nachdem ich also jahrelang eigentlich gar kein Schwimmbad mehr betreten hatte, wurde ich fast blind vor Farbe und Buntheit, als ich mit meinen Kindern zum ersten Mal ein Erlebnisbad aufsuchte. Dort gab es nicht nur einen Whirlpool und eine Wildwassergrotte, nein, man konnte auch nach draußen schwimmen und man konnte direkt am Schwimmbadrand seine Pommes essen und Kaffee trinken, was nicht nur der Entspannung zugutekam – Schwimmer, egal wie eifrig, kriegen ja immer so einen furchtbaren Hunger -, sondern auch den Chlorgeruch mit dem Duft von Pommesfett übertünchte.

Und plötzlich konnte man im Schwimmbad auch noch ganz andere Sachen machen als Schwimmen und Pommes essen. Man konnte sich bräunen und erholen, man konnte sich massieren lassen und die Kinder sich einfach austoben lassen, und dann, als man dachte, jetzt geht es nicht mehr besser, dann wurde auch noch der Aqua-Sport erfunden. Was ich früher nur ansatzweise aus Kureinrichtungen kannte, hatte sich auf den Weg ins Provinzbad gemacht und dort heißt es nun: Aqua Fitness, Aqua Gymnastik, Aqua Cycling, Aqua Power, Aqua Jogging, Aqua Zirkel, Aqua Zumba, Aqua Fitboard, Aqua Boxing, Aqua Aerobic, Aqua Balancing, Aqua Dancing, Aqua Walking, Aqua Drill – die Bandbreite und die Fantasie der Angebote sind so unerschöpflich wie die Palette der Hilfsmittel, oder sollte man sagen Sportgeräte, was durchaus sexier klingt und auch angemessen ist. Die gute alte Poolnudel kommt ja nur noch sporadisch zum Einsatz, wie man hört, und sie sorgt im Bewegungsbecken für die unglaublichsten Körper-verknotungen, die von den Trainerinnen und Trainern nicht immer sofort wieder aufgelöst werden können. (Und nein, die Pool-Nudel ist keine Mitarbeiterin, die immer einen kleinen Scherz auf den Lippen hat.) Daneben gibt es den Aqua-Jogging-Gürtel, die Aqua-Hanteln, den Aqua-Stepper, die, der oder das Aqua Be Tomic, so eine Art offenes Ballding, für das man im zwischenmenschlichen Bereich vielleicht auch noch andere Einsatzmöglichkeiten fände. Es gibt Beinschwimmer, All-Trainer, Unterwasser-Trampoline, Handpaddles, Multi-Trainer, Power Sticks, Manschetten, Boards, Bänder, Discs und natürlich, und da komme ich jetzt auf mein ganz persönliches Lieblingsteil, das Aqua Bike. Das Wasserfahrrad, das ich allwöchentlich, nachdem ich mit dem Auto und nicht mit dem Fahrrad ins Schwimmbad gefahren bin, ins warme Wasser des Bewegungsbeckens hieve. Es ist so schwer und unhandlich, dass man schon von den Vorbereitungen Muskelkater bekommt und ich immer noch darauf warte, dass ein muskulöser junger Mann uns –

wir sind ja fast zu 100% Damen in den Kursen – die Fahrräder rein und raus trägt. Ich hätte da schon eine Idee...

Ja, und dann geht es los: Unsere Trainerin schmeißt ihren unvermeidlichen Ghettoblaster an und wir fahren zu YMCA und Boney M. auf unseren Rädern, was das Zeug hält. „Schwalm-Challenge" sagt mein Mann dazu und mahnt mich stets, wenn ich das Haus verlasse, „Radel nicht so weit raus!" Soll er doch. Wir schonen dabei unsere mehr oder weniger geschundenen Gelenke und bewegen mit Hilfe irgendeines der obengenannten Geräte alle Muskeln in unserem Körper, indem wir sie mehr oder weniger koordiniert auf unserem Fahrrad demmelnd, stehend oder sitzend von uns weg und wieder auf uns zu bewegen. Manchmal frage ich mich, was der geneigte Erlenspaziergänger, der direkten Einblick in unser Becken hat, sich wohl denkt. Egal, denn die eigentliche Entdeckung für mich ist dabei: Obwohl ich mich sportlich betätige, habe ich Spaß. Und deshalb ist für mich die Erfindung des Event-Bades wie gemacht. Dafür nehme ich auch in Kauf, dass nach wie vor die Toilettensitze im Schwimmbad nass sind und die Böden in den Örtlichkeiten glitschig und man sich nicht allzu viele Gedanken machen darf, auf was man sitzt oder läuft. Ich nehme in Kauf, dass man sich vorher ausziehen und duschen muss und nachher nochmal duschen und wieder anziehen. Ich nehme auch in Kauf, dass ich persönlich immer noch nicht genau weiß, wie man sich die Füße abtrocknet, ohne dass man den trockenen wieder auf den feuchten Boden stellt. Außerdem weiß ich immer noch nicht, wie man im Winter klamme Socken an klamme Füße bekommt, und wie man – ebenfalls im Winter – seine ganzen Klamotten in die kleinen Spinde kriegen kann.

Das, würde ich sagen, sind einfach kleine Reminiszenzen an früher, als man im Schwimmbad nur schwamm und das Leben im Hallenbad in Schwarzweiß statt in Knallbunt stattfand.

Depp(in) der Dinge

„Mer is em Zeuch sein Narr!" Was mein Mann, natural born Oberhesse, zu vielerlei Gelegenheiten sagt, würde ich als Schöngeistin der Familie mit „Depp der Dinge" bezeichnen, oder, um mal ein wenig gendergerecht zu schreiben, als „Deppin der Dinge". Obwohl die Vorstellung, dass das Wort „Depp" nur in der männlichen Form existiert, natürlich auch was für sich hat. Wie dem auch sei, Depp oder Deppin, so fühlte ich mich an einem schönen Dienstag in dieser Woche, der damit beginnen sollte, dass ich wie bereits zweimal zuvor auf den Miele-Fachmann wartete, der sich um unseren Trockner kümmern sollte. Dieser fordert nämlich seit geraumer Zeit vor und während jedem Trocknungsgang Aufmerksamkeit, und zwar viel davon. „Schaust du mal, der Trockner will was", ruft meine Schwiegermutter dann für gewöhnlich aus dem Erdgeschoss, „ich war schon bei ihm, aber ich weiß nicht, was ich noch machen soll." Mein Mann und ich schauen uns dann immer fragend an, und manchmal sage ich dann „Ich war schon zweimal bei ihm, jetzt bist du mal dran." Ähnliche Dialoge führten wir zuletzt vor etwa fünfzehn Jahren, als unsere Jungs noch klein waren und uns nachts nicht schlafen ließen, was in der Tat seltener vorkam als das Lamento unseres Trockners. Des Marktführers wohlgemerkt, den wir für unsere als straffe Firmenorganisation zu führende vielköpfige Familie für viel Geld, aber mit dem Gefühl, das Richtige zu tun, vor noch gar nicht allzu langer Zeit erworben haben.

Ja, und von Anfang an beschäftigt uns dieses Ding mehr als ein schwieriges Kind. Die Miele-Hotline erkennt uns schon an der Nummer und begrüßt uns mit Namen, und die Zeit, die wir mit Hoch- und Runterlaufen und Vor-dem-Trockner-Knieen verbracht haben, hätte locker gereicht, um die Wäsche dann gleich im Keller oder draußen aufzuhängen, worauf es ja dann auch meist hinauslief. Aber das Ding muss ja gehen, erstens, weil es teuer war, und zweitens, weil der Winter vor der Tür steht, und so wartete ich eben auf den Techniker, um ein paar Stunden meines freien Tages mit ihm im Keller vorm Trockner zu sitzen und in das Innere des Sockelfilters zu schauen.

Zuvor schon hatte ich mein Auto in die Werkstatt gefahren, da die Herren vom TÜV ihm die Plakette verweigert hatten. Die Bremsleitungen seien nicht mehr so gut, hatten sie gemeint, und obwohl ich ungern bremse und das jetzt für nicht soooo relevant halte, brauche ich die Plakette natürlich und fuhr mein Auto in die Werkstatt. Schon vier Tage zuvor war ich mit ihm dort gewesen, damit schon mal eine kleine Vordiagnostik gemacht werden konnte – man will ja nur das Beste, besonders für den kleinen roten Engländer.

Als diese beiden Störfaktoren aus dem Weg geräumt waren, machte ich mich an meinem Schreibtisch frisch ans Werk. Ich wollte meinen autofreien Tag nutzen, um unerledigte Dinge aus meinen Haufen zu ziehen und zu bearbeiten. Natürlich muss ich dazu ständig ins Internet: Keine Recherche ohne Google, keine Rückfrage ohne E-Mail, nicht mal drucken kann man ohne WLAN. Doch genau das trat ein. Das Internet ließ mich im Stich. Keine Mails mehr, kein Wikipedia, nicht mal das Telefon machte einen Mucks, was ich durchaus als Angebot an die Work-Life-Balance hätte verstehen können, wenn ich willens gewesen wäre. Das war ich aber nicht. Ich will, dass die Dinge um mich herum funktionieren. Ich veranlasste via Handy eine Störungsmeldung bei der Telekom und hängte mich, sofern es meine Zeit zuließ, immer für zehn Minuten in die Hotline, um dann bald genervt aufzugeben. Während ich kein Internet hatte, hätte ich auch mein Büro aufräumen können, dazu braucht man ja kein Internet, aber mir war nicht danach. Ich grummelte vor mich hin, erledigte noch ein paar kleine Sachen außer Haus, wozu ich allerdings das neue Auto meines Mannes benutzen muss, das mich angeblich schon beim Einsteigen erkennt und alles – von Sitz über den Radiosender bis hin zum Telefon – auf mich einstellt. Der robuste Schwede tut dies mit derselben Verlässlichkeit wie ein störrischer Esel, sodass ich bei der ersten Nutzung mangels manuell einstellbarer Sitze fünf Minuten mit sinnlosem Probieren verbrachte, bis ich meinen Mann rief, damit er mir mit einem breiten, einem sehr breiten Männergrinsen helfen konnte, nicht ohne diesen weiteren Beweis für meine technische Unterbegabung für eine mittlere Runde Mansplaining zu nutzen, versteht sich.

Dieser autofreie Miele-Tag verlief also völlig analog und von face to face, bis ich mich am Abend noch an ein medizinisches Gerät wagte, das ich sporadisch in Gang setzen muss. An diesem Depp-der-Dinge-Tag war das vielleicht von vornerein ein aussichtsloses Unterfangen. So liegt es auf der Hand, dass das Gerät dreimal nicht funktionierte und ich nun für nächsten Montag einen Termin mit dem Kundenservice habe. Unnötig zu sagen, dass auch unser viertes Kind, der Rasenrobby, sich zwischendurch immer mal wieder in einem unserer Gartenlöcher festfuhr oder mit dem Wäschekorb im Garten kämpfte, was dazu führte, dass ich mehrfach rausmusste, ihn an- und ausschalten oder an einen anderen tragen Ort musste, damit er gnädigerweise weiterarbeitet. Aber wir wollen ja nicht von Hand mähen. Also, ich auf jeden Fall nicht.

Am Abend dieses Tages, mein Auto war wieder wohlbehalten aus der Werkstatt zurück, hängte ich mich wieder in die Hotline der Telekom. Den Trockner und das medizinische Gerät hatte ich erstmal ad acta gelegt, schließlich muss man Prioritäten setzen und am allerschlimmsten ist es natürlich, wenn das Internet weg ist. Wie kann menschliches Leben ohne das Internet überhaupt möglich sein? Das fragten wir uns natürlich alle, selbst die jungen Erwachsenen verließen ihre Pumakäfige. Wir starrten mit sorgenvollen Blicken auf die Router, Devolos und Sticks und hofften auf ein Lebenszeichen, das im Inneren der Leuchtdioden erstrahlte. Ich begab mich wieder in die Warteschleife der Störungsstelle und just in den Moment, als in der anderen Leitung sich ein netter Herr meldete, machte es PLING und alles war wieder da. Wow – was für eine Aura, dachte ich. „It's magic", sagte der Herr am anderen Ende der Leitung. Ich hätte mir seinen Namen geben lassen sollen, denn sicher kann er auch Trockner und Medizingeräte. Aber das habe ich leider verpasst. War halt Deppinnen-Tag...

Drückt euch fest!

Diese Woche war Weltknuddeltag. Dieser auf den ersten Blick vielleicht alberne Tag, der im Original „National Hugging Day" heißt und vor über dreißig Jahren von einem amerikanischen Pfarrer ins Leben gerufen wurde – ich hoffe schwer, aus lauteren Gründen –, sollte den Menschen ursprünglich über die düstere und kalte Jahreszeit helfen. Bekannt ist nämlich, dass der Mensch Berührungen fast so nötig braucht wie die Luft zum Atmen. Werden wir umarmt, schütten wir Glückshormone aus, Oxytocin und Dopamin und wie sie alle heißen. Umarmungen sorgen dafür, dass wir ein wenig strahlender und zugewandter durch die Welt gehen, stressresistenter sind, der Blutdruck besser wird, das Immunsystem stärker. Da sollte man eigentlich meinen, dass einen an der Arbeit der Chef oder die Chefin jeden Morgen schon aus lauter Eigennutz drücken müsste – vorausgesetzt natürlich, man wollte das, was ja nicht immer der Fall ist. Aber man könnte sich dafür ja auch einen netten oder sympathischen Kollegen aussuchen. Oder beides. Soll's ja geben...Besonders für Babys und Kinder ist körperliche Zuwendung überlebenswichtig, sie bekommen sie auch meist ganz selbstverständlich, weil sie so goldig sind und in der Regel die renitentesten Erwachsenen dazu bringen können, sie zu herzen und zu knuddeln. Kinder holen sich ihre Knuddeleinheiten selbst, ganz lange und ganz selbstverständlich, etwa, wenn sie zum Kuscheln zu ihren Eltern oder Großeltern oder wem auch immer auf die Couch krabbeln. Und jedes Mal, wenn sie sich knuddeln lassen, knuddeln sie ja auch zurück und machen damit auch die Knuddler glücklich und gesund. Warum nur sagt man dann zu seinen Kindern irgendwann, sie seien jetzt zu groß zum Kuscheln – und die glauben es auch noch! Wie blöd kann man eigentlich sein?! Kostenloses Wohlgefühl und Gesundheitsvorsorge in einem – wir sollten solange daran festhalten wie möglich und uns alle einfach viel mehr drücken.

Wenn nun Drücken und Gedrücktwerden erwiesenermaßen glücklicher und zugewandter oder zumindest zufriedener machen, liegt natürlich der Umkehrschluss nah, dass die vielen Hater, die so im Netz und in der Realität unterwegs sind und beleidigen und prollen, was das Zeug hält, einfach nur chronisch unter-drückt sind, also zu ungedrückt, zu wenig umarmt. Nicht dass jetzt jemand denkt, ich wollte losziehen und böse Menschen mit meinen Umarmungen belästigen (getreu dem Motto aus einem absurden Theaterstück, dessen Titel und Autor mir leider entfallen sind, das ich mir aber seit der Schulzeit, also seit etwa 35 Jahren, merken kann: „If you can't kill him with hate, kill him with love."). Aber gut wär's schon: Man könnte sich ja mal in eine Nazi-Demo schmuggeln und die Jungs da mal schön knuddeln. Würde zwar Überwindung kosten, könnte aber vielleicht die Welt retten. Oder Donald Trump. Der ist wahrscheinlich zum letzten Mal als Baby aufrichtig geknuddelt worden und jetzt haben wir den Salat. Am besten wäre natürlich, die Mangelgedrückten würden sich da mal selbst drum kümmern und sich so verhalten, dass sie außer ihrem Schäferhund vielleicht noch jemand mag und sie ab und zu fest umarmt. Nur mal so als Tipp. Oder sie gehen zu Veranstaltungen der „Free-Hugs-Bewegung". Dort gibt's Umarmungen gratis. Einfach so, im Vorbeigehen. Und selbst solche Umarmungen, also die von völlig unbekannten Menschen, machen angeblich glücklich. Und glückliche und zufriedene Menschen, die sich nicht andauernd über irgendwas aufregen müssen, neidisch sind oder Angst haben, jemand könnte ihnen was wegnehmen, sind einfach besser für die Welt.

Dieser Theorie nach wäre ich auf jeden Fall sehr gut für die Welt, denn ich werde viel gedrückt, was natürlich daran liegt, dass ich selbst ein wenig drückwütig bin. Es vergeht kein Tag, an dem ich von meinen Jungs zuhause nicht mindestens fünf-, wenn nicht zehnmal umarmt werde. Meistens freiwillig. Und natürlich drücke ich sie auch. Und wie. Ich umarme meine Freundinnen und Freunde, wenn wir uns sehen und verabschieden. Und natürlich meinen Mann. Meine Mutter, meine Geschwister, ja, auch meine Schwiegermutter. Wir haben also gute Chancen, froh und glücklich miteinander alt zu werden, ohne Bluthochdruck, dafür mit jeder Menge Glücksgefühle, starken Nerven und einem irren Immunsystem.

Also los: Drückt und knuddelt, was das Zeug hält. Die Welt braucht mehr Umarmungen!

Anmerkung: Diese Kolumne schrieb ich im Februar 2020. Bald danach wurde Knuddeln staatlich verboten. Wir haben es alle sehr vermisst und konnten an vielen Stellen überdeutlich erkennen, wohin ein Knuddeldefizit führt. Zum Beispiel unter den Alu-Hut.

Der geschenkte Samstag! (Schaltjahr reloaded)

Heute ist der 29. Februar! Ein Wahnsinnstag, ein himmlisches Geschenk oder zumindest ein päpstliches, das völlig zu Unrecht im Alltag untergeht. Dieser Tag nämlich ist das, worauf ich eigentlich jeden Monat, ehrlich gesagt, jede Woche warte: ein Tag mehr. Wann kriegt man sowas schon geboten. Nur alle vier Jahre! Und was machen wir daraus? Nix! Einen Samstag, und zwar einen ganz normalen. Es ist nicht zu fassen! Warum hat die findige Event-Industrie diesen Tag noch nicht für sich entdeckt? Warum ist er kein Feiertag? Warum hat er keinen eigenen Namen? Ein Tag, der einfach so zusätzlich angeflogen kommt, weil schlaue Männer sich das vor vielen hundert Jahren mal eben so ausgedacht haben. Sie haben festgestellt, dass die Erde sich gar nicht genauso schnell dreht, wie sie geglaubt hatten, als sie den Kalender erfunden haben. Und, da sie Männer waren und sich schwertaten, den Irrtum einzusehen, aber auch nicht wollten, dass die ganzen Jahreszeiten und Sonnaufgänge durcheinanderkamen, haben sie ein wenig nachgebessert. Verstand und versteht außer ihnen ja sowieso kein Mensch. Wie praktisch! 5 Stunden, 48 Minuten und 45 Sekunden länger braucht die Erde pro Jahr, um die Sonne zu umrunden, das macht dann alle vier Jahre ein Tag. Ungefähr. Und so wurde dann erstmal jedes vierte Jahr ein Schaltjahr. Jedes Jahr? Nein, das wäre ja zu einfach. Denn wer hier nachgerechnet hat, wird feststellen, dass auch das nicht aufgeht. Es sind nur knapp 24 Stunden, die alle vier Jahre anfallen. Und deshalb wird anderswo wieder eingespart: Die Jahrhunderte nämlich, die nicht durch 400 teilbar sind, obwohl sie durch 4 teilbar sind, sind keine Schaltjahre: 1700, 1800, 1900, zum Beispiel und 2100, was im Moment noch nicht ganz so viele von uns betreffen dürfte. Ganz schön kompliziert, oder?

Aber wissen Sie was, ich glaube ja, das stimmt alles gar nicht! Ich glaube viel mehr, dem Papst Gregor XIII ging es damals, im Jahr 1582, als er das Schaltjahr eingeführt hat, genauso wie mir ständig: Er sollte am 1. März was abgeben, was er nicht fertig hatte, eine Predigt oder so. Vielleicht sollte er auch dem Vatikan erklären, was es mit seinem illegitimen Sohn auf sich hatte. Das kann schon mal ein bisschen dauern. Mensch, dachte er, einen Tag bräuchte ich noch! Ich kann ihn soooo gut verstehen, den alten Gregor. Geht mir ständig so. Nur bin ich halt nicht Papst und habe aus verschiedenen Gründen auch keine Aussicht, einer zu werden. Obwohl, die geilen roten Schuhe wären ja durchaus ein Ansporn... Bis dahin muss ich aber mit dem zurechtkommen, was die mächtigen Zeitverwalter mir so anbieten. Also meistens mit 365 Tagen im Jahr, und manchmal mit 366. Der liebe Gregor indes konnte seine ganze Macht nutzen und sich einfach einen Tag dazu einführen. Wie praktisch! Er nutzte den ganzen 29. Februar und schrieb und schrieb und schrieb.

Himmlische Zustände! Allerdings befürchte ich, hätte ich diese Macht, wäre ich nicht im Stand, so diszipliniert damit umzugehen. Ich müsste mir ja bekanntlich ständig Schalttage verordnen – für wesentlich undramatischere Schriftlichkeiten als mein Freund Gregor sie verfassen musste. Die Frühlings-Tag-Nacht-Gleiche, die ja immerhin schon im Jahr 325 festgelegt wurde, wäre bei mir in allergrößter Gefahr. Denn einen Tag mehr pro Woche würde ich mir durchaus gönnen. Und da hat man sich ja dann ja auch schnell drangewöhnt und braucht vielleicht noch einen Tag, und noch einen. Also, vielleicht ist es, ähnlich wie beim Wetter, ganz gut so, dass nicht jeder und ganz besonders nicht jede daran herumfriemeln kann, und Korrekturen zeitlicher Art nur alle paar hundert Jahre mal beschlossen werden. Und Gregor hat im Übrigen nicht nur einen Tag pro vier Jahre dazu erfunden, sondern im ersten Jahr auch gleich mal zehn gestrichen. Die hatten sich schon mal so angesammelt und brachten alles durcheinander: Er strich sie im Oktober 1582. Da folgte dann auf den 4. gleich der 15. Ich nehme ja an, dass vom 5. bis 14. Oktober die Mutter des illegitimen Sohnes ihr Kommen angekündigt hatte, und Gregor, dann einfach gedacht hat, das lassen wir mal schön ausfallen. Toller Trick, oder?!

Wie dem auch sei, ich finde, wir sollten den 29. Februar zu was Besonderem machen: Ausschlafen, Wellness, Ablage 2013, Schränke auswaschen, Essengehen – irgendwas, was sonst nicht so auf der Agenda steht. Sonst müssen wir damit vielleicht wieder vier Jahre warten!

Mehr Zeit?

Hatte ich jetzt eigentlich schon mal was über die Zeitumstellung geschrieben? Was ganz Kleines vielleicht vor Jahren – man sollte ja auch meinen, dass erstens alles dazu gesagt ist und dass man zweitens mal kurzfristig die Hoffnung hegen durfte, sie würde aufgehoben. Letzteres hat sich wohl doch zerschlagen, was hoffentlich keinen nachhaltig schlechten Eindruck auf das Demokratieverständnis der Europäischen Union hinterlässt, und Ersteres ist mir eigentlich egal, da ich mir dazu heute, am Tag der Zeitumstellung, wieder mal so meine Gedanken dazu machte.

Aus einschlägigen Quellen wusste ich ja, dass die Uhr wohl zurückgestellt wird. Nach längeren Berechnungen (Wenn es morgens um sieben ist, ist es eigentlich erst sechs und dann könnte man ja noch ein bisschen liegen bleiben...), dämmerte mir, dass das bedeutete, eine Stunde mehr zu haben. Oder doch nicht? Doch! Oder?

Also – eine Stunde mehr! Und das ist ja ein bisschen so, wie wenn ein Termin ausfällt: Erst denkt man, wow, da habe ich ja jetzt mächtig viel Zeit übrig. Und aus Erfahrung weiß man ja, was damit passiert – eigentlich nix, denn nahtlos geht man zum nächsten Punkt auf der To-Do-Liste über. Bei der Zeitumstellung ist es aber ein wenig anders, denn da hat man ja wirklich einmal eine Stunde mehr. EINE STUNDE MEHR! Eine Stunde mehr von 2020 ist natürlich so ein bisschen überflüssig, aber dennoch: Man könnte sie nutzen. Schon am Vorabend könnte man sie bereits voller Vorfreude versaufen oder am nächsten Morgen teilweise verschlafen, verlesen, im Bad mit ausgedehnter Körperpflege verbringen oder verfrühstücken. Wollte man all dies tun – oder vier andere Dinge, für die Sie jetzt gerne mehr Zeit hätten-, dann könnte man eine Viertelstunde länger schlafen, lesen, frühstücken oder pflegen, sprich: Man würde es eigentlich gar nicht merken, oder? Und ehrlich gesagt merke ich es im Sommer ja auch nicht, dass ich eine Stunde weniger habe. Ich stehe einfach auf, wenn es Zeit ist und fertig. Und so ganz genau weiß man ja nie, also weiß ich nie, was das eigentlich bedeutet mit der Zeitumstellung und wozu sie jetzt genau gut ist:

Wird jetzt die Uhr vorgestellt oder zurück? Wird es jetzt früher hell oder später dunkel oder umgekehrt oder gar nichts? Und diese komischen Tricks mit den Gartenmöbeln helfen mir auch nicht: Im Herbst werden sie zurückgestellt in das Gartenhaus – ist klar, oder? Also wird wohl auch die Uhr zurückgestellt. Aber im Frühling werden die Möbel doch auch zurückgestellt, nämlich dahin wo sie hingehören: Auf den Balkon, in den Garten oder auf die Terrasse. Wird dann die Uhr wieder zurückgestellt? Manchmal, ganz kurz, habe ich den Eindruck, alles verstanden zu haben, aber spätestens als mir klar wurde, dass ich – sollte die Zeitumstellung aufgehoben werden -, für die Sommerzeit plädiere und somit für lange, ausgedehnte Sommerabende, also für die nichtnormale Variante, die ja die im Vergleich dazu schöne Winterzeit ist, war mir klar, dass die Zeit und ich nicht nur im Alltag schwer zusammenkommen, sondern auch das große Ganze mit uns nicht so richtig klappt. Wahrscheinlich saß ich genau deshalb dann am Sonntagabend auch völlig ungerührt zur üblichen Stunde vor meinem Sonntagskrimi, also dem um 22:15 und fragte mich, ob ich nun müder oder wacher sein müsste als an den Sonntagen zuvor. Kann mir das vielleicht mal kurz einer sagen?

Am Ende dieses um eine Stunde längeren Sonntagmorgens jedenfalls verbrachte ich die meiste Zeit damit, durch das Haus zu gehen und die Uhren umzustellen. Wobei dies auch mein Mann schon gemacht hatte, aber nur teilweise. Was – neben den Uhren, die sich selbsttätig umstellen – erheblich zu meiner Verwirrung beigetragen hat. Nicht zu vergessen meinen Computer, der sich – obwohl er angeblich auf dem neuesten Stand ist – beständig weigert, automatisch seine Zeit umzustellen, was ihn mir auch wieder irgendwie sympathisch macht. Und dann noch mein Auto: Die Uhrzeit in dem eigenwilligen alten Mini umzustellen, ist stets eine kleine Herausforderung, auf die ich in diesem Frühjahr verzichtet habe – mit dem Vorteil, dass ich es auch jetzt wieder lassen kann. Und damit am Ende doch noch fünf Minuten kostbare Zeit gewonnen habe. Macht zusätzlich zu den ersparten fünf Minuten vom Frühjahr schon zehn.

Oder?

Nachtrag: Mit der Zeit ist es ja so eine Sache. Also, mit der Wochenzeitung, meine ich jetzt. Keine Ahnung, wer Zeit hat, sie zu lesen und am Ende noch Leserbriefe zu schreiben! Dennoch: Ich habe sie jetzt mal im Abo, Die Zeit. In diesen Zeiten kann es ja nicht schaden, wenn man ein wenig Zeitungspapier übrighat. Man hört ja schon wieder von bestimmten Knappheiten …

FAMILIENWAHNSINN

Mission impossible

Neulich durfte ich einer interessanten Veranstaltung beiwohnen. Einem Vortrag darüber, wie man seinen Kindern in die Köpfe schaut und sie zu guten Leistungen in der Schule und einem guten Miteinander in der Familie motiviert. Meine Kinder sind 16 und 18. Mir wurde schlagartig klar, dass diese Infos für mich zu spät kamen. Und mir wurde außerdem schlagartig klar, dass sich seit meinen Anfängen als Erziehungsperson nichts Wesentliches geändert hatte: Das Zauberwort heißt Konsequenz. Kenn' ich nicht, kann ich da nur sagen. Was soll das denn sein?

Das soll sein, dass man bei einem einmal gesagten Nein auch bleibt. Dass man darauf drängt, dass Absprachen eingehalten werden. Dass man klarstellt, wer am Ende – auch ohne lange Diskussion – das Sagen hat. Während der Referent über die üblen Folgen fehlender Konsequenz schwadronierte, hätte ich bei jedem einzelnen Punkt aufstehen und als schlechtes Beispiel dienen können. Stattdessen schaute ich unter mich, dachte an meine Kinder, und dieses völlig irre, nur Müttern bekannte Glücks- und Liebesgefühl durchströmte mich beim Gedanken an diese Geschöpfe, die mir mehr als einmal den Schlaf raubten, meine Tage überquellen lassen und bis heute nur das tun, was für ihr unmittelbares Überleben wichtig sein könnte. Aufräumen, Wäschewaschen, Müllwegbringen oder Geschirrspülen gehören in der Regel nicht dazu. Ich konzentrierte mich auf den Vortrag und auf das, was ich alles falsch gemacht habe:

Natürlich bin ich immer beim zehnten Nachfragen schwach geworden und von meinem Nein abgerückt, vorzugsweise nach einem langen Tag mit alleiniger Aufsicht der Kinder. Natürlich habe ich nach einer Woche die Spülmaschine wieder selbst eingeräumt, weil mir das lange Verhandeln auf den Keks ging. Und natürlich habe ich – es sei denn, es ging um Leben und Tod – meine gottgegebene Macht gegenüber meinen Kindern nicht ausgenutzt, weil das eine Eigenschaft ist, die mir persönlich fernliegt.

Alles falschgemacht, würde ich sagen, erzieherisches Komplett-versagen. Schade um die schönen Kinder – was hätten sie nur für Leistungsträger werden können, hätten sie eine konsequentere Mutter gehabt. Und was hätte ich mir nur die Nerven schonen können, hätte ich mich ein bisschen mehr angestrengt. Aber das war nichts Neues. Einzig die Erkenntnis, dass es in meinem Fall jetzt schon egal war, hellte meine Stimmung ein wenig auf.

Neu für mich war indes, wie Kinder mit dem Thema Zeit umgehen: Ihr ganzes Leben liegt ja noch vor ihnen – Zeit ohne Ende, was dazu führt, dass sie langfristige Ansagen überhaupt nicht ernstnehmen und kurzfristige eigentlich auch nicht. Deshalb haben sie wohl auch morgens nach dem Wecken so unglaublich viel Zeit, bis sie in die Hufe kommen – ist ja noch ewig bis Schulbeginn. Hätte ich das gewusst, ja – was hätte ich dann eigentlich?!Am Ende des Abends kam eine Lehrerin zu Bekannten von mir, bei denen ich zufällig stand und über die Unvereinbarkeit von Theorie (= Konsequenz) und Praxis (is' mir jetzt auch egal) klagte. Sie sagte, also, wenn das mit der Zeit so ist, dann werde sie jetzt Arbeiten erst einen Tag vorher ankündigen. Die Eltern würden ohnehin auch nicht vorher mit dem Lernen anfangen. Die Eltern? Mit dem Lernen anfangen? Ich fragte nochmal halb im Ernst, halb im Scherz nach. „Ja, ja, die Eltern fangen immer so spät mit dem Lernen an, haha." Leider hat in der Runde keiner verstanden, was ich damit sagen wollte. Ich dachte, es sei ein Witz! Soweit ich mich erinnere, müssen die Kinder doch für die Klassenarbeiten lernen und nicht die Eltern?! Eine Ansicht, mit der ich ziemlich alleine dastand, ebenso wie mit meiner unverhohlenen Inkonsequenz. Aber ich kann nicht anders. Auch wenn diese Eigenschaft mit einer besonderen Eignung zum Familiendepp einhergeht, an dem alles hängen bleibt, was kein anderer machen will. Ein Job, den neben mir übrigens noch jemand in meiner Familie für sich reklamieren würde – völlig zu Unrecht natürlich, denn es kann nur eine geben...

Als ich heimkam, saß ich noch ein wenig mit meinem großen Sohn auf der Couch. Was ich von ihm lernen könnte, ist Chillen. Was der Referent von ihm lernen könnte, ist, dass auch ein Kind, das von mir – eher nicht – erzogen wurde, ein äußerst netter, hilfsbereiter, intelligenter und zugewandter Mensch geworden ist. Und der sich, als ich ihm von diesem Abend erzählte, entspannt zurücklehnte und sagte. „Oh, dafür bin ich aber gar nicht so schlecht geraten." Finde ich auch. Glück gehabt.

Muttertag 2018

Das Wichtigste zuerst: Ich muss Buße tun. Noch am Samstag vor Muttertag hätte ich Stein und Bein geschworen, dass meine inzwischen doch recht großen Jungs es nicht schaffen würden, etwas für mich zu Muttertag zu besorgen, was zumindest für Einzelne unter ihnen nichts Neues gewesen wäre. Und dass mir das natürlich gar nichts ausmacht, hätte ich kalt lächelnd dazugesagt, schließlich ist ja das Schönste, dass man sie überhaupt hat; bla bla. Letzteres ist natürlich wahr, also, dass man sie überhaupt hat, Mittleres nur so halb und Ersteres hat sich am Muttertag selbst als völlig haltlose Beschuldigung herausgestellt: Meine Jungs hatten sich doch tatsächlich selbstständig auf den Weg gemacht, sogar in meinen – leider geschlossenen – Lieblingsladen, um dann, nachdem sie zufällig eine gute Beraterin getroffen hatten, im ortsansässigen Kosmetikladen einen Gutschein für mich zu kaufen. Und keinen kleinen. Stellt sich natürlich die Frage, ob sie einen spontanen Anfall übergroßer Liebe mir gegenüber entwickelt hatten oder ob sie vielleicht weitreichende kosmetische Maßnahmen für angebracht und unterstützenswert halten. Aber egal.

Mit Kindern in der Familie hat man ja immer Anlass und Gelegenheit über irgendwas nachzudenken. Manchmal auch darüber, wie ein Leben ohne Kinder sein könnte. Ich selbst habe dunkle Erinnerungen an Wochenenden, an denen ich einfach aufstand, wann ich wollte, mir einen Kaffee machte, und mich mit einer Zeitung oder einem Buch wahlweise auf den Balkon oder ins Bett zurückverzog. Dann lebte ich so in den Tag, ging in die Stadt, traf mich mit Freunden und ging aus, wann immer ich wollte. Heute lese ich kaum mehr als drei, vier Bücher im Jahr, von guten Zeitungen ganz zu schweigen. Mein ganzes Wissen und meine ganzen Erfahrungen muss ich aus meinem Alltag schöpfen, und so weiß ich zwar beispielsweise um die unglaublichen Erlebnisse von Gnomen und Kindern in einem Ort namens Gravity Falls – eine US-amerikanische Comic-Serie, die sich junge Erwachsene heutzutage auch anhand schöngestalteter Bücher reinziehen -, aber ich kann nicht den Nahost-Konflikt in Beziehung zur Ukraine-Krise setzen oder zu unseren Wirtschaftsbeziehungen mit China, auch wenn das Lesen der „Zeit" dies mir an diesem Wochenende ermöglicht hätte.

Oder Reisen. Reisen ist etwas, das ich schon immer sehr gern mochte, schnell mal hierhin übers Wochenende oder länger mal dorthin mit dem Flieger und ohne weitere Buchung – wie schön! Plant man einen kleinen Sommerurlaub mit Kindern, genauer gesagt, mit drei Kindern, gerät man schon mit dem Ziel Ost- oder Nordsee nicht nur finanziell in Sphären, die einem früher eine halbe Weltreise ermöglicht hätten, nein, auch organisatorisch verlangen sie einem alles ab, denn wer würde schon mit drei Kindern ins Blaue fahren und hoffen, dass sich vor Ort dann alles klärt? Nicht zu vergessen natürlich, dass man mit Kindern dann fahren muss, wenn alle fahren. Und dass man, organisatorisch zumindest, mit mehr als zwei Kindern aus vielen Pauschalen fällt, die sich auf den Familienklassiker Vater, Mutter, zwei Kinder eingependelt haben. Mehr als zwei Kinder sind gewissermaßen vergnügungssteuerpflichtig, frei nach dem Motto „Darf's ein bisschen mehr sein", schließlich hat man sich ja selbst nicht rechtzeitig beherrscht ... Und selbst, wenn es möglich ist, dass man wieder mal ein wenig ohne Kinder plant, ist nichts sicher: Mit 40 Grad Fieber überlasst man auch einen 17-Jährigen nicht seinem Schicksal, sondern sagt natürlich alle anderen Pläne ab. Gerne.

Apropos nicht sicher: Wir wissen ja alle, dass das eigene Leben schon eher unsicher ist. Kein Mensch weiß, was der Tag, sollte man es wohlbehalten aus dem Bett geschafft haben, so bringt. Mit der Anzahl der Kinder summiert sich diese Unsicherheit: Dass beispielsweise bei dreien plus Eltern nicht einmal in der Woche schon morgens etwas Unerwartetes passiert, ist mehr als unwahrscheinlich: Verschlafen und Termine vergessen sind da nur Aufwärmübungen. Dass der Schulbus nicht kommt, der Magen-Darm-Trakt rumort, die Nase blutet oder die Turnsachen nicht auffindbar sind, sind weitere Varianten. Alles ist möglich, auch bei einem selbst. Ich zumindest bin, bis morgens alle meine Kinder und ich einigermaßen ordentlich aus dem Haus sind, schon das erste Mal fix und fertig, aber da geht das Leben ja erst los. Obwohl es natürlich auch schön ist, sich an der Arbeit von der Familie zu erholen – wer kennt es nicht.

Und wer kennt es nicht, dieses Gefühl mit Kindern. Diese kurzen, flimmerigen Anflüge einer Ahnung, etwas richtig Sinnvolles zu tun, wenn man mit ihnen zusammen ist. Diese unglaubliche Freude, wenn sie zum ersten Mal etwas sagen – vorzugsweise natürlich Mama. (Und nicht, wie mein Erstgeborener, der mich, als ich ihm ein schönes Liedchen vorsang, mit großen Augen ansah und seinen ersten Satz aussprach: „Mama, lieber Radio anmach." Aber was soll's, Schwamm drüber. Ich bin ja Mutter. Mir kann man ja alles sagen. Was man ab einem gewissen Alter aber gar nicht mehr will.) Und dann dieser grenzenlose Stolz, wenn sie etwas geschafft haben, was wie ein Berg vor ihnen und damit auch vor den Eltern lag, beispielsweise das erste Mal die Wäsche gemacht, Lasagne gekocht oder vielleicht auch das Abitur. Diese tiefe, tiefe Liebe, wenn man sein schlafendes Kind anschaut, egal in welchem Alter. Diese Verbundenheit, wenn sie dann doch, allen Widrigkeiten zum Trotz, in verschiedenen Situationen an deiner Seite stehen und du an ihrer. Gegen all das sind teure oder abgesagte Reisen, Stress am Morgen oder die Frage „Wo ist eigentlich mein Leben geblieben?" natürlich nichts, gar nichts. Nur manchmal hat man, wie gesagt, so eine Ahnung von einem kinderlosen Leben in Saus und Braus und einer grenzenlosen Freiheit...

So jetzt aber Schluss hier. Es ist zwanzig nach sieben. Ich muss meine Kinder wecken, mal schauen, was sie sich heute für mich ausgedacht haben!

Abitur, Abitur!

Mann, Mann, Mann, war das eine anstrengende Zeit! Vom ersten Lernen bis zu den Prüfungen bin ich bald wahnsinnig geworden, zumal das erste Lernen erst vergleichsweise spät losging, zu spät für meinen Geschmack, aber ich hatte das ja auch nur wenig bis gar nicht in meiner Macht. Wenn man als Mutter, die – Mädchen eben – die ganze Oberstufe hindurch von kontinuierlichem Arbeiten und zum Abitur hin von einem strengen Lernplan träumt, dann musste man in meinem Fall ganz schön an sich arbeiten. Mein Alter Ego auf dem Endspurt zum Abitur war ein gechillter Achtzehnjähriger, dem es reichte, seine von seiner Mutter als exorbitant eingestuften Kapazitäten dafür zu nutzen, mit möglichst wenig Aufwand ein vergleichsweise gutes Ergebnis zu erzielen, ohne nach der letzten Prüfung total gestresst und halbtot umzufallen, dafür aber dennoch gleich wieder in den bewährten Chillmodus zu entschwinden. Ich hingegen träumte nachts wahlweise von zu programmierenden Wurstomaten – nicht, dass etwas Essentielles dabei herausgekommen wäre – oder Shakespeare und sah mir in meiner Verzweiflung „Sommers Weltliteratur to go" an. Wo wir früher noch „Königs Erläuterungen" bemühen mussten, lässt heute ein gutaufgelegtes männliches Spielkind mittleren Alters die gute Mutter Courage mit einer Playmobil-Kutsche durch den Dreißigjährigen Krieg ziehen und erklärt dabei kurz und bündig und leicht zu merken die Quintessenz des Brecht-Klassikers wahlweise jedes anderen Abitur-Prüfungs-Aspiranten. Das kann man sich auch neben dem Zocken oder Zähneputzen mal reinziehen – und kann damit sogar auch als männlicher Mensch beweisen, dass man zwei Dinge gleichzeitig kann.

Als die Prüfungen anstanden, musste ich schwer an mich halten, nicht trotz ausdrücklichen Verbots ein großes Tuch mit „Du schaffst das, mein Kleiner! Deine Mutti" ans Schultor zu nageln. Zum ersten Prüfungstermin kaufte ich einen kleinen, wirklich Mini-Glücksstein und legte ihn unauffällig zu den Pausenbroten. Dort blieb er liegen, als Brote und Prüfling schon das Weite gesucht hatten, aber ich war sicher, dass schon die Aura des Glücksbringers ihre Dienste tun würde. Auch widerstand ich dem heftigen Drang, eine Lern- und Leidens-WhatsApp-Gruppe mit anderen Müttern ins Leben zu rufen – obwohl mir so ein wenig Selbsthilfe in kleinen Gesprächsgruppen mit ein wenig Alkohol durchaus gutgetan hätte.

Und kaum hatte das Leiden angefangen, war es auch schon zu Ende. Äußerlich (und wahrscheinlich auch innerlich) ruhig hakte unser Abiturient seine Prüfungen ab, während ich jedes Mal hinterher völlig fertig war. Wahrscheinlich hatte er durch Telekinese allen Stress auf mich übertragen. Junge, würde ich ihm jetzt gerne zurufen, ICH, deine Mutter, habe alles für dich getragen. Aber es wäre ihm sicher peinlich. Und es wäre ja auch nicht ganz richtig, wie ich fairerweise sagen muss ...

An den Abiturfeierlichkeiten war ich dann schon wieder ganz die Alte. Ich schaute mir die Reihe der Jahrgangsbesten an und zählte von 20 außergewöhnlich talentierten oder fleißigen jungen Menschen 16 junge Frauen. 16! Mehr als 75 Prozent. Wo sind die in zwanzig Jahren, fragte ich mich, denn aktuell ist es immer noch so, dass Frauen irgendwo zwischen Abitur und Karriere auf der Strecke bleiben. Sie ziehen eine Ausbildung dem Studium vor. Sie absolvieren ihr Studium ruhig und ohne großes Aufheben und Networking. Sie brauchen nicht so sehr das Prestige einer Doktorarbeit. Sie übernehmen immer noch die meiste Arbeit in Haushalt und Familie. Sie geben sich nach einer Familienpause mit Teilzeit zufrieden. Was klingt, als ob das alles freiwillig stattfindet, ist leider nur pragmatisches Handeln angesichts dessen, was geht und von der Gesellschaft angeboten, vorgelebt und erwartet wird. Am liebsten hätte ich diesen außerdem auch noch überaus hübschen jungen Frauen zugerufen: „Zieht eure Abendkleider aus und die Boxhandschuhe an", doch auf Kämpfe hat man ja auch nicht immer Lust. Manchmal muss man ja auch auf die Fingernägel achten. Aber nicht immer!

Am Tag nach der Zeugnisverleihung wurden auf dem Abiball die Vorbereitungsteams vorgestellt und geehrt: Von zwanzig Mitwirkenden war einer ein Mann. Und der hatte bei einer anderen Veranstaltung sogar eine Rede gehalten. Nicht mal eine gute. Ich fürchte stark, dass sich hier die Wiederholung einer katastrophalen Entwicklung abzeichnet, denn: Sollte sich die Erfolgsquote der Frauen dieses Abijahrgangs in Führungspositionen und Einkommen widerspiegeln, müsste sich gravierend etwas ändern –

vor allen Dingen müssten die – meist immer noch männlichen – Wirtschaftsbosse einsehen, dass sie auf diese Koryphäen nicht verzichten können. Sie müssten weg von ihrem Einstellungskriterium „One of the boys" hin zu „One of the best". Aber das einzusehen ist wohl nur den Klügsten unter den Männern vorenthalten. Und das sind ja nun wahrlich nicht viele...

Ist das Kunst oder kann das weg?

…diese Frage beantworteten in der Kunstgeschichte schon einige Menschen mit letzterer Einschätzung: Längst ist es nicht nur Beuys' bekannte Fettecke, die 1986 von einer pflichtbewussten Putzkraft entfernt wurde, nein, schon Jahre vorher hatten zwei eifrige Genossinnen des SPD-Ortsvereins Leverkusen-Alkenrath sein Werk „Unbetitelt (Badewanne)" einem sinnvolleren Einsatz als Spülbecken zugeführt. Wenn's doch nottat…

Zahllose Beispiele von bewusster oder unbewusster Kunst-zerstörung finden sich in einem hochinteressanten Spiegelbeitrag; unter anderem auch verunglückte Restaurierungsversuche wie zuletzt und sehr spektakulär der Fall der spanischen Rentnerin, die vor sechs Jahren ein Fresco des bis dato relativ unbekannten Malers Elías García Martínez glaubte zu restaurieren, es dabei völlig entstellte und den Maler erst damit einer breiten Öffentlichkeit bekanntmachte. Schaffte sie damit jetzt Kunst, neue Kunst vielleicht sogar, oder hatte sie ein Werk zerstört? Oder die andere Geschichte von der alten Dame, die sich von der Aufforderung „Insert Words" an einem Kreuzworträtsel-Kunstwerk derart angesprochen fühlte, dass sie, nicht zuletzt, weil sie wohl zufälligerweise die Antworten wusste, die dem Künstler offenbar gefehlt hatten, dieser ruckzuck nachkam, weshalb am Ende die Kripo ermittelte und die Versicherungssumme von 80.000 Euro fällig wurde.

Wenn Sie jetzt aufmerksam gelesen haben, stellen Sie fest, dass es sich zumindest bei den hiergenannten Kunstzerstörern allesamt um Kunstzerstörerinnen handelt. Wollen die Frauen sich etwa heimlich rächen, weil sie – wie überall, wo es um das große Geld geht – auch in der Kunst kaum vorkommen?

Verstehen könnt' ich's ja.

Ich zum Beispiel frage mich andauernd, ob nicht mein Alltag voller Kunst ist und ich eine total verkannte Work-in-Progress-Vertreterin bin. Meine kleine hausinterne Ausstellung beginnt direkt an der Haustür, das erste Exponat: ein Haufen Schuhe.

„Die Künstlergruppe rund um Traudi Schlitt will mit dieser Arbeit verdeutlichen, dass menschliches Leben aus einem einzigen

Kommen und Gehen besteht – der Bezug von Haustür und Schuhen spricht hier eine eindeutige Sprache, ganz in der philosophischen Tradition Immanuel Kants, der sich in seinem Œuvre permanent der Frage des Kommens und Gehens gegenübersah. Widmet man der Installation einen tieferen Blick, offenbart sich deren Themenvielfalt: Der unterschiedliche Abnutzungsgrad der im Werk verarbeiteten Schuhe verweist auf die Ungerechtigkeiten innerhalb einer Gesellschaft, für deren Verflechtungen und Strukturen eine Familie geradezu archetypisch steht. Manche Menschen müssen sich mehr anstrengen, um an der gleichen Stelle anzukommen, anderen wiederum wird Erfolg einfach so hinterhergeworfen – sinnbildlich dafür steht das seitlich errichtete Zalando-Paket, das – wie der Betrachter vermuten darf – die neuesten und am wenigsten abgenutzten Schuhe enthält. Doch dürfen sie bleiben? Was kommt? Was geht? Auf diese metaphysische Ebene gebracht, wird das Zalando-Paket zur zentralen Aussage der Installation erhoben, im Kontext mit den am meisten abgetragenen Schuhen, die gleichsam denen eines unterbezahlten Hermes-Zustellers nicht unähnlich sind und eine massive Konsum- und Kapitalismuskritik implizieren."

Noch Fragen? Vielleicht zu der Kombination aus Ladekabeln, Medikamenten und Feuerzeugen auf unserer Anrichte? Oder den Essensresten einer Woche? Es gibt demnach durchaus noch mehr solche Kunst bei uns, allerdings sind wir weder Galerie noch Museum. Dort, genauer gesagt im MMK, dem Museum für Moderne Kunst, schaute ich mir vor kurzem eine Ausstellung an mit dem Titel „I am a Problem." Sie hangelte sich an großen schwarzen, den Bandwurm von Maria Callas symbolisierenden (ehrlich!) Röhren entlang und ich fand, mit der titelgebenden Aussage könne die Ausstellung nur sich selbst gemeint haben. Als aufgeschlossene Person versuchte ich, gemeinsam mit meiner Freundin bei jedem Objekt den tieferen Sinn zu ergründen – meist gelang es, auch weil viele interessante Erklärungen dabei waren. Aber als ich so eine blaue Plastikfolie auf dem Boden sah, die aussah, als hätten die Handwerker sie vergessen, die aber auch ein kleines Kärtchen mit Titel und Künstler hatte, da fragte ich mich dann doch, was es wohl genau ist, was Kunst zur Kunst macht? Reicht schon die Idee, dass etwas Kunst sein könnte? Und wenn ja, wie finde ich jemanden, der meine Idee ausstellenswert findet und mir am Ende noch 5.000 Euro dafür gibt? Oder mehr? Wieso ist eine blaue Plane auf dem Museumfußboden Kunst und bei uns zuhause ein vergessener Müllbeutel? Wieso ist die Venus von Willendorf mehr wert als meine Tonzwerge aus dem Workshop der Brüder-Grimm-Schule?

Apropos Schule: Letztens war ich auf einer Vernissage von Kindergartenkinderbildern. Die meisten davon überstiegen das Niveau, auf dem ich male, bei weitem. Manche davon hätten frühe Picassos oder Kandinskys sein können – will sagen: Sie zeichneten sich durch einen hohen Abstraktionsgrad aus. Man konnte sie kaufen, doch ich erstand keines davon, hatte ich doch früher, als mein Erstgeborener mit seinen ersten Kindergartenwerken nachhause kam, diese immer gleich in einem vermeintlich unbeachteten Moment direkt entsorgt. Ich hatte halt schon immer meine eigene Vorstellung von ästhetischer Wohnraumgestaltung und die Krickelbilder aus dem Kindergarten passten da definitiv nicht dazu.

„Schmeißt du das jetzt gleich wieder weg?", fragte mich mein kleiner Sohn schließlich eines Tages mit großen Augen, als er wieder mal ein schönes Stück Kita-Art mit nachhause brachte. Seit ich Mutter bin, übe ich mich permanent im Mich-schlecht-und-und-ungerecht-Fühlen. Dieser Moment war eine Sternstunde dieser Disziplin, und ich beschloss, alles, was aus der Sternengruppe zu uns flog, zu Kunst zu erheben. Irgendwie ist ja alles eine Frage der Einstellung. Ist das jetzt also Kunst oder kann das weg?

Schuhstandsmeldungen

Über den Zustand unserer Wohnung im Allgemeinen und die Ansammlung von Schuhen neben der Haustür im Besonderen habe ich, sofern ich mich recht erinnere, schon des Öfteren geschrieben. Die Schuhstände scheinen sehr inspirierend zu sein, wenngleich meine Abhandlungen darüber bisher doch eher despektierlich waren. Völlig zu Unrecht, wie mir bei genauerer Betrachtung und nach intensiven Gesprächen mit anderen Schuhstandsforscherinnen jetzt klar wurde. Denn so eine Schuhansammlung neben der Tür ist viel mehr als ein Ausdruck von Unordnung, im Gegenteil: Sie schafft Klarheit über viele Dinge, beruhigt, ist heimelig, bietet Identifikationsmöglichkeiten – kurzum: Kein gutes Leben, keine gelingende Kommunikation ohne regelmäßige Schuhstandsmeldungen.

Als beispielsweise unser großer Sohn anfing, abends länger auszubleiben als wir aufblieben, dann fiel morgens mein erster Blick auf den Schuhhaufen neben der Tür. Standen seine großen ausgelatschten Treter mit dabei, war ich beruhigt – mein Sohn war nachhause gekommen. Standen sie nicht da, rannte ich panisch in sein Zimmer, nur um festzustellen, dass er dort – zu dieser Zeit glücklicherweise noch allein – im tiefsten Schlummer lag und seine Schuhe dort ausgezogen hatte. Ich bat ihn darum, doch die familiäre Ordnung einzuhalten und nicht grundlos unsere Informationswege zu blockieren. Da er nicht wirklich wollte, dass ich permanent mit schreckgeweiten Augen vor seinem Bett stand, besann er sich zurück auf die bewährten Familientraditionen und zog seine Schuhe an der Haustür aus. Auch wenn Freunde bei ihm übernachteten, was oft vorkam, konnten wir nach dem Aufstehen immer schon an der Tür sehen, wie viele hoffnungsvolle junge Erwachsene jedweden Geschlechts sich in unserem Jungstrakt tummelten – Anhaltspunkte sowohl über die aktuelle Schuhmode als auch über die benötigte Menge an Frühstücksbrötchen lieferten die Schuhstände gleich mit.

Über die Bedeutung dieser Schuhstandsmeldungen wurde ich mir zum ersten Mal vor sicher 15 Jahren klar. Unsere Freunde hatten damals schon zwei Töchter, die so langsam nach den Jungs schauten – und umgekehrt. „Da will ich morgens aus dem Haus und sehe zwei Riesen-Waldbrandaustreter neben der Haustür stehen", berichtete unser Freund damals. Diese Nachricht bedeutete irgendwie auch das Ende der Kindheit seiner Tochter – unglaublich, welche emotionale Wucht sich doch in einem simplen Schuhhaufen manifestiert.

Als sich bei uns die Schuhstandsmeldungen änderten, dauerte es eine Weile, bis wir es begriffen. Denn eines Morgens, als am Abend vorher für einen Übernachtungsgast im Jungszimmer gerüstet worden war, standen statt der zu erwartenden Boots in Größe 48 buntgeblümte Stiefelchen in Größe 38 neben der Tür. „Wenn mit Michael und seinen Füßen nichts Gravierendes passiert ist, hat heute jemand anders hier geschlafen", schloss ich daraus messerscharf und warf meinem Mann wissende Blicke zu. Als irgendwann nur noch die geblümten Stiefel dastanden, war das ja auch irgendwie eine klare Ansage und ich hoffte insgeheim, nicht direkt Großmutter zu werden – und das nur wegen der Schuhe! In bester Tradition riet unser Sohn dann auch der Besitzerin der bunten Stiefel, ihre Schuhe dem Info-Pool beizustellen: „Dann wissen sie, dass du da bist und klopfen an, bevor sie reinkommen." Schlaues Kind.

Meine Freundin, Mutter zweier Jungs im paarungswilligen Alter, erzählte mir kürzlich davon, wie sie und ihr Mann rätselten, wer von den beiden Sprösslingen wohl für die Mädchenschuhe verantwortlich sei, die sie morgens bei den Schuhstandsmeldungen vorfanden. Der eine war eigentlich noch ein wenig zu jung, der andere ein wenig zu schüchtern. Es wurden Wetten abgeschlossen, aus wessen Zimmer die Schuhbesitzerin wohl käme – unnötig zu sagen, dass die mütterliche Meinung gewann. Zusätzlich zu allen haushaltlichen Kompetenzen, die uns ja dem Vernehmen nach im Lauf unseres Lebens einfach so zufliegen, sind wir auch hochqualifizierte, weil hochsensible Schuhstandsanalytikerinnen. Mit nur einem Blick nehmen wir nicht nur wahr, wer da ist, sondern auch, was diejenige Person vielleicht für ein Fußproblem hat oder wo sie mit ihren Schuhen die letzten zehn Male unterwegs war – ähnlich den Geistesblitzen, die in den neuen Sherlock-Holmes-Filmen so wunderbar visualisiert werden. Am Ende sind wir natürlich auch im Stand, qualifizierte Charakterstudien anhand der Schuhe zu treffen: Spießer oder

Rebellin? Bequeme Chaotin oder Mode-Freak? Schuhpfleger oder Schuhschänderin?

Bleibt ein Blick auf meine eigene Beteiligung an den Schuhstandsmeldungen. Schwierig, würde ich sagen, denn ich mache Schuhhaufen überall auf – eine kreative Seele wie ich kann sich einfach nicht auf einen festgelegten Platz beschränken. Ich trage meine Straßenschuhe auch im Haus solange ich will und ziehe sie aus, wo immer es mir passt. Ich bin sozusagen mein eigener Schuhinformationskosmos und als solcher durchaus unberechenbar. Ob ich da bin oder nicht, das hören meine Mitbewohner ohnehin am Klackern der Computertastatur oder sie riechen es, wenn das Essen zubereitet wird. Viel mehr als Letzteres müssen sie auch gar nicht von mir wissen – finden sie jedenfalls.

Allein wenn meine Schuhe geputzt werden müssen, stelle ich sie dem offiziellen Schuhhaufen bei. Dann weiß mein Mann, was er zu tun hat. Der Schuhzustand sagt es ihm. Auch ohne hochsensible Analysekompetenz.

Muttertag 2019

„Wir müssen schnell nochmal in die Stadt", sagten meine drei großen Jungs gestern zu mir, als ich mit fünf vollen Taschen im Mini vom Einkaufen nachhause kam, und sie mir schon im Hof entgegenliefen. Im ersten Moment hatte ich tatsächlich gedacht, sie wären alle – ALLE! – herausgeeilt, um mir die Taschen hochzutragen, in denen ja mindestens drei Fünftel auch für sie war. „Wir haben es eilig", riefen sie noch, fast schon im Wegfahren, und mir dämmerte, was passiert sein musste: Alle drei saßen sie in meiner Abwesenheit gemeinsam beim Mittagessen, bis so um viertel nach eins einer von ihnen sagte: „Morgen ist Muttertag". Diese drei Worte um viertel nach eins brachten mit einem Mal unheimlichen Druck ins System. Die Ladenöffnungszeiten wurden gecheckt, das Geld gezählt und los ging's – ich schätze mal in die Parfümerie des Vertrauens, die sich schon im letzten Jahr als gute Idee erwiesen hatte. Genaueres dazu weiß ich jetzt noch nicht, aber zumindest der Tathergang wurde mir schon so bestätigt.

Jedenfalls wurde mir in dem Moment im Hof schlagartig klar, dass nur ein Notfall so viel Einigkeit und gemeinsames Handeln zu Tage fördern konnte. „Ich nehme an, was ihr vorhabt, hat mit Muttertag zu tun", sagte ich angesichts der Eile im Hof und meiner fünf Einkaufstaschen. „Damit hätte auch zu tun, die Taschen hochzutragen." Das kam zwar ungelegen und geriet etwas zu pathetisch, war aber nicht von der Hand zu weisen, und so schnappte sich jeder noch ein, zwei Taschen und trug sie hoch, bevor sie sich auf den Weg machten. „Meine Kinder sind echt verrückt", sagte ich daraufhin zu meiner Schwiegermutter, die ihrerseits – beschäftigt mit einem Erdbeerboden zum gemeinsamen Kaffeetrinken – wie beiläufig feststellte: „Ich will ja nichts sagen, aber ganz wie die Mutter." Meine Schwiegermutter darf das sagen – zumal es ja mitunter auch stimmt. In diesem Fall ganz besonders, denn auch mich ereilen regelmäßig im Jahreslauf wiederkehrende Ereignisse immer ganz plötzlich und unerwartet. Auch als Tochter, auch zu Muttertag, hatte ich es doch gerade am Freitag noch geschafft, mich für den Sonntag an das ohnehin schon geplante Essen mit meiner Mutter dranzuhängen. „Ich reserviere dann für euch mit", sagte sie nur, und ich bot wenigstens an, eine Torte mitzubringen. Für meine Schwiegermutter kaufte ich am

Freitagabend um 19:30 noch ein kleines Geschenk – was in Alsfeld nur dann geht, wenn deine Freundin einen kleinen, schönen Laden mit schnuckeligen Sachen hat, den sie dann eigens für dich nochmal öffnet. Heute Morgen – HEUTE MORGEN! – fiel mir dann ein, dass es vielleicht auch noch nett wäre, für meine Mutter ein Blumensträußchen mitzunehmen, und siehe da – auch das scheint noch zu klappen. Schnell schrieb ich ihr noch eine Karte mit Dingen, die ich ihr schon immer mal sagen wollte. Ich dankte ihr für vieles, das sie mir mit ins Leben gegeben hat, unter anderem den Hang zu kleinen Süßigkeiten und zur Überorganisation meiner Familie. Sie wird das sicher nicht falsch verstehen. Sie ist ja eine Mutter.

Die Frage nach der Dankbarkeit ist ohnehin eine sehr zweischneidige. Wieso sollten sich Kinder für etwas bedanken, um das sie nicht gebeten haben? Wieso sollten sie sich nicht dafür bedanken, was ihre Eltern, im Falle des Muttertages eben ihre Mutter, für sie tun und getan haben? Wieviel Dankbarkeit können Eltern, in diesem Fall Mütter, erwarten für Dinge, die sie in einer Rolle tun, die sie meist selbst gewählt haben? Und wie viel von dem einst viel zitierten Muttertagsgedicht von Eva Rechlin, Jahrgang 1928, stimmt eigentlich noch? Sie wissen schon: „Wir wären nie gewaschen und meistens nicht gekämmt, die Strümpfe hätten Löcher und schmutzig wär' das Hemd. Wir äßen Fisch mit Honig und Blumenkohl mit Zimt. Wenn du nicht täglich sorgtest, dass alles klappt und stimmt." Und so weiter und so fort. Ich kann dazu nur sagen, dass für die tägliche Hygiene meiner Jungs von kleinauf der Vater zuständig war, und dass meine Söhne manchmal zu mir sagen, ich müsste mich nochmal kämmen, bevor ich aus dem Haus gehe. Strümpfe stopfen kann ich zwar, mache ich aber nur noch bei selbstgestrickten, die Wäsche macht die Waschmaschine, das Bügeln die Schwiegermutter. Meine Kochkünste sind nicht schlecht, kommen aber inzwischen nur noch selten zur Anwendung, da es unter der Woche entweder was Schnelles gibt oder wir uns alle in Grandma's Kitchen treffen.

Ich schließe aus meinem Mütter-Alltag, dass die Realität von Müttern sich geändert hat – und dennoch sind sie oft der Mittelpunkt einer Familie. Selbst wenn sie von ihren Kindern gebeten werden, nochmal in den Spiegel zu schauen vorm Gehen und wenn sie mit schlechtem Gewissen dauernd irgendwo unterwegs sind. Und so steht selbst uns berufstätigen Müttern durchaus ein wenig Muttertag zu, finde ich, gerade uns, weil wir es schaffen, dass ja trotzdem alles irgendwie läuft. Und zwar nicht schlecht. In diesem Sinn: Schönen Muttertag!

Jetzt ist er weg

Es war ja klar. Irgendwann würde er gehen. Doch nun, wo es soweit ist, ist es so, als wäre er viel zu kurz bei uns gewesen. Gestern erst geschlüpft und jetzt schon wieder weg. Das Zimmer, das immer so intensiv nach drei Monate ungelüftet durchgezockt gestunken hat, riecht jetzt nach – nichts. Im Nachhinein würde ich sagen, drei Monate ungelüftet durchgezockt ist einer der schönsten Raumdüfte überhaupt, auch wenn es mir gelegentlich nach Beatmungsmaske zumute war, wenn ich das Zimmer betrat. Und jetzt: gähnende Leere. Von zwanzig Jahren Erstgeborenem ist ein Bett geblieben, ein Sofa und ein Klaus-Kinski-Portrait. Warum Letzteres nicht mit in die neue Wohnung gezogen ist, ist mir völlig schleierhaft – wer sollte im studentischen Wohngefühl eine bessere Aura verströmen als die Inkarnation des Hexers und Nosferatus in einer Person?

Was haben wir nicht alles gemeinsam erlebt: erster Zahn, erster Schritt, erstes Wort. Kindergarten, Einschulung, Abitur – flutsch und weg! Ich weiß noch, wie ich in seiner Pubertät darum betete, dass das verschwundene Hirn wieder auftaucht und jetzt, wo es endlich wieder da ist, nutzt er es um zu verschwinden. Ist das vielleicht zu fassen?

Als er noch klein war, war ich immer diejenige, die gesagt hat, mit zwanzig schmeiße ich dich raus. Nun ist er mir zuvorgekommen und wieder einmal zeigt sich: Man soll keine unbedachten Drohungen aussprechen. Am Ende werden sie wahr. Die großen Schuhe neben der Haustür sind verschwunden, der Lieblingsschnuggel liegt unberührt im Schnuggelfach und das abendliche Kochen, das uns mit seinem Töpfescheppern zwischen elf und zwölf in schöner Regelmäßigkeit beim Krimischauen gestört hat, findet nun woanders statt. Ich dachte, es würde mich nerven – im Nachhinein erscheint es mir wie das schönste Geräusch des Tages. Genauso wie die Suche nach meinem ausgeliehenen Autoschlüssel mir mehr und mehr als kleine Alltagsfreude in Erinnerung kommt – wohlwissend, dass ich – stets auf den letzten Drücker unterwegs – jedes Mal schier explodiert bin, wenn er nicht zumindest in der Nähe seines häufigsten Platzes war. Und jetzt? Jetzt ist er aus Versehen mit nach Gießen gereist und ich freue mich, dass er etwas von mir bei sich trägt – als Talisman gewissermaßen in Gießen, diesem Großstadtmolloch, in dem man als Vogelsberger erstmal bestehen muss...

Wenn er nicht anruft, schwanke ich zwischen der Angst, dass er schon untergegangen sein könnte in der oberhessischen Bronx, oder der grauenhaften Furcht, dass er sich am Ende einfach wohlfühlt, wo er jetzt ist. Wohlfühlt – ich glaube ich höre nicht richtig! Wie soll das gehen, wo ich, die sich doch immer hingebungsvoll um ihn gekümmert hat, so weit, so wahnsinnig weit weg von ihm bin? Wie kann der Junge sich da wohlfühlen?

Einsam schleiche ich vor den Veggie-Regalen im Supermarkt hin und her und greife nach Sachen, die er so gerne gegessen hat. Ich stelle sie wieder zurück, er isst ja nicht mehr hier. Den leeren Veggie-Platz im Kühlschrank füllen jetzt wieder Kartoffelwurst und Leberkäse, aber glücklich machen die Fleischwaren mich nicht. Ich kaufe Tortilla-Chips, Dips und Veggie-Gums, damit sich das Kind was mitnehmen kann, wenn es mal zu Besuch kommt – kurz: Ich mache alles, was mich früher, kurz nachdem ich zuhause ausgezogen war, furchtbar genervt hat. Obwohl das natürlich bei mir heute ganz was anderes ist als damals bei meiner Mutter, die sich heute noch beklagt, wenn ich mal drei Tage nicht anrufe. Apropos anrufen: Jetzt hat der Junge sich schon zwei Tage nicht gemeldet, da wird doch nichts passiert sein? Zumal er heute schon zigmal online war, wie ich zufällig, also wirklich rein zufällig gesehen habe. Da hätte er ja wenigstens mal eine WhatsApp schreiben und ein Bild schicken können, oder ist das vielleicht zu viel verlangt?

Wenn mein Drucker im Büro Geräusche macht, für die ich nicht zuständig bin – und das tut er manchmal -, dann ist es mir, als hätte er von seinem Zimmer aus einen Druck gestartet, aber das kann ja nicht sein, er ist ja weg. Wer erklärt mir jetzt, wie es gelingen kann, mit einem Raspberry Pie den Speicherplatz des an ihn verliehenen Notebooks zu erhöhen – von der Rückgabe desselben will ich schweigen. Er möge es behalten und immer an mich denken, wenn er es aufklappt. Und wer repariert meinen Computer, jetzt wo mein IT-Freak ausgezogen ist? Ach so, richtig, hat er ja sonst auch nicht, da kam ja immer der IT-Service. Und wenn ich's recht bedenke, ist so ein Abend ohne Störgeräusche auch ganz nett. Und meinen Autoschlüssel kann ich auch ganz alleine verschlunzen. Und überhaupt, was ich jetzt jede Woche an Essen und an Wäsche gespart habe.... Nein es ist alles gut! Wirklich. Es sind Freudentränen...

Man bringe mir die Taschentücher und den Rotwein!

Frauen, Männer, Liebe und so

MeToo

Ja klar, höre ich jetzt schon einige sagen, natürlich hat sie auch was dazu zu sagen. Hab' ich auch: Als ich noch sehr jung war, so mit zwanzig, habe ich in einem Lokal gearbeitet, einem Landgasthof in meinem Heimatort. Nach einer Treibjagd trafen sich alle Jäger dort zum Ausklang und bald waren viele von ihnen mehr oder weniger stark angetrunken. Einer von ihnen fasste mir an die Brust. Bei Bedienungen ist das ja quasi inklusive. Ich war entsetzt, aber noch nicht mutig genug, ihm eine zu scheuern. Zumindest drohte ich es ihm an, sollte er mich noch einmal anfassen, woraufhin er lautstark verkündete, dass er sich über mein Verhalten beim Chef beschweren würde. E r   s i c h   ü b e r   m e i n   V e r h a l t e n ! Ganz normal, oder? Ich kam ihm zuvor und setzte den Chef in Kenntnis. Der wiederum war ein Schulfreund meines Vaters und er hatte zwei Töchter in meinem Alter. Seine lapidare Antwort: „Wenn er kommt, fliegt er raus." Das, muss ich sagen, tat mir gut, auch wenn ich heute denke, der Wirt hätte den Gast direkt rausschmeißen sollen. Man sieht: Es war damals und es ist heute nicht die Regel, dass Männer junge Mädchen vor alten Lustmolchen schützen.

Als wir in diesen Tagen in gemütlicher Runde zusammensaßen und uns aus gegebenem Anlass über das Thema Belästigung bis hin zu sexuellem Missbrauch unterhielten, hatten viele Frauen in jedem Alter etwas dazu beizutragen. Kleine Geschichten von ungehörigen Versuchen, Macht und körperliche Überlegenheit auszunutzen, über die die Frauen stets geschwiegen hatten. War ja irgendwie immer normal und hätte eh keinen interessiert. Es waren keine wirklich schweren Verbrechen darunter, die wurden vielleicht immer noch verschwiegen, um die ursprünglich gemütliche Runde nicht zu verstören, aber genug, um zu erkennen, dass es sexuelle Übergriffe vielerlei Art zu allen Zeiten und in allen Umfeldern gegeben hat und immer noch gibt. Und dass keineswegs nur vermeintlich geltungssüchtige Promi-Frauen jetzt damit rüberkommen. Es ist sowieso ein Unding, dass diese sich nun noch dafür rechtfertigen müssen, so lange geschwiegen zu haben und man ihnen unterstellt, vielleicht doch lange genug davon profitiert zu haben.

Dabei ist eine Definition von sexueller Belästigung schwierig, besonders wenn es nicht zu körperlicher Gewalt kommt: Was für die eine von uns noch ein witziger bis hitziger Flirt oder der Versuch davon ist, ist für die andere schon üble Anmache, weil sie einfach zu viel davon hat. Erschwerend kommt dazu, dass Männer immer klare Ansagen brauchen – zwischen den Zeilen zu lesen, ist ja jetzt nicht so ihre Kernkompetenz. Zwischen einem gesenkten Haupt und einem klaren „Nein", das im Übrigen unbedingt und vorbehaltlos akzeptiert und nicht als kokettes Spielchen betrachtet werden sollte, liegt eine ziemliche Bandbreite, die sich dem männlichen Gegenüber nicht immer erschließt. Einigen aber doch. Ich kenne zumindest welche. Andererseits ist das mit der Definition auch wieder ganz einfach: Eine Frau definiert ihre Grenzen und die werden eingehalten. Von allen. So einfach ist das.

In einer Kolumne in der Zeitung „emotion" fragte sich der sensible Kolumnist, ob er vielleicht selbst schon jemals mit irgendwas, was er getan hat, eine Frau im MeToo-Kontext belästigt oder gar bedrängt haben könnte und bat sie schon mal prophylaktisch um Verzeihung. Am liebsten hätte ich ihm zugerufen, dass zu viel Fürsorge auch diskriminierend ist, und hatte so eine Ahnung, dass man es auch übertreiben könne. Zudem befürchtete ich, dass dieses Thema dem doch gar nicht so unerwünschten Prickeln zwischen Männern und Frauen die Leichtigkeit nimmt. Sollen wir wirklich, wie es in einem Artikel der „Zeit" gefordert wurde, öffentliche Schutzräume einrichten, in denen jeglicher Körperkontakt verboten ist, also auch Händeschütteln oder Schulterklopfen, oder soll es wirklich so weit kommen, dass man sich vor weiterreichenden gemeinsamen körperlichen Aktivitäten vertraglich absichert, was erlaubt ist und was nicht?

Und was ist eigentlich im umgekehrten Fall? Hat da auch schon mal jemand drüber gesprochen? Ich zum Beispiel war in meinem frühen Erwachsenenleben in meinem Bekanntenkreis bekannt dafür, dass ich die Jungs gerne mit einem Schlag auf den Hintern begrüßt habe. Knackige Männerhintern finde ich halt schön. Da machste nix! Ich hatte damals so ein intensives Vanilleparfüm am Start, und meine Schulfreunde und später auch noch der eine oder andere Arbeitskollege wussten schon, dass es, sobald sich die Vanilleschwade näherte, gleich einen Klaps auf den Allerwertesten geben würde. Ich habe mich nie gefragt, wie sie das finden, und manchmal kribbelt es heute noch, wenn ich einen schönen Männerhintern sehe, aber ich bin ja erwachsen und würde natürlich niemals einem Fremden... Wenn ich so über mich nachdenke, muss ich zugeben, dass ich wohl ziemliche Macho-Tendenzen habe. Ich mache gerne derbe Witze und anzügliche Bemerkungen – über beiderlei Geschlechter. Wäre ich ein Mann, wäre ich der Schrecken jeder Emanze, so viel steht schon mal fest. Und schaut man sich an, was Frauen für Witze über Männer machen, dann darf man sich mitunter auch fragen, wie gut bei ihnen dieselben Witze nur mit umgekehrten Rollen ankämen.

Aber, auch das muss offenbar ausdrücklich gesagt werden: Weder ein loses Mundwerk noch ein kurzer Rock oder ein großer Ausschnitt berechtigen irgendwen per se zu irgendwas. Obwohl es so leicht ist, ist es schwierig. Für mich persönlich komme ich zu dem Schluss: Ich will mit Männern Aufzug fahren können, ohne dass ich Angst haben muss, dass sie mich anfassen, und ohne dass sie Angst haben müssen, dass ich sie nach der Fahrt ohne Grund anzeige. Ich will, dass beide Geschlechter sich respektieren und achten. Auf diese Idee sollte eigentlich vor der MeToo-Debatte schon mal jemand gekommen sein, oder? Warum nur, warum ist so schwer, sobald das Gefühl von Macht dazukommt?

Ach ja, und natürlich will ich weiterhin derbe Witze und anzügliche Bemerkungen machen. Bin ja schließlich emanzipiert.

Quellen:

http://www.zeit.de/2017/44/sexismus-metoo-sexuelle-belaestigung/seite-2

(zuletzt angesehen am 30.1.2018)

http://www.zeit.de/2018/03/metoo-debatte-maenner-macht-frauen-opfer

(zuletzt angesehen am 30.1.2018)

http://www.sueddeutsche.de/karriere/metoo-als-generationen-debatte-juengere-und-aeltere-frauen-muessten-jetzt-zusammenhalten-1.3747193

(zuletzt angesehen am 30.1.2018)

http://www.taz.de/!5456987/

(zuletzt angesehen am 30.1.2018)

Frauengrippe

Neulich, als das ganze Land unter einem einzigen riesengroßen grippalen Infekt zusammenbrach, hatte es auch mich getroffen. Dabei bin ich sonst NIE krank! Ich doch nicht. Ich bin doch kein Mann! Aber was als harmloser Schnupfen anfing, entpuppte sich bald als ziemlich hinterhältige Erkältung, die auch Wochen später noch nicht richtig weg war. Ich hatte dann recht bald einen fürchterlichen Husten dazubekommen, der sich nicht löste. Ich hustete so angestrengt und unproduktiv, dass mir alles wehtat und mir der Schweiß ausbrach, und da alles darauf hindeutete, dass ich – völlig untypischerweise - nicht nur eine Grippe, sondern vielleicht sogar eine Männergrippe haben könnte, gab ich am Ende dem Drängen meiner Familienmitglieder und Arbeitskollegen nach und ging zur Ärztin. Sie schüttelte den Kopf, nein, eine Männergrippe hatte ich nicht, obwohl meine erhöhte Körpertemperatur von 37,8 Grad darauf hätte schließen lassen können. 37,8 Grad sind aber nur in Kombination mit dem Y-Chromosom der Männer gefährlich. Da hatte ich aber Glück! Ich brauchte nicht mal Medikamente und war ein bisschen enttäuscht, denn wenn andere Mitglieder der Familie bei uns mit ähnlichen Symptomen kämpfen, werde ich mit einer handgeschriebenen Liste in die Apotheke geschickt wo von A wie ACC akut über G wie Grippostad bis hin zu W wie WickMedinait, alles draufsteht, also beispielsweise auch noch K für Kamille zum Inhalieren, N wie Nasic, P wie Paracetamol, S wie Sinupret oder R wie Rhinopront.

Die Ärztin schrieb mich eine Woche krank, was ich für völlig übertrieben hielt. Auf dem Rückweg aus der Praxis kaufte ich noch was fürs Mittagessen ein, gab meine Krankmeldungen ab und ging nachhause, um mich ein wenig hinzulegen, so wie ich das schon öfter bei meinem Mann gesehen hatte, wenn er krank war. Ich schaute vom Sofa aus ins Wohnzimmer und sah mir in Ruhe alles an, was wieder mal aufgeräumt werden könnte. Dann drehte ich mich um und schaute die Lehne meines Sofas an. Als ich die Augen schloss, gingen sie gleich wieder auf. ES WAR MONTAG-VORMITTAG! Ich legte mich auf den Rücken und schaute zur Decke. Was um Himmels Willen macht man, wenn man am helllichten Montagvormittag auf dem Sofa liegt? Ich schaute auf die Uhr. Bald war es Zeit zu kochen. Gottseidank.

Nachmittags gelang es mir tatsächlich, ein wenig zu schlafen. Ich merkte, dass mir das guttat und wunderte mich doch ein bisschen über mich. Vielleicht hatte ich doch eine Männergrippe?! Kaum hatte ich zehn Minuten gedämmert, rief meine Mutter an und wollte hören, wie es mir geht. Wir plauderten eine Weile und ich versuchte erneut mein Glück als Tagschläferin. Es dauerte nicht lange, und meine Söhne kamen von der Schule. Sie klingelten ausgiebig und ich beschloss, meinen Erholungsschlaf zu verschieben. Schließlich hatten sie Hunger und viel zu erzählen.

Am nächsten Morgen klingelte mein Wecker wie immer. Da ich keine Männergrippe hatte, war ich durchaus in der Lage, aufzustehen und die Kinder für die Schule an den Start zu kriegen. Wecken, antreiben, Brote schmieren, antreiben, Klamotten suchen, antreiben, Jacken suchen, antreiben, Tschüss, weg, Schweißausbruch. Die Nase lief und lief, die Tempos waren alle oder auf die Schultaschen der Kinder verteilt. Also raus ins Leben und einkaufen, da könnte ich ja auch gleich was fürs Mittagessen mitnehmen.

Man kann sich natürlich an so ein bisschen Schlendrian auch gewöhnen, merkte ich. Geschwächt von den Aktivitäten des Vormittags, steuerte ich das Sofa zum Mittagsschläfchen an. Kaum hatte ich die Augen zu, brachte der Hermes-Bote mir ein Päckchen und machte durch lautes Hupen auf sich aufmerksam, weil er immer Angst vor dem Hund hat. Als ich es erneut probierte mit dem Schlaf, klingelte mein Freund von Bofrost an der Tür. Mein großer Sohn öffnete vorschnell. Ich krabbelte gerade von der Couch, da rief es schon von der Tür „Na, habe ich Sie beim Mittagsschläfen gestört!". Wahrscheinlich passiert ihm das anderswo öfter. Aber nicht bei mir! ICH MACHE NIE MITTAGSSCHLÄFCHEN, wollte ich zurückrufen, aber ich nieste und hustete ihn nur an, sollte er doch sehen, was er von seinen haltlosen Unterstellungen hatte! Für einen nächsten Schlafversuch fehlte mir die Zeit. Gleich würden die Zwillis von der Schule kommen.

Ich beschloss, dass ich jetzt einfach so erkältet wäre. Die Mittagsschlafoption ist nix für mich. Es war auch Zeit, wieder gesund zu werden, denn ich hatte bald große Teile der Familie angesteckt. Die waren mit ihrer Y-Chromosom-bedingten Mutation meiner kleinen Erkältung natürlich viel schlimmer dran als ich. So nahm ich meine Liste, die von A bis W, machte mich auf in die Apotheke und ging wieder meiner eigentlichen Bestimmung nach: Dem Betüdeln männlicher Menschen bei Husten, Schnupfen und Heiserkeit.

Moderner Dreikampf

„Das Vergleichen ist das Ende des Glücks und der Anfang der Unzufriedenheit." Das sagte der Philosoph Søren Kierkegaard. Er lebte vor zweihundert Jahren und er hatte verdammt recht damit. In Zeiten, in denen Vergleiche mit erfolgreicheren, schöneren, schlankeren und intelligenteren Menschen durch die Medien aller Art gewissermaßen wie ein Dauerfeuer auf uns einprasseln, wird das umso deutlicher und ganze Industrien leben davon, dass Teile der Menschheit permanent damit beschäftigt sind, ein wenig perfekter sein zu wollen als sie sind.

Wenn ich mich zum Beispiel mit Amal Clooney vergleiche, stelle ich nicht viel fest, was uns verbindet: Ein gutaussehender Mann und Zwillinge. Das wär's dann auch schon. Und der Rest, na ja. Wäre schon dazu angetan, mich und vermutlich 90% der Frauen unglücklich zu machen und über mehr oder weniger drastische Reparaturmaßnahmen nachdenken zu lassen.

Während man Männern nachsagt, dass sie in jungen Jahren, so mit 25, zum letzten Mal ihr Ganzkörperprofil im Spiegel betrachtet haben, damit vollkommen zufrieden waren und mit diesem Bild von sich bis an ihr Lebensende ganz beruhigt weiterleben, ist es für uns Frauen echt schwierig, sich dem Optimierungswahn zu entziehen. Wahrscheinlich wollen wir das auch gar nicht. Wir geiern nach Herzogin Kates drittem „After-Baby-Body". Was für ein Wort! Eines, für das es vor zwanzig Jahren noch gar keinen Grund gab, und wenn es diesen Begriff schon gegeben hätte, hätte er für Bauchfalten und weiche Brüste gestanden. Heute weiß man: Der „After-Baby-Body", präsentiert von Promifrauen der westlichen Welt – zumindest von denen, die sich nicht völlig undiszipliniert ihrem Schicksal als Mutter hingeben -, ist hart wie Stahl, faltenfrei und falls möglich noch ein bisschen weniger als vor der Schwangerschaft. Sie selbst antworten gerne auf die Frage, wie sie es geschafft haben, gleich wieder so dünn zu sein: „Ach, wissen Sie, wenn man den ganzen Tag hinter einem Kleinkind herrennt, dann kommt das ganz von selbst." Dazu kann ich nur sagen: Es gab Zeiten in meinem Leben, da hatte ich drei Kleinkinder, und was da von selbst kam, das wollen Sie gar nicht wissen!

Niemand spricht hier von einem Acht-Stunden-Workout mit Hanteln, Spezialdiät und Personal Coach (im besten Fall) oder einer chirurgischen Straffung der Bauchdecke und der Schamlippen (im drastischeren Fall). Das heißt im Fachjargon übrigens „Baby-Make-Over". Nur für die jüngeren Frauen unter uns, die so etwas vielleicht auch in Erwägung ziehen. Sie stehen Schönheitsoperationen ohnehin viel offener gegenüber als unsereine: Mehr als die Hälfte der Frauen, die in Deutschland eine Schönheitsoperation haben vornehmen lassen, sind zwischen 18 und 40 Jahre alt.

Aber die Patienten werden älter, was ich verstehen kann: Vor Weihnachten ist es mir ständig passiert, dass Menschen, nette, wohlmeinende Menschen, zu mir sagten: „Du siehst aber müde aus." Es war vor Weihnachten, also wie sollte ich sonst aussehen? Oder lag es vielleicht gar nicht an Weihnachten? Lag es an meinem 51. Lebensjahr? Lag es daran, dass Elastin- und Kollagenproduktion auch bei mir mit dem Alter abnehmen und sich die Augenlider – wie der komplette Rest – sehr bald der Schwerkraft ergeben würden? (Alkohol, Zigaretten und Schlafmangel sollen auch ihr Übriges tun, aber das betrifft mich ja kaum, wie man weiß.) Sollte man sich zum 51. Geburtstag, wenn schon keine Lidstraffung, dann wenigstens ein bisschen Botox wünschen? Oder sollte man dazu stehen, einfach mal müde auszusehen, wenn man es ist? Sollten wir dazu stehen, mit 40 auszusehen wie mit 40 und mit 50 wie mit 50? Oder sollten wir detoxen, selftracken und bleachen, um jung, fit und intelligent auszusehen? Ja, intelligent: Es gibt Studien, nach denen Menschen mit besonders weißen Zähnen für gebildeter gehalten werden. Womit wir beim nächsten Optimierungsbereich wären:

Denn nicht nur schönheitsmäßig müssen wir uns ständig optimieren: Wir sollen lebenslang lernen und offen bleiben, wir sollen die neuesten Trends in allen Bereichen kennen und ihnen, falls möglich, folgen. Alles andere wäre dumm und undiszipliniert. Wir sollen fit bleiben und wir sollen natürlich unser Leben in Ordnung haben und halten. Tchibo drückte das heute (HEUTE!) in seinem Newsletter, den ich dankenswerterweise gleich auf zwei Mail-Adressen bekomme, so aus: „Moderner Dreikampf: In Form bleiben, den Haushalt schmeißen und dabei ganz entspannt den Alltag meistern."

„When too perfect, dann liebe Gott böse", wie einst so treffend der koreanisch-US-amerikanische Künstler June Paik es formulierte. Da bin ich ganz bei ihm!

Wenn der Sanddorn steht ...

Der Mai ist ja so der Monat, in dem sich die Menschheit angeblich gerne verliebt. Außer mir natürlich, ich bin ja dauerverliebt, wie man weiß, ein Gefühl, das in einem zwanzigjährigen Eheleben nur ganz selten durch so Kleinigkeiten wie permanente Blasmusikbeschallung, Kritik am Einräumen der Spülmaschine und beständige Unlust auf Theaterbesuche getrübt wird.

Über das Verliebtwerden, das Verliebtsein und am Ende auch das Verliebtbleiben dachte ich nach, als ich auf einer langen Zugfahrt die Kennenlern-Anzeigen des Zeitmagazins las. Rein zu Studienzwecken natürlich. Bekanntlich treffen sich in der Zeit ja eher die gutsituierten akademischen Paarungswilligen, die meistens nur aus Zeitmangel – viele von ihnen sind Ärztinnen oder Ärzte, Professorinnen oder Professoren oder als polyglotte Globetrotter unterwegs – nicht einfach so in der Kneipe jemanden kennenlernen. Umso erstaunlicher ist, was sie alles versprechen, was sie, sollte man sich erstmal einig sein, wer die Überlieferungen zufolge horrenden Kosten der elitären Partnervermittlungs-agentur trägt, mit ihrer Partnerin oder ihrem Partner so alles machen wollen. Besonders der Anteil von Männern, die mit ihren Zukünftigen alles teilen wollen, vom Theaterbesuch bis zum Dschungelurlaub, vom Yoga-Kurs bis zur philosophischen Diskussion, von den Wagner-Festspielen bis zum Wellness-Trip, ist hier überdurchschnittlich hoch, und ich fragte mich die ganze Zeit, welche Frau, die auch nur halbwegs geradeaus geht, diesen Scheiß glaubt.

Noch dazu, weil die Männer hier ausnahmslos jugendlich oder junggeblieben sind, charmant und sympathisch (wie „Freunde es beschreiben würden", damit man es nicht selbst tun muss), sportlich, attraktiv, erfolgreich und doch bodenständig. „Charism. selbst. Dr. med", heißt es in einer Anzeige, „61/183, stilvoll, repräsentativ, mit spitzbübischem Lächeln, Emotionalität, geistiger und verbaler Gewandtheit. Ein erfolgr. impulsgebender, integrer Mann, Kunstliebhaber, Theaterfan, musik- & tanzbegeistert, Gourmet- und Weinkenner etc." Dieser Typ hat tatsächlich so viele weitere gute Eigenschaften, dass man sie sich unter „etc." gleich dazudenken kann, getreu dem Motto „Darf's ein bisschen mehr sein?". Fragte ich mich am Anfang noch, was mit ihm nicht stimmt, dass er immer noch sucht, wenn er doch so toll ist, war mir am Ende der Anzeige klar, dass eigentlich niemand so einen Mann haben möchte.

Also, ich jedenfalls nicht, aber ich bin auch nicht seine Zielgruppe, denn er sucht eine „aparte, anziehende Frau mit äußerlicher und innerer Eleganz." Äußere Eleganz hatte ich noch nie und was innere Eleganz ist, das weiß ich gar nicht. Da geht's schon los. Ist aber auch egal, denn vermutlich bin ich ihm sowieso zu alt: Die meisten der hier suchenden Akademiker hätten nämlich gerne eine Frau, die mindestens zehn Jahre jünger ist als sie selbst. Die diesbezüglich tollste Anfrage kam von einem Professor, Mitte 50, der nun zum Zweck der Familiengründung eine Frau zwischen 20 bis max. 30 Jahre sucht. Seine Kollegen schreiben in dem Fall gerne noch dazu „ohne Vorleben" (... und von was träumt ihr nachts?) und „Herzensbildung ist für mich wichtiger als der Beruf", will sagen, sie soll sich dann bitte auf die Familie und die Karriere ihres Gatten beschränken. Später kann sie dann ja, wie die „Blonde Schönheit, 53 Jahre, Arztwitwe" (was ja auch ein schöner Beruf ist) erneut auf diesem elitären Portal ihr Glück finden oder unter dem Motto „Hoch stand der Sanddorn am Strand von Hiddensee" nach einem Mann mit Farbfilm suchen. Ich weiß, das ist von Nina Hagen, ich hatte aber auf Anhieb bei dieser Anzeigenüberschrift andere Assoziationen und schäme mich nicht mal dafür. Das mit dem Niveau ist eben so eine Sache, und schon allein deshalb bin ich froh und arbeite mit Inbrunst daran, mich nicht auf solchen Partnerbörsen tummeln zu müssen.

Ginge auch schlecht, denn trotz Niveaus, beruflichen Erfolgs und Doktorinnentitel – fast alles Eigenschaften, die ich sowieso nur in geringem Maß bis gar nicht vorweisen könnte - preisen sich die meisten akademischen Damen mit den Attributen „sexy, tolle Figur, anschmiegsam, blond, schlank und sportlich" an. Auch diese Eigenschaften sind bei mir nur unterdurchschnittlich ausgeprägt. Die Erkenntnis lautet dann auch leider: Es hat sich klischeemäßig also noch nicht allzu viel getan im Geschlechterkampf, wie sonst könnte es im Zeitmagazin von „bezaubernden Oberärztinnen" und „erfolgreichen Unternehmern" nur so wimmeln? Da lobe ich mir Patrizia, die Seglerin, die sich als „herrliches Geschöpf aus gutem

Hause" bezeichnet. Das klingt jetzt zwar nicht nach fundierter Ausbildung, aber wenigstens ein bisschen niveauvoll, wenn auch für mich, die ich in einem Heubacher Edeka-Laden aufgewachsen bin, etwas arrogant. Aber ich muss sie ja auch nicht daten. Auch nicht die „hübsche, schlanke Reiterin", die eine „starke, liebevolle Beziehung zu ihren Pferden und Hunden" hat (ach ja?) oder die devote 48-Jährige, die eine Gleichgesinnte zur Co-Erziehung sucht.

Vier Wochen lang habe ich die Anzeigen jetzt verfolgt. Robert, ein Prof. Dr. Ing. und irgendwann einmal Harvard-Absolvent, sucht jede Woche wieder. Er wendet sich als 78-Jähriger in seinem ersten Satz „An eine ältere Dame", während gegenüber auf der Frauenseite schon eine 58-jährige „bildhübsche Witwe" und Oberärztin sich „An einen älteren Herrn" wendet. Merkste was? Eine andere, explizit christliche Dame sucht einen „Herzensgebildeten Mann, aber keinen Gutmenschen, ohne seelische und fiskalische Altlasten." Wie sie auf diese Weise einen dreijährigen AfD-Wähler akquirieren will, ist mir zwar ein Rätsel, aber ich bin ja, wie gesagt, versorgt. Und wie eine erwachsene Frau über Fünfzig noch immer nach einem „Seelenverwandten" suchen kann, ist mir auch ein Rätsel. Ernsthaft? Man hat den Eindruck, dass man auch auf dieser Kontaktseite ein bisschen zwischen „Wünsch' dir was" und „Traumhochzeit" schwebt, und wahrscheinlich glaubt hier keiner keinem, sonst könnten ja die Männer ganz einfach auf der Frauenseite fündig werden und umgekehrt. Dass das offenbar nicht passiert, ist zumindest schon mal ein Zeichen für ansatzweise ausgeprägten Realitätssinn. Und unter realistischen Voraussetzungen könnte auch der „Musikbeg. Kieferorthopäde" direkt gegenüber die „Bildhübsche Kieferorthopädin" finden – vielleicht nicht direkt zum Heiraten, aber vielleicht doch für eine Gemeinschaftspraxis, wer weiß. Und während ich mich so durch die Anzeigen quälte und mein Mann mir beim Anstreichen der interessantesten erstaunt und auch etwas fragend über die Schulter schaute, fragte ich mich, was ich wohl schreiben würde, wenn ich auf der Suche wäre. Oder wem von den ganzen Jungs in der Zeit ich wohl antworten würde. Ich wischte den Gedanken bei Seite, auch wenn dieser politisch links-grüne Kosmopolit mit türkischen Wurzeln....

Aber ich bin ja versorgt, hatte ich das schon gesagt?

Das mit den Männern und den Frauen ...

„Der Kühlschrank ist ja wieder vollkommen leer!" Immer wenn mein Mann das sagt, ist kein Leberkäse und keine Stracke mehr drin. Aber sonst so ziemlich alles: Sekt und Aperol, Joghurt, Käse, Eiersalat, Salatgurken, Hummus und Bulgursalat. Besonders die letztgenannten Waren sind keine Lebensmittel für Männer. Eigentlich sind sie gar keine Lebensmittel, ähnlich überflüssig wir Grillkäse oder Tofu. Ich sollte das wissen, ich lebe seit vielen Jahren mit vier männlichen Menschen zusammen, aber sie bleiben mir ein Rätsel. Wegen vielerlei Dinge – fangen wir mal beim Sehen an.

Letztens stieß ich bei Facebook auf eine diesbezüglich entscheidende Frage. „Wie konnten Männer früher nur Kontinente entdecken, wenn sie heute nicht mal die Salami im Kühlschrank finden?" Jetzt war das mit Amerika und Kolumbus ja bekanntlich ein Versehen (das die Männer naturgemäß wieder zu einem großen Erfolg umgemünzt haben), aber man darf sich schon fragen, wie das mit dem männlichen Sichtfeld ist, wenn sie die Butter nur dann finden, wenn sie genau, und zwar ganz genau das steht, wo sie immer steht. Und in genau derselben Butterdose wie sonst. Gar nicht auszudenken, wenn die mal kaputtginge und man vielleicht mal eine andere, noch dazu in einer anderen Farbe kaufen würde? Farben gehen ja auch gar nicht bei Männern. Ich kenne eigentlich keinen Gegenstand bei uns, von dem mein Mann und ich behaupten würden, er hätte dieselbe Farbe. Wobei selbstverständlich ich die Deutungshoheit habe.

Das mit den Schränken ist ohnehin so eine Sache, besonders wenn man sie teilt. „Nimmst du eigentlich diese Expansion wahr?", fragte mich mein Mann eines Abends zwischen Zähneputzen und Abschminken. Da er auch nach zwanzig Jahren noch nicht den Versuch aufgegeben hat, mir technische Zusammenhänge erklären zu wollen, dachte ich, er hielt es für an der Zeit, mir zu erklären, wie unser großer Badezimmerspiegel sich mit Hilfe einer Gasdruckfeder (habe ich grade extra nochmal nachgefragt) nach oben klappt. Könnte ja was mit Expansion zu tun haben, oder? Ich schaute ihn fragend an und blickte von den Aufhängungen des Spiegels zu ihm und wieder zurück und er blickte bedeutungsschwer zu der Reihe mit meinen Lippenstiften und

Nagellacken, die sich mit der Zeit offenbar auf bedenkliche Art und Weise auf seine Seite hin ausgedehnt hatten. Da stand aber auch vorher nix von ihm, wirklich. Was sollen die sich auf meiner Seite so zusammenquetschen, wenn ich sie auf seiner Seite schön nach Farben sortiert aufreihen kann, dachte ich. Was braucht man acht rote Nagellacke, drei schwarze und wozu überhaupt gelbe, rote und blaue, dachte er wohl, und hätte er das gesagt, wäre ich von seiner Farberkennungsfähigkeit durchaus überrascht gewesen, obwohl ich natürlich keine acht roten Nagellacke habe, sondern die Farbtöne Bordeaux, Red Over Heel, Red Carpet, Rose Umber, Tangerine Red, Ultimate Red, Ruby Red und Berry Red. Die Sachen blieben natürlich stehen, und immer noch bietet seine Seite des Schranks genug Erweiterungspotenzial für Parfüms, Lidschatten, Body Lotions und Fußcremes aller Art.

Ein weiteres Problem ist das Hören. Wenn man mit Männern zusammenlebt, bekommt man in den seltensten Fällen eine Antwort auf seine Fragen. Oder sie kommt so spät, dass man in der Zwischenzeit schon so viele andere gestellt hat, dass man sie gar nicht mehr zuordnen kann, was meine Männer wiederum damit begründen würden, dass ich zu viel frage. **Ich zu viel frage!** Da lachen ja die Hühner. Alles wichtige Themen, die dringend, dringend besprochen gehören, jawohl! Und nicht nur einmal! Nun führte ich schon vor meiner Zeit mit den Männern gerne und häufig Selbstgespräche – eine Kunst, die es mir heute, umgeben von vier männlichen Menschen, sehr erleichtert, mich ab und zu gepflegt zu unterhalten. Als Mutter von Töchtern sollte man diesen unbedingt raten, sich frühzeitig darin zu üben.

Hört sich jetzt ein wenig so an, als lebte ich nicht gerne mit meinen vier Männern, doch das ist ein Trugschluss. Ich lebe mit jedem einzelnen von ihnen jeden Tag gerne wieder, schon allein aus dem Grund, dass sie es jeden Tag wieder mit mir aushalten. Für alles liebe ich sie, auch wenn ich ihnen die Illusion, dass Kühlschränke sich von selbst füllen und dreckige Wäsche nach einer Woche wieder ganz von selbst gewaschen und gebügelt im Schrank sitzt, gerne nehmen würde. Aber sie freuen sich immer so darüber. Dass sie so sind, wie sie sind, macht das Leben schön und bunt und reich und witzig und überhaupt, oder nicht?!

„... man meint doch, man käme nicht ohne sie zurecht", sagte meine Oma, als ich einmal mit ihr über das Ding mit den Männern und den Frauen sprach. Meine Oma war sehr jung, wirklich sehr jung, Mutter dreier Söhne geworden. Sie hätte also Gelegenheit gehabt, in ihrem über neunzigjährigen Leben die Männer wirklich zu verstehen, aber auch im hohen Alter blieb ihr nur ihr Pragmatismus. „Weil man meint, man käme ohne sie nicht zurecht." Einerseits hatte sie damit natürlich recht. Andererseits ist diese Abhängigkeit heute glücklicherweise zumindest in unseren Breiten weitgehend doch einer gewissen Freiwilligkeit gewichen. Meistens jedenfalls. Also nicht, wenn ich die Winterreifen an meinem Auto gewechselt haben muss. Oder wenn die Heizung nicht geht. Oder wenn am Ende gar die Gasdruckfeder unseres Badezimmerspiegels versagt. Gar nicht auszudenken, wenn ich da ohne Mann dastünde ...

Rushing Women

„Dich sieht man ja den ganzen Tag immer nur umherfahren." Das sagte letztens ein Bekannter zu mir, den ich traf, als ich endlich wieder einmal halbgechillt und zwischen zwei Terminen mit dem Hund unterwegs war.

Als er mir das sagte, fiel mir direkt Schmidts Elfriede ein, eine Frau aus meinem Heimatdorf, die als eine der wenigen Frauen in der Generation meiner Eltern den Führerschein hatte. Sie hatte acht Kinder und fuhr ständig in der Gegend herum. Heubach war klein, wir wohnten an der Hauptstraße und Schmidts Elfriede (die von allen Heubachern sicher auch trotz dieses originellen Pseudonyms und leichter Abwandlung der Kinderzahl erkannt werden wird) fuhr sicher zwanzigmal am Tag hoch und runter, hin und her. Ganz Heubach unterstellte ihr dabei unnötige Absichten, wie beispielsweise die Wäsche ihrer großen Familie zu ihrer Mutter zum Bügeln zu fahren oder außerorts einzukaufen. „In der Zeit hätte sie das auch selbst gebügelt", hieß es und „Autofahrende Frauen sind schuld, dass die kleinen Läden in den Dörfern schließen müssen." Elfriede fuhr und fuhr, dabei war zu dieser Zeit das Mamataxi noch nicht einmal erfunden....

Als der Bekannte das zu mir sagte, fühlte ich mich – ganz Frau eben – furchtbar ertappt, so als ob ich etwas Falsches täte, nicht zuletzt wegen der Umwelt. Vor meinem geistigen Auge lief so ein kleiner Film, in dem ich – in den unterschiedlichen Autos unseres familiären Fuhrparks sitzend – andauernd hin- und herfuhr. „Wuschsch", machte es in die eine Richtung, „wuschsch" in die andere und wieder „wuschsch" in noch eine andere oder zurück. Traudi on Tour. Innerlich begab ich mich direkt in den Verteidigungsmodus. Es war ein guter Zeitpunkt, ein Selbstgespräch mit mir zu führen über die Notwendigkeit meiner vielen, vielen tagtäglichen Fahrten. Da müssen Kinder von der Logopädie in die Schule gefahren werden, da muss ich selbst zur Osteopathie, da muss ich zur Arbeit und zwischendurch zu einem Pressetermin außer Haus. Mit viel Glück hat mittags zuhause jemand gekocht, da kann ich schnell was essen fahren, wenn nicht, sollte ich, bevor ich von der Arbeit nachhause fahre oder von einem Termin zum anderen, noch was zum Kochen einkaufen. Vielleicht noch vorm Tanken, keinesfalls aber nach dem Aquacycling, denn sonst wird das mit dem Kochen zu spät. Also am besten zwischen Job und Vereinsschwimmen, aber vor der Musikschule, auf jeden Fall so, dass man zwischenzeitlich zuhause signalisieren kann, ja, ich habe es auf dem Schirm, es gibt noch was, aber ich muss vorher noch dieses Schuhpaket zurückbringen und endlich mal das Hemd aus der Reinigung holen. Falls jemand noch einen Job für mich hat, dann bitte her damit. Ich bin gerade so schön in Fahrt und auf der Fahrt. Da geht noch was! Stellt sich natürlich die Frage, ob ich noch Reserven hätte, um meine Fahrten vielleicht doch ökologisch korrekt mit dem Fahrrad zu machen, wenn ich mich etwas besser organisieren würde?

Als ich so drüber nachdachte, was man sich als Frau so alles in den Tag packt, seit die Spülmaschine, die Waschmaschine und die bügelfreie Wäsche erfunden wurden und Frauen Führerschein machen dürfen, frage ich mich, ob diese Erleichterungen tatsächlich nur dazu dienen sollten, dass wir uns ein paar andere Sachen aufhalsen – und davon viele. Wenn man sich so umschaut, könnten man diesen Eindruck haben. Und offenbar geht es nicht nur mir alleine so.

Wir packen tausend Sachen in unsere Tage, entwickeln Tricks, um Nudeln schneller zu kochen und uns während des Toilettengangs die Fingernägel zu lackieren, also um möglichst viele Dinge parallel zu tun, was bei genauem Hinsehen gar nicht möglich ist und meist nicht zum Erfolg führt. Eher zum Gegenteil und zu einem gewissen Mehraufwand, wie eine verhunzte Maniküre beispielhaft zeigt. Gleichzeitig wundern wir uns, dass wir immer mehr vergessen, beispielsweise, wenn wir irgendwo hinlaufen, um etwas zu holen, und in der Zwischenzeit, auf dem Weg also, so viele andere Dinge erledigen, dass wir den eigentlichen Zweck unseres Weges schon wieder vergessen haben, bis wir zurückkommen und das, was wir ursprünglich holen wollten, uns immer noch fehlt.

Jetzt bin ich vom „Ich" ins „Wir" gehüpft, zu Recht, denke ich, denn warum sonst sollte es für dieses Phänomen sogar ein Fachwort geben, das in der einschlägigen Presse diskutiert wird? Es heißt: „Rushing Women Syndrom" und betrifft Frauen weltweit, sofern sie Opfer von Emanzipation in Kombination mit technischem und digitalem Fortschritt geworden sind und sich unter genau diesen Vorzeichen in ein Hamsterrad begeben haben, aus dem sie nur schwer wieder herauskommen. Auf einer einschlägigen Website habe ich einen Test gefunden, der Auskunft darüber gibt, wie sehr man in Gefahr ist, eine Rushing Woman zu werden oder ob man am Ende schon eine ist. Über vierzig Kriterien standen zur Auswahl und schon bei mehr als sechs angekreuzten, wurde man im Club der Rushing Women begrüßt. Also sieben von vierzig, das ist ja so gut wie nichts! Und dann auch noch bei so Aussagen wie „Liebt Kaffee und hat das Gefühl, dass etwas fehlt, wenn es keinen gibt" oder „Kann schlecht Nein sagen", oder „Hat nachmittags Heißhunger auf Zucker" oder „Hat ständig ein schlechtes Gewissen" oder „Hat den Eindruck, dass der Tag immer zu wenig Stunden hat" oder „Schläft zu wenig" oder „Kann schwer um Hilfe bitten".

Sie finden diese Angaben auch ganz normal? Dankeschön und willkommen im Club! Unnötig zu sagen, dass „Rushing Women" extrem anfällig sind, u.a. für Fettleibigkeit, Bluthochdruck, Schlafstörungen und Hormonschwankungen. Also, falls Sie es sich auf dem nächsten Weg, gewissermaßen en passant, einrichten können, besorgen Sie sich schnell einschlägige Literatur zu dem Thema, um Abhilfe zu schaffen – aber machen Sie schnell, sonst schaffen Sie den Rest des Tages nicht!

Männertag

Diese Woche war Männertag. Schon der zweite im November, denn die Krone der Schöpfung kommt natürlich mit nur einem Ehrentag im Jahr nicht aus. So findet am 3. November jedes Jahr der „Männertag" statt und am 19. November der „Internationale Weltmännertag", dieses Jahr übrigens direkt nach dem Volkstrauertag, der gerne auch Heldengedenktag genannt wird - auf Zusammenhänge in die eine oder andere Richtung zu schließen, überlasse ich anderen. Der Internationale Weltmännertag wurde 1999 zuerst in Trinidad und Tobago begangen – warum auch immer – und feierte bald auch in anderen Ländern und Kontinenten fröhliche Urständ. Googelt man „Frauentag", „Weltfrauentag" oder „Internationaler Weltfrauentag", erscheint immer der 8. März, das aber immerhin schon seit über hundert Jahren. Also nicht bei Google, da erst später, liebe unter 25-Jährige, sondern in der öffentlichen Wahrnehmung.

Bedenkt man, dass der Weltmännertag als Aktionstag zur Männergesundheit gestartet ist, und lebt man vielleicht selbst gern und freiwillig mit einem Mann zusammen, dann scheint es nicht ganz sinnlos zu sein, dass Männer mit ihrer vergleichsweise kurzen Lebenserwartung mehr auf sich achten. Ab einem gewissen Alter hätte man es ja auch als Frau ganz gern, wenn auch der Mann mal schauen lässt, ob untenrum noch alles in Ordnung ist, oder? Tun wir ja schließlich auch ständig. Also, nix gegen Männergesundheit, keinesfalls, aber was findet am 19.11. statt, was man nicht in den einen Tag am 3. November hätte packen können, so wie die Frauen das ja auch tun, wenn sie ihre ganzen Anliegen am 8. März verkünden? Aber Frauen können halt auch viele Sachen auf einmal. Das weiß man ja.

Der Internationale Weltmännertag, also der zweite, dient tatsächlich dazu, das Verhältnis der Geschlechter zu verbessern und die Gleichberechtigung zu fördern. Hört sich doch gar nicht so schlecht an, denken Sie? Und ist ja auch die Idee des 8. März. Könnte man das nicht irgendwie zusammen machen?

Weit gefehlt, denn die Männer haben offenbar eine andere Sicht auf ihre Rolle in der Gesellschaft als die Frauen. In einer Zeit, in der es immer noch mehr Thomasse und Andreasse in Dax-Vorständen gibt als Frauen, in der 92% aller Oberbürgermeister männlich sind und 67% der Protagonisten im deutschen Film auch, wollen Männer allen Ernstes an diesem Tag die Bedeutung von männlichen Vorbildern hervorheben und Benachteiligungen von Männern und Jungs aufzeigen. Da werden sie aber ganz schön suchen müssen, würde ich mal sagen.

Dazu wollen sie für ihren Einsatz für die Gemeinde, die Familie, die Ehe und die Kinderbetreuung gewürdigt werden, weshalb sie ihren Tag ja auch direkt vor den Internationalen Kindertag gelegt haben. Da kann man dann verdienterweise gleich weiterfeiern. Und wenn es ein Geschlecht verdient hat, sich für die Kinderbetreuung zwei Tage lang feiern zu lassen, dann sind das die Männer, definitiv. Ich weiß, wovon ich spreche, und weiß natürlich auch, dass eine quantitative Betrachtung andere Schlüsse zuließe, aber es geht letztendlich um die Mühe, die sie sich machen. Für sie ist es nicht so leicht, sich um die Kinder zu kümmern. Das Aufstehen, das Schulbrot, den Turnunterricht und den Elternsprechtag im Auge zu behalten. Ihnen liegt das einfach nicht so, und wenn sie dann eines davon tun, dann muss das vielmehr gewichtet werden. Und wird es ja auch. Männer, die sich um ihre Kinder kümmern, werden gesellschaftlich bedeutend mehr geachtet als Frauen – es sei denn natürlich, sie nehmen Elternzeit.

Als großer Verfechter von Männerrechten erwies sich dieser Tage ja wieder der Gleichberechtigungsguru schlechthin. Donald Trump ließ die Welt wissen, dass er mit den jungen Männern heutzutage fühle. Wortwörtlich sagte er: „Es ist eine beängstigende Zeit für junge Männer in Amerika, wenn du für etwas schuldig bist, was du vielleicht nicht getan hast. Man kann angeklagt werden, bevor man seine Unschuld bewiesen hat." Ausgangspunkt von Trumps Sorge waren die Anschuldigungen gegen seinen Wunschkandidaten für das Amt des Supreme-Court-Kandidaten Brett Kavanaugh. Er soll in jungen Jahren drei Frauen sexuell massiv belästigt haben – aber hey, disqualifiziert ihn das etwa Jahrzehnte später noch? Könnte das vielleicht als Beispiel für Charakterschwäche gewertet werden? In Trumps Augen natürlich nicht, wie man weiß, eher als Einstellungskriterium. Auf die Frage nach einer Botschaft an junge Frauen in diesen Tagen, vermeldete der Präsident nichts

Aufregendes: „Frauen geht es sehr gut." Da bin ich ja beruhigt. Zum einen.

Aber jetzt bin ich ja Mutter dreier Söhne, und bis dahin hatte ich immer gedacht, Eltern von Töchtern müssten sich sorgen. Stimmt gar nicht. Es sind die jungen Männer in Gefahr. Vielleicht sollte ich unseren Großen doch nicht mit dem Zug an die Uni fahren lassen, wer weiß, wenn er mit so einer Furie allein im Abteil ist und hinterher Gott weiß wessen beschuldigt wird. Oder an der Uni direkt. Man hört ja praktisch alle Tage von Übergriffen notgeiler Professorinnen auf ihre jungen Erstsemester. Doch auch verheiratete Männer sind vor den Fiesheiten von Frauen nicht geschützt. Das weiß man ja spätestens seit der arme Michael Douglas in „Basic Instinct" der schlüpferlosen Sharon Stone zum Opfer fiel, in „Verhängnisvolle Affäre" von Glenn Close gestalkt wurde oder gar in „Enthüllung" von Demi Moore sexuell belästigt wurde, die wiederum den Spieß umdrehte. Im wahrsten Sinne des Wortes. Warum es immer Michael Douglas trifft, möge jetzt mal ungeklärt bleiben, auf jeden Fall habe ich sogar in meinem Bekanntinnenkreis schon von der „Sex-", oder noch schlimmer, von der „Babyfalle" sprechen hören. Das ist, wenn Ehemänner sich quasi gar nicht mehr gegen die Avancen sexhungriger Frauen wehren können und am Ende sogar noch ein Kind angehängt bekommen, für das sie überhaupt nichts können. Die sind in solchen Situationen mitunter völlig hilflos, wurde mir versichert, und daher müsse man einen Seitensprung, sofern er folgenlos bliebe, unbedingt verzeihen. Ja, sehe ich ein. Macht Melania schließlich auch.

Und weil es den Männern so schlecht geht, sie die ganze Verantwortung in der Welt so gut wie alleine tragen müssen, an jeder Ecke eine Sexfalle lauert, sie die kürzere Lebenserwartung haben, in der die Armen obendrein noch 99% des Weltvermögens verwalten müssen, was ja auch nicht immer einfach ist, wollen wir ihnen auch weiterhin zwei Männertage im November gönnen, sofern sie den einen für eine Prostatauntersuchung nutzen. Die haben sie verdient, die zwei Tage, meine ich. Dafür ist unser Frauentag im Frühling. Und das haben wir verdient.

Vom Veilchen zur Rose

„Also, ich finde, ich bin schon ein ziemlicher Traum!", sagte ich neulich zu meiner Schwiegermutter und noch während ich es sagte, fand ich das a) ganz schön maßlos und überlegte b), wie ich mit ein wenig Ironie aus der Nummer wieder rauskäme. Doch dann erinnerte ich mich c), dass ich gerade vor kurzem erst einen Artikel darüber gelesen hatte, dass Frauen ständig dazu neigen, ihr Licht unter den Scheffel zu stellen. Ich auch, auch wenn's schwerfällt zu glauben. Obwohl ich es inzwischen gewöhnt bin, vor einem überschaubaren Publikum aufzutreten, frage ich mich jedes Mal, ob das wirklich sein muss, ob ich wirklich so gut bin, dass alle, die jetzt gekommen sind, das sehen wollen. Ob sie sich vielleicht nicht vertan haben und wenn nicht, ob sie wirklich glauben, dass ich das könnte, was sie erwarten. Noch viel schlimmer ist es, wenn ich etwas Neues machen muss. Machen will, ehrlich gesagt, denn als Wassermannfrau habe ich die Erkenntnis, dass man nur wachsen kann, wenn man seine Komfortzone verlässt, ja gewissermaßen in der Geburtsstunde schon inhaliert. Also, raus mit dir, Traudi, auch wenn's erstmal wehtut. Und wenn mich dann der ganze Mut verlässt, dann gibt es einen Trick, der immer hilft: Ich stelle mir vor, ich wäre ein Mann.

Männer, sofern sie nicht extrem schüchtern und introvertiert sind, gehen raus, treten auf, setzen sich breitbeinig in die Diskussionsrunde, behaupten Dinge mit einer Selbstverständlichkeit, dass niemand daran zweifeln würde, und machen sich nichts, aber auch gar nichts aus kleinen Fehlern (Fehler? Ich höre immer Fehler!). Sie trauen sich vor den Chef und das Publikum, selbst wenn sie nicht perfekt vorbereitet sind und top gestylt. Sie machen einfach – ohne sich auch nur einmal einen Kopf drum zu machen. Und wir? Wir zaudern, misstrauen uns, wollen sichergehen, dass alles, was wir in einer bestimmten Runde vor einer bestimmten Öffentlichkeit von uns geben, zu hundert Prozent stimmt, besser noch zu 120. Wir schauen uns im Spiegel so lange von allen Seiten an, bis wir was zu meckern finden – was manchmal nur einen sehr kurzen Anteil der Vorbereitungszeit beansprucht – und genau darüber, über das, was wir alles nicht können, können wir sprechen. Lange, ausdauernd, und uns selbst schlechtmachend. Es macht sich halt nicht gut, wenn Frauen sich in den Vordergrund stellen, wenn sie laut sind, Macht haben, ihnen die Art ihres Auftritts nicht so wichtig ist. Denken Sie jetzt auch an Andrea Nahles? Können Sie sie leiden? Und wenn nein, warum nicht? Weil sie Sozi ist? Weil Sie finden, dass sie Unsinn erzählt? Oder weil sie eine laute Frau ist, die nicht besonders gut aussieht, sich manchmal im Ton vergreift und voll fett lacht?

„Sei wie das Veilchen im Moose, bescheiden, sittsam und rein, und nicht wie die stolze Rose, die immer bewundert will sein." Hatten Sie das auch im Poesie-Album stehen? Und denken Sie da manchmal heimlich dran, wenn Ihnen eine Frau zu laut, zu offensichtlich erfolgreich und zu eindeutig überzeugt von sich daherkommt? Sind Sie heimlich auch der Meinung, dass es zwar nicht so toll ist, wenn Frauen auch bei uns in Deutschland im 21. Jahrhundert an so vielen Stellen noch benachteiligt werden, dass sie aber eben auch Frau bleiben sollten und sich auch als solche benehmen sollten? Also selbst in guten Positionen nie zu viel auffallen, nicht so viel Aufhebens um sich machen, den Erfolg im Team suchen und bei einem Lob schüchtern nach unten schauen? Bloß nicht unangenehm auffallen, oder? Und das tut man als Frau auch hier immer noch, wenn man laut sagt, was man will. Wenn man sich lobt oder loben lässt. Wenn man Ansprüche erhebt, Forderungen stellt, am Ende sogar laut wird!

„Also, ich finde, ich bin schon ein ziemlicher Traum!" Dass es überhaupt zu einer solchen Äußerung kam, kam so: Ich war krankgeschrieben, ging aber dennoch zur Arbeit. Natürlich brachte mir das in meiner Familie einige Kritik ein, bin ich – besonders bei den Frauen meiner Vorgängergeneration doch als Workaholic verschrien – nur weil ich in etwa so viele Stunden arbeite wie mein Mann. Ich gab also bekannt, dass ich trotz Krankschreibung wieder zur Arbeit gehen würde, woraufhin meine Schwiegermutter mit dem Kopf schüttelte und sagte: „So welche wie dich brauchen sie." Ich überlegte kurz und fand, sie hat recht. Mich kann man echt brauchen: Ich bin fleißig und zuverlässig, ich bin ehrenamtlich engagiert und politisch vielleicht nicht grade aktiv, aber Haltung besitzend und zeigend. Ich trage meinen Teil zum Familieneinkommen im Besonderen und zum Bruttosozialprodukt im Allgemeinen bei. Ich habe drei Kinder in die Welt gesetzt, die alle freundlich und strebsam sind wie ich. Mehr oder weniger zumindest. Ich biete ihnen ein anregungsreiches Umfeld und ich koche, falls möglich, mit frischen Zutaten. Ich sehe nicht immer älter aus als ich bin und versuche mich mit Sport fit und somit von den Leistungen der Krankenkasse fernzuhalten, ich bin gesellig und kulturell interessiert, eine gerngesehene Ansprechpartnerin für viele Themen und partytauglich obendrein. Finden sie jetzt, dass ich Recht mit meiner Äußerung habe, oder denken Sie vielleicht: Jetzt ist sie übergeschnappt, größenwahnsinnig! Ich kann Sie beruhigen. Ich bin ganz normal. So wie Sie. Schauen Sie sich meine Aufzählung an: Das meiste davon wird auch auf Sie zutreffen und wenn nicht, dann ersetzen Sie es einfach durch etwas anderes, was in meiner Aufzählung fehlt. Das geht bestimmt.

Und die Moral von der Geschicht': Das Veilchen alleine bringt es nicht! Oder: Ein bisschen mehr Rose steht uns allen gut!

Alles neu macht der Mai

.... klingt zwar abgedroschen, aber wenn's stimmt, dann stimmt's halt einfach. Denn dieser Mai macht nicht weniger neu als mich selbst. Und das kommt so.

„Das ist eine Alterswarze", sagte meine Hautärztin letztens zu mir, als ich erstmals in meinem Leben bei einem Hautscreening war. „Ich habe nicht gefragt, was das ist, wenn es nichts Schlimmes ist", antwortete ich, worauf sie erwiderte: „Das ist nicht schlimm, aber ich mache es dir weg." Okay, dachte ich und zeigte ihr einen Fleck, der sich seit einigen Monaten in meinem Dekolleté tummelt, worauf sie nur meinte: „Den mache ich dann auch mit weg." Okay, dachte ich weiter und fragte mich, wie sie das wohl machen will. Sie schaute weiter und stellte zwar keinen medizinischen Handlungsbedarf fest, was ja auch schon mal schön war, aber sie schaute mich sehr ernst an, zeigte auf viele braune Flecken auf meinen schrumpeligen, ganz offenbar mehr als 52 Jahre alten Hände und sagte: „Und die mache ich dir auch wieder jung." Dann schaute sie mir ins Gesicht. „Und hier an der Stirn und um die Augen kriegst du ein Needling. Dann siehst du aus wie neu", und sie fügte hinzu: „Meine Mitarbeiterin kann auf diese Weise ein wenig üben und du brauchst es." DU. BRAUCHST. ES.

Bis dato waren die Meinungen – offenbar nur von dermato- logischen und geriatrischen Laien - einhellig, dass ich für mein Alter noch wenige Falten hätte. Gute Gene und gut gepolstert, dachte ich, aber die Hautärztin sah das anders. „Du brauchst es" war eine klare Ansage. Und da sie mir die Behandlung schenken wollte und ich dachte, ich könne um eine Erfahrung reicher werden, stimmte ich zu und machte mich Ende April auf den Weg zum Jungbrunnen. Ich hatte schon vorher einiges über minimal-invasive Schönheits- OP's recherchiert, weil ich darüber mal schreiben wollte. Ich wusste also, dass beim Needling der Haut mit kleinen Nadeln Mikro- Verletzungen zugefügt werden, die die Durchblutung und die Elastin- und Kollagenproduktion anregen und Reparaturprozesse in der Haut unterstützen sollen. Wer lässt sich denn sowas machen, dachte ich damals noch, und konnte mir kaum vorstellen, dass ich mich selbst bald auf den Weg genau dahin machen würde. Allerdings befand ich mich zu dieser Zeit bereits in lebhaften

Diskussionen mit anderen Frauen, in denen es darum ging, was an Verbesserung und Anti-Aging noch vertretbar sei und was nicht: Ganz klar vertretbar ist Haarefärben. Daran kann auch der Hype um das natürlich-schöne graue Haarkleid von Promifrauen, dem sich letztens sogar die Emma anschloss, nichts ändern. Auch verschiedene Pflegemittel mit verschiedenen Wirkstoffen in unterschiedlichen Preisklassen sind ein probates Mittel, ebenso wie ein Besuch bei der Kosmetikerin dann und wann. Kontroverser wurde es bei medizinischen Maßnahmen, also im Prinzip bei allem, was man nicht selbst kann, und wozu man den Facharzt oder die Fachärztin aufsuchen sollte: Kleinere Filler-Behandlungen mit Kollagen, Eigenfett, Polymilchsäure oder dem Klassiker Hyaloron oder Unterspritzungen mit dem – wenigstens stark verdünnten – Nervengift Botulinumtoxin, besser bekannt als Botox (wahrscheinlich, damit sich alle Kundinnen und Kunden den Namen auch merken können).

Einmal in Fahrt, recherchierte ich weiter und fand so vertrauenserweckende Methoden wie das „Vampir-Lifting", für das man zunächst sein eigenes Blut abgibt, welches man später als zentrifugiertes und konzentriertes Blutplasma wieder zurückbekommt. Ich stieß auf die „Ultherapy", die mit Hilfe von Ultraschallwellen Spannkraft und Elastizität im Gesicht, am Hals, im Dekolleté und an den Armen wiederherstellen kann. Und an den Armen, fand ich, ist das echt ein Argument, auch wenn man hinterher vorübergehend mit Schwellungen und Schmerzen, Blutergüssen und Taubheit zu rechnen hat. Und es gibt Cellfina – gegen Cellulite an Oberschenkeln und Po, und darauf hat die Welt ja wirklich gewartet, also zumindest hier bei mir. Unter örtlicher Betäubung werden verkürzte oder verhärtete Bindegewebsfasern durchtrennt, und durch ein Vakuum wird Haut eingezogen. Hört sich merkwürdig an, ist es wahrscheinlich auch, aber was soll's: Hier heiligt der Zweck die Mittel, oder etwa nicht? Denn der Zweck, das sind dellenfreie Oberschenkel. Dellenfreie Oberschenkel, meine Damen! DELLENFREI!

Wie dem auch sei, ich fand Needling da eigentlich noch die harmloseste, um nicht zu sagen niedlichste Variante und stand also vor kurzem – mit dem Mut der Abenteurerin und nur der wissenschaftlichen Erkenntnis wegen – in der dermatologischen

Praxis meines Vertrauens. Dort war man kurzfristig umgeschwenkt auf eine neumodische Lasermethode, mit der man zwar meinen Falten und den Flecken, nicht aber der Alterswarze zu Leibe rückte, die ich nun vorerst behalten werde. Nach ein paar Erklärungen und einer Unterschrift wurde gelasert. Es bitzelte ein wenig auf der Haut und roch etwas unangenehm nach verbrannten Falten und überflüssiger Flaumbehaarung. Irgendwas ist halt immer. „Die Plisseefältchen um die Lippen, da wo immer der Lippenstift reinläuft, machen wir auch weg, oder?", fragte mich die Expertin mit dem Laserhandstück, und ich dachte, wenn schon, denn schon.

Als ich die Praxis verließ, dachte ich, ich müsste jetzt irgendwie anders aussehen als vorher oder meine Familie würde wenigstens was sagen. Nichts! Ist das nun gut oder schlecht? Die erste Sitzung zur Hautverjüngung habe ich nun zumindest schon hinter mir – zwei müssen es noch sein. Und während mir das gesamte Praxisteam einbläute, dass ich nun unbedingt, also unbedingt jede Art von Sonnenstrahlung meiden müsse, was mir als Sonnenfan richtig, richtig schwerfällt, und dass ich mich jetzt erstmal intensiv und oft mit Sonnencreme mit Lichtschutzfaktor 50 eincremen muss, was mir als Pflegemuffel auch richtig, richtig schwerfällt, frage ich mich und jetzt auch Sie: Sieht man schon was? Lohnt sich meine Mühe mit der Sonne und die Mühe der Ärztin und ihrer Assistentin mit dem Laser? Und wie werde ich mich fühlen ohne meine vertrauten braunen Flecke auf den Händen und wenn ich nicht mehr alleine sagen kann „Gute Gene und gut gepolstert", sondern noch ein kleines verschämtes „und top gelasert" hinterherschieben muss? Wie dem auch sei: Alles neu mach der Mai, und weil ich schon mal so schön dran war, machte ich einen Termin zur Zahnreinigung, bei der Friseurin und zum Nägelmachen. Denn die sind brüchig und es sind immer so Streifen drauf, Rillen, wie sie auch meine Oma immer hatte. Der machte das natürlich nichts aus, die war ja normal alt. In ihren Zeiten ging das noch, da konnte man als Frau einfach so altern. Da war fünfzig fünfzig und siebzig siebzig und nicht das neue Dreißig oder Vierzig, aber heute? Da muss man sich schon echt anstrengen, finden Sie nicht?

Fehlen noch die Fußpflege und die nächste Diät. Letztere kann ich leider nicht machen lassen, sondern da muss ich selbst ran. Das kann also noch ein wenig dauern. Und über den Erfolg der nächsten Lasersitzungen halte ich Sie auf jeden Fall auf dem Laufenden, jetzt, wo ich Sie so neugierig gemacht habe...

Freundinnen fürs Leben

Letzten Samstag machte ich mich früh um halb neun mit zwei Kaffee intus auf den Weg nach Frankfurt, um mich endlich, endlich wieder mal mit zwei Freundinnen aus der Schulzeit zu treffen. Zweimal hatten wir den Termin verschoben, doch nun saßen wir uns zu dritt in einem Bockenheimer Café gegenüber, schoben die vielen Wochen und Monate, die wir uns nicht gesehen und kaum gesprochen hatten, beiseite und erzählten uns drei Stunden lang, was uns grade bewegt, zeigten uns Fotos, sprachen über das Älterwerden, über Mütter und Schwiegermütter, über Männer, Kinder, Jobs, Auftritte und alles, was sonst noch so im Laufe eines Frauengespräches zum Vorschein kommen kann. Es war soooo schön! Und als wir auseinandergingen, jede mehr oder weniger schnell zurück in alles, was noch so zu tun ist an einem Samstag, waren wir ein wenig traurig, aber in erster Linie doch wahnsinnig glücklich, dass wir uns haben. Auch wenn wir uns nicht so oft sehen und schreiben und sprechen, verbindet uns etwas, das hält und schützt und wärmt. Hört sich kitschig, an oder? Ist aber genauso.

Und ja, natürlich hatte ich alle Treffen, die wir vorher ausgemacht und dann verschoben hatten, direkt wieder mit verschiedensten Aktivitäten gefüllt und natürlich wäre mir für den Samstagvormittag auch noch was scheinbar Effizienteres eingefallen, als nach Frankfurt zum Frühstücken zu fahren, aber als ich dann bei meiner Morgentoilette in einer meiner Fachzeitschriften wie bestellt auf einen Artikel stieß, der mit wissenschaftlichen Fakten belegte, dass Menschen, die Freunde haben, gute Freunde haben, fünf Jahre länger leben, und dass keine Freunde zu haben ungesünder ist als zu rauchen und keinen Sport zu machen, da wurde mir klar, dass ich das schon immer gespürt habe und trotz meines chaotischen Lebenswandels auch immer wieder – wenn auch unbewusst – umgesetzt habe. Natürlich könnte man sich noch öfter mit lieben Menschen treffen, gemeinsam etwas unternehmen, miteinander sprechen, Erfahrungen machen und teilen. Aber ganz ehrlich: Man muss ja zwischendurch auch mal Geld verdienen und die Familie zählt ja nun auch nicht grade zu den unwichtigen Menschen im Leben. Im Gegenteil: Auch hier ist ja längst bekannt, dass, wenn man auf ein gutes familiäres Netz bauen kann, sich viele andere, schwierige

Dinge leichter ertragen lassen. Kommt noch dazu, dass ich mit meiner Familie wirklich ein Riesenglück habe. Und ich hoffe, sie auch mit mir, auch wenn sie es nicht dauernd sagen....

Aber kommen wir zurück zu den Freundschaften. Ich habe nämlich weitergelesen, dass es uns mit über dreißig schwerer fällt bis unmöglich wird, neue tiefe Freundschaften zu knüpfen. Da kann ich nur sagen: Das stimmt nicht. Man muss sich halt aber auch ein bisschen bemühen. Regelmäßig die Wohnung zu verlassen, wäre schon mal ein guter Ansatz, finde ich, und offen sein, wenn neue Menschen, in diesem Fall natürlich neue Frauen, auf einen zukommen: Ich zum Beispiel habe eine meiner besten Freundinnen kennengelernt, als die mich mit bereits Mitte 40 fragte, ob ich nicht Lust hätte, für sie zu modeln. Ja, richtig gelesen. Und sie wollte mich nicht mal verarschen. Sie suchte halt jemanden mit meiner Größe, auch wenn einer meiner Cousins fassungslos fragte, ob sie nun in Alsfeld die erste Folge von „Germany's Next Top Moppel" drehen wollten. Soll er doch: Ich habe, nachdem der erste Lachflash vorbei war, nicht nur jede Menge Spaß am Moppeln, ah Modeln, gefunden, sondern diesen mit einer ganzen Menge toller Frauen geteilt. Und ich habe in dieser Runde wirklich ein paar Frauen kennengelernt, zu denen ich – neben meinen alten Freundinnen natürlich – hinrennen könnte, wenn alles über mir zusammenbräche. Und umgekehrt natürlich auch.

Doch auch, wenn es nicht um die große Krisenintervention geht, sondern einfach nur um einen kleinen Aperol am Freitagabend, um ein spontanes Treffen in der Hauptstadt, ein dauerhaftes Gästebett in Paris oder einen kleinen Theaterabend in Gießen: Freundinnen zu haben, macht das Leben reicher. Es gibt viele Zitate dazu, eines der schönsten ist: Das einzige, das mich vom Wahnsinn trennt, sind meine Freundinnen. Ich gebe zu, wer uns gemeinsam sieht, könnte meinen, dass es nichts gibt, das meine Freundinnen und mich vom Wahnsinn trennt. Aber natürlich ist es anders. Freundschaften helfen uns, Schönes zu teilen und Schweres zu ertragen. Gerade gestern noch sagte eine meiner Freundinnen, wie schwierig es doch sei, sich den ganzen Tag mit manchmal echt anstrengenden Menschen zu umgeben. Ja, sagte ich zu ihr, schöner wäre natürlich, alle wären genauso wie wir – so schräg. Und schlagartig wurde uns klar, was Freundschaft auch ausmacht: ähnlich schräg sein. Und die gleichen Dinge mögen: Theater und Kultur mit den einen teilen, engagierte Gespräche mit den anderen, gemeinsam feiern und sich helfen, wenn Not am Mann und an der Frau ist. Sich kennen und sich dennoch mögen.

Schön, dass es euch gibt!

Feministin? Mensch!

Ich habe einen Mann und drei Söhne. Als sie klein waren, also, die Söhne, habe ich wenig bis gar nicht gearbeitet, um für die Kinder da zu sein. Ich führe den Haushalt (so gut ich kann). Ich gehe zu den Elternabenden (meist allein) und zu den Arztterminen der Kinder (fast immer allein). Das Plakat meiner Lesung ist rosa. Ich versuche regelmäßig Gewicht zu verlieren und schminke mich in der Regel, bevor ich mich in die Öffentlichkeit wage. Ich trage gerne Blusen mit Ausschnitten, Röcke und Kleider sowie Schuhe mit relativen Absätzen. Ich flirte gerne und liebe anzügliche Witze. Ich nähe meinem Mann Knöpfe an und lasse mir von ihm die Reifen meines Autos wechseln. Wir finden das okay, weil es uns umgekehrt viel mehr Mühe machen würde.

Kann ich mich unter diesen Umständen Feministin nennen? Oder Emanze? Oder muss ich mir eingestehen, dass – sollte ich überhaupt jemals dazugehört haben – diese Phase spätestens mit Eintritt in die Mutterschaft vorbei war? „Traditionalisierungsfalle"[1] nennen das die Expertinnen und Experten: Frauen treten auch im Jahr 2020 mit der Geburt ihres Kindes zurück, nehmen den längeren Teil der Elternzeit und stoßen auch immer noch - immer noch! - auf Unverständnis, wenn sie das nicht tun. Und zwar überall, auch bei Frauen, insbesondere bei Müttern.[2] Nehmen Männer ihre üblichen zwei Monate oder am Ende doch mehr, wird es immer noch kopfschüttelnd als Marotte abgetan, und häufig nutzen Männer die Zeit, um – sollte ihre Frau tatsächlich wieder arbeiten, unterstützt von der Mutter oder der Schwiegermutter – an Haus und Garten zu werkeln, eine große Reise zu machen und manchmal hinterher ein Buch darüber zu schreiben oder zumindest lauthals zu verkünden, wie sehr sie das Leben mit Kind doch verändert hat und erst recht, wie sehr eine Tochter doch den Blick für die Rechte der Frauen schärft. Nicht dass man sich schon in einem Leben ohne Tochter mit Frauen wie der Ehefrau, der Schwester, der Mutter, der Freundin oder der Arbeitskollegin damit hätte beschäftigen können.[3]

Aber zurück zur Traditionalisierungsfalle: Sollte ich vor meinen Kindern emanzipiert gewesen sein, hat es sich darin ausgedrückt, dass ich schon in der Schule mit den Jahrgangschauvis über die

Rolle der Frau gestritten habe. (Einen von ihnen habe ich übrigens letztens wieder getroffen als Pressesprecher des Bistums Fulda. Warum wundert mich das jetzt nicht?) Simone de Beauvoir und Alice Schwarzer gehörten zu meiner Standardausrüstung. Meine Eltern fragen sich heute noch, was sie falsch gemacht haben, denn ich wuchs in einem Dorf auf, in dem man darüber rätselte, wie sinnvoll es sei, ein Mädchen aufs Gymnasium zu schicken, wenn es später doch einmal heiraten würde. Ursula Scheus Buch „Wir werden nicht als Mädchen geboren, wir werden dazu gemacht", las ich rauf und runter, keine Veranstaltung der Frauenwoche fand ohne mich statt. Ich rasierte mir weder die Achseln noch die Beine, weil die Männer das auch nicht taten. (Sie erinnern sich an diese dunklen Zeiten?)

Als ich mit Anfang Zwanzig (1990) in einer großen Fuldaer Firma anfing, galt ich bald im ganzen Haus als Emanze, weil ich nicht mit „Fräulein" angesprochen werden wollte. Zwei Jahre später ließ ich mir – mit Verweis auf den Duden im Jahr 1992 – von der Personalsachbearbeiterin, die sich schon vom Fräulein zur Frau hochgeheiratet hatte, mein Zeugnis umschreiben, weil sie mir im ersten Anlauf das Attribut „Frau" immer noch nicht zugestehen wollte. Später stritt ich mit allen jungen Müttern, die freiwillig Partys verließen, um sich um die Kinder zu kümmern, während die Männer fröhlich weiterfeierten. Und ich war mir sicher, ich würde alles, wirklich alles anders machen.

Während ich mich noch darüber aufregte, dass an meinen weiteren Arbeitsplätzen Frauen, die eine Meinung haben, insbesondere von anderen Frauen, die keine haben, nicht gut gelitten waren, wurde ich schwanger. Zwar ging ich selbst nach den Zwillingen ziemlich schnell wieder auf eine halbe Stelle und sogar auf Home Office, als es das Wort zumindest im Vogelsberg kaum gab, aber das ging nur mit Hilfe meiner Schwiegermutter. Und ja, es war auch nur eine halbe Stelle. Mein Mann und ich hatten das nicht explizit abgesprochen, aber es war klar, dass wir beide das so wollten. Ich auch. Wirklich. Als dann noch Umstände eintraten, die es erforderlich machten, dass einer von uns sich über Jahre hinweg rund um die Uhr mit den Kindern befassen musste, war klar, wer diese Person sein würde. Ich war raus aus dem Showgeschäft, aus der Berufslaufbahn, dem Weiterkommen, der Rentenkasse. Und ich war es gerne. Ich hätte nirgendwo anders sein wollen, als bei meinen Kindern, als sie mich brauchten. Es gab keinen Zweifel, nicht den geringsten. Und dass das damals alles so richtig war, stimmt heute immer noch.

Und in den Jahren in verschiedenen Krankenhäusern des Landes wurde offenbar, wer im 21. Jahrhundert immer noch für die Kinder zuständig ist: Die Kliniken saßen voll von Müttern. Ich will damit nicht sagen, dass solche Zeiten für Väter einfacher sind, im Gegenteil. Sie waren im Job, weg vom eigentlich Wichtigen, mussten funktionieren, für das Einkommen sorgen, egal wie sie sich fühlten. Aber sie blieben eben auch am Ball für die Zeit nach der Krise und in der Rentenkasse. Apropos Rentenkasse: Dass ich aber jetzt, mit über Fünfzig, und nach mehr als dreißig Jahren Berufstätigkeit – und drei so gut wie erwachsenen Kindern – gerade erst vierstellig bei der Rentenberechnung geworden bin, finde ich unhaltbar. Auch wenn es meine Schuld ist: Aus feministischer Sicht habe ich alles falsch gemacht.

Aber hätte es Alternativen gegeben? Gibt es sie heute? Eine Studie der Heinrich-Böll-Stiftung zeigt, dass erwachsene Frauen in Deutschland im Durchschnitt täglich 87 Minuten mehr Care-Arbeit verrichten als Männer, was einem Gender Care Gap von 52,4 Prozent entspricht.[4] (Das heißt Frauen verrichten um die Hälfte mehr Care Arbeit als Männer.) Der größte Gender Care Gap (110,6 Prozent) zeigt sich im Alter von 34 Jahren: Frauen leisten dann durchschnittlich 5 Stunden und 18 Minuten Care-Arbeit täglich, Männer dagegen nur 2 Stunden und 31 Minuten. Die Zeit muss irgendwoher kommen, oder? Die Stiftung kommt zu dem Schluss, dass die Entscheidung von Frauen, nach der Geburt eines Kindes erstmal nicht mehr zu arbeiten, keine private ist, sondern eine strukturelle: das Fehlen von Alternativen. Machbare Arbeitszeitmodelle, die für Männer und Frauen gleich sind, Betreuungsmöglichkeiten, die auch Notfälle auffangen. Sowohl das Ansehen von Teilzeitarbeit als auch von Care-Arbeit und damit auch die materielle Aufwertung von Letzterem müssen verbessert werden. Es muss insbesondere für Familien – und damit meine ich alle erwachsenen Beteiligten – eine Wahl geben, eine gute Wahl, und keine, die im stillen Kämmerlein von zwei Elternteilen getroffen wird und einen davon nachhaltig benachteiligt.

Und noch etwas: Wir müssen alle Entscheidungen akzeptieren. Ich persönlich neige dazu, Frauen, die, nachdem die Kinder groß und fast schon aus dem Haus sind, nicht wieder arbeiten, gelinde gesagt, merkwürdig zu finden. „Wie können sie nur – sie machen sich wirtschaftlich bis ans Ende der Tage von einem Mann abhängig und unterlaufen alle Versuche von Frauen nach gesellschaftlichen Strukturen für ein gleichberechtigtes Arbeitsleben!" Sie können, weil sie in einer Gesellschaft leben, die das ermöglicht. Damit muss ich mich abfinden und das ist auch gut so. Sie können aber auch, weil sie in einer Gesellschaft leben, die es für Frauen, gerade in den niedrig besoldeten Frauenjobs, nicht lukrativ macht zu arbeiten.[5] Solange Steuerberater und selbsternannte Experten Tipps geben wie „Wenn du angemeldet oder mehr als 20 Stunden arbeitest, hast du viel mehr Abzüge", der Mann aber fröhlich weiterarbeitet, weil er a) mehr verdient und b) der Mann ist, dann kann etwas nicht stimmen. „Ehegattensplitting" und „Familienversicherung" sind Zauberwörter, die das Arbeiten für Frauen weniger attraktiv machen.

Für Männer in Einzelfällen übrigens auch: Ich kenne einen Hausmann in meinem weiteren Bekanntenkreis. Ein Exot, und natürlich fragen sich alle, was er so den ganzen Tag über treibt, und natürlich auch, was es für sein Ego bedeutet, finanziell von seiner Frau abhängig zu sein. Merken Sie was? Ich indes frage mich, ob er überhaupt ein richtiger Mann ist... Merken Sie noch was?

Kommen wir zurück auf die Frage vom Anfang: Kann ich Emanze sein? Feministin? Ja ich kann, und wir alle können, auch die Männer. Lassen Sie uns das Schubladendenken vergessen und eine einfache Kategorie aufmachen. Die Schauspielerin Maisie Williams hat mal gesagt: „Wir sollten aufhören, Feministinnen ‚Feministinnen' zu nennen, und lieber damit anfangen, Menschen, die nicht feministisch sind, ‚sexistisch' zu nennen – und alle anderen sind dann einfach nur Menschen. Leute kriegen nur ein Label, wenn sie schlecht sind."[6]

Quellen:

[1]: Julia Wadhavan, 21.5.2017, Ab wann ist jemand Feministin? https://www.bento.de/politik/feminismus-heute-was-der-begriff-bedeutet-und-ab-wann-jemand-feministin-ist-a-00000000-0003-0001-0000-000001331261 (Zuletzt angesehen am 7.3.2020)

[2]: Andrea Stettner, 28.11.2017, Frau nimmt nur acht Wochen Elternzeit – so heftig reagiert ihr Umfeld, https://www.merkur.de/leben/karriere/mutter-geht-arbeiten-baby-acht-wochen-passiert-zr-9398796.html (Zuletzt angesehen am 7.3.2020)

[3]: Margarete Stokowski, 16.4.2019: Wie kann ich als Mann Feminist sein? https://www.spiegel.de/kultur/gesellschaft/wie-koennen-maenner-feministen-sein-kolumne-a-1263070.html (Zuletzt angesehen am 7.3.2020)

[4]: Prof. Dr. Maria Wersig, 27. November 2017, Eindeutige Faktenlagen https://www.gwi-boell.de/de/2017/11/27/eindeutige-faktenlage, (Zuletzt angesehen am 7.3.2020)

[5]: Marcel Fratzscher, 1. Dezember 2017, Frauen und Kinder fördern – nicht Hochzeiten, https://www.zeit.de/wirtschaft/2017-11/gleichberechtigung-frauen-steuern-gender-pay-gap-regierung, (Zuletzt angesehen am 7.3.2020):

„Das Steuersystem setzt vor allem verheirateten Frauen massive Anreize, nicht oder nur geringfügig zu arbeiten. Wegen des Ehegattensplittings, bei dem die Einkommen beider Ehepartner zusammen steuerlich veranlagt werden, müssen Frauen häufig schon ab dem ersten Euro ihres Verdiensts den maximalen marginalen Steuersatz ihres Ehepartners zahlen. So bleibt oft bei einem recht geringen, eigenen Einkommen nur wenig davon übrig. Hinzu kommt die Mitversicherung im Sozialsystem, die eine eigene berufliche Tätigkeit der mitversicherten Ehepartner noch weniger attraktiv macht."

[6]: Lea Birke, März 2020, Brigitte, Seite 71,

Romantik pur

Es soll ja Männer geben, die ihren Frauen ab und zu ohne Anlass Blumen schenken. Oder kleine Liebesbriefe zustecken. Oder ein romantisches Candle-Light-Dinner für sie selbst kochen. MIT Tischdecken und Kerzen anzünden. Und es soll Frauen geben, die das hemmungslos annehmen können.

Ich gehöre nicht dazu. Nicht, weil es mich irritieren würde, wenn mein Mann mir plötzlich Blumen schenken würde. Nein, natürlich würde ich nicht als Erstes denken, er hätte etwas zu verbergen und würde sein schlechtes Gewissen beruhigen. Und natürlich würde ich auch nicht als Zweites denken: Jetzt kommt er tatsächlich mit Rosen und so ollem Schleierkraut, was irgendwo schon fertig gebunden herumstand, dabei sollte er doch nach zwanzig Jahren wissen, dass ich viel eher auf Tulpen oder Ranunkeln, nicht zu verwechseln mit Ruccola, und frisch und locker gebunden, stehe. Nein, es liegt glaube ich daran, dass ich selbst nicht so der romantische Typ bin. Mir ist schnell alles auch ein wenig zu kitschig. Zu rosa, zu Valentinstag, zu Daily Soap, zu Sonnenuntergang am Meer, zu „Oh, my god!", wenn Sie wissen, was ich meine.

Vielleicht pflege ich aber auch einfach nur ein schnodderiges Image, weil ich finde, dass das eher zu mir und meinem Wunsch nach Pflegeleichtigkeit passt: Kennenlerntag vergessen? Is' doch egal, ich habe auch wirklich nur ganz, ganz kurz mal dran gedacht. Am Hochzeitstag auf Dienstreise? Macht doch nix, ich wollte mich ohnehin mit einer Freundin treffen!

Aber wenn ich es mir recht überlege, mache ich manchmal schon romantische Sachen. Zumindest wenn man den Definitionen von Romantik glaubt, die man in den Frauenzeitschriften und im Internet so findet. Auf der Seite www.kontaktvoll.de/romantik findet man viele schöne Beispiele für Romantik, und für Männer gibt's sogar extra eine Anleitung, wie sie romantisch werden können. Und das ohne Hintergedanken. Spätestens da scrollen wahrscheinlich die meisten Männer schon wieder weiter, denn wozu sollte ein Mann schon romantisch werden, wenn er hinterher nichts Handfestes davon hat?

Auf der Romantikliste stehen dann so Sachen wie „Von unterwegs an ihn denken und ihm kleine Geschenke mitbringen." Das mache ich tatsächlich hin und wieder, obwohl ich jetzt nicht genau weiß, ob dazu jetzt auch so praktische Sachen wie neue Unterhosen zählen, aber ich denke schon. Das Wort „Unterhosen" hört sich zwar jetzt erstmal nicht so romantisch, oder wie mein Mann sagen würde, ramontisch, an, aber vielleicht sind die Teile auch nur stark unterschätzt. Manchmal stecke ich ihm vor einer Dienstreise auch kleine Zettelchen zu, also wirklich so mit Herzchen und so, aber die letzten Jahre eigentlich immer ohne Feedback. Entweder knäulen die sich noch alle in der Anzugsjacke oder sie sind der Reinigung zum Opfer gefallen. Vielleicht sind sie auch direkt nach ihrer Entdeckung wieder vergessen worden. Aber denken Sie nicht, dass mich das abhält. Ich tue das ja nicht für ihn, sondern für mich. Und falls das romantisch ist, dann ist ja klar, dass Frauen Romantik ohne Hintergedanken machen, wie ich aus einschlägigen Quellen weiß.

Da das bei uns in der Ehe mit der Romantik offenbar nur so mittel klappt, gibt es bei uns nicht mal am Hochzeitstag großes Tamtam. Was eigentlich ein bisschen schade ist. Dieses Jahr habe ich für den 5.9. „Essengehen" in den Kalender geschrieben und meinen Mann über Outlook als Teilnehmer eingeladen. Dann habe ich einen Tisch reserviert und so saßen wir dann am Abend gemeinsam an einem schönen Ort und freuten uns, dass wir das tun konnten. Ist das dann schon romantisch oder macht die profane Entstehungsgeschichte alles zunichte? Zum 20. Hochzeitstag hatte ich mal etwas weiter ausgeholt mit den Gedenkfeierlichkeiten und vorab gefragt, ob wir nicht mal schön essen gehen wollten. „Ja, klar, lass uns doch zum Italiener ums Eck gehen", war die Antwort, woraufhin ich meinte, man könne an so einem denkwürdigen Tag ja mal etwas anderes machen als sonst. „Okay, dann können wir ja mal was anderes essen als Pizza", schlug er vor, und da war ich dann schon ganz froh, als Vincenzo uns in der Pizzeria wenigstens eine Kerze anzündete.

Während ich das so schreibe, fällt mir ein, dass früher irgendwie schon mehr Romantik war. Also viel früher, so mit Picknick und so... Dabei ist das Wort „romantisch" tatsächlich etwas verpönt, attestiert es den Trägerinnen und Trägern dieser Eigenschaft doch, sie seien „gefühlsbetont, schwärmerisch, von starker, oft unrealistischer Vorstellungskraft und Einbildungskraft erfüllt", und so etwas will ja in unserer nüchternen Zeit eigentlich keiner sein. Allerdings heißt es in den einschlägigen Zeitschriften auch, dass romantische Menschen ihr Gegenüber in den Mittelpunkt stellen, was diese dann wiederum verlegen macht, weil sie es gar nicht gewohnt sind, im Mittelpunkt zu stehen. Ich denke, genau das wird bei mir der Fall sein. Muss ich nächstes Mal unbedingt mit meinem Publikum erörtern, wenn ich wieder mal eine Lesung habe. Bis dahin schreibe ich meinem Liebsten einfach noch ein paar kleine Zettelchen und bringe ihm praktische Sachen von meinen kleinen Reisen mit. Ich denke, über einen neuen Ratschenkasten würde er sich sehr freuen!

Klimaxtage

Meistens ist alles gut. Aber manchmal nicht. Bei Lotta aus der Krachmacherstraße hießen solche Tage immer Unixtage. Unixtage sind Tage, an denen einfach nichts flutscht. An denen einen die berühmte Fliege an der Wand ärgert oder der spätsommerliche Fruchtfliegenschwarm über der Obstschale. Und obwohl man es solchen Tagen in der Regel am Morgen schon anmerkt, dass sie nichts Gutes im Schilde führen, tarnen sie sich zunächst, bevor sie beginnen Missgeschick an Missgeschick zu Reihen, Frust an Frust, flankiert von dem einen oder anderen klimakterischen Hormonschub, weshalb diese Tage in meinem Alter auch schon mal die treffendere Bezeichnung Klimaxtage verdient hätten. Besagte Hormone nämlich verleihen dem Unixtag ungeahnte Energie, die ihn zu wahren Höhenflügen bringt.

So ein Tag war vergangenen Samstag. Er hatte noch gut mit einem Kaffee und einem Buch im Bett angefangen und mit einem Kaffee und einem Nutellabrötchen noch Wohlwollen vorgetäuscht, aber dann wollte ich zur Wäsche und der Durchgang war versperrt, weil der hauseigene Handwerker im Flur Fußboden verlegte. Der Umweg über den Eingang der Schwiegermutter führte zu einer verschlossenen Tür, was ich mit lautem Schimpfen quittierte. Dass ich auf die samstägliche Wäscheaktion schon vorher dem erfolglosen Umweg keine Lust hatte, steht natürlich auf einem anderen Blatt. Also retour durchs ganze Haus, Schlüssel holen, neuer Versuch, danach an den Rechner.

Die moderne Technik ist mindestens in genauso vielen Fällen wie sie hilfreich ist der Grund für größtmöglichen Frust. Seit Anfang der Woche versuchte ich – natürlich mit fachkundiger Hilfe – meine drei Endgeräte per Exchange zu synchronisieren, aber alles, was sich bei anderen so einfach anhört, ist bei mir so kompliziert und hatte schon mehrfach mein freiwilliges Zeit- und Mitwirkungsbudget überstiegen. Meine fachlichen Kompetenzen auch, aber darum geht es ja grade nicht. Nur so viel: Sie stehen im antiproportionalen Verhältnis zur Anzahl der in Stunden- bis tagelanger Kleinarbeit zu synchronisierenden Daten. Am Samstagvormittag also stellte ich wieder einen Fehler fest. Ich fluchte vor mich hin, so nach dem Motto, wenn ich das gewusst hätte, hätte ich alles gelassen, wie es ist, und schämte mich nicht, am heiligen Wochenende den armen ITler zu belästigen. Schon seine telefonisch übertragene Aura löste mein Problem und zusätzlich zu meiner ohnehin schon schlechten Laune kam auch noch der Ärger auf mich selbst, denn es schien, als hätte sich das Problem mit ein wenig weniger Dickköpfigkeit und mehr Geduld auch selbst gelöst.

Der Tag schritt voran. Ein Termin fiel aufgrund von äußeren Umständen gepaart mit nicht wenig Unwillen meinerseits aus, die Wäsche fiel beim Aufhängen fast komplett ins frischgemähte Gras, das Fleisch fürs Mittagessen hatte seine besten Zeiten wohl während der ausgedehnten Auftaudauer kurzfristig hinter sich gebracht, und beim Ausräumen der Spülmaschine verkeilten sich zwei Schöpflöffel. Beim Einräumen in den Schrank fiel mir ein Gläserstapel entgegen und ich weiß bis heute nicht, warum nicht wenigstens der Hund dort reingelaufen ist. Ich schimpfte und keifte vor mich hin, wollte gehört werden und doch nicht, wartete auf den nächsten Tiefschlag und konnte mich kein bisschen darüber freuen, dass ich mich eigentlich nur über Peanuts aufregte. Der Tag war noch lange nicht zu Ende, aber er hatte sein fieses Repertoire bis zum Nachmittag dann doch ausgeschöpft. Nur ich noch nicht. Ich ärgerte mich über das Lampenangebot in den Alsfelder Geschäften, über die Kiste in unserer Garage, an die außer einer gewissen Person niemand drankam. Ich stänkerte weiter, suchte Sündenböcke für mein vermeintliches Unglück und bin im Nachhinein froh, dass keines meiner Familienmitglieder diese Bad Vibrations nachhaltig ernst nimmt.

Ist jetzt zwar nicht so schön, wenn man nicht ernstgenommen wird, besonders wenn der Hormonsturm noch am Toben ist, aber so über einen längeren Zeitraum betrachtet ist es doch ganz entspannt, wenn man konsequenzenlos seinen Klimaxtag nehmen kann. Die Erkenntnis hatte sich dann bis zum Abend auch so langsam durch meine Synapsen gefressen und setzte sich sozusagen in meiner Aura fest, die sich nach und nach erholte. Spätestens beim Weißwein, den ich – warum auch immer – nicht verschüttete, war ich dann fast schon wieder die Alte, die sich bis zum nächsten Klimaxtag gerne wieder etwas Zeit nimmt – wenn die Umstände es erlauben ...

Rosenkohlmeditation

Die ganze Woche über bin ich am Rennen. Und am Beeilen. Die Essenszubereitung findet in der Regel zwischen Tür und Angel, also zwei Terminen oder Aufträgen, statt und stört mich definitiv im Tagesablauf. Nicht jeden Tag gelingt es mir, die frühkindliche Prägung auf Mittagessensversorgung meiner Familie abzuschütteln und auf andere – weibliche – Schultern zu verteilen und die Ehre des Kochens für drei Jungs und Männer meiner Schwiegermutter zukommen zu lassen. Auf diese Weise habe ich die Kunst des Schnellkochens entwickelt. Es ist eine kreative Mischung aus Erhitzen und Akkordschnippeln, aus Zusammenschütten, Resteverwerten und mitunter auch einem Maggi-fix-Pimp-Up. Und natürlich einer ausgeklügelten Herdplatten-Logistik, die ich inzwischen ziemlich perfektioniert habe. Auf diese Weise gelingen mir Gerichte, über deren Qualität und Schnelligkeit der Fertigstellung sich mein Mann auch nach inzwischen 25-jähriger Beziehung immer noch wundert. Sie nicht, liebe Damen, denn Sie wissen, wovon ich rede.

Eigentlich aber, eigentlich, koche ich sehr gern. Und gut, wenn auch immer mehr so, wie meine Mutter und meine Oma in Heubach schon gekocht haben. Und obwohl ich in Restaurants gerne die Quinoa-Bowls wähle oder die Falafel-Burger, bin ich am heimischen Esstisch Fan von Schweinebraten mit Klößen und Karotten mit Frikadellen. Frühkindliche Prägung halt, da machste nix. Und weil das so ist, genieße ich es, wenn ich mir wenigstens am Sonntag Zeit nehme, zu kochen. Lange. Also, für meine Verhältnisse. Und manchmal, mit ein wenig Glück und Muße und den richtigen Zutaten, gelingt mir die Quadratur des Kreises: Kochen und Meditieren in einem. Letzten Sonntag war es wieder so weit: Der Schweinebraten schmorte schon schön im roten Bräter vor sich hin, gebettet auf viele Zwiebeln und Karotten, und vor mir lagen drei Tüten Rosenkohl: zweieinviertel Kilogramm, ca. 120 bis 150 Röschen. Sie alle wollten geschält werden und ich machte mich ans Werk und genoss in aller Ruhe die Zeit, die verging, während sich immer mehr der frischgeschälten kleinen grünen Wunderknospen in der Spüle bei einem Bad im kalten Wasser erfrischten und der Berg aus Rosenkohlschalen immer höher wurde. Hellgrün, ganz zart und luftig türmten sich die abgeschälten Blätter und verströmten ihren wunderbaren Rosenkohlduft. Zwischendurch übergoss ich in Seelenruhe immer mal meinen Braten und freute mich, wenn das Wasser in dem Bräter zischte und die schöne braune Farbe annahm, die zuvor durch mehrmaliges Reduzieren entstanden war. Das Nichtstun rundete ich durch kleine, gezielte Beckenbodenübungen ab, der innere Fahrstuhl im unteren Stockwerk zog sanft nach oben und wieder zurück, ganz so, wie es meine Pilates-Trainerin seit Jahren in den Trainingsraum und seit Monaten in den virtuellen Raum haucht, und mein Powerhouse freute sich gemeinsam mit meinen Sitzbeinhöckern bis hinauf zum Kronenpunkt. Und weil es grade so schön war, hängte ich als Höhepunkt dieses spirituellen Vormittags noch eine haptisch äußerst inspirierende Kloßteigmeditation an und freute mich, dass ich für ein paar Leute mehr kochte und somit zwölf der goldgelben weichen, leicht klebrigen Bälle formen konnte, die alsbald für ihr Bad im heißen Wasser bereit waren.

Ach, war das schön! Es gibt im Haushalt viele solcher Tätigkeiten, deren Charme und Potenzial man erst erkennen muss. Bügeln ist ja auch so was. Während aus dem Chaos im Wäschekorb nach und nach ein feingeordnetes und saubergestapeltes duftiges Kunstwerk auf dem Esstisch wird, kann man seinen Gedanken nachgehen. Und die – und das ist das Schöne – müssen zu gar nichts führen, können einfach so hin- und herschweben, weil das Ergebnis – auf das wir ja stets verweisen wollen – auf dem Bügelbrett (oder am Herd) entsteht. Reisepläne, Bücher, Unterhaltungen, Spaziergänge, Zitate – Gedanken kommen und gehen und mit ein bisschen Glück bleibt irgendwas hängen und setzt sich fest und mit ein bisschen Glück auch nicht. Was die Essenszubereitung betrifft, hilft mir diese Einstellung stets über einen Anflug von Frust hinweg, der sich breitzumachen droht, wenn mein zweieinhalb Stunden lang zubereitetes Essen – wohlwollend geschätzt – nach 20 Minuten verputzt ist. Selbst wenn ich es mit der Zahl der Esser multipliziere und dazu noch die Blitzresteverwertung am nächsten Tag einrechne, ergäbe das eine sehr frustrierende Bilanz, zumal ja auch die geistige Leistung, die Kochkunst an sich und das Einkaufen nicht mitgerechnet sind. Wie gut, dass das alles nicht zählt, wenn man in sich ruht.

Dem Rosenkohl sei Dank.

Wasserwelle

„Ihr seid nicht schöner." Auf diesen einfachen Nenner samt Boden der Tatsachen brachte meine Oma uns stets zurück, wenn wir uns früher auf Fotos sahen und nicht vorteilhaft aufgenommen fühlten. Nun muss man wissen, dass meine Oma vor noch nicht allzu langer Zeit 95-jährig starb und in ihrem Leben wahrscheinlich niemals über selbstoptimierende, verjüngende oder verschönernde Maßnahmen nachgedacht hatte. Irgendwann war sie wohl mal auf Creme 21 gekommen, die stets bei ihr im Bad stand. Und wenn es mal ganz hochkam und sie zum Friseur ging, gab es stets nur eine Wasserwelle, natürlich keine Farbe. Aus die Maus.

Obwohl ich, wie alle Mädchen, deren Sturm- und Drangzeit in die 80er-Jahre fiel, irgendwann eine Dauerwelle hatte und anfing, mit Kajalstift zu experimentieren, ging auch ich sehr lange Zeit ungeschminkt durchs Leben. Bei einem Schminkkurs der Volkshochschule saß ich in den 90ern mit meiner Freundin vor einer Spülschüssel mit warmem Wasser und kleinen Schwämmchen und war am Ende durchaus angetan von den Wundern der Kosmetik. Aber der Aufwand...

Irgendwann stellte ich fest, dass alle anderen Frauen auf Fotos immer besser aussahen als ich, und mit Mitte vierzig fing ich dann doch an, auf eine B&B-Creme mit leichter Tönung umzusteigen, die meine Rosigkeit sanft und nicht immer wirkungsvoll überdeckt. Und ich kramte auch meinen alten Kajalstift wieder raus. Und kaufte Lidschatten und Nagellack. Als ich besonders mutig wurde (und es altersbedingt auch nötig erschien), gab ich – tatsächlich erst vor wenigen Jahren - meine Aversion gegen Wimperntusche auf und seit letztem Jahr bin ich begeisterte Nutzerin eines Augenbrauengels mit Mascara. Nur mit dem Lidstrich hapert es noch. Und mit Concealer und den ganzen Tricks, wie man Augenringe weg und Wangen hohl schminkt, in der Fachsprache „Contouring" genannt, wie ich erst letzte Woche beim Spazierengehen erfuhr. Dennoch sieht es inzwischen in meiner Hälfte des Badezimmerspiegelschranks so aus, wie ich es bei Verona Pooth vermute, aber noch immer werde ich auf Fotos abgehängt.

Was natürlich daran liegt, dass ich, wenn ich Fotos mache, einfach so fotografiere. Und dann poste ich sie, wenn es sein soll. Aus die Maus. Mit dem Ergebnis, dass ich halt so aussehe wie immer. Wenn ich dann schon mal auf Insta bin, schaue ich mir Bilder an von Frauen, die vor einer tollen Landschaft stehen, die wahnsinnig strahlen, deren Körperhaltung perfekt ist, deren Hintergrund verschwimmt und deren Augen ein verschwörerisches Glitzern ziert. Wow. Und während ich seinerzeit mal versuchte, meinen Mann davon zu überzeugen, dass bei den Promifrauen, die sich quasi nur schnell ein wenig Glitzer über ihre Bodys werfen, bevor sie auf den roten Teppich gehen, alles, was bei mir ungestützt nach unten hängt, bei denen unsichtbar festgeklebt ist, und er mir nicht glauben wollte, bin ich lange Zeit selbst dem Irrtum aufgesessen, alle, wirklich alle Frauen im Internet seien so schön wie man sie dort sieht, und damit natürlich um Längen schöner als ich. Also schöner im Sinn von glitzernder, makelloser, jünger, dünner. Schöner halt.

Und dann fand ich die Filterfunktion! Erst machte ich nur meine Landschaften schöner, das Licht ein bisschen heller oder dämmriger, je nach Bedarf. Aber als ich letztes Jahr im Schwimmbad war, da fand ich eine ganze Reihe Filter und wurde für einen kurzen Moment zur Göttin! In Schwarzweiß natürlich, unter einer Schicht von mindestens fünf Filtern begraben, schien ich den Fluten des Erlenbades entstiegen wie einst Ursula Andress der Meeresgischt vor den Augen des völlig verzückten James Bond. Oder so. Auf jeden Fall dauerte es nicht lange, und ich kriegte nicht nur Likes von meinen freundlichen Freundinnen, sondern auch Kontaktanfragen von südländisch aussehenden Männern, die ich vom Alter her gut hätte adoptieren können. Da wurde mir schon ein wenig mulmig, ehrlich gesagt. Ich, 53 Jahre alt, kam mir vor, als hätte ich die Büchse der Pandora geöffnet und Geister gerufen, derer ich nicht mehr Herrin werden konnte. Und gelogen war das Ganze ja auch. Ich machte schnell noch zwei Freundinnen schöner und vergaß die Filterfunktion.

Inzwischen poste ich mich wieder halbwegs normal, auch weil ich zu faul bin, ewig an meinen Fotos rumzudoktern genauso wie an mir selbst. Aber ich bin immer noch fasziniert von den schönen Frauen auf Instagram, an denen man sich, wenn man will, täglich, stündlich, minütlich abarbeiten kann. Wenn man will. Aber wenn man genau hinschaut, dann erkennt man, dass sie alle denselben Snapchat-Augenglitzerfilter verwenden – schon tausendmal gesehen. Dass sie gelernt haben, ein Bein vor- oder auszustrecken, damit sie größer und dünner aussehen. Dass sie auf ihren sogenannten Spiegelselfies (was es alles gibt) eigentlich alle austauschbar geworden sind. Obwohl sie das in echt (wie man seit den 80er-Jahren so schön sagt) natürlich nicht sind. Ganz bestimmt sind sie auch in Natur, also ungefiltert, so schön wie wir. Mal mehr, mal weniger. Mal mit kleinen Pickelchen im Gesicht, mal mit einem Strahlen. Hausgemacht. Von guten Freunden und schönen Erlebnissen ins Gesicht gezaubert.

Ganz nebenbei, vielleicht bei einem kleinen Aperol in der Frühlingssonne ohne großen zeitlichen Aufwand – that's life. Ungefiltert und echt und soooo schön!

Sprichst du noch oder genderst du schon?
... oder Alte weiße Frau auf dem Abstellgleis

„Die Menstruation ist bei jedem ein bisschen anders", so beschrieb der Beipackzettel die Anwendung von Tampons bis in die 1980er Jahre, sehr zum Verdruss vieler Nutzerinnen. Vorausgesetzt, man las den Beipackzettel überhaupt, vielleicht aus Langeweile, weil sich auf der WG-Toilette gerade nichts anders fand. Hätte sich die Sprachwissenschaftlerin Luise F. Pusch nicht über solche Sätze empört und diese bei der Firma o.b. reklamiert, würde dieser Satz noch heute auf der Gebrauchsanleitung zu lesen sein. In das Wirken der Sprachwissenschaftlerin fiel der schleichende Abschied vom „Fräulein", das offiziell zwar schon 1971 aus dem bundesdeutschen Amtsdeutsch verschwand, ich aber noch 1994 in meinem Arbeitszeugnis eines Fuldaer Unternehmens fand. Fulda halt. Ich ließ das Dokument noch einmal neu schreiben, sehr zum Verdruss der Sekretärin, die das nicht verstand, schließlich hatte sie sich selbst erst vor kurzem zur Frau hochgeheiratet, was meinen Ruf als Firmenemanze letztmals untermauerte und meinen Bruder, der ebenfalls in dieser Firma arbeitete, ein weiteres Mal von vielen peinlich berührt und kopfschüttelnd zurückließ. Inzwischen freuen wir uns, dass in Stellenanzeigen auch ausdrücklich Frauen gesucht werden – und seit wenigen Jahren auch Menschen diverser Geschlechtszugehörigkeit -, was wir zu einem großen Teil dem Beharrungsvermögen feministischer Frauen verdanken und vielleicht auch ein bisschen solchen Männern wie meinen Kommilitonen an der Mainzer Uni, die damals, also 1987, kurz ihr Strickzeug niederlegten, um eine Petition zu unterzeichnen, in der sie kundgaben, dass auch sie Dolmetscherin/Übersetzerin werden wollten.

Soweit bin ich dabei. Und grundsätzlich bin ich immer noch bereit, auf feministische und antidiskriminierende Züge aller Art aufzuspringen, aber so langsam habe ich das Gefühl, die Fahrpläne überfordern mich, die Züge fahren zu schnell, das Ziel führt in die Irre. Und ich bleibe, freiwillig abgehängt, zurück. Alte weiße Frau auf dem Abstellgleis der deutschen Sprache, allein mit alten weißen Männern. Sie ahnen, worum es geht: das Gendern. Als Schreiberin und Liebhaberin der deutschen Sprache graust es mich seit jeher vor den Binnen-I's, den Schrägstrichen, Gendersternchen, den Unterstrichen, den Doppelpunkten, den umgekehrten Ausrufezeichen, den angedachten Zirkumflexen auf dem I (das ist dieses Dach, das man beispielsweise aus dem Französischen kennt), dem + am Ende der weiblichen Form und – dem X, das nach der ersten Silbe beispielsweise von „Lehr" die Lehrerinnen und Lehrer als „Lehr-X" geschlechtsneutral machen soll, wie ich in einem Podcast der ZEIT vor kurzem erfuhr.

Ich finde, all das sieht nicht nur nicht gut aus, sondern ist sprachpraktisch überhaupt nicht durchzuhalten, denn nach jedem Substantiv folgt ein Prononem oder ein Verb oder eine weitere Satzverbindung, die man dann konsequenterweise auch wieder gendern müsste: „Jede:r Mitarbeiter:in, die/der zu spät kommt, muss seine/ihre Verspätung begründen." Welches Pronomen nennt man hier zuerst? Auch diese Frage birgt bei akribischem Hinsehen erhebliches Konfliktpotenzial. Ladys first? Oder ist das ein Relikt aus diskriminierenden Zeiten, als man noch ohne schief angesehen zu werden, Frauen die Tür aufhalten und ihnen aus dem Mantel helfen durfte? Gentlemen first? Na, das wäre dann aber doch übers Ziel hinausgeschossen, äh, -geschrieben. Da darf sich die genderbewusste Schreiberin natürlich fragen, warum man nicht einfach schreibt „Alle Mitarbeitenden, die zu spät kommen, müssen ihre Verspätung begründen." Geht doch, oder? Naja, sagen die Germanisten, eigentlich nicht. Denn die Verlaufsform „mitarbeitend" ist grammatisch gesehen eine Momentaufnahme. Man ist halt nur mitarbeitend, oder – ganz modern und schon fast selbstverständlich – studierend, wenn man es grade tut (so wie bei der englischen Ing-Form, mit der wir uns in der 6. Klasse quälten). Student oder Studentin ist man, wenn man eingeschrieben ist, und zwar für die komplette Dauer seines (!) Studiums. In dieser langen Zeitspanne ist man zwar ab und zu sicherlich auch studierend, aber ganz oft auch feiernd, faulenzend, fußballspielend und was sonst noch alles.

Und dann auch noch dieses Stottern, in der Fachsprache Glottisschlag oder Knacklaut genannt. Als ich das vor Jahren zum ersten Mal hörte, angewandt von einem jungen Mann, der einen Vortrag über Rechtsextremismus hielt, dachte ich noch, ach der Arme, was hat er nur? Und jetzt: Allüberall wird pausiert und alle

Geschlechter, die sich weder zu den Männern noch zu den Frauen zählen, die bei der ausgesprochenen Form genannt werden, sollen sich in der Pause mitgemeint fühlen, so wie vorher angeblich die Frauen in der vermeintlich männlichen Pluralform, und genau das passt diesen Gruppen jetzt natürlich genauso wenig wie vorher den Frauen. Stellt sich natürlich die Frage, wie man die sogenannten Drittgeschlechtler jetzt noch unterbekommt und die Sprache schön, lesbar, sprechbar und verständlich hält. Da hilft es zumindest schon, dass das Binnen-I auf dem absteigenden Ast ist, weil Feministinnen es als Phallussymbol entlarvt haben.

Ja, ich suche Argumente gegen das Gendern, und die gibt es zuhauf – nicht nur von rückwärtsgewandten konservativen Männern, die glauben, ihre über die Jahrhunderte gesicherten Pfründe schwömmen mit der expliziten Nennung von Frauen endgültig davon, sondern auch von Sprachwissenschaftlerinnen und Sprachwissenschaftlern, Autorinnen und Autoren. Sie sehen, ich tue mich schwer damit, denn seit das grammatische Geschlecht mit dem biologischen gleichgesetzt wurde, haben wir uns selbst eine Aufgabe gestellt, die nicht einfach zu lösen ist, um nicht zu sagen, gar nicht. Und ja, ich möchte auch mitgemeint sein, so wie Marlies Krämer, die von ihrem Geldinstitut gerne als Kundin bezeichnet werden wollte. Zu Recht, finde ich, und ohne großen Aufwand umzusetzen. Und ja, ich sehe das Problem, dass man bei „Arzt" oder „Chef" viel eher an einen Mann denkt als an eine Frau. Aber ist das bei „Führungskraft" wirklich anders, nur weil der Ausdruck geschlechtsneutral ist? Hängt das nicht viel mehr mit dem Denken zusammen und traurigerweise auch mit der Realität, insbesondere in den Führungsetagen? Und ist es vielleicht erstrebenswert, außer im Amtsdeutsch nur noch vom „Lehrkörper" oder der „Belegschaft" zu sprechen? Wo sind die Menschen hinter diesen Begriffen und treten Frauen dahinter nicht genauso zurück wie früher, wenn auch gemeinsam mit den Männern?

Man findet im Netz eine Vielzahl an Veröffentlichungen, die sich vehement für das Gendern aussprechen, genauso wie für einen kritischen Blick darauf. Da geht es um Gleichberechtigung und das Gestalten der Gesellschaft durch Sprache. Da geht es um ein Luxusproblem geistiger Eliten. Da geht es um Jahrtausende alte von Männern geprägte Sprache. Da geht es um Sprachherkunft, Verständlichkeit und Schönheit der Sprache. Und um eine ständige Weiterentwicklung derselben. Sicher werden wir in hundert Jahren anders sprechen als jetzt. Genauso wie wir uns an das Fehlen der Fräuleins gewöhnt haben, können wir uns an den Glottisschlag gewöhnen. Wenn wir es wollen und wenn es nützt. (Nur als kleine Anmerkung: Die gesellschaftliche Benachteiligung von Frauen wurde mit der Abschaffung des Fräuleins leider nicht abgeschafft und besteht bis heute. Kann Sprache Gesellschaft verändern? Müsste dann nicht in Ländern, in denen seit jeher genderneutral gesprochen wird, weil es sich sprachgeschichtlich so ergeben hat, wie beispielsweise in der Türkei, die Frage nach der Gleichberechtigung der Frau längst gelöst sein?)

Ich persönlich werde erstmal nicht auf den Genderzug aufspringen. Er fährt mir noch so ein bisschen planlos umher und ich habe ein wenig Angst, dass er sich, getrieben von den unterschiedlichsten Lokführerinnen und Lokführern, noch ganz schön verfahren kann. Bis dahin werde ich in meinen Texten versuchen, mit den vorhandenen, wenn Sie so wollen, den althergebrachten Mitteln, so genau wie möglich zu schreiben. Und dann plädiere ich mit dem Rest meines diesbezüglichen feministischen Bewusstseins für die Anwendung des generischen Femininums, wie es beispielsweise seit 2011 an der Uni Leipzig praktiziert wird. Unter der weiblichen Bezeichnung sind hier einfach alle mitgemeint, wenn es keine Notwendigkeit zur geschlechterspezifischen Differenzierung gibt. Da müssten sich die Männer zwar umgewöhnen und könnten mal die nächsten, sagen wir 2000, Jahre in den (Stöckel-) Schuhen ihrer Gegenüber laufen. Aber ich denke, sie würden das schaffen. Sie sind ja keine Memmen.

Quellen:

https://www.zeit.de/politik/2021-02/gendergerechte-sprache-gendern-politikpodcast
Zuletzt angehört am 7.3.2021

https://www.mathilde-frauenzeitung.de/archiv/131-30sprachwandel.html

Zuletzt angesehen am 7.3.2021

https://www.welt.de/debatte/kommentare/article227000843/Sprache-Gendern-das-erinnert-mich-inzwischen-an-einen-Fleischwolf.html

Zuletzt angehört am 7.3.2021

https://www.welt.de/debatte/kommentare/article208784753/Gender-Debatte-Die-Aufregung-ueber-die-Gender-Sprache-ist-undemokratisch.html

Zuletzt angehört am 7.3.2021

Traudi Spezial

(oder geht das nur mir so?)

Meine Zeit! Meine!

In Wartezimmern gesessen und gewartet habe ich schon oft und lange. Sehr oft und sehr lange. Ich weiß nicht warum, aber letzten Mittwoch war der Tag, an dem sich in der dritten Stunde meines Wartens in einer Gießener Facharztpraxis so ein zunehmend aggressives Kribbeln in mir ausbreitete. Am 7.2.2018 wollte ich es nicht mehr hinnehmen, dass man mich minutengenau um 9:20 Uhr bestellt und sich um 11:30 immer noch nichts, NICHTS, getan hatte. Zumindest nicht für mich. Um mich herum kamen und gingen die Menschen, verschwanden in den vielen Gängen und Behandlungszimmern. Engagierte Medizinische Fachangestellte an den Rezeptionen werden mir vorwerfen, dass ich das ausgeklügelte Praxismanagementsystem nicht verstehe, und da haben sie auch genau recht. Erklären Sie mir bitte, warum einige Praxen ihre minutengenauen Terminvergaben mit einem Spielraum von zehn oder zwanzig Minuten einhalten und andere nicht? Weil es ihnen egal ist, vielleicht, wie lange die Patienten warten? Ich glaube schon! Um meinen Termin um 9:20 Uhr einhalten zu können und nicht zu spät zu kommen, organisierte ich einen Schulfahrdienst für mein Kind und sagte eine morgendliche Besprechung an der Arbeit ab – all das hätte ich in meiner Wartezeit noch locker geschafft! Mein Auto parkte ich ganz schnell in der erstbesten freien Lücke und schmiss meinen letzten Euro in den Parkautomaten. Für eine Stunde, was, zugegeben, optimistisch war.

Um 11:30 schließlich fragte ich, wann ich denn drankäme, und durfte mich dann auch schon bald in eines der vielen Behandlungszimmer setzen, um noch ein wenig weiterzuwarten. Wenn um zwölf keiner hier ist, gehe ich, dachte ich und merkte, wie mir der Kamm schwoll. Um fünf vor zwölf kam der Arzt und fragte mich, ob der Grund für mein Hiersein ein Berufsunfall sei, denn dann dürfe er mich gar nicht behandeln. Das hätte man natürlich unmöglich bei der Anmeldung abklären können, aber es war privat passiert. Ich hatte Glück.

Allerdings hatte ich mir während des zweieinhalbstündigen Wartens vorgenommen, diesen verschwenderischen Umgang mit meiner Zeit nicht unkommentiert zu lassen, und sagte dem Arzt, dass ich das doch ganz schön lang fände. Er und seine Sprechstundenhilfe schauten sehr überrascht. Offenbar war es das erste Mal, dass jemand sich darüber beschwerte. Wenn ich mit ihm sprechen wolle, müsse ich das in Kauf nehmen, sagte er lapidar und erläuterte mir seine Arbeitsweise. Schließlich müsse er in erster Linie darauf achten, was mit seiner Zeit sei. Die wahrscheinlich auch wertvoller ist als meine und die der anderen Wartenden, dachte ich, und fand es auf einmal sehr arrogant, dass jemand sich anmaßt, seine Zeit über meine zu stellen (auch wenn sie besser bezahlt ist), mir Stress mit meinen Terminen zu machen, und gar nicht auf die Idee kommt, dass daran irgendetwas nicht in Ordnung sein könnte. Es ist meine Zeit, MEINE! Ich bin hier die Kundin, dachte ich, und ich hatte einen Termin. Ich hatte nichts von einem Notfall mitbekommen, es gab also keinen Grund für das Warten, außer dass es den Wartenlassenden egal ist. Einfach, weil es immer so ist.

Es gibt aber auch keinen Grund, dachte ich, meinen Unmut darüber nicht kundzutun. Man hat ja als Kassenpatientin Ärzten gegenüber immer so eine leicht devote Grundhaltung. Oder hätten Sie vielleicht bei Ihrer Friseurin oder Podologin ein Problem, ihr die Meinung zu sagen, wenn sie Sie zweieinhalb Stunden warten ließe? Man kann dankbar sein, dass man behandelt wird und der Arzt einem fünf bis zehn Minuten seiner Zeit schenkt - das ist doch die gängige Einstellung. Man will ja auch nicht gleich die Stimmung versauen und die kostbare Zeit des Arztes mit solchen Nebenschauplätzen verplempern. Ich habe diese Haltung auch, und sie sitzt tief. Anerzogen über Generationen von Kassenpatienten. Seit dem 7.2. werde ich dagegen angehen. Ich möchte nicht halbe Tage im Wartezimmer sitzen und ich möchte als Patientin ernstgenommen werden. Noch so eine ungeheure Forderung, aber für die reicht hier der Platz nicht. Die nächste Gelegenheit zur Einübung dieser neuen Kompetenz bahnt sich schon an: Ich habe eine Überweisung zu einem weiteren Spezialisten bekommen. „Da müssen Sie dann aber etwas Zeit mitbringen", riet mir der Arzt, denn da würde es wirklich lange dauern. Schönen Dank auch.

Als ich zu meinem Auto zurückkam, hing eine kleine Aufmerksamkeit vom Gießener Ordnungsamt an der Windschutzscheibe, und mich beschlich der Verdacht einer unheiligen Zusammenarbeit, dem ich aber aus Zeitgründen nicht weiter nachgegangen bin. In den Nachrichten erfuhr ich, dass meine Wartezeit anderswo erfolgreicher genutzt worden war: In Berlin war der Koalitionsvertrag fertig geworden. Was lange währt - aber das weiß man ja heute auch nicht ...

Muttersprache

Als mein drittes Buch erschienen ist, dauerte es nicht lange, bis ich von verschiedenen Seiten darauf hingewiesen wurde, dass in meinen neueren Texten viel zu viel Englisch drin sei. Ich schaute sie durch und stellte fest, ja, es ist viel Englisch darin und die Verwendung desselben erfolgt erschreckend selbstverständlich. Zum Beispiel mit der Absicht, mich darüber lustig zu machen, wie hierzulande Grillsaucen beworben werden, nämlich völlig inhaltsfrei als „Spicy and Smokey", „Smooth and Smokey" oder „Rich and Smokey". Ein anderes Mal wieder mit Absicht, weil ich manche Wörter fast schon Deutsch finde und sie so gerne mag, etwa „stylish" oder „To-do-Liste". Natürlich könnte man statt „stylish" „modern" oder „stilvoll" sagen und die „To-do-Liste" durch „Noch zu erledigen" oder so ersetzen, aber irgendwie trifft es das nicht so ganz, finde ich, zumal den deutschen Wörtern oft das Augenzwinkern fehlt, das man bei einem Wort wie „chillen" gratis dazubekommt.

Ich liebe das Spiel mit verschiedenen Wörtern aus verschiedenen Sprachen und bin daher zum einen also wirklich keine Freundin davon, zwanghaft englische Wörter ins Deutsche zu übertragen, wie etwa „Klapprechner" für „Laptop", „Schnellkost" für „Fastfood" oder „Müllbrief" für „Spam" zu verwenden. Zum anderen finde ich die inflationäre und häufig unnötige Verwendung von englischen Wörtern wie „Facility Manager" statt „Hausmeister", „CEO" (= Chief Executive Officer) für den „Geschäftsführenden Vorstand" oder den „Low Cost Carrier" für den „Billigflieger", auch wenn derselbe in Englisch etwas seriöser klingt, völlig überzogen. (By the way oder übrigens, wie der deutsche Hardliner sagen würde, ist morgen „Tag der Schachtelsätze"! Raten Sie mal, wen das freut!) Stellt sich bezüglich der Verwendung von Anglizismen die Frage, ob hier Weltoffenheit auf Abschottung trifft, und ob die Verwendung englischer Wörter ein Zeichen für die beständige, rege und interessierte Teilnahme am aktuellen Leben ist oder einen baldigen Verlust der Muttersprache zur Folge hat. Bei der Diskussion dieser Frage sei darauf hingewiesen, dass viele vermeintlich deutsche Wörter in grauer Vorzeit einen englischen Hintergrund hatten: „Keks" zum Beispiel stammt von „cakes" und der „Schal" von „shawl".

Was seit geraumer Zeit zusätzlich zu den vielen Anglizismen auffällt, ist die eingedeutschte Verwendung amerikanischer Redewendungen: „Ich bin fein damit", hört man jetzt ganz häufig ganz coole Hipster sagen. (Übrigens motzt die Rechtschreibsoftware weder bei „cool" noch bei „Hipster" noch bei sich selbst.) Oder, ganz besonders intellektuell: „Am Ende des Tages..." ist dies und das zu erwarten, und wenn man ganz viel Glück hat, erinnert man es hinterher sogar noch. **An** etwas erinnern **sich** tatsächlich wohl nur noch die ewig Gestrigen. Die kleine Präposition und das unschuldige Reflexivpronomen fallen ebenso der freundlichen Übernahme aus dem Englischen zum Opfer wie Pronomen und Dativ in „sich mit jemandem treffen", das heute ganz oft und verkürzt nur noch „jemanden treffen" heißt und das schon so selbstverständlich, dass man darin gar nichts Falsches mehr sieht. Vielleicht auch deshalb, weil es so schön einfach ist und sich gut anfühlt und anhört. Keep it small and simple, würde ich sagen, oder: Es macht Sinn, und auch das macht es nur, weil es aus dem Englischen kommt. Eigentlich ergibt etwas einen Sinn oder ist sinnvoll. Aber macht das eigentlich einen Unterschied?

Am Mittwoch war Tag der Muttersprache, Grund genug, sich also wieder mal mit ihr zu beschäftigen, dachte ich, wobei meine Muttersprache – ich muss es so deutlich sagen – auch nicht ganz astrein ist. Ich komme nämlich aus einem kleinen Dorf, in das sich noch niemals auch nur der kleinste Akkusativ hin verirrt hat. Hier sagt man „eenichneicht" statt „vorgestern", „Kirwich" statt „Friedhof" oder „Träudje" statt Traudi. (Letzeres hat mir den Abschied aus der Glücksoase meiner Kindheit doch sehr erleichtert.) Früher hatten sich nur französische Wörter in dieses herrliche Idiom eingeschlichen. „Trottewar" für „Gehweg" etwa oder „Schesslong" für „Sofa". Heute schleichen sich – und das ist das eigentlich Bedenkliche – immer mehr hochdeutsche Wörter in unseren Dorfdialekt und ich fürchte, er geht für immer verloren. Dabei kann man nichts aus dem Dorfgeschehen so schön ausdrücken wie mit den dorfeigenen Hausnamen und den dazugehörigen Vokabeln: In dem Satz „Eenichneicht kohm Eisekriechersch Katje ogewerchelt" steckt eine ganze Welt. Welche das ist? Das verrate ich nur auf persönliche Nachfrage.

Prosopagno- was?

„Siehst du die Frau, die dahinten steht? Die jetzt auf uns zukommt. Die kenn' ich von irgendwo her. Wie heißt die nur?" „Ja, ich kenne die auch. Aber wie die heißt?" „Sabine?" „Wäre in unserem Alter eine Wahrscheinlichkeit von 40%". „Woher kenne ich die nur?" „Heike wäre auch gut möglich."

Kennen Sie solche Gespräche und finden Sie nicht auch, dass sie sich erschreckend häufen? Als ich vor Jahren realisierte, dass ich mir immer schlechter Menschen merken konnte und dass mir immer häufiger Namen auch von alten Bekannten – glücklicherweise nur vorübergehend – entfielen, dachte ich noch nicht, dass es etwas mit dem Alter zu tun haben könnte. Viel eher gefiel mir der Gedanke, unter dem gleichen Syndrom zu leiden wie Bratt Pitt: Prosopagnosie ist der wissenschaftliche Name dafür, dass man sich keine Gesichter merken kann und somit dauernd neue Leute kennenlernt, die das ihrerseits gar nicht so furchtbar lustig finden. Schließlich heißt es ja, dass man selbst zu uninteressant ist, um beim Gegenüber einen so nachhaltigen Eindruck zu hinterlassen, dass er einen bei einer zweiten Begegnung wieder erkennt. Doch das mit den Gesichtern ist nur ein Teil der Wahrheit. Der andere Teil ist tatsächlich, dass mir immer mehr und öfter Namen abhandenkommen. Früher war das nicht so.

Die 700 Einwohner meines Heimatdorfes zu einem beliebigen Zeitpunkt in den Siebzigerjahren könnte ich wahrscheinlich jetzt noch lückenlos aufzählen, mit Hausnamen natürlich und meistens auch mit Verwandtschaftsgrad. Mindestens einmal die Woche schauten die meisten bei uns im Edeka-Laden vorbei, und wen man nicht kannte, hinter dem wurden so lange Nachforschungen angestellt, bis man wusste, was diese Person in Heubach machte, wo sie wohnte und mit wem sie verwandt oder zumindest bekannt war. Denn sonst wäre sie ja nicht hier. Das passierte vielleicht viermal im Jahr und war somit durchaus überschaubar. Später in der Schulzeit und in der Ausbildung ging es mit den vielen neuen Gesichtern eigentlich auch noch ganz gut, auch wenn ich schon auf unserem ersten Abi-Treffen (mit 24!) Stein und Bein geschworen hätte, mindestens die Hälfte der anwesenden Personen noch nie gesehen zu haben. Und es wurde nicht besser. Mit zunehmender Komplexität des Lebens, sei es im Job, im Freundeskreis, der Familie oder der Digitalisierung, schwand meine Fähigkeit, mir Menschen zu merken. Es ist aber auch so ein schreckliches Kommen und Gehen, finden Sie nicht?

Ganz normal, heißt es in verschiedenen Veröffentlichungen und das sagen im Übrigen auch verschiedene Gedächtnistrainer und haben jede Menge Tipps für Namensversager wie mich, die ich aber gleich, nachdem ich von ihnen hörte, schon wieder vergessen hatte …

Als dieses partielle Hirnversagen sich anfänglich manifestierte, versuchte ich es noch zu überspielen und so zu tun, als hätte ich die Person, die seit zehn Minuten mit mir sprach, natürlich von Anfang an erkannt. Ich hatte die Hoffnung, dass sich im Lauf des Gesprächs herausstellen würde, woher wir uns kennen und worüber man sich dann auch etwas zielgerichteter unterhalten könnte. Bis ich dann merkte, dass dies nicht der Fall sein würde, war es meist zu spät, um zu fragen: „Entschuldige bitte, ich finde unser Gespräch zwar wirklich interessant, aber wie ist nochmal dein Name und woher und seit wann kennen wir uns eigentlich?" Manchmal fiel mir es dann Tage später beim Duschen oder beim Frühstück ein; einmal war ich so verzweifelt, weil im Rahmen einer Veranstaltung eine Person so gezielt nach dem Befinden meiner Kinder und nach meinem Mann fragte, dass ich später ein Foto in die Menge machte, zuhause auf die Person zoomte und meinen Mann fragte, ob er sie wohl kennt. Es dauerte zwar auch bei ihm eine Weile, aber am Ende konnte er mir tatsächlich sagen, mit wem ich am Abend zuvor über ihn gesprochen hatte. Manchmal, wenn ich eine leise Ahnung habe, wer es sein könnte, oder wenn ich die Funktion einer Person weiß, googele ich sie auch oder schaue sonstwo – beispielsweise in alten Zeitungsberichten, gerne auch von mir selbst verfasst – nach, um wen es sich handeln könnte.

Manchmal habe ich meine Gesprächspartner auch schon der falschen Zielgruppe zugeordnet und mich dann mit ihnen zwar gut über ein bestimmtes Thema unterhalten, das am Ende aber viel eher in einen anderen Zusammenhang gepasst hätte. In diesem Fall bin ich ganz froh, dass ich keine geheimen Neigungen habe.

Das ist zwar manchmal langweilig, aber man stelle sich mal vor, man glaube, jemanden aus dem Swinger-Club zu kennen und dabei ist der Geschäftsführer einer Bank! Bestenfalls wäre er beides, was nur geringfügig weniger peinlich wäre.

Letztens auf besagter Party, wo wir über die Namen verschiedenster Gäste sinnierten und froh waren, damit auch im Alter noch einen sinnvollen Zeitvertreib gefunden zu haben, grüßte mich auf dem Weg zur Toilette eine Frau, die mir wirklich sehr bekannt vorkam, ganz besonders herzlich. Natürlich wusste ich nicht, woher ich sie kenne und wie sie heißt und ich saß auf der Toilette und überlegte, wie ich jetzt am geschicktesten an ihr vorbeikommen würde, denn einen anderen Weg gab es nicht. Ohne weiteren Plan machte ich mich also auf den Rückweg und war ganz ängstlich, als die Frau auf mich zukam und mit ihr eine weitere Stunde der Wahrheit nahte. „Also, ich weiß, dass wir uns kennen", sprach sie mich an, „aber mir fällt grade dein Name nicht ein." „Ach", antwortete ich großzügig, „das macht doch nichts." Wir machten uns – vermutlich zum wiederholten Mal - bekannt und verbrachten dann noch ein paar schöne Stunden zusammen. Eins steht fest: Man muss die Feste feiern, wie sie fallen, denn wer weiß, ob wir uns beim nächsten Treffen wiedererkennen.

Digital Virgin

„Ja dann schicken wir es mal ein." – Mit diesen Worten hieß vor wenigen Tagen Abschiednehmen von meinem Handy. Es begannen die spannendsten zwölf Stunden meines Lebens, denn ich war nicht nur 12 Stunden off, ich wusste auch nicht, ob ich jemals wieder so digital werden würde wie vorher. Und das kam so:

Mein I-Phone ging kaputt. Also, nicht richtig, nur die Entsperrung via Fingerabdruck funktionierte nicht mehr – sehr lästig, wenn man einen ansonsten sechsstelligen Code hat und immer mal wieder gerne schnell ein wenig daddeln will. An der Kasse, auf dem Klo, an der Ampel, in der Schlange vor dem Postschalter – keine Situation ohne Beschäftigung, in der man nicht mal schnell Mails checkt, Nachrichten abholt oder das Zeitgeschehen verfolgt, wenn auch nur in Stichpunkten.

Und nun ging das nicht mehr so einfach, und ich stiefelte mit meinem Handy in den Laden meines Vertrauens. Da müsste ich erstmal die Apple-Hotline anrufen, hieß es, nachdem ich zwanzig Minuten auf meinen Auftritt gewartet hatte, vorher könne man da im Fachhandel gar nichts sagen. Ganz gehorsame Kundin, ging ich nachhause und versuchte es mit der Apple-Hotline. Natürlich hatte ich anderes zu tun, als zwei Stunden auf Empfang zu warten, aber was macht man nicht alles für sein Handy. Irgendwann musste ich Schlafengehen und meldete mich bei Apple für einen Rückruf am nächsten Tag um neun Uhr an. Und was soll ich sagen: Pünktlich um neun klingelte mein Handy, und Ravindra aus Irland war dran, um sich mit mir über mein Problem zu unterhalten. Ich sagte ihm meine IMEI-Nummer (von der ich bis dahin gar nichts wusste) und mit ein, zwei Klicks war Ravindra auf meinem Handy, um eine Ferndiagnose zu erstellen. Darüber wollte ich lieber nicht nachdenken. „Ihre Touch-ID-Funktion ist kaputt", sagte er mir. Das hatte ich zwar schon gewusst, weil ich ihn ja deswegen angerufen hatte, aber ich freute mich, dass Ravindra meine Einschätzung teilte. Mit dieser Erkenntnis ging ich wieder in den Handyladen meines Vertrauens, um um Reparatur oder gar Umtausch bitten. „Bist du denn sicher, dass die Touch-Funktion wirklich nicht geht", fragte mich ein anderer Mitarbeiter als vorher. Er glaubte mir erst, als ich von meinem Gespräch mit seinem Quasi-Kollegen Ravindra erzählte. Der fremde Mann in Irland ist also vertrauenswürdiger als die bekannte Frau in Alsfeld.

„Ja dann schicken wir es mal ein", sagte er, und fügte hinzu, dass der Umtausch bzw. die Reparatur gerne 10 Tage dauern könne. 10 Tage? Ohne Handy? Auf gar keinen Fall! Ich muss erreichbar sein. Ich habe Familie, Freunde, Kunden – so geht das nicht! Am Horizont erschien wie ein Silberstreif eine Ahnung von einer lang vergangenen handylosen Zeit, die Entspannung und Entschleunigung verhieß, aber was ist das schon im Gegensatz zur unbeschränkten Erreichbarkeit?

Ich nahm alle Sperrcodes aus meinem Handy und übergab es dem Mann. Schweren Herzens. Zuvor hatte ich die SIM-Karte entfernt, um sie in ein anderes Übergangshandy zu stecken, das noch aufzutreiben war. Meine digitale Identität stand auf dem Spiel. Kurz bevor der Mann sich mein Handy nahm, kam eine WhatsApp. Ich war überrascht, denn ich war der Meinung, dass sich alles auf der SIM-Karte abspielt, und schaute mir das Handy, das ich völlig entsperrt in fremde Hände geben wollte, genauer an. DA WAR ALLES NOCH DRAUF! Fotos, Mails, Chats, Kontakte, Kalender – ALLES. Klar mache ich nichts Verbotenes. Ich habe nicht mal Nacktfotos oder irgendwelchen Schweinekram auf meinem Handy. Aber irgendwie wollte ich auch nicht, dass jetzt irgendwer alles sieht und sich am Ende zu Tode langweilen würde. Das wäre aber jetzt so, kriegte ich auf meine panische Frage zur Antwort. Und wenn mein Handy ausgetauscht würde, würde es mit allen Daten drauf in die ewigen Mobilphone-Jagdgründe eingehen und ich hätte nie wieder, nie wieder unter Kontrolle, was damit passiert. (Ja, ich weiß, das habe ich jetzt auch nicht, aber ich kann wenigstens so tun, als ob.) „Ich kann es plattmachen", bot mir der freundliche Herr an, „dann ist nix mehr drauf." Nun mache ich tatsächlich jeden Tag ein Backup (das Ergebnis der einen oder anderen schmerzhaften Erfahrung), aber ich fragte mich, ob wohl auch wirklich alles gesichert sei, was mir wichtig ist. „Dann nehme ich es nochmal mit nachhause und schaue nach dem Backup", sagte ich. „Das ist aber blöd, ich habe jetzt schon alles im System veranlasst", bekam ich zur Antwort. „Wenn ich das Handy nicht verpacke, geht morgen ein Paket leer auf die Reise." Warum das so war, habe ich zwar nicht verstanden, aber ich wollte dem System natürlich auch keine Unannehmlichkeiten machen, also holte ich tief Luft und sagte todesmutig: „Dann mach's jetzt platt!"

Zwei Sekunden später stand ich ohne jegliche digitale Vergangenheit im Handyladen und konnte nicht mal mehr auf die Uhr schauen. In einer Stunde würde ich einen wichtigen Termin haben und war jetzt nicht mehr erreichbar, wenn sich etwas verschöbe. (Es war die Art Termin unter Frauen, die meist kurzfristig noch viele Abstimmungen in der Gruppe erfordern – ich war so gut wie raus!) Panik befiel mich. Sollten meine Kinder feststellen, dass kein Brot mehr im Haus ist, würden sie mich nicht anrufen können. Und sollte einer meiner Bekannten mir von seinem neuesten Ernährungskonzept erzählen wollen, würde er vor verschlossenen Ports stehen. Ich fragte mich, wann ich endgültig in Vergessenheit geraten würde – vermutlich würde ich den nächsten Tag schon nicht überstehen. Ein Ersatzhandy musste herbei – auch um zu klären, ob das mit dem Backup wirklich funktioniert hat. Je mehr ich über das Backup nachdachte, umso dringlicher stellte sich mir die Frage, was wohl alles gesichert wird außer den Terminen. Ich wusste es wirklich nicht (Wie blöd kann man eigentlich sein?) und zog die Möglichkeit in Erwägung, dass so ziemlich alles weg sein könnte. Einmal spontan „Mach's jetzt platt" gesagt, und schon geht's zurück in die Steinzeit. Ich wäre von der Local Playerin zur Digital Virgin geworden. Von Mrs (vermeintlich) Wichtig zur digitalen Jungfrau ohne Vergangenheit. Und was soll ich sagen: Nachdem die erste Panik-Hitzewelle sich gelegt hatte, fühlte es sich gar nicht so schlecht an ... Ich fand die Frage spannend, welche von meinen 500 Kontakten ich mir dringend und ganz schnell wieder besorgen würde und kam auf vielleicht 30. Und ich fragte mich auch, um welche der 2.000 Fotos es mir wirklich leidtun würde, wenn ich ohnehin nichts mit ihnen anfing, als sie auf meinem Handy in der Gegend herumzutragen. Es war so ein bisschen wie die Vorstellung, wenn auf einmal aller Schrott von Dachboden oder aus dem Keller verschwunden wäre, ohne dass man hätte aufräumen müssen. Während ich so darüber nachdachte und mich unglaublich mutig fand, schritten meine analogen 12 Stunden (davon sechs Stunden Schlaf) voran:

An der Ladenkasse schaute ich wieder die Leute um mich herum an und philosophierte heimlich über ihre Einkäufe in Zusammenhang mit ihrem von mir erdachten Leben. An der Ampel schaute ich zu dem vertrauten Handy-Platz im Auto, der verwaist war. Vor meiner Abfahrt hatte ich meine Kinder angewiesen, den Papa anzurufen, falls was sein sollte. (Es ist ja immer irgendwas.) Mein letzter E-Mail-Check-Griff am Abend ging ins Leere, ebenso wie der erste am nächsten Morgen. Als meine Freundin mir wenige Stunden später ein Ersatz-I-Phone vorbeibrachte und ich es quasi in Windeseile zu meinem eigenen machen konnte, war ich zwar erleichtert, weil ALLES, ALLES wie von Zauberhand wieder da war, allerdings war es mir auch ein wenig mulmig, weil man ja nun auch weiß, dass das mit der Zauberhand irgendwie übergriffig sein könnte. Ob am Ende gar der ferne Ravindra seine Hände im Spiel hatte? Ach was soll's?! Ist ja eigentlich auch egal. Hauptsache wieder on, Hauptsache wieder die Alte mit den ganzen alten Daten. Denn wer will schon zurück in die Steinzeit? Also ich nicht!

Lost in Strebendorf

Wenn ich während der Schulzeit frei oder Urlaub habe, klingelt mein Wecker um viertel vor sieben statt um viertel vor sechs. Meistens wache ich dann um viertel vor sechs schon mal prophylaktisch kurz auf und freue mich schlaftrunken, dass ich noch ein Stündchen schlafen kann. Diese eine Stunde nutze ich dann, um den größten Unsinn ever zu träumen. Heute habe ich in dieser Zeit mit Boris Becker um das Sorgerecht eines kleinen Jungen gestritten. Ich nehme an, es war unser gemeinsames Kind. Waahh! Ich hatte mich mit ihm, also dem Jungen, in einer dunklen Kaschemme verschanzt, aber Boris Becker hatte uns aufgespürt, und die Barfrau, die auf meiner Seite war, versuchte nun, ihn wieder loszuwerden. Gleichzeitig kam noch ein Mann von der Wasserschutzbehörde, der irgendein Gebiet zum Wasserschutzgebiet erklären wollte, womit ich zusätzlich zu kämpfen hatte, warum auch immer – nicht, dass ein Kind von Boris Becker schon schlimm genug wäre.

Wenn man davon ausgeht, dass man in seinen Träumen Dinge verarbeitet, die irgendwie mit einem selbst zu haben, wäre das Boris-Becker-Wasserschutz-Ding wirklich ein Anlass, jede erdenkliche Menge Geldes in die Hand zu nehmen und eine Expertin zu befragen, was es damit auf sich hat. Nachdem ich mich im Bad fertiggemacht hatte, und Boris Becker in dem warmen Abwasser meiner Dusche mit weggespült hatte, wollte ich es gar nicht mehr wissen. Ich hätte auch meinen Mann nicht mit irgendwelchen sich vielleicht offenbarenden geheimen Sehnsüchten belasten wollen. Und mich ehrlich gesagt auch nicht.

Es ist schon völlig irre, was man so träumt, im Schlaf, wenn man die Kontrolle über sich selbst abgibt – und zwar an das Stammhirn, wie ich gelesen haben, einer entwicklungsgeschichtlich uralten Region des Hirns, wo essenzielle Funktionen wie Atmung, Herzschlag, Schlaf und Hunger kontrolliert werden. Dort werden hin und wieder zufällige Erregungsmuster abgefeuert, die dann, wenn wir wach sind, vom Großhirn einem Realitätscheck unterzogen werden. Danke, liebes Großhirn! Aber dazu muss man halt wach sein und das ist man ja nicht, wenn man schläft. Und da passieren dann die merkwürdigsten Dinge: Einmal hatte ich mich in Strebendorf verirrt. Strebendorf ist sechs Quadratkilometer groß und hat 264 Einwohner. In Gegensatz zu vielen anderen Dörfern dieser Größe verfügt es über ein sehr komplexes Straßennetz, das in meinem Traum noch durch einen Ring rund um den Ort ergänzt wurde. Ich weiß nicht, warum ich dort war, aber ich kam nicht wieder raus. Jetzt ist es zwar möglich, dass es das ist, was manche Strebendorfer jeden Tag erleben, aber was um Himmels Willen hatte ich damit zu tun? Ich war „Lost in Strebendorf", konnte versuchen, was ich wollte, und kam nicht weg. Erst als ich aufwachte und das auch noch völlig unerwartet in meinem Bett in Altenburg, dem Schwabing von Alsfeld (Wir erinnern uns vielleicht – oder war das auch nur ein Traum?), war ich sehr erleichtert, nicht für den Rest meines Lebens in Strebendorf kreisen zu müssen.

Noch furchtbarer als diese Träume aber sind ja diese schlimmen nächtlichen Gedankenkarusselle, wenn man nachts aufwacht und sich das ganze unerledigte Tagewerk der vergangenen und kommenden Tage vor einem auftürmt. Aus den im Tageslicht und im Wachen betrachteten Kleinigkeiten werden unüberwindbare Probleme, Labyrinthe an nicht zu bewältigenden Aufgaben, es sei denn, man würde diese merkwürdige Schlaf-Wach-Phase schon direkt nutzen, um damit anzufangen. Eine Mücke wird zu einem Elefanten, aber, hey, es sind nur die Hormone, wie ich kürzlich las: Das Schlafhormon Melatonin und das Stresshormon Cortisol liefern sich, wenn man nachts aus Versehen wach wird, einen kleinen Wettkampf. Cortisol verliert, weil nachts weniger davon produziert wird, und dem Schlafhormon erscheinen unsere Aufgaben natürlich als viel zu groß. Seit ich das weiß, sage ich nachts immer zu mir, hey, es sind nur die Hormone, aber denen ist das egal. Morgens ist dann glücklicherweise meist alles wieder gut – sofern man doch noch ein wenig Schlaf gefunden hat.

Das mit dem Schlaf ist schon eine merkwürdige Sache. Wenn man schläft, merkt man es nicht, nur wenn man nicht schläft, dann belastet es einen. Und wenn man so Sachen träumt wie die Geschichte mit Boris Becker, von der man in dem Moment sogar überzeugt ist, dass sie wahr ist, das belastet einen natürlich auch. Es sei denn, man ist Lilli Becker. Aber die bin ja nicht. Was auch wieder schön ist. Es gibt ja so Träume, in denen man sogar mitträumt, dass es ein Traum sein möge, aber es scheint ja keiner zu sein – bis zu dem Moment, wo man dann doch wach wird. Kann man eigentlich seinem Verstand, seinem Gehirn und sich selbst noch trauen, wenn man imstande ist, in unkontrollierten Momenten so einen Unsinn zu fabrizieren?

Es wird uns nichts anderes übrigbleiben, denke ich. Sehen wir es als nächtliches Entertainment, als Action- oder Abenteuerfilm, oder als Liebensfilm mit manchmal erotischem Einschlag. Nicht, dass ich da jetzt näher drauf eingehen wollte. Und das Schöne: Selbst die längste Reise mit Boris Becker in Strebendorf ist am nächsten Morgen wieder vorbei. Puuh – nochmal Glück gehabt ...

Mein Date mit mir

Heute hätte ich beinah ein schönes Date gehabt. Mit mir. Aber ich musste es absagen. Aus Zeitgründen. Schade eigentlich. Und nicht nur ein weiteres Beispiel misslungenem Zeitmanagements, sondern auch – und das ganz besonders – ein weiteres Symptom von fehlgeleiteter Kommunikation im Jahr 2019, im Zeitalter von E-Mail, WhatsApp, I-Message, Sprachnachrichten, Facebook-Messenger, Freisprechanlagen, Vorlese- und Schreib-Apps, Memes und unendlich vielen Emojis in politisch korrekten Hautfarben, Ausführungen und Symbolbildern. Ich denke bei Letzterem gerne an den lachenden Kackehaufen, den die Sprachausgabe mit „grinsender Hundehaufen" beschreibt und den ich aufgrund fehlenden Anlasses noch nie verwendet habe. Ich stehe mehr so auf das Äffchen, das sich die Augen zuhält. Passt fast immer. Zumindest bei mir. Aber das nur am Rande.

„Hi! Hast du heute Zeit für ein schönes Mittagessen bei Vincenzo? Grüße von Traudi". Diese schöne Mail erhielt ich gestern Morgen und während ich mich noch über die nette Einladung freute, merkte ich, dass ich sie an mich selbst geschickt hatte. Eigentlich sollte sie an meine Freundin gehen, aber ich hatte im Eifer von etwa dreißig von gestern Abend bis heute Morgen eingegangenen und zu löschenden, zu beantwortenden oder gleich auszu-druckenden Mails den falschen Button gedrückt. Kann ja mal passieren, und es soll durchaus schon folgenreichere Verdrücker gegeben haben, etwa, wenn man sich über die unvorteilhafte Figur samt Körperbehaarung seines Chefs, den man kürzlich in der Sauna gesehen hat, auslässt und anstelle der Lieblingskollegin den kompletten Firmenverteiler drückt. Aber auch das nur am Rande. (Und, nein, das ist mir nun doch noch nicht passiert. Obwohl es möglich wäre.)

Wenigstens war ich mit meiner Einladung nicht in meinem eigenen Spam gelandet. Das ist mir nämlich auch schon passiert. Wenn ich unterwegs bin, schreibe ich gerne Mails an mich selbst mit Dingen, an die ich mich unbedingt erinnern will, wenn ich wieder am Schreibtisch sitze. Ich finde das sehr praktisch, denn ich hole meine Mails gewissenhaft ab, bearbeite oder beantworte sie oder versehe die wichtigen von ihnen mit Fähnchen, was sie früher oder später in meine unendliche Liste der offenen Aufgaben verschiebt, die ich mir in der Regel zweimal im Jahr ganz entsetzt anschaue, nur um dann festzustellen, dass sich die Welt auch ohne die vielen Dinge, die ich ganz dringend tun wollte, dann aber vergessen habe, weitergedreht hat. (Ist das jetzt beruhigend oder nimmt mir das die Daseinsberechtigung?) Da ich nun aber mit mehreren Mail-Konten arbeite, und sich das eine Mail-Konto wohl nicht mehr an das andere erinnern konnte, schob es mich in den Spam-Ordner, wo ich dann am nächsten Morgen zum Vorschein kam. Ich verschob mich selbst in den richtigen Ordner und versah mich dort mit einem Fähnchen. Und so wartet die wichtige Mail vermutlich immer noch, bis sie erledigt wird. Was war das noch gleich? Aber auch das nur am Rande. Man wird ja immer so furchtbar abgelenkt im Internet ...

Apropos abgelenkt. Die vielen neuen Kommunikationsmedien sind wahre Ablenkungseldorados. Denn niemals trifft man dort eine Information alleine. Stets ist sie umzingelt von Co-Mails und Kommentaren, von unwichtigen Kollateral-Infos und Antworten darauf. Wenn man jetzt zum Beispiel in die Runde einer WhatsApp-Gruppe fragt, wer am Schulkonzert in der Pause Getränke verkaufen will, dann melden sich vielleicht ein, zwei, die können. Die Dritte sagt, dass sie nicht könne, weil sie im Urlaub sei. „Oh, wo geht's denn hin", fragt die Nächste. „Zur Yogareise nach Griechenland", kommt die Antwort, und die Vierte wiederum: „Oh, da war ich schon, da müsst ihr unbedingt ...", und die Fünfte: „Oh, das kenn' ich, da waren wir auf Hochzeitsreise" - und irgendwann steht dann in einem Nachsatz, dass sie auch kann. Also Getränke verkaufen oder?! Und zwischen diesen Chats hatten sich auch noch weitere Mütter zu Wort gemeldet, die könnten, aber wer und wie viele? Und wollten die jetzt Getränke verkaufen oder sich zur Yogareise äußern, sich vielleicht sogar noch dafür anmelden, schließlich hatte es auch Rückfragen zum Preis und Veranstalter gegeben... Bis man sich da auf einen verlässlichen Stand gebracht hat, hätte man auch alle einmal angerufen und eine klare Strichliste gemacht. Tragisches Potenzial hat das Ganze, wenn man, so wie ich letztens, sogar eine Party verpasst, weil in der Cousins- und Cousinengruppe die Einladung zwischen einem Piggeldy-und-Frederick-Video und den Kommentaren zum letzten

Bayernspiel untergegangen ist. Und das ist ja wirklich so ärgerlich wie unnötig, denn was um Himmels Willen soll man zu einem Bayernspiel überhaupt sagen, außer, dass der Sieg natürlich verdient war, trotz des Elfmeters zugunsten der gegnerischen Mannschaft, der vom bayernfeindlichen Schiri völlig zu Unrecht gegeben wurde.

So machen die neuen Medien, die ja gar nicht mehr so neu sind, das Leben zwar gefühlt (!) leichter, aber nicht unbedingt klarer. Vieles wird unverbindlicher, weil bis zur letzten Minute änderbar. Hatte man sich früher mit den Eltern nach der Schule für halb drei in Fulda auf dem Bonifatius-Platz verabredet, war das so unumstößlich wie die Heiligenfigur auf demselben. Heute werden Ort und Zeit nicht selten bis zur letzten Minute diskutiert, variiert, prokrastiniert. Im Notfall ganz nett, im Normalfall lästig bis unartig, finde ich. Und mache selber munter bei den Spielchen mit. Bei allen. Nur wenn ich mal nicht mehr durchblicke, bin ich genervt. Wenn mein Termin – sofern ich ihn registriert habe - in der letzten Minute platzt, finde ich es kacke, aber sonst: Nee, echt nice, die neuen Medien! Und wer weiß: Wenn ich mich richtig anstrenge, schaffe ich es ja vielleicht doch nochmal zum Date mit mir.

Abrikadabri

Vergangene Woche war ich auf Zeitreise. Schön war's. Und laut. Und voll. Fast aus Versehen hatte ich nämlich in großen zeitlichen Abschnitten Konzertkarten für zwei nah beieinander liegende Ereignisse gekauft. Die Erste Allgemeine Verunsicherung traf auf Mark Forster. Oder, wie man später sagen würde, Deutlichkeit trifft Weichspüler.

Im Abstand von drei Tagen machten wir uns also auf die Socken. Konzert A war bestuhlt. Schließlich ist die Kundschaft der EAV mit den Herren selbst, die unter dem Motto „1000 Jahre EAV" auf Abschiedstournee sind, ergraut und erlahmt, schwerhörig und kurzsichtig geworden und gibt sich zu großen Teilen auch bei den krassesten Beats mit ein wenig Sitztanz zufrieden. Selbst wenn einem mal nach Aufstehen wäre, bleibt man sitzen. Man will ja keinen Ärger mit dem Hintermann. Am Anfang der Show hieß es, man dürfe nicht filmen und fotografieren, sodass nur wenige Unentwegte mal ab und an verschämt das Handy hochhielten. Man will in unserem Alter ja nix Verbotenes mehr tun. Pünktlich um 20 Uhr startete die Band ohne Vorgruppe ihr dreistündiges, pausenloses Konzert ohne viel Tamtam. Wenn man mal davon absieht, dass ihr Sänger Klaus Eberhartinger sich im Sarg rein- und später wieder raustragen ließ. Seinen gleichaltrigen Fans gab er zwischendurch noch den Tipp, immer mal mit der Hand im Blumentopf zu schlafen, damit man sich langsam an ein Dasein in der Erde gewöhnt. Ja, so san's halt, die Österreicher, a bissl morbid. Ansonsten hielten die Jungs, was sie versprachen: Sie lieferten richtig gute alte Rockmusik ohne großen Schnörkel. Den gönnten sie sich bei ihren Verkleidungen, mit denen sie sich in erster Linie selbst wahlweise erfreuten oder auf die Schippe nahmen. Das Bühnenbild war ein in unterschiedlichen Farben beleuchteter Vorhang, hinter dem Scherenschnitte wackelten, und wenn es besonders brisant wurde in den wortwitz- und anspielungsreichen Texten der Österreicher, dann mussten die Rowdies und die Kostümbildnerin als Statisten über die Bühne ziehen, wahlweise als Wildschwein, Priester, Bordsteinschwalbe oder das bekannte Burli. Kleine szenische Einlagen, bei denen man genau zuhören musste, und große politische Statements, die keine Fragen offenließen, gehörten mit zum Programm, dazu einige wehmütige

Rückblicke auf die Frage, wo wohl die letzten 40 Jahre geblieben seien. Da sich genau das das klassische EAV-Publikum auch ständig fragt, war natürlich direkt eine Basis für einen schönen gemeinsamen Abend geschaffen, der mit der zweiten Zugabe um kurz vor elf dann doch noch im Stehen endete und die Gäste mit den ewigen Ohrwürmern vom Märchenprinzen und der Fata Morgana in die Sommernacht verließ.

Drei Tage später hatte sich die Zeituhr von den 80er-Jahren vierzig Jahre weitergedreht: Für die 10er-Jahre des 21. Jahrhunderts steht wohl kaum ein anderer so wie Mark Forster, der immer lacht, der immer freundlich ist, der immer alle mitnimmt, und dessen Message „Es wird gut sowieso" so schön wie falsch ist, wie man in meinem Alter weiß, obwohl man sie gerne mitsingt und sich davon genauso gerne ein wenig einlullen lässt. Die Karten hatten wir unseren Jungs zum Geburtstag geschenkt und schon bei der Ankunft auf dem Fuldaer Uni-Platz, wo tags zuvor noch 2000 Stühle standen und sich jetzt 5000 Menschen unter 20, davon 2500 unter 10 Jahren tummelten, wurde uns klar, dass wir den Altersdurchschnitt ganz soft nach oben abrundeten.

Mit einer halben Stunde Verspätung erschien eine Vorgruppe auf der Bühne, die das Kontrastprogramm zu Mark Forsters Gute-Laune-Songs ablieferte und gute Chancen hat, am Totensonntag wieder gebucht zu werden. Eine weitere Stunde später – da war ich leider gerade auf dem nahegelegenen Dixie-Klo – brachte wohl jemand unter großem Applaus einen Mikrofonständer auf die Bühne, ein Zweiter das Mikro, ein Dritter schaltete es an. Und schon ging es los. Während ich noch mit dem Security-Mann verhandelte, ob es zu seinen Aufgaben gehörte, das Klopapier nachzufüllen – schließlich hat dies einen ganz erheblichen Sicherheitsaspekt, eine Ansicht, die er nicht mit mir teilte -, flashte Mark los und alle wippten mit. Wie schön! Die kleinsten Kids auf den Schultern ihrer Väter, textsicher bis zu „fucking Yoko Ono", von der sie ohne Mark Forster nie gehört hätten. Die größeren noch ein bisschen verschämt, damit es nicht zu peinlich wird, und die Mütter – also, die jüngeren als ich, von denen es aus irgendeinem Grund immer mehr gibt – schwangen ihre Hüften und wandten ihren Blick nicht von dem jungen Mann mit dem Basecap, dessen Name wiederum mein Mann bis zu diesem Abend nicht mal kannte. Er hatte ihn auch nicht vergessen, wozu Mark Forster in seinem Hit „Au revoir" ja geradezu auffordert. Er hatte ihn einfach noch nie gehört. Ebenso wenig wie den von Paddy Kelly, den Mark Forster während seiner Show anrief, oder den von Sido, der ebenfalls angerufen wurde, denn dies war eine explizite Handyshow. Der Rapper bestritt über Handy auf der großen Leinwand einen Song mit, auch sonst waren Handys überall, in der Luft, am Ohr – selbst mit einem relativ guten Platz mit Sicht auf die Bühne, stoppte der Blick meist an einer Wand aus Handys, die den Sound, den mein Mann mit „immer die gleichen Akkorde, dazu einfache Texte, bestehend aus Sätzen mit maximal vier Wörtern, die jeweils zweimal wiederholt und dann von einem schönen „Lalala" eingerahmt werden" beschrieb, aufnahmen, um dort für immer auf der SD-Karte zu schlummern wie alles andere auch. (Unnötig zu erwähnen, dass Textzeilen wie „Ba-Ba-Banküberfall" oder „Abrikadabri und fort war sie" dem geneigten EAV-Fan fast Grimme-Preis-verdächtig erscheinen.) Mit verschiedenen Explosionen aus den Konfettikanonen, den Rauchmaschinen und den Feuerwerkskörpern lieferten Mark Forster und seine Band eine Mega-Show ab. Wie früher auf den Kindergarten-Mitmach-Konzerten, die mir damals schon suspekt waren, machten alle (außer meinem Mann und mir) die ausgefeilten Handzeichen in Form von Herzchen, Winken und Schwimmbewegungen mit. Fuß- und rückenlahm sehnten wir uns inzwischen nach der Bestuhlung aus dem EAV-Konzert und zogen in Erwägung, das nächste Mal einen Rollator mitzunehmen, auf dem wir uns sitzend abwechseln könnten.

Vor wenigen Wochen war ich schon bei Ulla Meinecke, der Heldin meines jungen Erwachsenenlebens, gewesen, bald steht noch Konstantin Wecker auf dem Programm, dem ich in noch jüngeren Jahren bedenkenlos meine Unschuld geopfert hätte. Und Musik, so stelle ich fest, hat immer was mit viel Gefühl zu tun, mit Erinnerungen, die schon bestehen oder neu dazukommen. „Weißt du noch, damals auf dem Mark-Forster-Konzert", werden sich in vierzig Jahren einige der heutigen Kids erinnern. Wo ich dann sein werde, weiß ich auch ohne die guten Tipps der EAV. Schade eigentlich.

Prinzen im Geiste

Das hätte jetzt echt nicht kommen dürfen. Nicht nur, dass Peter Maffay und Bruce Springsteen 70 geworden sind, nein, auch Richard Gere, der Traummann meiner Jugend, für den ich in dem Schmachtfetzen „Ein Offizier und Gentleman" ohne weiteres ein Loch in die Kinoleinwand gebissen hätte, ist 70. Wie hatte es nur so weit kommen können und was heißt es eigentlich für mich, wenn die Helden der Jugend alt werden? Die lapidare Antwort lautet natürlich, man geht mit, aber 70 ist doch irgendwie schon echt – 70 halt. Und es trifft ja nicht nur ihn und Peter Maffay, nein, Marius Müller-Westernhagen ist sogar schon 71. DER Marius Müller-Westernhagen, der mit „Mit Pfefferminz bin ich dein Prinz", „Johnny Walker" und „Theo gegen den Rest der Welt". Das war doch erst gestern, oder sagen wir, vorgestern?

Dass wir uns altersmäßig ja alle downsizen und natürlich viel jünger fühlen als wir sind und als es vermutlich auch die früheren 50-, 60- oder 70-Jährigen tatsächlich waren, ist ja nun nichts Neues, und dass sich seriöse wie unseriöse Medien darum streiten, ob 70 nun das neue 60 oder gar das neue 50 ist, auch nicht. Aber mit Siebzig finde ich, wird es ernst: So richtig knackig hört sich das halt nicht mehr an. Und was war der Herr Gere doch so knackig! Oder Robert Redford! War das nicht toll, als er Meryl Streep in „Jenseits von Afrika" die Haare gewaschen hat?! Die mussten gar nichts ausziehen und es knisterte im ganzen Kino! Selten habe ich wieder so einen lässigen Typen gesehen wie ihn – kein Wunder, dass er mit der blutjungen Demi Moore in dem Film „Ein unmoralisches Angebot" mit seiner Million so relativ leichtes Spiel hatte. Ich will mich ja jetzt nicht unter Wert verkaufen, aber 500.000 hätten's wahrscheinlich auch getan, wenn es jemals zu einem Angebot gekommen wäre. Dabei ist Redford der Jahrgang meines Vaters! 1936! Unglaublich, da würde ich das mit den 500.000 dann vielleicht doch noch mal überdenken ...

Da ist ja mein anderes großes Idol der reinste Jungspund dagegen, obwohl, wie ich letztens schmerzhaft nachrechnete, Konstantin Wecker auch schon 72 ist. Und er hat sich, wie ich bemerkte, als ich ihm letztens auf einem Konzert auf dem Weg zur Toilette gegenüberstand und ich wie ein Schulmädchen nach unten schaute, wirklich kaum verändert. Das liegt wahrscheinlich an seinem ausgeglichenen Lebenswandel, würde ich vermuten, und komme mir bei der nächsten Zigarette und dem nächsten Wein gleich gar nicht mehr so schlecht vor.

Vom Leben gezeichnet dagegen finde ich Mick Jagger und Keith Richards. Beide sind Jahrgang 1943 und wenn man bedenkt, dass Bill Clinton seinerzeit die Möglichkeit zum Ausdruck gebracht hat, dass Keith Richards außer Kakerlaken die einzige Lebensform sei, die einen Atomkrieg überleben könne, dann könnte man bei seinem Anblick auf die Idee kommen, das hätte er inzwischen auch getan. Aber wir wollen nicht ungerecht werden – was zählt, ist schließlich, dass er, sein Kumpel Mick und die anderen Stones es immer noch draufhaben.

Bald wird nun auch der tollste Mann unter der Sonne 70: Gordon Matthew Thomas Sumner, besser bekannt unter seinem Künstlernamen Sting und bei Wikipedia mit der Abkürzung CBE versehen. Das heißt „Commander of the Order of the British Empire" und ich nehme an, die Queen hat ihm diesen Titel nur verliehen, damit er mal mit ihr zu Abend isst. Hätte ich auch gemacht an ihrer Stelle. In zwei Jahren feiert dieser gutaussehende, charismatische Herr mit der – Entschuldigung – geilsten Stimme und dem coolsten Blick ever seinen runden Geburtstag, vermutlich maximal gechillt mit seiner Frau Trudi auf seinem Weingut in der Toscana. Was so ein A zu viel im Namen manchmal ausmacht …

Mir fällt ein, was wir früher in sehr jungen Jahren über die Älteren dachten. Mit Mitte Zwanzig lernte ich auf einer Sprachreise zwei Mitte vierzigjährige Frauen kennen. Damals dachte ich, wenn man mit Mitte Vierzig noch so gut drauf sein kann, dann ist ja alles in Ordnung und man müsse vielleicht doch keine Angst vorm Alter haben. Ansonsten waren Menschen dieses Alters jenseits von Gut und Böse; über alles, was drüber war, sprach man gar nicht. Eine Wahrnehmung, die sich mit der Zeit relativierte und sogar umkehrte. Irgendwann, als ich so mit Dreißig wieder mal in meiner alten Kneipe abtanzte, sagte ein junger Typ zu mir, er fände es echt toll, dass ich das in meinem Alter noch mache. Joh, dachte ich, das war's dann wohl mit der Jugend.

Inzwischen, genau gesagt, in dem Lebensjahrzehnt, das – so Gott will – mit einer Sechs vor der Null endet, versuche ich mich – bei schwindender Elastizität des Bindegewebes gepaart mit einigen anderen altersbedingten Unbilden – an die Erkenntnisse Richard Geres zu halten: „Wer im Kopf jung bleibt, dem ist der Rest des Körpers nicht so wichtig. Gibt es etwas, das frischer wirkt als funkelnde Augen und ein frischer Geist?". Nein, Ritchie, das gibt es natürlich nicht – und jetzt komm in meine Arme!

Bildet euch!

Zweimal im Jahr ist es so weit: Der neue Volkshochschulkatalog liegt aus – ein Glücksmoment für Leute wie mich, die zum einen ständig das Bedürfnis haben, sich weiterzubilden und zum anderen mit aller Kraft die letzten Sekunden ihrer schlaffreien Zeit sinnvoll zu füllen. Denn was kann es Schöneres geben, als sich weiterzubilden? Nichts! Ganz ehrlich, wenn es nicht so eine brotlose Kunst wäre, könnte ich mein Leben damit verbringen, nur noch zu lernen. Ich könnte Niederländisch lernen und spanische Konversation betreiben. Ich könnte mich in chinesischer Kalligrafie üben und Schmuck herstellen oder Vino-Pasta-Cantuccini. Ich könnte mir meine digitale Kamera erschließen und Studienfahrten in die Museen der Umgebung unternehmen. Ich könnte Callanetics und Beckenbodentraining machen, und wenn ich all das hinter mir hätte, könnte ich die Kurse „Atem und Achtsamkeit" und „Positiver Umgang mit Stress" besuchen, schließlich muss man ja bei aller Umtriebigkeit auf sich achten.

All das könnte ich tun, wenn ich nicht arbeiten müsste und natürlich auch, wenn ich nicht kursmäßig doch schon ganz schön hingelangt hätte: montags Aquacycling, mittwochs Pilates und samstags die „8-Wochen-Ernährungsumstellung zur gesunden und genussvollen Gewichtsreduktion." Die geht jetzt bis Ende Oktober, was sehr praktisch ist, da ich dann am 8.11. direkt in den Kurs „Persische Küche" einsteigen kann. Kurzfristig hatte ich die Hoffnung, der Ernährungsumstellungskurs würde ausfallen, denn als ich letzten Samstag dort war, war außer mir niemand da – ein organisatorischer Fehler, der mir sehr zupassekam, da ich abends noch Essen gehen wollte und am nächsten Nachmittag zum Kaffeetrinken eingeladen war. Da ist es doch ganz praktisch, wenn die Ernährungsumstellung noch nicht direkt angefangen hat. Als ich den Kurs letzten Samstag im VHS-Gebäude suchte, hörte ich fröhliches Lachen aus einem anderen Raum. Dass dies unmöglich der Abnehmkurs sein konnte, war mir klar. Als ich dennoch nachfragte, verrieten mir die gutaufgelegten Damen, sie seien der Kalligrafiekurs – und den hatte ich doch extra nicht belegt, weil ich mich nach einem langwierigen und mehr und mehr sinnlos erscheinenden Abwägungsprozess für den weniger spaßigen Kurs eingeschrieben hatte.

Entscheidungsmäßig geht es da ja ganz oft ans Eingemachte: Ist es jetzt wichtiger sich, mittwochs in der Klopftechnik zu üben, um stressresistenter zu werden oder sich den Pilatesübungen hinzugeben, um auch jenseits der Fünfzig noch halbwegs gelenkig zu bleiben? Und sollte man vielleicht in Erwägung ziehen, zwei Kurse zur selben Zeit zu buchen und sich wöchentlich mit sich selbst abzuwechseln? Wäre theoretisch machbar, allerdings schaffe ich meist ohnehin nur einen der beiden Sportkurse pro Woche. Wenn ich dann montagabends noch die ganzheitliche Farb,-Typ- und Outfitberatung dazunehmen würde und mittwochsabends den Niederländisch-Kurs, auf den ich es schon jahrelang abgesehen habe, könnte es vielleicht auch schnell zu größeren Verwechslungen oder Versäumnissen kommen.

Vielleicht könnte man aber von Seiten der VHS-Verwaltung aus der Zeitnot gepaart mit hyperaktiver Interessensvielfalt auch eine Tugend machen: Man könnte zum Beispiel den Pilateskurs von einer Holländerin durchführen lassen und während der Übungen ganz leicht Niederländisch lernen. Wie man allerdings die Farb-, Typ- und Outfitberatung ins Becken bekommt, weiß ich noch nicht ganz genau. Auch hier würde sich wohl eher etwas Wissensvermittelndes, allerdings ohne Computer, anbieten. Vielleicht könnte man die Webinare zum Thema „Hundert Jahre Weimarer Republik" auf eine Leinwand ins Bewegungsbecken übertragen und somit auf einen Schlag nicht nur die Beine, den Bauch, die Arme, den Rücken und den Po stärken, sondern auch den Geist – und wie! Dazu müsste man allerdings auf die motivierende Musik aus dem schwimmbadeigenen Ghettoblaster verzichten und auf die vielen schönen Frauengespräche, die sich in solchen Runden gerne mal ergeben.

Letztere sind vielleicht ein Grund dafür, dass die VHS mehr und mehr reine Männerkurse anbietet: Ich glaube kaum, dass im „Hatha-Yoga für Männer" die neuesten Intimrasurtipps ausgetauscht werden, und aus zuverlässiger Quelle weiß ich auch, dass dort nicht so sehr in sich gespürt und die eigene Mitte erfühlt wird wie in Frauenkursen. „Männer an den Herd" und „Das ABC des Kochens für Männer" habe ich gefunden, und wenn sich die Jungs davon nicht angesprochen fühlen, dann können sie sich bei

„Scharfe Sachen für starke Kerle" einschreiben. Die Hauptsache ist, sie tun es!

Ich persönlich tue es schon lange. Meine erste VHS-Erfahrung hatte ich mit etwa 14, als ein missmutiger Tanzlehrer mit seinem Plattenspieler und seiner schlechtgelaunten Frau über die Käffer zog und der Dorfjugend das Tanzen und gute Manieren beibringen wollte. Ich an seiner Stelle wäre auch frustriert gewesen. Seither mag kaum ein Jahr vergangen sein, in dem ich keinen VHS-Kurs besucht habe: Ich war Dauergast im Töpfern und im Spanisch – so sehr, dass mir sogar schon eine Kursleitung angeboten wurde, was wiederum nicht für deren Qualität spricht. Ich habe Konditionsgymnastik gemacht und Outlook erlernt. Ich habe Sprechtechniken geübt, Italienisch gelernt, habe genäht und Gitarre gespielt. Ich habe einen Kurs in autobiographischem Schreiben und in Bildbearbeitung besucht. Meine ersten Schreibmaschinen-, Word- und Excel-Kenntnisse habe ich von der VHS, und ich bin mit ihr in die neue deutsche Rechtschreibung eingestiegen. Ich habe einen Kurs für „Vollwertiges Backen ohne Zucker" besucht, der keine eine Sekunde Spaß gemacht hat und der mir später sogar den Hauptgewinn beim Hessenquiz vermasselt hat, was aber eine andere Geschichte ist. Und das, meine Damen und Herren, sind nur die Kurse, die mir jetzt während des Schreibens spontan eingefallen sind.

Ich würde sagen, es ist Zeit, meine VHS-Geschichte zu dokumentieren. Ich glaube nicht, dass mir zum hundertsten Kurs noch viel fehlt. Hätte ich das mal alles als Treuepunkte gesammelt, würde ich heute sicherlich einen kostenlosen Kurs bekommen oder die goldenen VHS-Ehrennadel. Ich finde, ich hätte beides vorbehaltlos verdient.

Mein Freund, das Buch

(Für Johanna, Barbara und alle, die Bücher lieben)

„Bücher sind unsere Freunde. Wir wollen sie stets pfleglich behandeln." Ein Stempel mit dieser unmissverständlichen Aufforderung prangte einst in meinen Schulbüchern und die Tatsache, dass man diesen Spruch nicht mal mehr googeln kann – also, man kann natürlich, aber man findet nichts – zeigt, wie lange das schon her ist.

Und dabei ist er so wahr, der alte Spruch. Bücher können vieles sein. Auch Freunde. Das sind sie sogar unbedingt. Auch wenn sie manchmal nerven, zum Beispiel, wenn man sie nur zum Lernen hat oder so, aber selbst dafür sind sie ja nützlich. Und wer würde bestreiten, dass ein Wörterbuch zur richtigen Zeit kein Freund ist? Okay, über Mathebücher ab der Oberstufe müsste ich nochmal separat sprechen. Aber sonst? Ja, Bücher sind unsere Freunde. Bücher spenden Trost. Bücher unterhalten. Das richtige Buch zur richtigen Zeit im richtigen Café macht seine Besitzerin unglaublich intellektuell. Das andere richtige Buch zur richtigen Zeit im Sylter Strandkorb macht unglaublichen Spaß, auch wenn es den Geist nur bedingt bis gar nicht weiterbringt. Macht nichts, der darf ja auch mal ausruhen! In Bücher kann man sich vertiefen, verlieren. Man kann sie mit sich tragen, man kann sie horten. Man kann sich schwer von ihnen trennen. Man schreibt ihnen sogar eine Seele zu – der einzige Gegenstand, bei dem das zumindest in weiten Teilen der Menschheit unwidersprochen bleibt. Bücher sind einfach Bücher, und, ganz ehrlich, sie sind durch nichts zu ersetzen. Schon gar nicht durch E-Reader. Wie sich das schon anhört. E-Reader! Iiieh, Reader! E-Reader sind schon deshalb unmöglich, weil man sie nicht gut verleihen kann. Und weil man sie nicht stapeln kann. Weil man sie nicht so gut nehmen kann, um sie irgendwo unterzulegen. Weil man nicht mit Bleistift Sachen an ihren Rand schreiben kann. Weil man sich die Lesestelle, an der man grade ist, nicht mit echten Eselsohren markieren kann. Für den Fall, dass man kein Lesezeichen hat, natürlich nur, denn wir wollen unsere Freunde ja pfleglich behandeln. (Und ja, wenn abends die Leselampe nicht ausreicht und die Schrift immer kleiner wird, denke ich doch über einen E-Reader nach. Aber nur kurz. Dann schlafe ich einfach.)

Bücher begleiten mich schon mein ganzes Leben, angefangen hat es tatsächlich mit Märchen in meiner Kindheit. Da gab es schöne, alte Märchenbücher in verschnörkelter Schrift von meiner Mutter und den Großeltern, es gab die Hasenschule, und die Grimms Märchen. Es gab die Geschichten aus 1001 Nacht, es gab Max und Moritz und die Struwwelliese. Sie, Pucki und der Trotzkopf sind die Beweise dafür, dass man – selbst wenn man mit ihnen aufwuchs – am Ende doch noch bei Alice Schwarzer, Andrea Dworkin und Simone de Beauvoir landen kann. Obwohl – wenn ich manchmal versuche, es zuhause allen recht zu machen, dann kommt vielleicht doch die Pucki in mir durch, aber ich weiß mich zu wehren – nicht zuletzt dank zahlreicher anderer literarischer Beispiele. „Die Emanzipation ist ohne Romane undenkbar", heißt es in Stefan Bollmanns Buch „Frauen, die lesen, sind gefährlich und klug" und Elke Heidenreich ergänzt: »Lesen ist immer gefährlich, weil es klüger macht. Männer haben mit klugen Frauen oft Probleme. Das darf uns nicht abschrecken!" Nun muss man der Vollständigkeit halber dazusagen, dass Lesen auch Männer klüger macht – und kluge Männer sind, bei aller Emanzipation, einfach sexy! Also ran an die Schwarten, Jungs!

Ich erinnere mich an Zeiten als Leserin, in denen ich schlaue Sätze in den Büchern von Hermann Hesse oder Antoine de Saint-Exupéry unterstrich und sie mir in ein Chinabuch herausschrieb – ich hatte unglaublich viel Zeit und Muße damals, als ich bei Tee und Räucherstäbchen in meiner Bude unter dem Dach saß. Ich liebte es und würde es sicher heute immer noch lieben, wenn ich es täte. Ich würde es mehr lieben als das, was ich im Alltag oft tue, denke ich manchmal. Warum ich trotzdem den Alltagstrott vorziehe, das kann ich sicher in einem Ratgeber nachlesen, die inzwischen wohl zu einer der beliebtesten literarischen Gattungen gehören. Kein Problem, das man nicht mit dem richtigen Buch lösen könnte, keins.

71.548 neue Buchtitel sind im Jahr 2018 erschienen (und das ganz ohne mein Zutun!), 15% davon sollen Ratgeber sein, die zu einem glücklichen Leben verhelfen sollen – durch Achtsamkeit, durch veganes Essen, durch mehr Erfolg und durch Aufräumen. Aufräumratgeber besitze ich einige. Ich finde sie nur grade nicht. Glücklicherweise zog ich pünktlich zum Verfassen dieser Kolumne das FLOW-Lesebuch aus einem Stapel im Regal. Diese Stapel liebe und hasse ich zugleich. Sie zeugen von meiner Liebe zu Büchern, aber auch von zu wenig Zeit zum Lesen und Aufräumen. Sie zeugen auch von meiner Schwäche, immer wieder Bücher auf Verdacht zu kaufen. Und es ist schon erstaunlich, dass man – zumindest für den kurzen Moment, in dem man sie kauft – immer wieder tatsächlich der festen Überzeugung ist, dass man sie wirklich, wirklich lesen wird! Tja, und wenn man sie dann erstmal hat, dann möchte man sie nicht mehr hergeben, egal, ob man sie schon gelesen hat oder nicht. Inzwischen bewahre ich viele meiner Bücher in Kisten im Keller auf, da ich im Lauf meines Lebens meinen Wohnraum mit immer mehr Menschen teilen musste. Aber sie kommen mir nicht aus dem Haus, und ich träume davon, mir eine Bibliothek einzurichten, sobald das erste Kind wieder weg ist. Nur manchmal, wenn ich ein Buch verleihe und mir den Spruch meiner Freundin Katja „Wer ein Buch verleiht, kann es auch gleich verschenken" ins Gedächtnis rufe, kann ich mich damit anfreunden, ein Buch aus der Hand zu geben. Verschenken ist okay. Mir selbst Bücher auszuleihen, um meine Bücherflut etwas einzudämmen, hat sich als wenig hilfreich herausgestellt: Wenn mir ein Buch gefällt, das ich geliehen, gelesen und zurückgegeben habe, kaufe ich es einfach nach. Der Vollständigkeit halber für mein Bücherregal, das – egal wie oft ich Kisten für den Keller packe – regelmäßig aus allen Nähten platzt. Bücher beruhigen mich. Wahrscheinlich muss ich deshalb auch immer mindestens drei von ihnen mit auf Reisen nehmen und mir vor Ort noch vier weitere kaufen. Für zehn Tage, versteht sich. Und blicke ich von meinem Bücherchaos nach draußen in andere Wohnungen, so kann ich guten Gewissens behaupten: Ein Haus ohne Buch ist kein Zuhause. Eine Wohnung ohne Lesestoff ist kein Lebensraum. Es irritiert mich, verunsichert mich geradezu, wenn ich in eine aufgeräumte Wohnung ohne Bücher komme. Es gibt solche Wohnungen, ich kenne welche.

Das hängt vielleicht auch damit zusammen, dass ich selbst Buchhändlerin bin. Wirklich. Ausgebildete Buchhändlerin. Wir sind eine besondere Spezies. Wir hatten ein Unterrichtsfach, das heißt „Wissenschaftskunde". Das macht uns zu den Menschen mit dem breitesten Allgemeinwissen. Wir wissen von allem gerade so viel, dass wir einen Satz dazusagen können, der sich einfach toll anhört und – sofern wir nicht an einen Experten geraten – den Eindruck erweckt, als seien wir wirklich, wirklich sehr intellektuell. Das lassen wir jetzt mal so stehen.

Was man über Buchhändler allerdings wirklich sagen kann: Sie waren die ersten Bibliotherapeuten. Noch heute wissen sie meistens genau was man braucht, selbst wenn man es selbst nicht weiß – in dieser Liga spielen eigentlich nur noch Friseurinnen und Friseure mit. Und Barmänner und -frauen. Aber die Buchhändlerinnen und Buchhändler sind mir am liebsten.

Danke, dass es euch gibt!

Schöne Zitate zum Weiterdenken:

„Man muss ein Buch nicht zu Ende lesen, nur weil man es einmal angefangen hat." (Thure von zur Mühlen)

„Ein Leser erlebt tausend Leben, bevor er stirbt. Wer niemals liest, lebt nur eins." (George R.R. Martin)

„Jedes Mal, wenn du ein Buch fortgelegt hast und beginnst, den Faden eigener Gedanken zu spinnen, hat das Buch seinen beabsichtigten Zweck erreicht." (Janusz Korczak)

„Auch Bücher haben ihr Erlebtes, das ihnen nicht entzogen werden kann." (Johann Wolfang von Goethe)

„Von seinen Eltern lernt man lieben, lachen und laufen. Doch erst wenn man mit Büchern in Berührung kommt, entdeckt man, dass man Flügel hat." (Helen Hayes)

Urlaubsmorgen

„Im Urlaub werde ich jeden Morgen ausschlafen und dann einen Kaffee holen, mich damit wieder ins Bett legen und lesen." So sieht für mich der perfekte Urlaubsmorgen aus. Bei genauerem Hinsehen und ausgiebigem Kramen in der Erinnerung sah als kinderlose Singlefrau jeder Samstag- und jeder Sonntagmorgen für mich so aus. Vorausgesetzt, ich wollte. Wenn ich nicht wollte, sah er anders aus: Frühstücken gehen mit Freundinnen, shoppen. Manchmal sogar putzen! Jahre, gefühlte Jahrzehnte lang, gab es solche Tage für mich praktisch nicht. Weder im Alltag noch im Urlaub. Sie waren jenseits meiner Vorstellungskraft verschwunden. Und als es sie wieder hätte geben können, habe ich es lange nicht gemerkt. Ich war so sehr in meinem Kinder-Arbeits-Haushalts-Modus, dass ich immer einfach aufgestanden bin, um irgendwas zu tun. Denn zu tun gibt es immer was. Erst im vergangenen Jahr im Urlaub bemerkte ich, wie man es auch machen kann. Die Kinder schliefen lange, das Wetter war so lala, die Wohnung musste nicht aufgeräumt werden, der Akku am Notebook war leer. Der Kaffee war in Windeseile fertig und ans Bett gebracht. Von mir für mich. Und dann roch er so lecker im ganzen Schlafzimmer. Und ich las und las und las. Fünf Bücher in zehn Tagen, denn ich stellte fest, dass man im Urlaub auch abends noch im Strandkorb sitzen und lesen kann. Und ich musste mich morgens und abends eigentlich jedes Mal kneifen, da ich es nicht glauben konnte, dass ich nicht nur nichts zu tun hatte, sondern dass keiner meiner Familie was von mir wollte.

Als nun der Weihnachtsurlaub bevorstand, in den ich mit meinen allerletzten Kräften gerade noch so hineinrobbte, hatte ich auch so eine Vision von kaffeetrunkenem morgendlichen Lesen unter noch warmen Decken, doch irgendwie wurde es nichts. Jeden Morgen war was anderes. Noch letzte Jobs erledigen, den frühen Einkaufswurm fangen, heimlich Geschenke verpacken, wenn alle noch schlafen, Schönheitstermine, Frühstücksverabredungen, Mittagessensverabredungen, Mehrwertsteuermeldungen – alles Dinge, die einem ausgedehnten Lesevormittag im Weg standen. Und jeden Morgen fanden sich neue. Selbst am Neujahrstag. Und dann? Dann reichte es mir. Besser gesagt, meinem offenbar schlaueren Ich, meinem Körper nämlich, der sich endlich einmal sinnvoll über mich hinwegsetzte. (Sonst setzt er sich zwar auch über mich hinweg, aber immer nur zum Zwecke der Unvernunft: Noch was essen, noch was schnuggeln, noch ein Gläschen Wein, noch eine Zigarette und lieber doch kein Sport ...) Ich wurde krank. Und zwar schnell und spontan. Schon am Neujahrsnachmittag konnte ich kein Wort mehr sprechen, worauf meine Mitbewohner mit durchaus zwiespältigen Gefühlen reagiert haben mochten: Zur Sorge um die kranke und somit funktionsunfähige Mutter gesellte sich eine seltene Freude an der ungewohnten Ruhe und Kommentarlosigkeit zu vielen Alltagssituationen. Ich lag frierend und heiße Zitrone trinkend auf der Couch und war so krank, dass sogar die Männergrippe meines Mannes dagegen verblasste. Er bediente mich mit Halsschmerztabletten und heißen Getränken und meine Söhne zuppelten die Wolldecke über meine in dicken Socken steckenden Füße, damit ich rundum schön verpackt war. So wie früher, als ich klein war und meine Eltern nach mir sahen. Und es durchfuhr mich trotz Elend ein unglaubliches Glücksgefühl.

So schwitzte ich und schlief vor mich hin, sehr schlecht im Übrigen, da sich das Gedankenkarussell drehte und drehte und drehte. Am nächsten Tag hatte ich trotz Urlaub einen Tag im Büro eingeschoben, zu dem noch andere Beteiligte anreisen würden. Obwohl ich wusste, dass ich a) keine Augenweide war und b) niemand in meiner Nähe sein wollte, machte ich mich auf die Socken und blühte – waschechte Workaholicerin – für ein paar Stunden regelrecht auf, bevor ich am Abend wieder in mich zusammensackte. Zwei Termine – ein Kneipenabend und ein Frühstücksmorgen – fielen dem grippalen Infekt zum Opfer und erstmals – genau gesagt am 3. Januar 2020 – saß ich bis kurz vorm Mittagessen bei der dritten Tasse Kaffee im Bett und las das Buch, das ich mir selbst zu Weihnachten geschenkt hatte. Unterbrochen nur von kleinen Hustenanfällen und Nasenputzen. Es war sooooo schön! Danke, liebe Erkältung. Als ich endlich in Erwägung zog aufzustehen, kamen meine Söhne auf der Suche nach Mittagessen an meinem Bett vorbei und wunderten sich sehr über ihre wesensveränderte Mutter, die in diesen Tagen kaum einmal am Schreibtisch saß, dafür Couch und Fernseher blockierte und sich – fast als sei sie ein Mann geworden – genussvoll in ihrem Elend suhlte.

Viel zu kurz weilte diese kleine Auszeit. Ich erholte mich schnell – kein Wunder bei dieser guten Pflege. Wie immer nach dem Jahreswechsel und dem Urlaub versuche ich jetzt, etwas Gutes daraus in den Alltag zu retten. Ob's gelingt?

Traudi am Steuer

Vor wenigen Tagen musste ich wieder meinen Mann anrufen. Ich lag im Schwimmbad auf der Wiese und dachte, es wäre vielleicht doch nicht ganz so günstig, wenn mein Auto eventuell mit aufgerissener Ölwanne oder einem anderen Schaden an der Straße stehen würde und ich damit am Ende nicht mehr heimkäme.

Das kam so: Der Schwimmverein trifft sich endlich wieder, aber es war zwischen der Schule meines Sohnes, meiner Videokonferenz und dem Start keine Zeit mehr, für das Fahrrad zu packen, also nahmen wir eben schnell den Golf. Es war Dienstag, das Schwimmbad hatte seit wenigen Tagen auf und es war an die 30 Grad. Man kann sich also vorstellen, wie die Parksituation rund um das Bad war, zumal auf Teilen des Parkplatzes auf den ersten und zweiten Blick unsortierte Halteverbotsschilder standen, deren Rolle niemandem klar war und die auch niemanden groß beeindruckten. Später hörte ich, dass dies eine Vorsichtsmaßnahme sei, da die Markierungen nach der Sanierung des Platzes noch fehlten, was zumindest die etwas anarchistische Parkerei erklären dürfte. Da Anarchie mir durchaus liegt, ich dann aber doch nicht genau an einem Halteverbotsschild parken wollte (Warum eigentlich nicht? Alle anderen taten es auch!), fuhr ich auf die Wiese direkt am Parkplatz. Dort parkten schon viele Autos, die aber – wie ich mir im Nachhinein dachte – von der Straße aus hingefahren waren. Ich sah einen fetten Begrenzungsstein liegen, an dem vorbei ich schwungvoll auf die hübbelige Wiese fuhr. Und dann rrrrrraaaaaattttttschschsch – dieses Geräusch, wenn sich auf der Unterseite des Autos unerwünschte Dinge abspielen. Ich war auf einen Stein aufgefahren, der hinterhältigerweise völlig mit Gras zugewachsen war. Ich fuhr zurück und wieder rrrrrraaaaaattttttschschsch. Okay, dachte ich. War scheiße jetzt. Ich fand in direkter Nähe zu diesem Unglücksort einen schönen Parkplatz und stiefelte erstmal mit meinem Sohn ins Schwimmbad. Dort umfing mich direkt dieses unglaublich schöne Sommer-Freibad-kühles Nass-Gefühl, ich schwamm ein paar Bahnen, las in meinem Sylt-Krimi und dachte plötzlich, da war doch was!

Als ich meinen Mann anrief und sagte, du, ich habe vorhin das Auto aufgesetzt, sah ich ihn vor mir, wie er den Kopf schüttelte. Wenn jetzt schon Öl ausgelaufen wäre, wäre das eher schlecht, meinte er, allerdings völlig ungerührt, obwohl ihm die Zeit, die zwischen Aufsetzen und Melden vergangen war, absolut unverständlich war, zumal ich als Frau eines Feuerwehrmannes es eigentlich besser wissen müsste. Aber er kennt mich einfach. Er weiß, dass ich die Frau bin, die auch mal versucht, über die bordsteingefasste Schottergrenze zwischen zwei Parkreihen zu fahren, oder die, weil es grade so schön chillig ist, ohne Überholambitionen hinter einem Traktor herfährt, um genau da plötzlich doch zu beschleunigen, wo ein Blitzer steht und die Aktion festhalten kann. Ich bin die Frau, die gerne mal die Parklücke diagonal füllt und die im nagelneuen Auto ihres Mannes eine Viertelstunde lang erfolglos versucht hat, den Sitz zu verstellen. Ich bin die, die sich vom vollautomatischen Scheibenwischer bevormunden lässt, weil sie ihn nicht zum Aufgeben bewegen kann, und diejenige, die mit halbem Rad auf der Bordsteinkante parkt. Ich bin diejenige, die Warnhinweise, die als Symbole im Cockpit auftauchen, mit dem Handy fotografiert, an ihren Mann verschickt und fragt, ob sie jetzt noch weiterfahren darf. Oder eben die, die die falsche Zufahrt auf die Parkwiese nimmt, denn irgendwo muss eine gewesen sein, den Autos nach zu urteilen, die später dort standen.

Mein Mann kam auf jeden Fall zügig an den Ort des Geschehens, checkte das Fahrzeug und gab telefonisch Entwarnung. Ich musste nicht mal die Liegewiese verlassen und konnte weiterchillen. Vielen Dank dafür!

Mit mir und den Autos ist das so eine Sache. Als ich noch Quasi-Single war, konnte ich sogar Reifen wechseln und Autos an- und ummelden. Ich konnte den Ölstand checken und zum TÜV fahren. Ich konnte das Auto waschen und aussaugen. Heute kann ich nur noch fahren und tanken. Denn seit ich einen Mann habe, der sich um all das andere kümmert, ist das wie ein Rundum-Sorglos-Paket. Und obwohl einen das auch so ein bisschen unmündig macht, ist es einfach schön, bei den vielen möglichen Unbilden des motorisierten Lebens die Notfallnummer zu wählen, hinter der sich ein kompetenter, hilfsbereiter, lösungsorientierter Mensch befindet.

Wenn dann allerdings – Hightech macht's möglich – mich mein Mann in Potsdam anruft, weil das Auto ihm per App gepetzt hat, dass es seit Stunden unverschlossen an der Straße steht, dann fühle ich mich doch so ein bisschen bevormundet mit Tendenz zu kontrolliert. „Wenn du das schon weißt", heische ich ihm dann am Telefon zu, „dann schließe die Kiste doch auch ab." Und wisst ihr was: Genau das macht er dann. Und ich weiß dann auch ganz ohne Kontroletti-App, was er in dem Moment macht: abschließen und fett grinsen.

Corona Spezial

(mit der Lizenz zum Überblättern)

Notfall-Papier

Als ich klein war, sollte einmal die Welt untergehen. Die Bildzeitung hatte zu dieser Zeit noch das alleinige Stimmungsbildungs- und Panikmache-Monopol, und so waren alle Leser des schon damals zweifelhaften Blattes im Bilde - ähnlich wie heute mit einem bloßen Blick auf die Headline. Sie erwarteten den Weltuntergang zu einem bestimmten Zeitpunkt, was dazu führte, dass viele von ihnen uns, den Kindern aus dem EDEKA-Laden, noch schnell was zu schnuggeln kauften, um am Tag des Jüngsten Gerichts noch schnell ihr Gute-Taten-Konto aufzufüllen. Die Welt ging nicht unter, die Bild-Zeitung hatte sich getäuscht, und unsere Bountys, Gummibärchen und Kinderschokoladen waren schneller vertilgt, als die Hysterie sich gelegt hatte. So mussten wir sie wenigstens nicht zurückgeben.

Wenn heute die Welt untergehen soll, erfahren wir es auf tausend Kanälen, auf tausend verschiedene Arten der Darstellung, der eine Kanal befeuert den anderen, selbst seriöse Medien können sich nicht entziehen und überbieten sich mit Interviews und Sondersendungen. Und so überschwemmt uns seit einigen Wochen ein böses Virus mit dem schönen Namen Corona. Das Netz und in seinem Fahrwasser auch die Fernseh- und Printmedien machen aus uns allen Experten zum Thema Mortalitätsrate und Desinfektion, Übertragungsvermeidung und Symptomanalysen. Es melden sich Politiker, die glauben, alles im Griff zu haben, Ärzte, die sagen, dass ihnen das Desinfektionsmittel ausgeht, Heilpraktiker, die sagen, das Virus hätte es immer schon gegeben, und Statistik-Freaks, die alle möglichen Todesarten gegeneinander aufrechnen.

Genau wie wir zuvor schon die Chance hatten, unsere eigenen Experten in Sachen Klimaschutz, CO_2-Ausstoß und Klimawandel zu werden, können wir uns auch hier aussuchen, wem und was wir glauben möchten: Alles nur eine Verschwörung, um endlich mal der chinesischen Wirtschaft den Saft abzudrehen, bevor sie übermütig und übermächtig wird? Ein Virenunfall aus einem Geheimlabor am anderen Ende der Welt, der nun außer Kontrolle geraten ist? Oder doch nur ein neues Grippevirus, wie es immer mal wieder auftritt, allerdings gar kein unbekanntes wie auf

Expertenforen im Internet zu lesen ist? Dort kann man sich auch genau darüber informieren, ob Händewaschen reicht, um der Ausbreitung Herr zu werden, oder ob man – rein prophylaktisch natürlich – die vier nächstgelegenen Supermärkte leerkauft, um sich zu rüsten. Aber wofür eigentlich genau?

Ja, richtig, für die Quarantäne und den wirtschaftlichen Untergang! Ich vergaß: Wenn jetzt Alsfeld unter Quarantäne gestellt wird, kommen natürlich auch keine Waren mehr rein und ruckizucki wären alle Läden leergekauft. Ach, sind sie schon? O Gott! Ich war wieder zu spät! Mein altes Leiden wird meiner Familie das Genick brechen! Die schlimme Gewissheit folgt beim Blick in das Klopapierregal: Davon werde ich diese Woche keines mehr bekommen und nächste Woche wahrscheinlich auch nicht gleich. Was ich allerdings noch kaufen kann, als sei nichts zu erwarten, ist Zahncreme und Duschgel. Da fragt man sich natürlich, warum kaufen die besorgten Menschen das Klopapier auf, aber nicht die Zahncreme? Wollen die nur kacken, aber keine Zähne mehr putzen? Und duschen wollen sie auch nicht mehr?! Vermutlich rechnen sie mit Wasserknappheit und ich sollte eher Vorräte mit Trockenshampoo anlegen, wenn ich das wollte. Da müsste man dann aber auch eher feuchtes Toilettenpapier kaufen. Und das sollte ich vielleicht mal als einen der intelligenteren Beiträge in die einschlägigen Foren stellen.

Bis jetzt will ich aber gar nichts zusätzlich kaufen. Als eine Person, die im Edeka-Laden aufgewachsen ist und die letzten zwanzig Jahre einen Fünf-Personen-Haushalt zu versorgen hatte, neige ich ohnehin zur Lagerhaltung von Lebensmitteln und Alltagsbedarf aller Art. Und seit ich früher mal aus Versehen ein Wochenende lang keine Zahncreme hatte, habe ich auch davon (und von Duschgel und von Klopapier und Kleenex) stets einen kleinen Vorrat da. Also, ich denke, wir kommen damit durch und wenn nicht, dann tut es mir leid, dass ich alle Hamsterkäuferinnen und -käufer hier so ein wenig schräg anschaue und mir die Frage stelle, ob das Virus vielleicht als erstes gar nicht die Atemwege angreift, sondern das Gehirn. Man wird ja schnell selbst hysterisch: Nicht nur, dass man sich und seine Familie ständig nach Symptomen beargwöhnt, man hat inzwischen auch die latente Angst, dass man vielleicht doch Vorräte hätte anlegen sollen und am Ende bei den

Hamsterkäufern zu Kreuze kriechen muss und um Klopapier betteln muss. Besonders wenn man so wie ich den ganzen Arbeitstag lang auf einen Supermarktparkplatz schaut und es dort jetzt schon tagelang zugeht wie sonst nur vor Weihnachten, und das auch nur, wenn der Heilige Abend ein Sonntag ist und es vor Mittwoch definitiv nichts mehr gibt. Und natürlich frage ich mich, was das über ein Land aussagt, wenn im Angesicht einer zu erwartenden Krise mit eventueller Todesfolge die Menschen nicht mehr ihr Gute-Taten-Konto auffüllen wollen (was waren sie doch für ein Paradies, die 70er), sondern als erstes die Klopapierregale leer sind. Ich meine, wenn es die Angst vor der Quarantäne ist, dann könnte man doch auch Schokolade und Nüsschen hamstern oder Alkohol und Kondome oder Bücher und Zeitschriften, Wolle, Spiele... Man kann so eine Zeit doch auch sinnvoll nutzen und sie sich schön machen – Krise als Chance sozusagen. Aber nein. Wir kaufen Trockennahrung, Konserven und Klopapier. Wenn schon Quarantäne, dann bitte ohne Spaß. Die Lage ist schließlich ernst. So ernst, dass wir nicht mehr rechts und links schauen. Zu Menschen, die tatsächlich auf Mundschutze und Desinfektionsmittel angewiesen sind und Angst haben, dass die vielen Flaschen in den Abstellkammern der Nation ihrem Verfallsdatum entgegendämmern und sie deshalb keine mehr bekommen. Oder zu Menschen, die schon lange alles verloren haben und die letzten Monate und Jahre in der Türkei ebenfalls in einer Art Quarantäne leben mussten und nun gerne weiterziehen würden. Da könnte man – bei allem Ernst, den das Virus vermutlich bedeutet – mal drüber nachdenken und die eigene Panik vielleicht doch mal ein kleines bisschen zurückschrauben.

Wie dem auch sei: Ich gehe jetzt hamstern. Der Rotwein ist alle.

Dies hätte eigentlich der Schluss sein sollen, doch dann passierte etwas, das noch nie, niemals in meiner fast 22-jährigen Ehe vorgekommen ist: Mein Mann, der sich bis dato noch nie für irgendeinen Vorrat interessiert hat und sich an keiner, wirklich keiner Einkaufsliste je beteiligt hat, geschweige denn am Einkauf selbst, blickte mich über den Tisch hinweg besorgt an und sagte in tief bedrücktem Ton: „Wir haben nur noch drei Rollen Klopapier." So entstehen Hamsterkäufe. Ich finde, das sollten Sie wissen.

Ein Land fährt runter

Als ich Anfang der Woche ungefähr 30 Termine bis Ende der Osterferien löschte, merkte ich schon, das wird ernst. Nicht nur insgesamt, sondern auch für mich. Da war ich noch der Meinung, dass ich natürlich weiterhin meine Freundinnen würde treffen können – etwas das heute, am Frühlingsanfang, schon gar keine und gar keiner mehr will. Jedenfalls nicht die Vernünftigen. Der Frühling startet ohne Publikum. Unseren Freitags-Aperol, den wir sonst in meinem Lieblingsladen zwischen den neuesten Kleidern und Accessoires einnehmen, zeigten wir uns via WhatsApp, aber ich bin zuversichtlich, dass wir in den nächsten Wochen, die es mit Sicherheit noch braucht, bis das „Social Distancing" gelockert wird, uns technisch soweit professionalisiert haben, dass wir uns per Skype zuprosten. (Wie schön übrigens, dass man schon gleich einen wohlklingenden Namen dafür gefunden hat, wobei ich dann schon eher für „Physical Distancing" oder „Solidary Distance" wäre, aber egal, Hauptsache, es klappt, denn es fällt schwer. Mir zumindest. Noch vor wenigen Wochen habe ich über die große Bedeutung von Umarmungen geschrieben und jetzt will ich eigentlich nicht mal mehr meine Kinder drücken, obwohl es mir das Herz zerreißt.)

Andererseits hat dieser Zustand ja auch seine Vorteile: Es wird zu weniger sexuellen Übergriffen kommen, denke ich. Und ja, der Umwelt tut die Du-weißt-schon-Krise ja auch merklich gut. Aber an sich ist sie Scheiße. Das wissen wir alle. Vermutlich ist auch das der Grund, dass immer noch, IMMER NOCH, so viel Klopapier gekauft wird. Mehr will ich dazu nicht mehr sagen, nur so viel: Bei Aldi hatten sie heute die gähnende Leere in den entsprechenden Regalen mit Wein und Sekt gefüllt... Das eine kann das andere zwar nicht unbedingt ersetzen, aber doch über das Gröbste hinweghelfen.

Ein großes Problem in dieser Krise ist ja auch, dass wir offenbar nicht nur auf soziale oder physische Nähe verzichten müssen, sondern auch auf Intelligenz (Stichwort: „Absent Intelligence"), wie man an den Hamsterkäufern und den Uneinsichtigen sieht. Ich bin ja immer eher guter Hoffnung. Also, ich hoffe zum Beispiel unbeirrbar, dass wir diese Zeiten hier möglichst alle gut überstehen und dass die Medizin und die Forschung uns retten können. Ob die Wissenschaftler allerdings noch ein Kraut für gesunden Menschenverstand entdecken, wage ich zu bezweifeln und bin da ganz einer Meinung mit Herrn Einstein. Aber nur, weil er sich seinerzeit so verständlich ausgedrückt hat und auf Formeln und Zahlen in seiner Darstellung von der Unendlichkeit der menschlichen Dummheit verzichtet hat.

So, und jetzt müssen wir alle chillen. Viel Zeit, hoffentlich bei voller Lohn- und Gehaltsfortzahlung, und wenig Möglichkeiten. Da wird man ganz schön auf sein engstes, sein familiäres Umfeld reduziert, und man weiß ja von der horrenden Scheidungsrate nach dem Sommerurlaub, dass das nicht immer gut ist. Bei uns zum Beispiel läuft jetzt den ganzen Tag Schlagerradio. Stellt sich die Frage, wie lange ich das ertrage, falls ich wirklich mal aufhören muss zu arbeiten. Mein Mann plant ein mehrstündiges Seminar im richtigen Einräumen der Spülmaschine und die Auswahl des Publikums liegt auf der Hand. Ich gehe allen mit meiner We-Shall-Overcome-Gute-Laune auf die Nerven. Außerdem frage ich mich bei jedem Schweißausbruch, ob das noch die Wechseljahre sind oder doch schon das Virus ist. Klingt der Husten meines Mannes noch allergisch oder brandgefährlich, und müsste ich nicht doch nochmal schnell googeln, ob Halsschmerzen ein Symptom sind?

Wenigstens habe ich Glück, ich darf noch arbeiten. Das können ja nicht alle von sich sagen. Sie müssen sich der häuslichen Quarantäne weitgehend ergeben und sich die Zeit in den vier Wänden vertreiben. Wenn die dann dicht besiedelt sind und man sich als Familie nicht so sehr aus dem Weg gehen kann, ist das schon schwierig. Dann ist es nicht schlecht, so zu wohnen wie wir. Auf dem Land, in einem Haus mit Garten und mit Hund. Da darf man ja angeblich öfter raus, auch wenn's ganz ernst wird. Und wenn nicht: Ich traue es mich ja kaum zu sagen, aber so rein von dem, was ich zu tun hätte, also vom Dachboden über mein Homeoffice, meine Abstellkammer, die Kleiderschränke und die drei Kellerräume, wäre ich für eine längere Ausgehsperre zumindest beschäftigungstechnisch gut gewappnet. Ich sehe schon, wie sich Woche für Woche die Mülleimer der Nation füllen (Danke, liebe Müllfahrer!) und nach diesen ansteckenden Zeiten Haus- und Dorfflohmärkte das unter die Leute bringen, was der

Sperrmüll nicht mitgenommen hat. Vom Boden unseres Dachbodens wird man essen können, und ja, ich könnte mir vorstellen, auch meinen total vertrockneten Brautstrauß zu entsorgen und einzusehen, dass ich in die Motorradjacke von vor zwanzig Jahren nicht mehr reinpasse. Kann alles wech!

Ein Land fährt runter, und natürlich hoffe ich, dass wir auch wieder hochfahren können, wenn man sich auch fragen muss, ob das Niveau vor der Krise wirklich gesund war, oder ob es uns dieses Niveau erst ermöglicht, diese Krise vielleicht zu überstehen, ohne zu verarmen. Sicherlich werden viele von uns die Zeit nutzen, um hier und da aufzuräumen und sich vielleicht von wirklich Überholtem zu trennen. Vielleicht aber auch, um Altes wieder hervorzuholen. Ich zum Beispiel nutze diese terminlose Zeit, um jeden Tag mindestens zwei Leute anzurufen und mit ihnen ein Schwätzchen zu halten. So etwas in der Art hatte ich mir ohnehin für dieses Jahr vorgenommen, aber nicht umgesetzt. War halt immer so viel los ... Vielleicht also ist es genau jetzt möglich, Dinge zu tun, die man längst aufgeschoben hatte. Die meisten von uns sind ja nicht arm, sondern müssen nur zuhause bleiben. Wir könnten unsere Kochgewohnheiten umstellen und uns mit neuen, gesünderen Rezepten befassen. Also, ich könnte das. Ich könnte an vielen, vielen Webinaren teilnehmen, und ich könnte einen Bruchteil meiner ungelesenen Bücher lesen. Und meine Wollreste verstricken. Und mein neues Buch starten. Es darf nur keine Kaffeekrise geben... Und auch das kann ich nur in der Gewissheit sagen, dass wir trotz allem nicht Not leiden werden.

Wer schon mal in einer tiefen Krise war, der weiß, dass man sie nur tageweise durchleben kann und sich nichts so sehr zurückwünscht wie seinen Alltag. Alles soll so sein, wie es vorher war. Mit ein bisschen Glück wird nach so einer Krise aber doch manches auch ein wenig anders. Besser. In diesem Fall könnte Folgendes eintreten: Die Natur wird sich ein wenig von uns erholt haben, und vielleicht fällt uns ja ein, wie wir mit ein bisschen weniger Zurück-zum-letzten-Stand dazu beitragen können, dass es ihr grundsätzlich und dauerhaft bessergehen wird. Vielleicht setzt eine Stadtflucht ein, weil sich herumspricht, dass man in der Krise auf dem Land besser dran ist. Sehr wahrscheinlich wird es so um die Weihnachtszeit herum und Anfang nächsten Jahres einen neuen Babyboom geben und die Mädchen werden vermutlich als zweiten Namen den eines mexikanischen Bieres tragen und die Jungs Jens und Christian heißen. Hoffentlich, hoffentlich wird alles gut.

Als ich unter dem Begriff „Stillstand" nach einem Bild für diese Kolumne gesucht habe, kamen tausend Karten mit Sprüchen wie „Stillstand ist Rückschritt". Vielleicht können wir uns von diesem Mantra lösen. Vielleicht kann Stillstand uns weiterbringen. Im Moment auf jeden Fall kann er Leben retten.

Scheiß-Carola

Wir befinden uns in Woche – ja, in was für einer Woche eigentlich? Wann, würden wir denn sagen, ging es denn los mit der Scheiß-Carola, wie meine Zwillinge das Thema, das die Welt beherrscht, so einfach wie einprägsam tituliert haben. Also, ich würde mich auf Freitag, den 13., festlegen. Einfach, weil da die Schule abgesagt wurde und weil Freitag, der 13., aus naheliegenden Gründen ein einprägsames Datum ist. Obwohl es natürlich schon vorher losging, wenn man es mal an den leeren Klopapierregalen festmachen will. Da wäre man dann schon bei Ende Februar. Also sagen wir: der 1. März. Dann wären wir jetzt in Woche fünf von, leider nicht nach, sondern mit Corona. Und wie sich in dieser Zeit die Welt gedreht hat, brauche ich Ihnen ja nicht zu sagen. Sollten Sie Bedarf an diesbezüglicher Aufklärung haben, können Sie die Sondersendungen zum Thema schauen, davon gibt es ja pro Tag sicher 20 Stück, wenn nicht mehr, auf allen Kanälen, und wenn ich dann sehe, wie auf jedem einzelnen von ihnen leere Plätze, Straßen und Strände gezeigt werden mit dem Hinweis, dass es sich um leere Plätze, Straßen und Strände handelt, dann weiß ich nicht, ob man wirklich jede Sondersendung drehen muss. Oder wenn Schüler befragt werden, die sagen, sie kämen schon zurecht, aber der Kontakt würde ihnen fehlen, dann frage ich mich, was dabei die Neuigkeit ist. Klar, es passiert sonst nix, aber der Sendeplatz für Sondersendungen war ja vorher auch mit anderen Sachen gefüllt. Wo sind die denn alle hingekommen? In Quarantäne vielleicht?

Um der Panik ein wenig zu entgehen, schaue ich jetzt fast keine Nachrichten mehr. Ich beschränke mich auf die Tagesschau und ihre App und die Statistik in der Süddeutschen. Fertig. Ich will nicht mehr mehr davon hören. Allerdings habe ich auf diese Weise auch schon länger den so attraktiven wie intelligenten und sympathischen Herrn Drosten nicht mehr gesehen. Herr Wieler vom RKI (und der Tagesschau-App) macht zwar auch einen guten Job, aber optisch kann er halt nicht so mithalten. Außerdem sagt der immer so Sachen wie „Wir befinden uns erst am Anfang der Pandemie." Ich fühle mich aber schon mittendrin. Aber das nur am Rande. Auch arbeitstechnisch gibt es ja kein, aber auch gar kein anderes Thema mehr und privat, also bei Telefonaten mit Freundinnen und Freunden ja auch kaum. Umso schöner ist es, wenn ich Mails von Ulla Popken oder Underwearshopping bekomme. Die sind – abgesehen von kleinen Hinweisen, dass die Teams auch in der Krise für mich da sind – virenfrei. Ich hätte nie gedacht, dass ich mich über Werbemails nochmal so freuen würde. Obwohl ich natürlich so gut wie nichts mehr online kaufe. Habe ich eh schon nicht übermäßig. Nun hebe ich meine Bedürfnisse erst recht auf, bis der hiesige Einzelhandel wieder aufmacht und darauf freue ich mich wirklich schon sehr. Das Modehaus meines Vertrauens möge mir schon mal eine kleine Auswahl an schwarzen BHs zurechtlegen, bitte!

Auch auf die Begegnungen, auf die Eiscafés und die Biergärten freue ich mich wie verrückt. Was für geübte Misanthropen paradiesische Zustände sind, ist für mich schwer erträglich. Gerade jetzt. Aber das, das wissen Sie und ich, ist Klagen auf hohem Niveau. Wir sitzen hier im Vogelsberg, hoffentlich gesund, haben jede Menge Gegend um uns herum, und auch wenn wir die Grills nur für uns und die nächsten Menschen um uns herum anschmeißen, geht es uns – zumindest was die äußeren Umstände betrifft – doch noch ganz schön gut. Vorausgesetzt natürlich, man mag seine Familie. Das wäre wirklich hilfreich in diesen Tagen. Und ganz ehrlich, wenn man in unseren Breiten nicht so genau hinschaut, merkt man mitunter ja gar nicht, dass wir in einer Quasi-Ausgangssperre leben. „Die einen nennen es Ausgangssperre, die anderen nennen es Samstag in Oberhessen", habe ich letztens gehört. Und so ganz und gar Unrecht hatte derjenige ja wohl nicht...

Wie dem auch sei, während ich mich inzwischen wie wahnsinnig freue, wenn ich auf dem Parkplatz aus zwei Metern Entfernung ein Schwätzchen mit meiner Freundin halten kann, scheinen andere der Meinung zu sein, die Ausbreitung des Virus könne auch durch Runterschauen und Schweigen unterbrochen werden. Finde ich nicht: Miteinanderreden und freundlich sein, wird schon noch gehen. Wie gut, dass der Security-Mann vor dem Supermarkt um die Ecke zwölf Stunden am Tag für Entertainment sorgt. Gutgelaunt passt er auf, dass die Einkaufenden alles richtig machen: Dass man nun alleine einkaufen muss und auch noch einen Wagen nehmen, ist für mich eh nix Neues. Mache ich schon fast immer so! (Gestern auch. Also, wer mich gestern Klopapier hat kaufen sehen: Ja, es war wirklich fast alle!) Obwohl ja gerade jetzt alle gerne was zusammen machen wollen. Ich habe noch nie so viele Paare in den Erlen joggen oder spazierengehen gesehen wie in der letzten Zeit. Da entdecken sich viele wahrscheinlich ganz neu. Wenn das mal gutgeht ...

Was ein wenig nervig ist, sind die Burgwächter, die sich jetzt schon wieder berufen fühlen, dafür zu sorgen, dass die ganzen Regeln auch ja eingehalten werden. Auf Fotos beispielsweise, die vor der Krise gemacht wurden, aber erst jetzt veröffentlicht werden, gibt es Kommentare wie „Wie können Sie sich in diesen Tagen so eng stellen!" „Und wo sind die zwei Meter Abstand zwischen den Menschen auf diesem Bild?" Vielleicht sind sie verwandt, leben gar zusammen? Wieso muss plötzlich alles erklärt werden? Traut man den anderen kein Verantwortungsbewusstsein zu? Bei Fernsehinterviews zeigt eine Totale mehrfach, dass alle Beteiligten auch weit genug auseinanderstehen. „Natürlich mit Abstand", wird dann dauernd wiederholt. Nur nicht für Unmut sorgen! Und wie ist es jetzt eigentlich mit den Mundschutzen und den Handschuhen? Soll man jetzt welche tragen? Und wenn ja, woher nehmen? Wäre es vielleicht sinnvoll, sie denjenigen zu lassen, die sie wirklich, also wirklich brauchen? Stellt sich die Frage, ob die Selbstgenähten (oder die aus Stoff und Gummiringen Gefalteten) wirklich so gut sind wie die anderen, und dürfen sie eigentlich Mundschutz heißen oder sind sie nur Hygieneschutz? Auch die Institute und Universitäten sind sich da ja gar nicht unbedingt einig. (Ich habe übrigens gestern gerade in einer meiner WhatsApp-Gruppen selbstgenähte Mundschutze an zwei gutaussehenden Menschen gesehen: Ich würde dann fünf geblümte und fünf rote bestellen. Geht das?) Während manche noch kopfschütteln über die, die sich mit verschiedensten Accessoires schützen, schütteln andere die Köpfe über die, die es nicht tun. Es lebe das Dogma!

Wir leben in schwierigen Zeiten gerade, die Anspannung ist groß. Ich spüre, dass ich abends müder bin als sonst, obwohl ich weniger mache. Die Situation scheint eine Grundgebühr an Energie von mir zu fordern. Allerdings mache ich auch viele neue Sachen, die für eine Frau meines Alters wahrscheinlich auch einfach zu anstrengend sind: Innerhalb zweier Wochen habe ich Konferenzen über GoToMeeting gehabt, habe per Zoom Pilates trainiert und per

Jitsi und Skype mit den Freundinnen Aperol getrunken. Ich bin Videoandachten-Produzentin geworden (zwar mehr im Sinne von Organisatorin, aber immerhin), und ich habe großen Anteil an der Zwangsdigitalisierung meines Arbeitsumfelds. Nur zum Aufräumen bin ich noch nicht gekommen. Das klappt selbst in der Krise nicht. Macht aber nix. Alles gar nicht mal so schlecht. Aber alles wegen der Scheiß-Carola, die ja nicht nur Kontaktsperre im Gepäck hat. Hoffentlich verpisst sie sich bald.

Liebe in Zeiten der Carola

Also, ich finde, so langsam könnte es jetzt mal wieder normal werden. Ich werde ab Woche 5 der Ausgangsbeschränkungen so ein bisschen beschränkungsmüde. Und auch nachlässig: Lohnt es sich wirklich, für die paar Kontakte am Tag die Haare zu föhnen, frische Klamotten anzuziehen und sich ein wenig Farbe ins Gesicht zu machen? Und genützt haben mir die Beschränkungen auch nix: Wenn Sie glauben, dass ich schon irgendwas aufgearbeitet, aufgeräumt oder ausgemistet habe, dann: Fehlanzeige! Ich bin da anscheinend einfach kein Typ für. Hängt natürlich auch damit zusammen, dass ich weiter an die Arbeit gehen kann. Und meine ganzen Termine, die so rundherum ausfallen? Ja, irgendwie verschlunze ich die gewonnene Zeit wohl einfach so. Och, mal schön lange am Kaffeetisch sitzen? Ja, klar, hab' ja eh nix vor! Endlich wieder mal schön lange mit der Freundin am Telefon quatschen? Auf jeden Fall, wir können uns grade nicht treffen! Und jetzt noch mal schön ausgedehnt mit dem Hund gehen? Klar, wann, wenn nicht jetzt, sollte das möglich sein! Und so sind die Zeitfenster, die für konzentriertes Arbeiten und Aufräumen erforderlich wären, so klein, dass ich denke: „Ach, was soll's, fange ich halt morgen an!" Gute, alte Gewohnheiten kriegt nicht mal die Carola klein. Ätsch!

Vielleicht ist das auch so eine Art „Rentnersyndrom". Das ist ja, wenn man schon eine Woche nach Beginn des Ruhestandes so beschäftigt ist, dass man gar nicht mehr weiß, wie man eigentlich Zeit gefunden hatte, zur Arbeit zu gehen. Ich kenne derzeit nicht wenige Personen, die sich deutlich für eine langsame schrittweise Wiedereingliederung in die Arbeitswelt aussprechen, sollte es erst wieder soweit sein. Und Schule? Was war das noch gleich? Morgens aufstehen und los? Oh Gott, nein, bitte nicht! Lohnt sich doch bis zu den Sommerferien eh nicht mehr, der ganze Aufwand... Es ist schon erschreckend, wie schnell selbst fleißige Menschen in Verlotterungsgefahr geraten. Allerdings: Es gibt ja doch einiges zu tun: Social Shopping, sage ich nur! Ich habe es ja die ganze Zeit schon so gut es ging praktiziert: Meine Friseurin hat mir mein kostbares Shampoo ins Zeitungsrohr gesteckt und ich das Geld in einem Umschlag an den Briefkasten geklebt. Ich habe im Sportladen zwei Pilatesbälle an der Seitentür entgegengenommen und zu Ostern einen Geschenkgutschein im hiesigen Modeeinzelhandel erworben. Ich habe im Weltladen mehr Osterschnuggel gekauft als ich brauchte, und ich habe mir auch schon hier und da Klamotten weglegen lassen. Am Montag kann es ja wieder losgehen, und noch nie war Shoppen sinnvoller als jetzt.

Ich bin gespannt, ob wir es schaffen, die Abstands- und Hygieneregeln einzuhalten – auf jeden Fall habe ich mir schon diverse Alltagsmasken wahlweise Gesichtsmasken wahlweise Mund-Nasen-Bedeckung wahlweise Hygienemasken wahlweise Community-Masken zugelegt. Sie wissen schon: Mundschutze, aber das darf man ja nicht sagen. Wahrscheinlich weil Mundschutze schwer zu kriegen sind und weil sie vermutlich auch sinnvoller sind als die zahllosen selbstgenähten Stoffmasken, von denen ich nun zu den meisten meiner Frühlingsoutfits passende besitze – was ich allerdings auch ein bisschen bescheuert finde, ehrlich gesagt. Aber wenn schon Maske, dann wenigstens hübsch, dachte ich mir, und Sie werden sich wundern, wenn Sie mich mit meiner knallroten Maske mit Animal-Print-Rand beim Shoppen sehen. Oder mit der Geblümten, die so wahnsinnig gut zu meinem Jeanskleid passt. Grundsätzlich finde ich das mit den Masken ja eher nicht so toll, aber als ich jetzt sowohl Herrn Söder als auch unseren Landrat mit Maske in der Presse gesehen habe, denke ich, dass so ein Teil sich durchaus vorteilhaft auswirken kann. Auch auf mich: Man kann ganz hervorragend Mitesser oder Herpes verstecken, schlechtgeputzte Zähne (nicht, dass ich welche hätte, also schlecht geputzte), nichtgezupfte Kinnhärchen (das schon eher) oder einen Schokobart (das schon viel eher). Auf jeden Fall kann man morgens ganz schön viel Zeit im Bad sparen – in Kombination mit einer Sonnenbrille noch viel mehr.

Obwohl ich von der Sonnenbrille nach Möglichkeit abraten würde, denn wenn man so maskiert unterwegs ist, muss man viel mehr Vehemenz in den Augenkontakt legen: Lächeln, zweifeln, ärgern – all das läuft ja nur noch über den Blick. Man sollte also vielleicht eine kleine Übung in Augenmimik einplanen, bevor man sich erstmals mit Maske an die Öffentlichkeit wagt. Und wenn man sich unter diesen Umständen verliebt, dann hat man die einmalige Chance, ein schlechtes Gebiss oder eine schiefe Nase beim

Kennenlernen zu verbergen. Ist das nicht toll? Bis dann die Maske gelüftet wird, ist das Gegenüber vielleicht schon so verknallt in den Blick, die Stimme, die Figur, am Ende sogar das Gesagte, dass so kleine Äußerlichkeiten gar nicht mehr ins Gewicht fallen. Schöne Vorstellung, oder? Und was sagt man sich in diesen Zeiten, wenn man jemanden so richtig, also so richtig liebt? „Du bist so systemrelevant, mein Liebling!" Liebe im Frühjahr 2020. Mehr sage ich nicht.

Doch, noch was: Heute gab es bei Aldi wieder Toilettenpapier. Wurde auch Zeit. Ich musste ja die ganze Zeit das teure, supersofte tausendlagige mit Duft und Federdesign kaufen, weil es sonst nix mehr gab. Aber bevor sich die ganze Familie an dieses exklusive Gefühl am Allerwertesten gewöhnt, greife ich jetzt schnell wieder zu Aldis zweit- oder drittbestem. Hoffentlich ist es noch nicht zu spät.

Carola to go

Schon wieder zwei Wochen rum! Wie die Zeit aber auch rennt mit Carola. Wir hangeln uns von Mittwochskonferenz zu Mittwochskonferenz und hängen an den Lippen der Politiker und Wissenschaftler. Dabei können wir jede Menge darüber lernen, wie Wissenschaft funktioniert: These und Antithese, Trial and Error oder, wie mein alter Physiklehrer (und Ihrer wahrscheinlich auch) sagte: Versuch macht kluch. (Derselbe sagte übrigens auch: „Reden ist Silber, Schweigen ist Sechs"; wenigstens das habe ich mir gemerkt.) Schwer auszuhalten ist das alles in diesen Zeiten, in denen wir kaum eine andere Chance haben, als der Entwicklung auf unbestimmte Zeit beim Sichentwickeln zuzusehen und zu hoffen, dass alles, was wir tun und auf uns nehmen, richtig ist. Und während Woche für Woche vergeht, stellen wir uns nach den unterschiedlichsten Dingen an: Nach Sie-wissen-schon in den ersten Wochen, dann nach Hefe (von der ich jetzt gehört habe, dass sie in ausgewählten Läden schon wieder zu kriegen ist, aber jetzt will ich auch keine mehr haben), seit neuestem nach Gesichtsmasken in unterschiedlichsten Ausführungen. Vermutlich werden wir bald die passenden Accessoires dazu kaufen: Haarbänder, Krawatten, Handtaschen, Unterwäsche. Ich sehe es schon kommen, denn nach aktuellen Erkenntnissen sind die Masken der Schlüssel zur Freiheit - und das noch für lange!

Und während die Wochen so vergehen, kann man, sofern man den Nerv hat, sich als Zuschauerin betätigen und wundern: zuerst natürlich über das Hamstern und die besondere Dynamik desselben. Dann über die Gründung dubioser Parteien, deren Programm es ist, die Maßnahmen, die bisher das Schlimmste in Deutschland verhindert haben, Scheiße zu finden, und wieder stellt sich die Frage, welche Auswirkungen das Virus auf den Geist hat. Im Sinne dieser Frage kann man sich weiter wundern über den seit den Ausgangsbeschränkungen und Kontaktsperren offenbar endlich legal auslebbaren Trieb, seine Mitmenschen zu verpfeifen. Ja, es ist verboten, sich zu treffen. Aber ich weiß nicht, ob mit diesen Verordnungen einhergeht, dass alle Bürgerinnen und Bürger informelle Mitarbeiterinnen und Mitarbeiter des Ordnungsamtes werden müssen. Steht das irgendwo? Hab' ich das übersehen? Ich dachte, das hätten wir hinter uns gelassen … Mir persönlich fehlt da nämlich leider so ein bisschen das Vertrauen, dass alle Leute, die jetzt bei der Polizei und beim Ordnungsamt anrufen, nur ihr Wohl und das ihrer Nächsten im Sinn haben. Viel eher glaube ich, es sind die schon immer Miesepetrigen, die am Fenster hängen und Falschparker in ihrer Straße aufschreiben und die ohnehin nie Besuch kriegen. Egal ob Virus, Hochwasser oder Hitzesommer. Niemand will mit ihnen grillen, und endlich dürfen es auch die anderen nicht mehr! Für Misanthropen aller Art spielen sich hier wahre innere und äußere Reichsparteitage ab – es ist zum Weglaufen. To go, sozusagen.

„To go" gehört definitiv zu den Krisengewinnern – war dieser Begriff doch aufgrund des dazugehörigen Kaffees und dessen Plastikbecher zuletzt sehr in Verruf geraten. Heute ist „To go" das Gebot der Stunden, Tage und Wochen, gewissermaßen auferstanden von den Halbtoten, und da ist ja kein Wunder, dass speziell die Kirchen sich dieses Begriffes in besonderer Weise angenommen haben. „Predigt to go", „Andacht to go", „Osterkerze to go", „Segen to go" (Weihrauchspritzpistole inklusive) – alles, was wir bei der Kirche sonst nur stationär und seit Ewigkeiten vor Ort vorfanden, kann nun geliefert und geholt werden. Und obwohl ich sonst gar nicht so der To-go-Typ bin – wie sich bei zwei mehr oder weniger verschütteten Kaffees im Gehen herausgestellt hat –, muss ich sagen, die Kirche hat sich im Schnelldurchlauf entwickelt und das nicht mal zum Nachteil. Also meistens nicht, zumal wenn man bedenkt, dass sich da sonst jeder Wandel eher in Jahrhunderten abspielt. Da entpuppt sich die Krise doch als echte Chance, vorausgesetzt „Kirche to go" wird nicht mit „Kirche zum Weglaufen" verwechselt.

Apropos „to go": Nach sieben Wochen Kontaktverbot – oder waren es sechs oder schon acht? – wäre ich soweit, zu so ziemlich jeder Veranstaltung zu gehen, die als erstes im Umkreis von 50 Kilometern stattfindet. Sogar zu einem Tupperabend oder einer Putzmittelwerbeveranstaltung. Die Verzweiflung greift um sich, wenn auch auf immer noch hohem Niveau, wie wir alle wissen, und natürlich hoffe ich inständig, dass die erste Veranstaltung, die wieder für mehr als zwei Personen geöffnet ist, was richtig, richtig Geiles wird. Ich hatte schon Träume von geöffneten Gastronomien in der Nähe, in denen wir alle zusammen gefeiert haben …

Bis es wieder soweit ist, sehe ich der Zeit noch ein bisschen beim Vergehen zu, in der Hoffnung, dass all diejenigen, die größere Probleme haben als ich, sie auch überstehen. Gut überstehen. Und dass auch bald die Carola versteht, was „to go" heißt. „To go away", um es genau zu sagen, oder – nur falls sie schwer von Begriff ist, die Gute: HAU.ENDLICH.AB!

Eigentlich Pfingstmarkt ...

Eigentlich hätten wir Alsfelder uns an diesem Wochenende fast alle auf dem Pfingstmarkt getroffen. Am Freitagabend hätten wir ihn gemeinsam im Festzelt eröffnet. Wir hätten dicht gedrängt Fassbier aus schlecht gespülten Gläsern getrunken und geglaubt, ein Herpes sei die einzig ernsthafte Bedrohung daraus. Teile unserer Familie hätten mit ihren Kolleginnen und Kollegen die Musik dazu gespielt und sehr wahrscheinlich überdurchschnittlich viel Bier getrunken (überdurchschnittlich für einen normalen Freitagabend, nicht jedoch den Eröffnungstag des Pfingstmarktes). Andere Teile von uns hätten schon die ersten begeisterten Runden im Autoscooter gedreht und danach im Festzelt das Tanzbein geschwungen. Der letzte Teil von uns hätte über all dem gewacht und geschaut, dass trotz der Ausgelassenheit und des erhöhten Alkoholkonsums alle wohlbehalten nach Hause kommen. Die Aufsichtsbehörde in meiner Person hätte sich auf einen späteren Abend mit Livemusik gefreut und einen feuchtfröhlichen Abschluss am Dienstag – bei strahlendstem Sommerwetter, wie wir heute wissen!

An den vielen Wochenenden und Feiertagen zuvor hätten wir kleine Reisen gemacht – tatsächlich standen Prag, Berlin, Dresden und Paris auf unserem Frühlings-Reisezettel; in unterschiedlichen Besetzungen. Es wären Familienfeste gewesen, Konzerte, Theaterbesuche, Vereinsjubiläen, Frühschoppen, Lesungen – ganz viele Grillpartys. Tausend Dinge, die man nicht zoomen, skypen oder facetimen kann, wie uns schmerzlich bewusstwurde. Und was haben Sie so vermisst?

Natürlich kann man jetzt sagen, wir haben es uns trotz allem schön gemacht – also, wir haben das wirklich. Wir haben aufgeräumt und renoviert, wir haben in Minikreisen zusammengesessen – und, das muss man ja heute immer dazusagen – überall den „gebührenden Abstand" eingehalten (zumindest da, wo es ging...). Wir haben uns gefreut, dass wir alle gesundgeblieben sind und ein Haus mit Grundstück haben, die Erlen vor der Tür und den weiten, menschenleeren Vogelsberg um uns herum. Wir mussten nichts erleiden und doch hatten wir irgendwann das Gefühl: Jetzt reicht's. Jetzt muss doch mal wieder was gehen. Was Echtes, Analoges,

Normales. Ja, es gibt Alternativen, und ja, das Runterfahren hat seine schönen Seiten (wenn man kein Schausteller, Gastronom, Künstler, Clubbesitzer, Zirkusdirektor, Personal von alldem und vielen anderen betroffenen Bereichen ist), aber das Leben, das so um einen rum herrschte, der Trubel, die Möglichkeiten, die Geselligkeit fehlten doch schon sehr.

Was war es da so schön, sich plötzlich wieder in Lokalen treffen zu dürfen. Shoppen zu gehen, Ausstellungen zu besuchen! Aber geht Ihnen das auch so, dass einem alles immer noch komisch vorkommt? Dass man Angst hat, vielleicht doch für den nächsten Corona-Ausbruch im Vogelsberg zuständig zu sein, weil man die Zeichen einer Infektion übergangen hat oder sich der Freundin zu sehr genähert oder sich zu vielen Freundinnen überhaupt genähert hat oder alles zusammen ...

Wir waren am Wochenende für einen Ausstellungsbesuch in Frankfurt, eine kleine Frauenrunde, und wir wussten nicht, ob wir uns gesetzeskonform verhalten, wenn wir, um der Verseuchung in Zug und U-Bahn zu entgehen, zu viert in einem Auto sitzen würden. Welche Regeln gelten für ein Zusammentreffen (in Hessen): zehn Personen oder zwei Haushalte und wenn beides, gelten dann die zehn Personen auch für die Haushalte oder ist es da egal, wie viele? Ist es normal, wenn in Frankfurt auf der Zeil gefühlt das Leben tobt, als wäre nichts gewesen, und sind wir schon völlig gaga, wenn wir angesichts der im Vogelsberg unüblichen Menschenmassen auch im Freien instinktiv zum Mundschutz greifen, obwohl man ja angeblich damit nicht sich selbst, sondern die anderen schützt – wenn überhaupt? Muss man in diesen Tagen überhaupt seinen sicheren abgeschiedenen Ort verlassen und sich der Kultur wegen in Gefahr begeben, auch wenn die wiedergewonnene Freiheit so wahnsinnig guttut? Und begibt man sich eigentlich in Gefahr, wenn doch alles, was man jetzt tut und plant, wieder erlaubt ist, sofern man die Regelungen überhaupt versteht? Wo hört gesetzliche Vorsorge auf, wo fängt Eigenverantwortung an und wie nah ist man eigentlich an Hysterie auf der einen Seite und Verschwörungstheorie auf der anderen? Und was würde wohl Herr Drosten seiner Frau raten, wenn sie nach Frankfurt fahren, zur Grillparty einladen oder shoppen gehen wollte?

Fragen über Fragen und gemischte Gefühle bei allem, was man so tut. Alles ist ein wenig komplizierter geworden – selbst Einladungen innerhalb der weiteren Familie - und kann es noch lange bleiben. Ich hoffe so sehr, dass wir als Gesellschaft einen normalen Umgang mit dem Virus finden und diejenigen, die ganz verrückt vor Sorge um was auch immer sind, wieder zu Ruhe kommen. Ich hoffe, dass wir auch nach Corona daran denken werden, wer uns mit seiner Arbeit den Arsch gerettet hat und wer nicht. (Angesichts geplanter Autokaufprämien und neuen Bestrebungen, den Mindestlohn von 9,35 wieder abzusenken, darf man daran schon jetzt berechtigte Zweifel haben.) Und ich hoffe, dass wir uns irgendwann wieder völlig unbekümmert zur Begrüßung die Hände schütteln und umarmen dürfen, wenn uns danach ist.

Bis dahin bleibe ich – zumindest im Rahmen meiner Möglichkeiten – regelkonform mit Tendenz zu kleinen Freiheiten, ähnlich wie beim Autofahren. Vielleicht geht es so ja auch …

Home Urlaubing

„… und ihr so im Urlaub?" – „Och …" – „joh, bei uns auch …" So oder so ähnlich sehen in diesem Jahr die Gespräche über den bevorstehenden Urlaub aus. Oder ist es der gerade zurückliegende? Frei oder halbfrei hatten ja viele von uns gerade lange genug – wenn auch nicht wirklich zum Chillen. Aber wer kann schon an Urlaub denken, wenn er oder sie jetzt schon wieder sechs schulfreie Wochen zu bewältigen hat, wo vielleicht (glücklicherweise oder nicht) der Arbeitsalltag wieder beginnen könnte? Wer kann an Urlaub denken, wenn die Ausfälle durch Kurzarbeit oder Schlimmeres die Kasse dann doch zu sehr belastet haben? Wer kann an Urlaub denken, wenn man gar nicht so genau weiß, unter welchen Umständen der überhaupt stattfinden kann und wenn einem angst und bange wird angesichts der völlig überlaufenen deutschen Küsten – um nur ein Beispiel zu nennen. Und viel weiter weg wird man sich wohl kaum trauen in diesen Tagen, in denen „aufgrund der Situation" der Außenminister schon mal vorsorglich bekanntgegeben hat, dass er seine Dienste als Flugunternehmen für gestrandete Deutsche jetzt eingestellt hat. Und nicht nur das: Aus verschiedenen Ländern hört man jetzt schon wieder, dass einige Regionen bereits wieder dicht machen: Gütersloh ist überall. Apropos Gütersloh: Ich war so schockiert, als die einzelnen Länder der EU im März ihre Grenzen schlossen, und so erleichtert, als sie wieder aufgingen. Da konnte ich ja noch nicht ahnen, dass sogar innerhalb Deutschlands die Schlagbäume wieder runtergehen und Menschen aus von C betroffenen Kreisen im Rest der Republik mal eben zu unerwünschten Personen werden. Obwohl ich natürlich selbst auch schon dran gedacht habe, den Vogelsberg mit seiner niedrigen bis gar nicht vorhandenen C-Rate für Gäste aus anderen Regionen dicht zu machen. Man weiß ja nie, was Menschen aus dem Kreis Fulda, Gießen oder Hersfeld-Rothenburg oder gar der Schwalm hier so einschleppen!

Aber natürlich muss man gerade jetzt an Urlaub denken – wo auch immer -, damit die Reisebranche wieder auf die Füße kommt. Genauso wie man jetzt dringend shoppen muss, wenn man kann, damit alle möglichen Branchen wieder Boden gutmachen, den sie aus C-Gründen eingebüßt haben. Reisen, Kaufen und Essengehen sind plötzlich systemrelevant – also, ich kann nur sagen: An mir liegt es nicht. Beim Reisen bin ich zwar noch vorsichtig, aber zu in der Republik und im nahen Ausland verstreuten Freunden würde ich mich wieder trauen. Und in Frankfurt war ich auch schon zweimal. Natürlich nicht in der U-Bahn und nicht mit dem Zug. Und wenn's geht nur im Freien... Dafür unterstütze ich die hiesige Wirtschaft, wo ich kann. Besonders deutlich wird mir das immer, wenn ich diese Meldezettel ausfüllen muss: Ich war schon dreimal in der Eisdiele, viermal im Café, fünfmal beim Italiener, viermal in der Villa ... Auf jedem Zettel steht „Traudi Schlitt" und diverse Begleitungen. Ich hoffe nur, dass die Zettel wirklich vernichtet werden und nicht irgendwo gesammelt werden, sodass man später noch nachvollziehen kann, wie lange ich im Sommer wann und wo mit wem gesessen habe. Ich meine, so vom Standpunkt der Wirtschaftsförderung (im wahrsten Sinne des Wortes) aus wäre ich bestimmt ganz weit vorn. Aber es hat halt auch so ein bisschen was Vergnügungssüchtiges. Außerdem muss ich immer alle, die bei mir am Tisch sitzen, pro forma mit in meinen Haushalt aufnehmen. Wenn das mal nicht die ZAV spitzkriegt und mir nächste Woche drei doppelt so große Mülltonnen hinstellt!

Aber jetzt nochmal zum Urlaub. Unser Ferienhaus am Bodensee haben wir storniert. Es war auch auf der Schweizer Seite und das ist ja nicht mal EU. Da weiß man ja nie... Nun sitzen wir erstmal zu Hause und haben eine Liste gemacht mit Dingen, die wir gerne tun würden und Menschen, die wir gerne besuchen würden. Wir haben jede Menge Urlaubsliteratur erstanden: „Lieblingsplätze in Mittelhessen", „111 Orte im Vogelsberg und in der Wetterau, die man gesehen haben muss", „Erlebnis Vogelsberg". Das Gleiche dann noch für die angrenzende Rhön. Und ein bisschen Thüringen. Ich interessiere mich brennend für das 50er-Jahre-Museum in Büdingen, während meine Jungs lieber zu den Uhuklippen in Hochwaldhausen wollen. Anbieten würde sich vielleicht auch noch das Jungfernloch in Homberg/Ohm (für wen von uns auch immer) und wenn wir mal außer Haus schlafen wollen, könnten wir doch mal das Hotel Bunter Hund in Laubach ins Auge fassen, oder? Alles Ziele, nach denen sich Touristen die Finger lecken würden, warum also nicht auch wir Einheimische?

Bis ich dann überhaupt mal rauskomme, denn jetzt muss ich erst noch ein Weilchen arbeiten, schaue ich über den Damm hinter unserem Haus. Zwischen Haus und Damm stehen Kühe, ein Kälbchen und ein tatkräftiger Bulle auf der Weide, dahinter ist die Bahnschiene, aber in meiner Fantasie kommt danach das Meer... Und manchmal, manchmal wenn der Wind weht und so ein leichter Regen aufzieht, dann komme ich mir vor wie an der Nordsee. Oder zumindest wie kurz davor... Dann setzte ich mich mit meiner Sommerdrinkentdeckung aus dem letzten Jahr auf unseren Balkon und lese einen Syltkrimi und wenn das alles nicht mehr hilft, dann hole ich mir noch ein wenig Wellenrauschen aufs Handy. Home-Urlaubing kann so schön sein! Und wovon träumen Sie so?

Die Tendenz geht schwer in Richtung Balkonien oder wie es in den Sozialen Medien so schön heißt #staycation. Lasst uns die Tümpel unserer Heimat posten, die Gasthäuser und Schwimmbäder, die Seen, das Essen, die tollen Sachen vor der Haustür! #staycation und #vogelsberg und #dieweltistschön und #erlenliebe – all die schönen Hashtags sollen durch die Decke gehen. Ich bin gespannt auf eure Tipps. Also, nix wie weg! Die Westernstadt in Lingelbach wartet schon!

#staycation

Das waren sie also, die Corona-Ferien 2020. Und wie alles in diesem Jahr waren sie halt ganz anders als sonst, als geplant, als neu geplant, als erhofft, als was auch immer. Am Ende blieb uns wie vielen anderen auch der Trost, dass wir ja ohnehin schon da wohnen, wo andere Urlaub machen. Das ist ja einerseits auch gar nicht schlecht und natürlich haben wir noch längst, also längst, nicht alle Möglichkeiten des Birdmountain und der umliegenden Regionen ausgeschöpft, andererseits ist Urlaub zuhause auch echt schwierig, da man jenseits der fünfundzwanzig dieses Chill-Gen, mit dem wir ja fast alle zur Welt kommen, schon so erfolgreich unterdrückt hat, dass man es in den ersten zwei, drei Wochen kaum findet. Man sieht halt immer seine ganzen Baustellen, wenn man nicht wegfährt. Also, echte Baustellen, wie unser seit Wochen abgerissenes Bad, und andere Baustellen wie das unaufgeräumte Büro, der vollgestopfte Keller, die noch nie in ihrem Leben ausgewaschenen Küchenschränke, die Flickwäsche ... Einfach alles, was man machen wollte, wenn man mal Zeit hat. (Hatte ich schon die Steuererklärung erwähnt?)

Als ich dann so realisierte, dass unsere Urlaubspläne alle ins Wasser fielen und wir zu der erschreckenden Minderheit gehörten, die dadurch weder genug Geld für ein Wohnmobil noch für einen eigenen Pool noch für das Hightech-Fliwatütt von Tchibo gespart hatte, das sie nun für den ultimativen Feriengenuss ausgeben konnte, wurde mir klar, dass ich es einfach probieren müsste. Das Chill-Gen musste doch irgendwo zu finden sein! Und so blieb ich eines Morgens einfach im Bett liegen und sagte mir „Wenn ich jetzt irgendwo am Meer säße, könnte ich auch nichts machen". Und was soll ich sagen: Es kann gelingen, wenn man nur will. Ganz wichtig ist dabei, dass man sich vor den Räumlichkeiten, die einem große Probleme machen, hütet. Wer muss schon in den hinteren Kellerraum, wenn der Gefrierschrank mit den Eiswürfeln für den Aperol ganz vorne steht? Und das Büro? Für was war das gleich nochmal gut? Und wer muss schon bügeln, wenn man die Wäsche auch ganz leicht in das unbenutzte Gästezimmer stellen kann?

Als ich merkte, wie gut solche kleine Verhaltenskorrekturen taten, machte ich mich daran, unsere Wohnung ferienhausmäßig umzustylen: Die große Tasche mit den Schwimmsachen, die wir fast täglich brauchten, räumte ich nicht mehr weg, sodass wir ständig daran erinnert wurden und die herumliegenden Flipflops uns den Weg zeigten. Zeitungen, Bücher, Sonnenbrillen, Sonnencremes und sonstige Dinge des Ferienlebens bekamen einen festen Platz auf dem Esstisch, da wir diesen – dem anhaltenden Sonnenschein der letzten Wochen sei Dank – ohnehin für sonst nichts nutzten. Das Essen konnten wir getrost nach draußen verlegen, denn natürlich verfügte unser diesjähriges Ferienhaus nicht nur über einen großen Garten, sondern auch über einen großen Balkon mit Tisch und Stühlen. Ganz ehrlich: So ein schönes Ferienhaus wie das in der Schlossbergstraße in Altenburg hätten wir uns woanders gar nicht leisten können! Für das ultimative Feriengefühl kaufte ich beim Gärtner meines Vertrauens Oliven-, Eukalyptus- und Kumquatsbäumchen für eben diesen Balkon. Gemeinsam mit ein paar Kerzen in Gläsern und Körben und dem Lavendel auf der alten Palette ergab das eine schöne Kulisse für die abendlichen Lesestunden unter der großen Markise, die in diesem Sommer tagsüber die Hitze und später oft bis weit nach Mitternacht die Kühle abhielt. Den absoluten Sommerhöhepunkt erreichte ich mit dem Duft „Sommervergnügen“, der seit Wochen das Aroma „weißer Blüten, fruchtiger Melone und süßer Vanille“ in unserer Wohnung verströmt – Sommer pur, würde ich sagen, und das auch bei Gewitter!

Als nächstes stellte ich mein Ferien-Ich scharf: Ich kramte eine lange vergessene kurze Hose heraus, mit der ich mich fühlte wie eine kurzhaarige, zehn Jahre ältere und zwanzig Kilo schwerere Version von Nora Linde, der stets gechillten und braungebrannten Staatsanwältin aus dem Schwedenkrimi „Mord im Mittsommer“, ging ohne meine Sonnenbrille nicht mehr aus dem Haus, ließ meine Haare lufttrocknen und stellte jegliches Schminken ein. Dafür nahm ich mir viel Zeit für sonstige Pflege, schließlich musste „African Wonder“ dort ein wenig nachhelfen, wo die oberhessische Sonne dann doch zu schwach war. Auch den Alltag stellte ich auf Urlaub um: Ich schnappte mir die alten Einkaufstaschen von Deen und Albert Heijn, unseren liebsten holländischen Läden, und fuhr mit meinem Sohn auf dem Fahrrad zum Einkaufen. Schwimmbadkekse und ganz viel Obst; kaum ein Essen ohne

Krebsfleischsalat oder Garnelen, Weißbrot oder Ofenkartoffeln, Serrano-Schinken und gebratenes Gemüse, dazu abends einen schönen Pinot Grigio – so wurde aus #staycation in Altenburg ein Urlaub in Italien und Holland gleichzeitig. Wir waren Dauergäste im Schwimmbad (und am dortigen Kiosk), entdeckten den Pfordter See und radelten zur Dorfalm. Wir ließen unseren Hund in der Schwalm schwimmen und kneippten in Ranstadt. Wir bummelten durchs Städtchen, als seien wir Touristen, und gönnten uns jede Menge Spaghettieis und Flippers. Und so erlebten wir lange, unverplante Sommertage, die uns allen guttaten, obwohl sie so unspektakulär waren, dass man sie fast, also fast, schon langweilig nennen könnte.

Mit das Schönste an dieser Art Urlaub zu machen, war aber noch etwas anderes: Wir machten genau da Urlaub, wo unsere Freunde auch Urlaub machten: Hier ein kleines Treffen in der Eisdiele, dort ein lauschiger Abend auf dem Balkon, ein kleines Weinchen an der nächtlichen Schwalm, ein Abend beim Italiener. Geht doch!

Aber so langsam wird es Zeit, dem schnöden Alltag wieder ins Gesicht zu sehen. Mein Sohn kam grade und meinte, er hätte für morgen keine Unterhosen mehr. Just als ich ihm antworten wollte, er solle doch mal in seinem Koffer schauen, fiel mir wieder ein, dass wir ja gar nicht weg sind. Nur wo war jetzt, verflixt nochmal, die Wäsche?

Abstand

Nein, ich bin keine Corona-Leugnerin. Und ja, ich bin froh, dass wir hier bei uns bisher relativ gut durch diese letzten völlig irren Monate gekommen sind. Ich bin außerdem froh, dass ich in keiner Position bin, in der ich blitzartig (und später weniger blitzartig) Regeln aufstellen muss, hinter denen sich nicht nur 80 Millionen Peoples, sondern auch noch unzählige Wirtschaftsbranchen, Einrichtungen, Vereine und was sonst noch alles versammeln können, und es wundert mich nicht, dass es nicht immer gelingt. Ich bin ja schon damit überfordert, für einen Vier-Personen-Haushalt die Essens- und Urlaubsplanung so zu machen, dass keiner motzt.

Ich bin auch diejenige, die stets für die Einhaltung der Vorschriften plädiert, selbst wenn sie sich nicht auf Anhieb erschließen, sondern die einen oder anderen großen Logiklöcher aufweisen. Ich fordere sowohl für die Politik als auch für die Forschung die Möglichkeit, sich auf unbekanntem Terrain nach dem Motto „Trial and Error" zu bewegen, ohne dass der Rest des Landes gleich Unfähigkeit oder gar Böswilligkeit vermutet. Ich versuche, der Krise etwas Positives abzutrotzen (Delfine in Venedig und so) und sie frei nach Kurt Tepperwein als Chance zu sehen, wenn schon auf nichts Genaues, dann zumindest auf persönliches Wachstum. Davon kann man ja nie genug haben. Ich habe mich zum Beispiel zur Expertin in Sachen Masken-Management entwickelt, dazu vielleicht an anderer Stelle mehr.

Lange Rede, kurzer Sinn: Ich mache gerne alles mit, wenn es der höheren Sache dient, und ich bin auch der Meinung, gut mit ungewissen Situationen umgehen zu können, auch wenn sie lang dauern und existenziell sind. Doch obwohl ich mich – wie ich wohl ausreichend dargelegt habe – für sehr vernünftig halte, merke ich, dass ich an meine Grenzen komme. Soll ich Ihnen sagen, warum: Ich hasse Abstand. Letztens auf einer Klausurtagung, die wir nach vielfachem Hin- und Herdiskutieren und natürlich unter dem Gebot der absoluten Freiwilligkeit so richtig schön analog geplant hatten, war „Abstand" das meistgehörte Wort: „...und wir wollen alle Abstand halten". „Bei der Weinprobe bitte Abstand halten". „Beachtet bitte den Mindestabstand." Abstand mag ja bei der

Begegnung mit bestimmten Menschen auch ohne das Virus schön sein, aber so als Grundhaltung ist Abstand halt echt Scheiße. Keine Angst, ich werde jetzt nicht über Sie herfallen oder so, ich werde es weiter versuchen, aber es fällt mir einfach schwer. Wahrscheinlich, weil dieses Wort sinnbildlich für alles steht, was ich eigentlich will, was aber verboten ist:

Ich will meine Mutter drücken, wenn ich sie mal sehe. Und natürlich meine Freundinnen, in guten wie in schlechten Zeiten. Ich möchte auf Tagungen meiner Sitznachbarin irgendetwas völlig Irrelevantes ins Ohr lästern und ich möchte Menschen, denen ich begegne, die Hände schütteln und nicht erst lange fragen, wie wir es machen wollen und dann, wenn man sich wirklich mal die Hand schüttelt oder am Ende sogar umarmt, ängstlich und ertappt um mich schauen, wie zuletzt als Zwölfjährige, die im Wald heimlich ihre erste Zigarette geraucht hat oder Schlimmeres.

Ich möchte nicht als Erstes, Zweites und Drittes über Verbotsschilder fallen, wenn ich irgendwo reingehe, ich möchte nicht zum tausendsten Mal genötigt werden, mir die Hände zu desinfizieren, als beträte ich eine Intensivstation, und ich möchte es nicht normal finden, in eine Richtung rein und in die andere rauszugehen, geleitet von vielen bunten Pfeilen und in die Schranken gewiesen von Flatterband. Und so schön und praktisch es manchmal auch ist, beim Einkaufen auch mal einer ungeliebten Begegnung aus dem Weg zu gehen, indem man vorgibt, das Gegenüber nicht zu kennen und auch selbst nicht die vermeintlich Erkannte zu sein, ist es einfach blöd, nicht das Gesicht des Gegenübers zu sehen, wenn man sich trifft und unterhält. Da kann man noch so viele Lachfältchen aktivieren, wie man will – und ich habe davon einige zu bieten - und das Augenleuchten anstellen auf Teufel komm raus – ohne die untere Gesichtshälfte ist die Mimik halt einfach nicht mal halb so gut.

Außerdem befällt mich bei vielen Einschränkungen im öffentlichen Leben, die „aufgrund der aktuellen Situation" auftreten, die heimliche Vermutung, dass nicht wenigen Organisationen und Unternehmen diese ganz rechtkommen und das Zeug dazu hätten, auch nach Corona – whenever – weiterhin Bestand zu haben. Sie glauben gar nicht, wie sehr ich hoffe, dass Einrichtungen wieder regelmäßig öffnen und Geschäfte zu ihren normalen Öffnungszeiten zurückkehren, dass Spuckschutze oder wie auch immer sie heißen, die eilig aufgestellten Plexiglasscheiben und - wände wieder verschwinden, die Markierungen auf den Böden, die Desinfektionsständer...

Und als wäre das alles nicht schon schlimm und anstrengend genug, gibt es immer noch und immer mehr Mitmenschen, die endlich Grund haben, alle Regeln noch ein wenig strenger zu handhaben, päpstlicher als der Papst sozusagen, und nicht müde werden, ihre Zeitgenossen dahingehend zurechtzuweisen. Ich versuche, alles zu verstehen: Angst um sich selbst, seine Kinder, seine Eltern. Ich hoffe doch selbst bei jedem kleinen Schnupfen in der Familie, dass es nur eine normale Erkältung ist, und bei jeder Erhöhung der Körpertemperatur, dass es sich um klimakterische statt viraler Ursachen handelt. Aber ich will mich dieser Angst nicht ergeben. Ich will einen Weg finden, mit dem Virus zu leben ohne Paranoia und Besserwisserei, aber mit dem gebotenen Respekt vor der Gefahr. Ich weiß nicht, ob es reicht, zusätzlich zu den gesetzlichen Bestimmungen den viel zitierten gesunden Menschenverstand einzusetzen. Zumal man ja auch nie sicher sein kann, dass dieser in ausreichendem Maß vorhanden ist.

Aber ich will es probieren. Vielleicht nützt es ja was.

... und es hat Zoom gemacht

Als Klaus Lage mit diesem Hammersong 1984 in der ganzen Republik für Furore sorgte und für ein Stück, das heute noch rauf und runter gespielt wird – zumindest dort, wo sich Ü-Fünziger gerne aufhalten, beispielsweise in meiner Küche -, mussten die meisten von uns erstmal kurz begreifen, was er damit meinte. „Es hat Suhm gemacht?" Häh? Natürlich wusste man beim ersten Hinhören, was er meinte, nahm es sogar in den eigenen Wortschatz auf, auch wenn es bei nachträglichen Forschungen immer noch keinen Sinn ergab, ist „Zoom" doch laut Wikipedia in erster Linie die technische Bedeutung eines Zoomobjektivs oder Zoomfaktors – Begriffe, die wir später mit Aufkommen der digitalen Fotografie wieder selbstverständlich in unseren Alltag aufnahmen. (Dass „Zoom" auch der Name für einen Shortdrink aus Weinbrand, Sahne und Honig ist und dass es auch das Wort Zoom (= Zo-ohm) gibt, das für den tierischen Bestand eines Bioms steht, erwähne ich hier nur, damit Sie, liebe Lesende, nach der heutigen Lektüre einen eventuellen Wissenszuwachs verbuchen können – ähnlich wie ich beim Schreiben.)

Und jetzt? Jetzt gibt es nur noch eine Bedeutung von Zoom, die alles andere weit, weit überstrahlt. Ganz ehrlich: Wer von Ihnen hat noch nicht gezoomt? Also, wir zoomen stets und ständig an der Arbeit. Wir treffen uns in verschiedenen Gremien öfter als vorher, weil wir ja jetzt so wahnsinnig viel Fahrzeit sparen und uns nicht mehr in echt treffen müssen, was in diesen Zeiten ja durchaus von Vorteil ist (und in anderen manchmal auch).

Wobei ich mit Zoomen natürlich alle Arten von Videokonferenzen meine. Ich denke, es ist nicht übertrieben zu sagen, dass „Zoom" ähnlich wie „Tempo" oder „Tesa" eine derartige Marktstellung hat, dass es schon jetzt als Synonym für Videokonferenzen dienen kann (ein Phänomen, das man übrigens – Achtung, Wissenszuwachs – als „Deonym" bezeichnet).

Mein Verhältnis zum Zoomen ist gemischt: Gerade in den harten Corona-Zeiten fand ich es toll, sich auf diese Weise überhaupt zu sehen, und schon vorher gab es in meinem beruflichen Umfeld Bestrebungen, Besprechungen über größere Entfernungen per Video zu veranstalten. Nach inzwischen gefühlten fünfzig Zoom-Konferenzen ist der Lack so ein bisschen ab. Der Nutzen bleibt unbestritten, die technischen Möglichkeiten sind noch lange nicht ausgereizt, aber so langsam hoffe ich, dass wir nach Corona – whenever – auf ein normales Maß an Zoom-Konferenzen kommen. Schon allein, weil die kleinen geheimen Interaktionen auf Meetings aller Art halt eher persönlich stattfinden kann. Ich weiß zum Beispiel genau, bei welchem Wortbeitrag eines Kollegen meine Kollegin, die ich wie die anderen Teilnehmenden briefmarkengroß auf dem Bildschirm sehe – eine Ansicht, die im Netz des Öfteren mit dem Publikum der Muppet Show verglichen wird -, die Augen verdrehen würde. In echt würde ich sie anschauen und grinsen, aber wenn ich das jetzt tue, grinse ich alle an, die zufällig grade auf mich schauen, und meine Kollegin kriegt es vielleicht gar nicht mit. Ich könnte ihr das zwar im Chat schreiben (so nach dem Motto „Der schon wieder – ich wusste es!"), aber damit ist es ja auch so eine Sache: Kaum hat man mal nicht aufgepasst, hat man die Privatnachricht an die ganze Truppe geschickt. Und manche Sachen sind halt nur bedingt massentauglich.

Apropos Hinschauen: Ich bin der Meinung, dass die meisten während der Videokonferenzen ohnehin nur auf sich selbst schauen, damit sie möglichst gut rüberkommen. Man sieht ja bei Zoom immer so ein bisschen unecht aus mit Tendenz zu unvorteilhaft. So ist man ständig auf der Suche nach der besseren Perspektive: Falten, Augenringe, Doppelkinn – ganz schön anstrengend, wenn man sich immerzu selbst ansieht, und sich dabei ertappt, wie blöd man eigentlich schaut, wenn man sich unbeobachtet oder gelangweilt oder beides fühlt. Und was hat die Chefin da eigentlich grade erzählt?

Und dann natürlich die Sache mit dem Hintergrund: Damit kann man ja unglaubliche Effekte erzielen: Einer meiner Kollegen hat immer so einen virtuellen Meereshintergrund mit Palmen und trägt dazu türkisblaue Hemden. Macht einen mega-entspannten Eindruck, ehrlich. Ein anderer, der analog immer so ein bisschen schlampig rüberkommt, hatte sich eine beeindruckende

Bücherwand in den Hintergrund projiziert, dabei aber übersehen, dass einfarbige Hintergründe hinter dem Hintergrund von Vorteil wären. So taten sich in dem virtuellen Hintergrund dauernd irgendwelche Löcher auf, die den Blick auf ein völlig chaotisches Arbeitszimmer freigaben. Was ich wiederum typisch fand und eigentlich auch schön: Ich schaue gerne in anderer Leute Wohnungen und Zimmer und da bietet Zoom doch ganz neue Möglichkeiten. Niemals hätte ich gedacht, dass die eine Kollegin tatsächlich vor Eiche rustikal mit Kuckucksuhr sitzt. Und was will der Kollege, der so sehr mit seinem Waldhintergrund verschmilzt, dass er wie ein durchgeknallter Waldgeist im Nebel ab und zu daraus hervorschaut, uns mit dieser Performance sagen?

Als Letztes müssen wir uns den Kollateralschäden zuwenden, die aus den Zoom-Konferenzen bisher bekannt sind: Unsere Tageszeitung berichtete bereits im Juli von Problemen, die ein spanischer Journalist mit seiner Partnerin bekam, als während eines Live-Interviews aus dem Homeoffice seine nur leicht bekleidete Geliebte durch das Bild huschte. Ein anderer Spanier duschte während einer Konferenz und war nackt zu sehen, weil er vergessen hatte, die Kamera auszuschalten. Ich selber habe schon mindestens fünfmal Schweißausbrüche gehabt, weil ich mit einer Kollegin im Büro abgelästert habe und mir auf einmal unsicher war, ob das Mikrofon abgestellt war. Obacht, kann ich da nur jedem und jeder raten!

Aber sonst alles fein. Ich habe echte Begegnungen schon immer sehr gemocht und mag sie jetzt noch mehr. Und ich hoffe nur, dass wir es noch merken, wenn es irgendwann wieder mal in echt „Zoom" macht.

My Corona ...

... oder immer positiv ist auch nicht das Wahre

22.609 Neuinfektionen meldete das RKI vorletzten Mittwoch, der Vogelsberg meldete 22 und eine Inzidenz von 84,2. Zahlen wie diese hatte ich in den letzten Wochen, als die Zahlen wieder ständig hochgingen, täglich verfolgt. Am Mittwoch letzter Woche war das alles ein wenig anders, denn an einer dieser Zahlen hing mein Name. Ich war positiv. Dass ich positiv bin, ist jetzt nichts Neues an sich, aber in dem Fall hätte ich natürlich gerne drauf verzichtet. Gerade, wenn man bedenkt, dass der Impfstoff vor der Tür steht. Da hat man sich die ganze Zeit irgendwie durchlaviert und dann, kurz vom hoffentlichen Happy End sowas.

Und SOWAS ist es auch wirklich, denn mit Feststellung des Ergebnisses, mit der Stunde der Wahrheit sozusagen, beginnt das große Grübeln mit Tendenz zur großen Hysterie auf der einen und der großen Resignation auf der anderen Seite. Die Fragen liegen auf der Hand: Wo könnte es passiert sein? Bei wem könnte ich es mir geholt haben? Einerseits ist es ja schön, dass der Ansteckungsgrund nicht so eindeutig ist wie beispielsweise bei Tripper, was sicher im häuslichen Umfeld zu großen Irritationen geführt hätte, andererseits macht es das aber auch schwer. Ich bin jetzt zwar niemand, die sich die letzten Monate eingeigelt hätte, aber ich würde behaupten, die Regeln so gut wie immer eingehalten zu haben. Und ich war der Meinung, mit ein wenig klarem Verstand käme man da schon durch. War jetzt die Annahme falsch oder hat der Verstand nicht ausgereicht? Und wie viel Schuld hat man selbst, wenn man sich ansteckt? Und damit vielleicht auch andere? Andererseits war auch immer klar: Es ist unterwegs und jeden, der oder die ebenfalls unterwegs ist, kann es dann halt auch erwischen. Insgesamt ist das aber eher so die unwichtigste Frage, denn es ist ja rum.

Viel schwerwiegender ist die nach den Kontakten und den Möglichkeiten, wen man denn alles angesteckt haben könnte in den letzten Tagen, in denen man vielleicht schon etwas zu sorglos über ein Halskratzen hinweggegangen ist oder der einen oder anderen Person vielleicht doch näher war, als es gut gewesen wäre. Und während man dann so überlegt, ist man ganz schnell der Meinung, dass man für alle seine Freunde, die Familie und die Kollegen zu einem untragbaren Risiko geworden ist, dass jeder Kontakt nur dann gut gewesen wäre, wenn man ihn vermieden hätte, und man rechnet vor und zurück, hin und her, hört in sich hinein, denn zusätzlich zu allem, worum man sich jetzt so sorgt, kommt natürlich die Angst vor einem schweren Verlauf – bei sich selbst und anderen. Und plötzlich kommen einem die Corona-Witze, die man so wie üblich im Lauf des Tages in den verschiedenen WhatsApp-Gruppen bekommt und teilt, direkt so ein bisschen unpassend vor. Man fängt an, sich dafür zu entschuldigen, dass man erkrankt ist und evtl. in den letzten Tagen jemanden angesteckt hat, denn ganz offensichtlich ist man – bin ich – der Auslöser für Unsicherheit in meinem Umfeld, für Angst und Schrecken. Bin ich jetzt verantwortlich für Klassen-schließungen, für Quarantäne in Firmen, mit deren Mitarbeitern ich Kontakt hatte, für ausgefallene Treffen im Freundeskreis? Vermutlich schon. Und schon fühlt man sich einfach so ein bisschen Scheiße und das mit Recht, wie erste Reaktionen zeigen, und man hat das untrügliche Gefühl, dass man in der Beliebtheitsskala erstmal nicht weiter steigen wird.

Da ist es gut, wenn man dort schon einen kleinen akzeptablen Platz hat, denn alle, die in der glücklichen Lage sind, sich in den letzten Tagen nicht mit mir getroffen zu haben (und nach dem ersten Schock auch die), bieten uns direkt ihre Hilfe an, denn mit mir ist ja die ganze Familie schlagartig in Quarantäne. Aus die Maus. Da heißt es, schnell die Vorräte zählen, also die wichtigen, wie Rotwein, Nüsschen und Hanutariegel. Also versorgungstechnisch, würde ich sagen, sind wir mit der tatkräftigen Hilfe meiner Freundin jetzt ganz weit vorn. Der Brötchendienst der hiesigen Bäckerei klappt vorzüglich und vor kurzem hat uns sogar jemand eine Kiste Bier auf den Balkon gestellt. Jetzt müssen wir nur noch sehen, dass wir uns nicht gegenseitig verrückt machen mit Sorgen und Ängsten, mit zu viel Nähe und zu viel Abschottung, mit zu viel Homeoffice und zu viel Fernsehen. Mit zu viel Essen und zu viel Telefonieren. Alles ein wenig merkwürdig grade und die Wahrnehmung ein bisschen wie durch Watte. Was vielleicht auch vom vielen Puzzeln und Rumsitzen kommen kann.

Tag 12 meiner 14-tägigen Quarantäne ist heute. Husten und Schnupfen sind so gut wie weg, der Geruchssinn ist wiedererwacht. Kurz bevor meine „Absonderung", wie es das Gesundheitsamt in seinem Schrieb so freundlich nennt, endet, frage ich mich: Ist das schon Symptomfreiheit? Wird es mir am Mittwoch richtig oder falsch vorkommen, wenn ich wieder rausgehe und Menschen treffe – wenn auch jetzt in noch größerem Abstand als vorher? Hatte ich im Übrigen schon gesagt, dass ich Abstand hasse?

Es wird mir sicher wunderbar und wunderlich gleichzeitig vorkommen. Ich freue mich drauf – und hoffe, dass niemand vor mir Reißaus nimmt. Man weiß ja nie …

Co-lateral-Schäden

Eigentlich wollte ich ja nix mehr über Corona schreiben. Manchmal hat man den Eindruck, alles ist schon gesagt, aber noch nicht von jedem (frei nach Karl Valentin), oder alles ist schon überholt, bis man es glücklich zu Papier und unter die Leute gebracht hat. Aber dieses unsägliche, überflüssige Virus, dem man wirklich nur mit viel, viel Wohlwollen noch irgendwas Gutes abgewinnen kann („Was können wir aus der Krise lernen" und so), ist so dermaßen Teil des doch arg beschränkten Alltags geworden, dass ich, die stets unter dem Motto „Alltagswahnsinn" firmiert (nur falls Sie das noch nicht wussten), ja kaum noch was zu schreiben hätte, wollte ich da nun gar nicht mehr drauf eingehen. Und da „eigentlich" das Wort dieser Zeit ist, in der man eigentlich etwas ganz anderes lieber täte, als das was man grade nicht tut (oder so), nehme ich das jetzt halt mal so hin. Alltag unter C-Bedingungen.

Man hatte ja von Anfang an so ein bisschen das Gefühl, dass das Virus nicht nur die Lunge, sondern auch das Hirn angreift. Das war, als man sich noch über so harmlose Dinge aufregte wie das Hamstern von Klopapier. (Wir erinnern uns? Das war dieses seltsame Verhalten während des erstens Lockdowns, von dem wir erst im Nachhinein wussten, wie gemütlich er eigentlich (!) war.) Als dann die ersten Corona-Leugner unter ihren Aluhüten hervorkrabbelten, wurde das Gefühl von einer bestimmten Gewissheit abgelöst, die schon ein bisschen was Beängstigendes hatte. Nun aber ist der Worst Case eingetreten: Ich bin selbst befallen. Also, mein Gehirn. Es leidet. Es leidet unter den immer gleichen, sich nur in der Intensität der Negativschlagzeilen unterscheidenden Nachrichten. Was dazu führt, dass ich schon seit Wochen, ehrlich seit Wochen, keine Nachrichten mehr schaue. Das ist das eine. Ich versuche, dieses Defizit durch die Nutzung der Tagesthemen-App zu kompensieren. Größere Sorgen mache ich mir allerdings über die Wahl des alternativen Fernsehprogramms. So richtig bewusst wurde mir dies, als zu dem ewigen Corona-Gedudel in den Nachrichten Anfang November noch das lahme Wahlverhalten der Amerikaner hinzukam, gepaart mit dem merkwürdigen Verhalten ihres damals wohl noch voraussichtlich abgewählten Präsidenten, über dessen Haare ich nichts mehr sagen möchte, weil ich es in meiner letzten Kolumne den Eichhörnchen versprochen habe.

Wir, also mein Mann und ich, schauten uns an und uns war klar: Es reicht. Wir waren kurz davor, „Die Bachelorette" oder „Hochzeit auf den ersten Blick zu schauen", aber das Niveau war dann schließlich noch hoch genug für eine alte Sendung „Bergdoktor", die wir glücklicherweise unter all den Nachrichtenangeboten in der Mediathek fanden. Ich muss dazusagen, dass das seit dieser Zeit allerdings mein Lieblingsniveau geblieben ist. Vorzugsweise als Krimis getarnt, schaue ich mir seichte Dinge an, Sendungen, in denen Menschen sich einfach so treffen – mit egal wie vielen Leuten -, sich umarmen und – ganz wichtig – am Ende alles gut wird. Deshalb sind schon seit längerem diese sozialkritischen, realitätsnahen Tatorte und Polizeirufe, die mit Kinderprostitution, Bandenkriminalität und wahlweise Frauen- oder Organhandel, tabu. Münster-Tatorte sind meine absoluten Favourites, gefolgt von den Weimar-Tatorten, wobei der letzte ja eher schwierig war, da der Tod von Herrn Lessing (dessen Vorname nun wohl für immer unbekannt bleiben wird) doch was sehr Endgültiges hatte. Wenn das so weitergeht, bleiben wohl nur noch die Vorabendkrimis, die mir die Mediathek zu meinem Abendwein um 22:30 freundlicherweise anbietet: Egal ob SOKO Wismar, Potsdam, Leipzig oder Köln – die sind so verlässlich wie ein Schweizer Uhrwerk: Straftat, Ermittlung, Aufklärung, fertig, Schlafenszeit. Oder vielleicht doch noch eine Folge? Meistens schon, was dann dazu führt, dass ich nicht mal mehr lese und somit meinem geistigen Verfall weiteren Vorschub leiste. Da bekommt das Wort Co-lateral-Schäden doch gleich eine ganz andere Bedeutung.

Wie bei so vielen Dingen derzeit hoffe ich, dass es sich hierbei um ein Krisensymptom handelt, das, obwohl man vermutlich gegen selbstverschuldete Blödheit nicht impfen kann, mit dem Ende der Pandemie wieder verschwindet und keine bleibenden Schäden hinterlässt. Ich könnte mich ja für hinterher schon mal bei der Volkshochschule zu einem Russisch- oder Philosophiekurs anmelden, um ein paar Intelligenzpunkte zu retten. Wenn nach den vielen seichten Krimis noch ein wenig Substanz übrig ist. Bis dahin versuche ich mich, nachdem ich von der Weihnachtsdeko noch die Beleuchtung habe hängen lassen, mit ein wenig Licht über die Zeit zu retten. Und mit der Hoffnung, dass irgendjemand Externes sein Ein-Personen-Kontakt-Kontingent und seinen Horizont ab und an mit mir teilt.

Ich bin bereit!

Maskenball

Wie so vieles in den letzten Monaten hat auch das Wort „Maskenball" seine Bedeutung geändert und damit auch große Teile seines Charmes eingebüßt. Und wie so oft in dieser pandemischen Krise laufe ich den Ereignissen hinterher, denn natürlich hätte es sich angeboten, erst Mitte Februar, zur Hoch-Zeit der ausgefallenen Maskenbälle in aller Welt, über den solchen zu schreiben. Allerdings ist das mit den Masken ja grade wieder sehr im Fluss und das nicht gerade Richtung ruhigeres Fahrwasser. Schade eigentlich.

Natürlich will ich mich den wissenschaftlichen Empfehlungen nicht entziehen und – wenn's hilft – auf FFP2-Masken zurückgreifen. Sonst dürfte ich ja auch bald nicht mehr unterwegs sein, was ich schon blöd fände und die Reste des hiesigen Handels auch. Andererseits aber finde ich es auch ein bisschen schade, wenn wir uns ab sofort nur noch einförmig, weiß und entenschnabelig in der Öffentlichkeit bewegen dürfen. Sie sehen halt schon sehr bescheuert aus, die Hochleistungsmasken.

Dabei hatten wir uns nun doch fast schon alle wenigstens ein bisschen an die sogenannte „Alltagsmaske" als Stilelement gewöhnt. Und nicht wenige von uns – sich hier schriftlich äußernde Personen nicht ausgenommen – hatten doch schon mehr Masken im Vorrat, als wir – selbst bei strengster regelmäßiger Reinigung – brauchen würden. Gekauft passend zur Kleidung, aus verschiedenen Stoffen, mit schönen Mustern und in leuchtenden Farben. Mit Statements oder aufgedrucktem Lachen oder – je nach Persönlichkeitsstruktur – auch mit aufgedruckten Totenköpfen oder Horrorclownoptik. (Wobei ich mich da schon immer gefragt habe, an welchem Punkt die ästhetische Wahrnehmung in eine eher ungünstige Richtung abgedriftet ist.) Hätte von Ihnen jemand Anfang des letzten Jahres gedacht, dass wir ein Jahr später unseren Sabberlappen (so die offizielle hessische Bezeichnung) schon fast nachtrauern?

Ich muss sagen, ich fand die Betrachtungen rund um die Mundschutze (was für ein Plural!) stets sehr unterhaltsam, gab es doch die tollsten Varianten. Kolleginnen und Kollegen von mir trugen Riesenteile, die wohl eigens für sie angefertigt waren, weil sie aus verschiedenen Gründen mit den normalgroßen nicht zurechtkamen. Sie haben's gut, sie können jetzt einfach die Bändel abnehmen und die überzähligen Masken als Hand- oder Duschtücher nehmen. Masken dieser Größe hätte ich auch anderen Menschen gerne empfohlen (wenn sie mich gefragt hätten), denn wie oft habe ich beim Einkaufen Menschen gesehen, männliche zumeist, denen die ganz normalen Masken, die man – nachdem der Hype um die schönen selbstgenähten zu Beginn der Maskenpflicht etwas abgeflaut war – überall in Fünferpacks kaufen konnte, tatsächlich zu klein waren. Zu klein! Sie gingen gerade mal von der Nasenspitze bis Unterkante Unterlippe, und ich war stets fasziniert von der Erkenntnis, wieviel Gesicht und Gesichtsanhänge da noch rausguckten. Ganz ehrlich: Mein Blick auf die menschliche Physiognomie hat sich sehr geschärft in diesen Zeiten, auch wenn er sich mehr auf den Hals-, Nacken- und Wangenbereich kaprizierte. Und auf Bärte.

Denn ebenso fasziniert war ich davon, wie bei Vollbartträgern die vielen Haare unter den Maskenrändern hervorquollen. Ich musste da ständig hinsehen (und bitte an dieser Stelle, alle, denen das aufgefallen ist, um Verzeihung) und stellte mir vor, wie weich gebettet die Maske in dem Bart lag und wie praktisch so ein Bart doch ist, denn schließlich kann hier wenigstens nichts einschneiden. Einmal sah ich einen Mann, dem unter der Maske ein langer geflochtener Bartzopf herausbaumelte, und ich hoffte für ihn, dass das Haarteil an der Maske befestigt war, was ich sehr originell gefunden hätte, aber ich glaube, es hing tatsächlich an seinem Kinn. Egal: Wenn jetzt die FFP2-Masken-Pflicht kommt, ist das mit den Vollbärten, wie man hört, ja nur noch so mittel. So sprach sich Christof Asbach, Präsident der Gesellschaft für Aerosolforschung, in einem ZDF-Interview am 14. Januar dafür aus, dass Bartträger, um den vollen Schutz durch die Maske zu erzielen, sich ihre Bärte abrasieren. Was für die meisten von ihnen auch ohne Maske ein wirklicher Vorteil wäre, wie ich finde. Dass Herr Asbach nicht von Bartträgerinnen spricht, mag vielleicht auf Klischees oder mangelndes Genderbewusstsein zurückzuführen sein. Oder zu geringes Wissen um das Haarwachstum in Frauengesichtern mittleren Alters. Ich jedenfalls hatte diese Woche schon einen Termin, um mir die Haare rund um den Mund und an

Kinn und Hals weglasern zu lassen: Wenn ich schon eine hässliche Maske tragen muss, dann will ich wenigstens den maximalen Schutz aktivieren. Doch auch hier – so der Experte – muss man auf die richtige Form und Größe achten und auf verlässliche Lieferanten. Da ich in einem Anfall von Verknappungsangst einen übereilten Internetkauf getätigt habe, bin ich sehr gespannt, ob die Masken, die ich bekomme, passen und wirken ... Wenn nicht, werde ich wohl bald ein ähnliches Depot angelegt haben wie mit den Stoffmasken.

Stellt sich jetzt natürlich die Frage, was wir aus all unseren Stoffmasken machen, die wir zuhause gebunkert haben. Tatsächlich habe ich drei schöne runde Maskenschachteln angelegt: eine kleine für die Masken meines Mannes, eine mittlere für die Masken der Zwillinge und eine große für – raten Sie mal! Darin befinden sich Masken für jeden Anlass und jede Stimmung. Ganz besonders favorisierte ich zuletzt die mit Message von „ARMEDANGELS", bei deren Kauf ein Betrag an „Ärzte ohne Grenzen" geht, die nachhaltig produziert sind und ihrer Trägerin – wie ich finde – einen deutlichen intellektuellen Schub bescherten. Und wenn nicht, taten sie zumindest kund, dass ich mich für den Fortbestand der Freundlichkeit im Allgemeinden einsetze („I warmly smile under this mask") oder für den Schutz Einzelner im Besonderen („I wear this mask for you"). Natürlich könnte ich meine schönen Stoffmasken jetzt ÜBER der FFP2-Maske tragen, dann würde man die nicht sehen, ich wäre noch besser geschützt und könnte mein Statement vor mir hertragen. Allerdings muss man in meinem Alter, angesichts unvermittelt heranrollender Hitzewallungen, mit solchen Experimenten vorsichtig sein. Letztens hätte mich schon mit der einfachen Stoffmaske und dem Schal und der Mütze beim Metzger fast der plötzliche Hitzetod ereilt.

Apropos Hitze: Wir könnten aus den Masken Bikinis nähen. Ich persönlich würde dazu nochmal die großen meiner Kollegen anfragen. Oder schöne Patchworkarbeiten anfertigen. Oder Taschen, die wir nächstes Jahr als nostalgische „Corona-Bags" mit uns tragen werden. Souvenirs an eine vergessene, irre Zeit. (By the way: Optimismus ist immer ein bisschen mehr zu vertrauen, als man sicher sein kann. Verrückt, oder?) Sicher wird die Upcycling-

Industrie sich tolle Einsatzgebiete für die Wiederverwendung von Stoffmasken überlegen. Man kann sie aber auch erstmal aufheben. Wer weiß, was für Zeiten noch auf uns warten.

Und: Der nächste Maskenball kommt ganz bestimmt.

Heiliger Wahnsinn – helau!

Eigentlich wäre heute die Faschingsveranstaltung in Altenburg. Ich hatte – Sie werden es sich vorstellen können – schon wieder ein sexy Paillettenkleid zu meiner blonden Langhaarperücke im Auge, um meine Verwandlung zu vollziehen, die mich einmal im Jahr im Rahmen meiner Möglichkeiten zur blonden Göttin werden lässt, aber es war ja abzusehen, dass auch aus dieser für den gesellschaftlichen Zusammenhalt so wichtigen Veranstaltung in diesem Jahr nichts wird. Nicht dass ich Langeweile gehabt hätte, dass die Vorbereitungen ausgefallen sind. In unserem Faschingskomitee habe ich als Schreiberling mit Abstand die wenigste Arbeit. Aber unsere Vorbereitungstreffen in der Pizzeria unserer Wahl haben mir doch schon sehr gefehlt. Und auch wenn ich es als nicht unbedingt Faschingsverrückte, so doch als Faschingssympathisantin, nicht wirklich vermisse, dass ich mir auch noch Gedanken um die Verkleidung meiner Familienmitglieder (samt Schminke) machen muss, hätte ich doch gerne gemeinsam mit allen anderen aus meinem Dorf heute gefeiert. Ich hätte mich nach dem Programm wie jedes Jahr in die Sektbar begeben – hinter die Theke natürlich – und bis in die Morgenstunden ausgeharrt und Sekt, Whisky-Cola und kleine Feiglinge über die Theke in den schummerigen kleinen Verschlag gereicht, der – wenn er nicht mit schwarzem Stoff, Luftschlangen und Schwarzlicht als Sektbar verkleidet ist - ein Dasein als Stuhllager führt. (Wer kennt es nicht?) In regelmäßigen Abständen hätte ich in der Damentoilette meinem eigenen Verfall zugesehen und im sich leerenden Saal dem der anderen. Am nächsten Tag hätte ich mich gefreut, dass ich – sektbardienstbedingt – wenig Alkohol getrunken hätte und zum Mittagessen doch schon wieder recht sicher auf den Beinen stehen würde. Aber so?

Ich glaube nicht, dass wir heute Abend eine Art Ersatzveranstaltung auf die Beine stellen, oder kann sich irgendjemand von Ihnen vorstellen, dass mein Mann und ich – ich wie gesagt als blonde Fast-Göttin, er nochmal als Mr. Spock, weil die Ohren vom letzten Jahr halt noch da sind und ihn so gut kleideten – auf dem heimischen Sofa vor einer Faschingswiederholungssendung sitzen, Luftschlangen werfen und uns betrinken? Und welche einzelne Person sollten wir uns dazu wohl einladen? Mein Mann würde sicherlich für Captain Uhura plädieren, und ich würde sie ihm gönnen, da George Clooney wohl noch schwieriger zu kriegen ist und ich ja nachweislich auch nicht sein Frauentyp bin. Nicht mal mit blonder Langhaarperücke.

Wir haben wie gesagt, die Wahl, aber was machen eigentlich die richtigen Narren in diesen Tagen? Und alle, die dafür brennen, dass eine Sitzung, ein Zug, ein Weiberfasching auf die Beine kommt? Und was macht der Verlust von Fasching eigentlich mit uns als Gesellschaft?

Der Philosoph Christoph Quarch verweist auf die Ursprünge des Faschings: Schon die alten Griechen hätten Dionysos, dem Gott des Rausches, der Trunkenheit und des heiligen Wahnsinns mit Gelagen aller Art gehuldigt, führt er in einem Podcast in der ARD-Audiothek aus und verweist auf Sokrates und Platon, die Trinkgelage für den Fortbestand der Demokratie für unumgänglich hielten. In der Fachsprache heißt das „Katharsis", übersetzt auf Fasching heißt das auf den Putz hauen, die Sau rauslassen, über die Stränge schlagen, moralische Kriterien einer Gesellschaft außer Kraft setzen, um – jetzt kommt's – sie danach wieder besser zu verstehen und mit umso mehr Kraft und Freude zu verfolgen. Jetzt kann man sich natürlich noch über die Grenzen der Außerkraftsetzung unterhalten, die sich – insbesondere, wenn es die Moral betrifft – doch mitunter bis weit nach den tollen Tagen auswirken könnte. Also, ich wüsste jetzt nicht, ob die Aussage „Was ich mit Hildegard hinter der Sektbar getan habe, habe ich für den Fortbestand der Demokratie getan" mich so auf Anhieb überzeugen würde.... Jedenfalls haben Herrn Quarch zufolge das Spiel mit den Rollen und die kollektive Ausgelassenheit eine wichtige gesellschaftliche Bedeutung, auch wenn man sich heute weniger sinnvoll als vielmehr sinnlos betränke. Ob das mit dem Sinn im Ergebnis einen Unterschied macht, weiß ich jetzt auch nicht.

Vielmehr frage ich mich, wenn ich an die vielen, vielen dermaßen witzigen Ideen denke, die speziell zu Fasching ungehemmt ans Licht kommen, wenn Bankdirektoren und Bürgermeister zu Rockstars werden, wenn hemmungslose Männer sich als Balletttänzer und Primaballerinen auf die Bühne trauen, wenn es nicht immer gehaltvoll, sondern manchmal einfach nur richtig schön blöd ist, was die Menschen mit diesen Potenzialen heute und in den nächsten Tagen tun. Das kann doch nicht alles verpuffen, das muss doch raus!

Also, vor diesem Hintergrund werde ich dann vielleicht doch noch mal über meine Metamorphose am heutigen Abend nachdenken und die Weinvorräte checken. Und da ich keinen Sektbardienst habe, könnte ich ernsthaft und zielgerichtet an meiner Katharsis arbeiten. Und die Demokratie retten. Auch Sie sollten da mal drüber nachdenken.

Muss ja sein.

In diesem Sinne ein dreifach donnerndes Helau!

Saukalt

Falls ihr euch wundert, dass ihr seit meiner Frauentagslesung am 8. März nichts mehr von mir gehört habt, dann seid versichert: Ihr habt nichts verpasst. Ich habe einfach nichts geschrieben und nichts, was schon da war, sortiert und veröffentlicht. Der Grund: Ich war eingefroren! Am 22.2. bereits hatte ich freudestrahlend die diesjährige sockenfreie Zeit eingeläutet und auch eine ganze Weile durchgehalten, doch dann musste selbst ich einsehen: Es war zu früh. Es war auch zu früh, meinen von winterlichen Schmuddelwetterrunden doch sehr verdreckten roten Parka zu waschen und wegzuräumen, und es war auch zu früh, die Schal-, Mützen- und Handschuhberge der Jungs wieder in den Tiefen der Ikeaboxen verschwinden zu lassen. Es war zu früh für lackierte Fußnägel und für die erste Runde African Wonder, mit dem ich meine weißen Gräten farblich der strumpffreien Zeit anpassen wollte. Es war zu früh für Frühlingsgefühle und die aufkeimende Hoffnung, dass wir uns zumindest draußen mal wieder etwas gemütlicher und zwangloser treffen könnten. Am Ende sogar mit mehr als zwei Personen. OMG!

Und als ich so darüber nachdachte, wurde mir klar, dass das Gefühl von Kälte nicht allein mit den Temperaturen zu tun hat, sondern mit dem, was das Leben uns grade so abverlangt. Mir zumindest. Mein Slogan für das neue Jahr war „Man könnte es auch so sehen: Selten hatte ein neues Jahr so viel Potenzial, besser zu werden als das alte …" Das hatte ich voller Hoffnung auf meine Weihnachtskarten gedruckt, und damit wurde ich sogar hier und da zitiert. Heute sage ich: Das Jahr 2021 ist grade dabei, ganz schön zu verkacken. Ich muss es leider so deutlich sagen, sorry. Es tut sich nämlich nichts in Sachen „Es kann nur besser werden". Im Gegenteil: Wir bewegen uns nicht nur nicht nach vorne, wir machen Rückschritte. Und wenn schon ich nach einem Jahr Kontaktbeschränkungen das Gefühl habe, mit wenig Gesellschaft und wenigen Terminen und wenig Ansprache und so daheim rum komme ich auch gut aus, dann kann man mit Sicherheit von einer coronabedingten Wesensveränderung sprechen.

Und jetzt hat sich auch noch das Wetter mit dem Virus verbündet: Es wird einfach nicht warm. So wie man sich bessernden Corona-

Zahlen nicht glaubt, weil sie sich so schnell wieder drehen können, so mag man auch den sich hier und da zeigenden blauen Wolken nicht glauben, denn bis gestern schneite es daraus aus heiterem Himmel. In normalen Zeiten hätte ich das interessant gefunden und gedacht, ach schau mal, die Natur macht halt, was sie will. In normalen Zeiten freue ich mich dran, dass das Wetter ganz demokratisch für alle gleich schlecht ist und man es selbst in der Hand hat, es zu kalt, zu nass, zu windig zu finden oder den Regenbogen zu suchen, in Pfützen zu hüpfen oder sich zuhause gemütlich einzukuscheln. Doch aktuell gibt die Gemengelage das nicht her. Aktuell ist es einfach nur viel zu kalt. Wollen wir nur mal hoffen, dass der Frühling kein Corona hat und auf unbestimmte Zeit in Quarantäne muss ...

Ganz kurz gab es diese Woche einen kleinen Lichtschweif am Horizont: Mit einem frischen, wunderbar negativen Corona-Test stand ich im Schuhladen meines Vertrauens, da Alsfeld ja Modellstadt für acht Tage war. Ich kaufte silberglänzende Sommerschuhe und hatte eine kurze Illusion von Frühling. Wenige Stunden später stand ich ohne Socken und natürlich auch ohne Winterjacke im größten Schneetreiben, das je im April stattgefunden haben muss, und fror. Natürlich hängt das auch damit zusammen, dass ich so ein klein wenig bockig bin und mir schwertue, einmal ausgerufene Regeln – wie das Weglassen von Socken aller Art ab März, es sei denn zum Wandern oder so – wieder rückgängig zu machen.

Und so hangele ich mich derzeit widerwillig von Socke zu Socke im Besonderen und durch den Alltag im Allgemeinen. Und ich übe mich darin, den sich hier und da zeigenden Sonnenstrahlen doch wieder zu glauben, dass sie den Frühling bringen. Haben sie ja immer so gemacht. Irgendwann. Mit Wärme, Balkontreffen, sockenfreien Tagen bis in den Oktober. Nicht dass ich das vor lauter Trübsinn noch verpasse. Zur Vorbereitung werde ich heute Abend schon mal einen Aperol mit meiner Freundin auf dem Balkon trinken. In der einen Winterjacke, die ich noch nicht gewaschen habe. Ob ich dazu Socken tragen werde, weiß ich noch nicht. Sind ja immerhin fünf Grad draußen – besser als vier, oder?!

Mpf-Wort des Jahres

Im letzten Jahr hatten wir ja alle Gelegenheit, unseren Wortschatz ganz enorm zu erweitern. Wer hätte gedacht, dass Menschen aller Bildungsschichten und Dialektgruppen plötzlich das Wort „Inzidenz" mit der gleichen Selbstverständlichkeit wie „Apfelbrei" verwenden oder jedes andere Wort, mit dem sie als kleinstes Kleinkind aufgewachsen sind. Wir wissen plötzlich alle, was eine Mutation ist und wie sich der R-Wert errechnet (oder wir glauben es zumindest), und wir haben Institutionen kennengelernt, deren Existenz und bis dahin unbekannt oder egal war: das Robert-Koch-Institut, liebevoll „RKI" genannt, die Nationale Akademie der Wissenschaften, liebevoll „Leopoldina" genannt (man achte auf die weibliche Namensendung!), und die ständige *Impfkommission*, liebevoll „STIKO" genannt.

Ganz ehrlich: Wussten Sie von der Existenz der STIKO und hat es Sie jemals interessiert, was Ihnen oder Ihren Kindern da in den Arm gejagt wurde? Wer es entwickelt hat, an wem es getestet wurde und wer es wann wo warum zugelassen hat? Ich schließe natürlich von mir auf andere, wenn ich mich hier als ignorant oute und Sie mit in mein Boot der Unwissenden zerren will, aber – egal, ob Sie sich jetzt angesprochen fühlen oder nicht – die Unwissenheit hat ja bald ein Ende. Ich zum Beispiel bilde mich grade zur *Impfexpertin* weiter, meinen Interessen entsprechend allerdings weniger medizinisch als sprachwissenschaftlich.

Die Gesellschaft für deutsche Sprache findet es beispielsweise hochinteressant, dass es im Deutschen nur eine kleine Menge Wörter gibt, die die schöne Konsonantenfolge „mpf" aufweisen: mampfen, schimpfen, rümpfen, stampfen; dumpf, stumpf, glimpflich; Kampf, Dampf, Rumpf, Pimpf und *impfen* natürlich. Und jetzt kommt wieder mal was Schönes an der Krise: Das Wort „*impfen*", besser gesagt der Wortstamm „*impf*", ist in diesen Zeiten maximal aufgewertet worden. Es gibt eine geradezu *impf*lationäre Zahl an *Impfwörtern*, darunter ganz sachliche, ganz absurde und solche, die man vielleicht erst noch erfinden muss.

Als sachliche *Impfwörter*, die einem gut über die Lippen kommen und mit denen man sich auch schnell anfreunden kann, würde ich jetzt mal so Sachen wie *Impfaktion*, *Impfkampagne* und

Impfprogramm sehen. *Impfpflicht* ist jetzt zwar auch nicht so ungeläufig, inhaltlich aber nicht für jeden einsichtig und sprachlich auch schwierig mit seinen gleich zwei pf hintereinander. Sprachlich interessant ist auch der *Impfling*. Goldig, oder? Die Endung -ling macht einen gleich so ein bisschen unmündig, finden Sie nicht? So ein bisschen klein halt, wie jemand, mit dem jetzt mal was gemacht wird. Vom *Impfpersonal*, oder den *Impfenden*, wie man gendergerecht sagen würde. Die *Impflinge* würden dann politisch korrekt zu den von den *Impfenden zu Impfenden* werden, was die Sache sprachlich nicht unbedingt vereinfacht, wie sie vielleicht merken, wenn Sie sich diesen Satz mehrfach durchlesen und ihn immer noch nicht verstanden haben. Aber er ist richtig.

Kommen wir zu den Wortschöpfungen der Politik und der Medien, die mit Wörtern wie *Impfstrategie, Impfhoffnung, Impfpriorisierung, Impfdesaster* und *Impfgipfel* neue Maßstäbe setzen. Die Politik mit dem Ziel der *Durchimpfung* der Bevölkerung, die Medien mit dem jetzt mal wohlwollend unterstellten Ziel der *Impfbildung* der Menschen, die ja am Ende der *Impfaktion* entscheiden müssen, ob sie den *Impfstoffen* trauen und die *Impfangebote* annehmen wollen. Diese treffen entweder auf *Impfbereitschaft* oder *Impfskepsis*. Es gibt die *Impfmüden* und die *Impfmuffel*, die *Impfgegner*, die *Impfverweigerer* sowie die *Impfleugner*, die von *Impfwahn* und *Impflüge* sprechen. Auf der anderen Seite stehen, hüpfen oder drängeln diejenigen, die als *Impfspringer* oder gar als *Impfvordrängler* auf den *Impflisten* und in den *Impfzentren* an der von der *Impforganisation* hergestellten *Impfreihenfolge* vorbei in den *Impfgenuss* kommen wollen, um zeitnah von den *Impfprivilegien* zu profitieren, indem sie ihren nagelneuen, hoffentlich fälschungssicheren und vielleicht schon bald digitalen *Impfausweis* präsentieren. (Da ist von der *Impfschleicherei* zur *Impfkriminalität* nur ein ganz kleines Stück.) Und was, wenn sich unter den *Impfbereiten*, aber noch nicht *Geimpften*, so ein bisschen *Impfneid* breitmacht? Zur Abschwächung desselben und zur Herstellung der *Impfgerechtigkeit* spricht der Staat derweil *Impfgarantien* aus, zumindest was die Menge betrifft, *Impfschäden* sind von der Garantie im Sinne von Gewährleistung allerdings ausgenommen. Näheres dazu bei der *Impf-Hotline*.

Stellt sich natürlich die Frage, die während der ganzen Pandemie immer wieder auftaucht: Wird es eine gesellschaftliche Veränderung geben – hier ganz konkret durch die *Impfungen*? Ich denke, ja: Auf Facebook habe ich schon wunderschöne Bilder von *Impfkunst* gesehen und es ist bereits abzusehen, dass man dazu übergehen wird, das *Impfangebot* auf *Impfpartys und Impf-Conventions* auszuweiten. Man kann sich fürs *Impfen* verabreden, also ein *Impfdate* ausmachen, insbesondere wenn man sich beim ersten *Impftermin* kennengelernt hat und das gerne zum zweiten *Impftermin* vertiefen will. Ich denke, wir werden bald die ersten *Impfehen* feiern und uns über *Impfbabys* freuen, die hoffentlich außerhalb der *Impfzentren* entstanden sind, auch wenn die Wartezeit und die labyrinthartige Innenausstattung dort durchaus Möglichkeiten geschaffen hätten. Es wird mit Sicherheit einen *Impfstyle* geben, also *impfgerechte* Kleidung für den Anlass der *Impfung*, aber auch Kleidung, die die *Impfstelle* betont und alle wissen lässt „Ich bin *geimpft*". Ähnliches gilt auch für zu erwartende *Impf-Tattoos*, die *Impfkunst* und *Impfstyle* perfekt vereinen. Präsentiert werden diese Styles und alle nötigen Accessoires von einer ganzen Reihe hipper *Impfluencer*, die schon in den Startlöchern stehen. Vermutlich plant Sat.1 auch schon eine *Blind-Impf-Show*, während RTL die Konzepte für *„Let's impf"* und das *„Impf-Camp"* in der Schublade hat. Nicht zu vergessen natürlich die *Impf-Challenge* von Pro7, die unter dem Titel „Germany's Next Top *Impfer*" das Entwurfsstadium längst überschritten hat. Über all das muss hier allerdings noch geschwiegen werden.

Wenn ich mehr dazu weiß, sage ich Ihnen Bescheid. Jetzt muss ich erstmal zu meinem *Impftermin*. Bin nämlich *Impf-Fan*.

Übrigens: Wer mehr zur Etymologie des Impfens wissen möchte, der wird unter https://gfds.de/impfen/ fündig.

Impfwahnsinn

Die gute Nachricht: Ich hatte letzte Woche meinen zweiten Impftermin. Die schlechte: Ich bin noch kein einziges Mal geimpft. Und das kam so:

Anfang März stellten wir eher zufällig fest, dass wir als Familienkollektiv impfberechtigt sind. Ich begab mich auf die Website des Impfterminservice und füllte viermal und sehr gewissenhaft die nötigen Online-Formulare aus, bekam vier Vorgangsnummern und im Anschluss vier PINS und dachte, nun geht es sicher bald los. In den vier Bestätigungsmails wurde ich darum gebeten, zu warten und von Rückfragen abzusehen. Sie kennen das bestimmt. Schon zehn Tage später kamen wieder vier Mails. Ich öffnete die erste von ihnen ganz aufgeregt, jedoch nur um zu lesen, dass die AstraZeneca-Krise die Impfterminvergabe leider verzögern würde und wir um Geduld gebeten würden. Das fiel mir nicht schwer, denn in der Zwischenzeit hatte ich erfahren, dass an Corona erkrankte und genesene Personen bis sechs Monate nach der Erkrankung warten sollten, bis sie geimpft würden, und dass sie vermutlich nur eine Impfung brauchen. Das wäre dann erst Mitte Mai, dachte ich, und wurde auch dann nicht ungeduldig, als die nächste Priorisierungsgruppe am Impfhorizont erschien. Allerdings wunderte ich mich, dass das sechsmonatige Warten, das mit schweren Nebenwirkungen aufgrund der Infektion begründet wurde, nur für positiv Getestete gilt. Erkrankte, die nicht getestet wurden, haben anscheinend weniger Nebenwirkungen zu erwarten. Ich weiß zwar nicht, wie das wissenschaftlich begründet ist, aber es ist ja schön für die Nichtgetesteten – hoffen wir, dass es stimmt. Kurz bevor die nächste Gruppe impfberechtigt wurde, kamen die Mails mit ganz vielen Anhängen zum Ausdrucken und Ausfüllen und unseren Terminen: die ersten allesamt Ende April, also für zwei von uns gut zwei Wochen zu früh – wegen Corona im November.

„Bitte sagen Sie Ihren Termin rechtzeitig ab, wenn Sie ihn nicht wahrnehmen können. Sie können einen neuen Termin vereinbaren von 8 Uhr bis 20 Uhr unter der Rufnummer 116 117 oder 0611 505 92 888 oder jederzeit online unter impfterminservice.hessen.de." Praktischerweise schrieb ich an die

Mailadresse und schlug vor, dass wir den ersten Termin wegen Infektion im November absagen müssen, aber gerne den zweiten dann als unseren einzigen nehmen würden. Ich kriegte eine Eingangsbestätigungsmail zu meiner Mail, allerdings keine wie auch immer geartete Antwort bis zu meinem Termin. Also ging ich hin, um die Sache vor Ort zu klären. Im Impfzentrum kam ich bis zur dritten Station, die sich kurz hinterm Eingang befindet, und wurde nach Rücksprache mit wem auch immer in einem geheimen Kämmerlein abgewiesen. Mein Vorschlag, den zweiten Termin stehen zu lassen und einfach als einzigen zu nehmen, stieß nicht auf Gegenliebe; ich solle bei der Impfhotline anrufen. Die erste Nummer (siehe weiter vorne) war nicht zuständig. Die Dame an der zweiten Nummer lauschte mir aufmerksam und gab mir zwei neue Impftermine, da sie nicht wusste, ob ich wirklich nur einen Termin benötigte. Als Grundlage für die komplizierte Berechnung des ersten Impftermins dienten ihr die Daten meines Coronatests, die ich ihr mehrfach durchgab, insbesondere die Feststellung der Erkrankung und das Genesungsdatum. Mein zweiter erster Termin wurde der 18. Mai. (Eine Woche nach meinem ersten ersten Impftermin bekam ich übrigens Antwort von der Hotline, die mir sechs Links zu mehrseitigen PDF-Dateien zur Lösung meines Terminproblems vorschlug, aber das nur am Rande.)

Frohen Mutes betrat ich nun am vergangenen Dienstag das Impfzentrum und brachte es immerhin bis zur vierten Station. Dort musste die Dame hinter dem Schalter sich auch noch einmal Hilfe beim Kollegen holen, der mir kundtat, dass nicht das Erkrankungsdatum maßgeblich sei, sondern das Genesungs-datum, also mindestens zwei Wochen später. Wenn die Dame bei der Impfhotline das nicht gewusst habe, täte es ihm leid, aber die Vorschriften wären so. Ich war, gelinde gesagt, etwas aus dem Häuschen, was der nette Herr durchaus zur Kenntnis nahm und mit einem grandiosen Vorschlag quittierte: Wir könnten ja diesen Termin streichen, und den zweiten, da ich ja ohnehin nur einmal geimpft werden müsse, als einzigen nehmen. Ich war sehr erstaunt, auf was für gute Ideen man im Impfzentrum doch zwischenzeitlich kommt. Und on top darf mein Mann dann Ende Juni gleich mitkommen, sodass wir das gemeinsam machen können. Vielen Dank.

Als ich zehn Minuten später zum zweiten Mal ungeimpft vorm Impfzentrum stand, war ich richtig, richtig sauer. Eine Impfnebenwirkung ganz ohne Impfen, toll, oder? Sauer war ich nicht auf die Menschen dort im Einzelnen, sondern auf das ganze irre System, das sich entwickelt hat und unglaublich blöde Situationen hervorbringt. Bis vor wenigen Tagen, beispielsweise, als noch Ausgangssperre war, hätten mein Mann und ich theoretisch (und nur halb legal) zwar gemeinsam einen Freund besuchen dürfen, und das bis Mitternacht. Aber wir hätten nicht zusammen heimgehen dürfen. Ohnehin wäre es besser gewesen, wir wären dann zeitversetzt gejoggt oder hätten den Hund dabeigehabt, und ich frage mich, wer sich sowas ausdenkt. Wie toll ist das wohl für Frauen, abends zwangsweise allein unterwegs sein zu müssen oder halt daheim zu bleiben? Gestern nun erfuhr ich, dass man in Alsfeld zwar ohne Coronatest in einen Schuhladen gehen darf, aber nur mit Coronatest in der Außengastronomie sitzen darf. Wie der Namen schon sagt, ist die Außengastronomie draußen. Ist das der vielzitierte Impfwahnsinn? Als Person, die an sich geduldig, verständnisvoll und fehlertolerant ist, gelange ich an meine Grenzen und möchte über Dinge, die mich aktuell nichts angehen, etwa die Möglichkeiten von Kindern, im Verein bis zu oder ab welchem Alter Sport zu treiben, weder informieren noch äußern. Sollte ich Planungen für was auch immer haben, informiere ich mich tagesaktuell – die Corona-Regeln sind so flüchtig wie unlogisch.

Während ich auf dem Heimweg vom Impfzentrum im Auto saß, hörte ich Nachrichten aus Indien. Das brachte mich zurück auf den Boden der Tatsachen, wo es zwar zugegebenermaßen völlig irre ist, aber immer noch richtig weich. Und so nehme ich demütig und nur noch leichtgehalst meinen zweiten Impftermin als den ersten und einzigen, versuche, die aus den Erfahrungen resultierenden bad virbrations schon im Keim zu ersticken, und hoffe, dass es wenigstens, wenigstens bald Frühling wird. Denn ich will mich endlich irgendwo draußen hinsetzen, bedienen und bekochen lassen – und dafür lasse ich mich dann auch testen und – wenn es denn endlich so sein wird – auch impfen!

Neue Freiheit

Verglichen mit der Situation von Menschen in Gefangenschaft, in Flüchtlingslagern und unfreien Gesellschaften waren wir hier ja nie richtig unfrei. Aber wir fühlten uns so die letzten Monate. Und ein bisschen ist ja alles auch relativ, wie wir wissen. Wir waren nicht frei, auszugehen. Weder die Uhrzeit noch das Ziel, nicht mal die Gesellschaft konnten wir uns aussuchen. Wir waren eingeschränkt, weil es keine Angebote gab: Alles hatte zu: die Läden, die Museen, die Konzerthallen, die Vereinsheime, selbst die Kirchen waren nicht die alten. Was erzähle ich euch! Doch jetzt, merkt ihr es auch, jetzt kann man sie schon riechen, die neue Freiheit! So ungewohnt ist sie uns noch, dass wir uns gar nicht richtig raustrauen. Und so ganz echt ist sie ja auch noch nicht, denn es gibt immer noch, immer noch Regeln! Abstands- und Hygieneregeln. Ich hasse sie, ich glaubte, ich sagte das schon mal an anderer Stelle. Ich finde Abstand furchtbar (Hygiene geht). Und Kontaktbeschränkungen. Die finde ich am schlimmsten. Zumal man ja nie weiß, wie die grade sind. Dürfen wir jetzt schon wieder zu zehnt irgendwo sitzen? Und wie viele sind zehn eigentlich? Gibt es wirklich sooo große Ansammlungen und kann man das wirklich ertragen, konnte man es je? Und wenn man es darf, dann mit Abstand, mit Mundschutz, mit Test, mit Impfung, mit Hund (Welche Rasse? Männlich? Weiblich?), in der Jogginghose, und wenn ja, dann wirklich die ganze Nacht? Und mit Alkohol oder ohne? Diese Fragen sind ja nicht unerheblich, und ein bisschen kommt man sich so vor wie mit vierzehn, damals, als man nach der Konfirmation plötzlich ausgehen durfte, ja, fast musste! Wie, ihr wart noch nicht wieder in der Pizzeria? Das geht doch nicht! Ist ja auch ein sozialer Akt, schließlich müssen wir doch die heimische Wirtschaft fördern! Deshalb muss man auch dringend nochmal schauen, ob man nicht doch noch eine Hose braucht und ein passendes Paar Schuhe dazu. Shoppen und Essengehen für den Erhalt der Infrastruktur sind das Gebot der Stunde! Mir nach! Ich weiß, wie das geht!

Und dann erst die Kultur – also im Sinne von Goethe, der ja meinte, alles, was der Mensch treibt, kultiviere ihn. Habt ihr gesehen, wie Alsfeld und alle Orte im Vogelsberg (dem Kreis mit der aktuell niedrigsten Inzidenz in Hessen, aber wir haben gelernt, wie schnell sich das drehen kann) langsam wieder aufmachen: Es werden

Veranstaltungen geplant, draußen meistens, aber immerhin. Es gibt wieder Sport, es gibt wieder Musik, es gibt wieder Treffen, ach, das Leben kehrt zurück! Der erste Aperol in der Eisdiele auf dem Marktplatz (sorry, liebe Alsfelder, ich meine den Lauterbacher Marktplatz), zwanglose Begegnungen beim Bummel durch die Stadt, einfach gute Laune, weil auch noch das Wetter mitspielt, könnte es schöner sein? Selbst die Entenfamilie auf meinem Weg zur Arbeit am Erlenteich hat ihren Radius erweitert, ganz so, als habe auch sie gemerkt, dass sich etwas geändert hat.

Und schon warnen sie wieder, nicht nur vor der vierten Welle und der Deltavariante, sondern auch vor dem Post-Corona-Burn-Out, der uns ereilt, wenn wir jetzt alles, was wir versäumt haben, nachholen möchten. Natürlich können wir jetzt nicht alles nachholen, aber einiges doch, und ihr könnt mir glauben: ICH GEBE ALLES! Diese Woche hatte ich schon wieder jeden, also wirklich jeden Abend einen Termin, von Juni bis November ist jeden Monat eine kleine Reise geplant, und sollte der Dezember auch noch frei sein, nicht im Sinne von Zeit, sondern von Corona-Stress, dann fällt mir da sicher auch noch was ein.

Die Freiheit hat uns wieder, das Leben ist zurück. Und da wir jetzt schon zweimal schmerzlich erfahren haben, wie schnell sich alles wieder drehen kann, sollten wir nicht zögern zuzufassen. Den Moment zu genießen, die schönen Momente zumindest. Pläne machen. Wir sind ja Meisterinnen und Meister darin geworden, sie einfach abzusagen. Aber dass nichts passiert, nur weil wir uns jetzt nichts mehr vornehmen, das geht gar nicht. Also, Mädels und Jungs! Plant die Party (im Freien), plant die Reise (nicht zu weit weg), fahrt ans Meer, an den See, in die City, geht shoppen, geht essen, geht tanzen, sobald es wieder geht, oder tanzt allein auf der Wiese, auf dem Marktplatz, wo auch immer.

„Die Welt hat nie eine gute Definition für das Wort Freiheit gefunden"; sagte Abraham Lincoln. Gut so, lasst uns unsere eigene Definition davon basteln. Heute sind wir frei.

Wanninger digital, ein Geburtstagshandy für Marga oder wie ich versucht habe, das E-Mail-Passwort meiner Schwiegermutter zu ändern.

Alles fing damit an, dass meine Schwiegermutter einen digitalen Impfausweis haben wollte. Der Gesetzgeber bzw. dessen IT-Abteilung ist aber der Meinung, dass nur Menschen mit neueren Handys das haben sollten, und so poppte die Meldung auf, dass ein neueres Betriebssystem, nämlich IOS 12, benötigt werde. Beim Update stellten wir fest, dass das Handy meiner Schwiegermutter dafür zu alt war. Kein Problem, sie wollte ohnehin mal so ein großes haben wie ihre Enkelsöhne, und wir bestellten eins. Schließlich war bald Geburtstag. Als das Handy kam und eingerichtet werden sollte, wollte es – das Handy will ja immer irgendetwas, worauf weder Anwender noch Besitzer einen Einfluss haben – an die E-Mail-Adresse meiner Schwiegermutter einen Bestätigungscode schicken. Nun war die Mail-Adresse aber vor vielen Jahren nur für genau diesen – damals einmaligen – Grund eingerichtet worden und samt ihrem Passwort schnell in Vergessenheit geraten.

Also nichts wie auf die GMX-Website zum Zurücksetzen des Passworts. Allerdings scheiterte dies aus verschiedenen Gründen, u.a. weil der Personalausweis abgelaufen war, wie ich in der Hotline erfuhr, wo ich schon 15 Minuten nach dem ersten Versuch Anschluss fand. Kein Problem, meinte meine Schwiegermutter, nehmen wir einfach den Reisepass. Doch der war schon seit zehn Jahren abgelaufen, was niemandem aufgefallen war, da er wie so viele Dinge ein nutzloses Dasein in irgendeinem Etui fristete. Es musste also ein neuer Perso herbei. Zum Beantragen des desselben benötigte meine Schwiegermutter natürlich ein Passfoto und einen Termin im Bürgerbüro, und ich weiß nicht, wieso mir spontan Pettersson einfiel, der seinerzeit seinem Kater Findus eine Geburtstagstorte backen wollte und das Mehl nicht fand. Damals fand ich diese Geschichte, wo Pettersson wegen des Mehls in die Stadt fahren wollte, dazu aber erst das Fahrrad aufpumpen musste, wofür er den Schuppenschlüssel aus dem Brunnen fischen musste, wofür er wiederum nur einen wilden Stier verscheuchen musste – und das ist nur die Kurzversion – sehr gut erfunden. Dabei war sie von prophetischer Vorhersagekraft. Meine Schwiegermutter machte also einen Termin beim Fotografen (natürlich nicht ohne vorher einen Termin beim Friseur gemacht zu haben), und schon bald konnte sie beim Bürgerbüro vorstellig werden. Und nur wenige Tage später hatten wir einen neuen, vorläufigen Personalausweis vorliegen und machten uns erneut ans Werk. Auch hier ging nichts auf der GMX-Seite und ich begab mich wieder für 3,50 Euro in die Warteschleife. Am Ende mehrerer Fehlversuche stellten wir fest, dass wir an einem H in Margaret(h)as Namen gescheitert waren (und vielleicht gar nicht am Perso selbst, aber das wollte ich jetzt nicht überprüfen), und endlich wurde ich weitergeleitet zu einem Partner von GMX, der auf die Identifizierung von Computerdaten spezialisiert ist.

Als ich die für die Zurücksetzung des Passworts notwendige App auf das Handy meiner Schwiegermutter herunterladen wollte, gab es ein gravierendes Problem: Es wird eine neuere Software benötigt, als auf dem Handy meiner Schwiegermutter möglich war. Woran erinnerte mich das nur?

Wieder begab ich mich in die Hotline, wieder erhielt ich tatsächlich eine Antwort und kaum hatte ich mit Hilfe der App auf MEINEM Handy zehnmal versucht, den vorübergehenden Perso meiner Schwiegermutter lesbar zu fotografieren, klappte es auch schon. Nun musste sie nur noch durch die Gesichtskontrolle, was beinahe daran gescheitert wäre, dass aus Versehen ich in mein Handy schaute. Aber das habe ich ja zum Glück schnell selbst bemerkt.

Am Ende dieser Odyssee bekam ich einen Link auf meine Mail-Adresse und konnte damit für meine Schwiegermutter ein neues Passwort beantragen, das wir mehrfach gespeichert und analog gesichert haben. (Ich hatte kurz überlegt, es hier bekanntzugeben, damit ich evtl. breit nachfragen kann, aber das mache ich dann vielleicht in einem separaten Text: Da könnte ich dann alles aus meinem geheimen braunen Passwortbuch reinschreiben und mich auf eine große Community verlassen, falls mir mal wieder ein Passwort oder gar das ganze geheime Passwortbuch verlorengeht.) Damit konnten wir die neue Handy-Software runterladen und die Corona-App, die Luca-App und die CovPass-App für den digitalen Impfpass. Fast ist es geschafft.

Allerdings ist in der Zwischenzeit das Schreiben mit dem notwendigen QR-Code verschwunden, sodass wir dieses klitzekleine Detail noch nicht erledigen konnten. Ich hoffe, es taucht wieder auf. Wenn nicht, gibt es bestimmt einen schnellen Weg, einen neuen Code zu generieren. Ich bin da ganz zuversichtlich.

Und zum Schluss:

Von Handschuhen und Handtaschen

Die merkwürdige Familie des Fräulein Kink

Kommen wir gleich zur Sache: Diese Familie ist der Hammer. Fängt man erst einmal an, sich mit ihr und ihren Mitgliedern zu befassen, macht man ein richtiges Fass auf, denn nirgendwo sonst ist die Vielfalt der einzelnen Familienmitglieder so groß wie hier – vom Abendhandschuh bis zum Zweifingerhandschuh finden sich nach ersten relativ schnellen Internetrecherchen 170 verschiedene Mitglieder des Handschuhclans, was vermutlich nur die Spitze eines Eisberges ist. Noch dazu kann man ihre Anzahl durch schlichtes Weiterkreuzen fast beliebig vermehren. Man könnte zum Beispiel aus dem Damenhandschuh noch einen Damenwollhandschuh machen, einen Damen-Saunahandschuh oder wäre das dann vielleicht ein Damensauna-Handschuh?

Es gibt in dieser Familie wie in jedem guten Verein die nützlichen, die Arbeitstiere, die Arbeitshandschuhe. Diesen fleißigen Gesellen begegnet man fast überall – sie sind als Arzthandschuhe, Feuerwehrhandschuhe, Gartenhandschuhe, Kochhandschuhe, Laborhandschuhe, Inspektionshandschuhe, Meisterhandschuhe, Montagehandschuhe, Sanitäterhandschuhe, Untersuchungshandschuhe oder Uniformhandschuhe am Start und tummeln sich überall, wo es was zu tun gibt. Mehr oder weniger zumindest. In Grenzbereichen darf man sich fragen, ob Clownhandschuhe, Torwarthandschuhe, Taucherhandschuhe oder Touchscreen-Handschuhe in den Bereich Arbeit oder Hobby fallen, doch so ist das eben in einer Familie: Manche Mitglieder haben einfach viele Talente, um nicht zu sagen, spezielle:

Für den ganz besonderen, eher sehr privaten Gebrauch kommen Bracli-Handmanschetten zum Einsatz, Domina-Handschuhe, Erotik-Handschuhe, Netz-Handschuhe, Fräulein-Kink-Handschuhe. Letztere wolle ich zu Anschauungszwecken gerne mal bestellen, allerdings sprengte das Sonderangebot von 219 Euro das Budget und hätte darüber hinaus auch für handgearbeitete Hirschleder-Handschuhe gereicht – dann allerdings für einen anderen Zweck.

Obwohl es natürlich darauf ankommt, was man draus macht ...

Etwas günstiger zu haben wäre ein G-Punkt-Massagehandschuh, der für 3,99 ins Rennen geht. Ihn könnte man multifunktional sicher auch zum Gurkenschälen verwenden, nicht verwechseln allerdings sollte man ihn mit dem Fellpflegehandschuh, der dann eher für das Haustier oder das Reitpferd gedacht ist. Obwohl natürlich gerade Verwechslungen und Zufälle schon häufig zu den erstaunlichsten Resultaten geführt haben. So könnte man sich sicherlich bereichsübergreifende Einsatzgebiete für den Peeling-Handschuh, den Naturgummi-Handschuh oder auch den Metzgerhandschuh vorstellen, wohingegen der Fehdehandschuh in diesem Rahmen zu vermeiden wäre, und ich denke, auch der Unisex-Handschuh gehört hier nicht hin, selbst wenn sein Name anderes vermuten lässt.

Über diese Dinge erhaben sind natürlich die mondänen Handschuhe, die man so aus alten Filmen kennt. Der Hepburn-Handschuh ist sogar nach seiner Trägerin benannt, es gibt Satinhandschuhe, Spitzenhandschuhe, lange Opernhandschuhe, Samthandschuhe. Von diesen sollte man übrigens immer welche bei sich tragen, wer weiß, für wen man sie mal braucht. Sie sind auf jeden Fall die Diven der Familie, und in gewisser Weise gibt oder zumindest gab es sie auch für Männer, und zwar zu Zeiten, als Männer sich noch für den Sonntagsausflug herausputzten und Hut und Handschuh trugen, Lederhandschuhe natürlich, die damals gewissermaßen zur Grundausstattung des modebewussten Mannes gehörten.

Je mehr ich mich mit dem Thema beschäftigte, fragte ich mich, wie man einen Handschuh richtig auszieht. Also, dass man das nicht, wie ich das meistens mache, mit den Zähnen tut, ist mir schon klar, aber welche Hand entblättert man zuerst und bei welchem Finger fängt man an? Handschuhe langsam auszuziehen und sein Gegenüber dabei anzuschauen, hat ja auch so seine Effekte, dachte ich und suchte im Netz nach Filmen, alten Filmen, in denen elegante Menschen elegante Handschuhe ausziehen. Was soll ich Ihnen sagen? Alles, was ich zum Thema Handschuhe aus- und anziehen gefunden haben, waren Tutorials, die sich mit dem richtigen Anziehen steriler Einweghandschuhe und dem hygienischen Ausziehen benutzter Einweghandschuhe beschäftigten. Das war zwar unromantisch, brachte mich aber zur nächsten großen Gruppe dieser irren Familie.

Und da wird es nun wirklich spannend – vom sterilen OP-Handschuh des begnadeten Herztransplanteurs bis zum nicht mehr, vielleicht nie gewesenen sterilen Handschuh seines Kollegen, dem Prokotologen, ist es manchmal auch räumlich nur ein kleiner Schritt, doch die Reise der Einweghandschuhe führt nicht nur durch OPs und Arztpraxen, durch Pflegeheime und Mal-Ateliers, sondern auch von der Sterneküche direkt an den Ort, wo der unverdauliche Rest wieder das Tageslicht erblickt und eine Reinemachefrau versucht, diese Reste wiederum zu beseitigen. Ist jetzt der Transplanteurhandschuh mehr wert als der der tapferen Klofrau oder leisten sie am Ende alle ihren Anteil zum Gelingen des großen Ganzen? Eine Frage, die sich weit über den Handschuh-kosmos hinaus stellt, und die wir hier heute sicher nicht abschließend besprechen werden.

Kommen wir zum Schluss noch zu denjenigen Fingerkleidern, die gerne vergessen werden, so wie alle, die still und leise ihre Dienste tun – auch hier böte sich im Übrigen ein philosophischer Diskurs an -, die ganz normalen Winterhandschuhe. Die gestrickten aus Polyester oder echter Wolle, die man, sobald es vorübergehend wärmer wird, gerne mal irgendwo liegen lässt – nicht umsonst sind sie der eigentliche Ursprung dieses Projekts und Buches. Erinnert ihr euch noch daran, wie man früher unsere Kinderhandschuhe mit einer Häkelschnur verbunden hat und durch die einzige Winterjacke gezogen hat? Meistens hatte die Oma die Handschuhe gestrickt, warme Winterfäustlinge, und wenn man sie verlor, hatte man erstmal keine mehr, denn die nächste Stadt war weit und das Stricken brauchte auch seine Zeit. Ich bin später dazu übergegangen, eines Winters für meine drei Söhne zusammen mindestens neun Paar Ski-Handschuhe zu kaufen, alle gleich: So konnte ich verlorene immer ersetzen. Heute, etwa vier Jahr nach der Aktion, habe ich immer noch insgesamt vier rechte und fünf linke Handschuhe. Das hat mir viel Ärger und Sucherei erspart. Stellt sich eine weitere Frage: Ist der Handschuh – sofern nicht aus Hirschleder oder von besagtem Fräulein Kink – zu einem Wegwerfartikel geworden?

Ich denke nicht. Wir vermissen ihn ja doch sehr, wenn er weg ist, zumal uns das meist einsam zurückgelassene Gegenstück bei jeder Gelegenheit vorwurfsvoll von seiner Resterampe aus anblickt, ganz egal, ob es der Arbeits- oder Gartenhandschuh, der Kinder- oder Fahrradhandschuh, der gefütterte rosa Fäustling, das edle schwarze Einzelstück oder gar ein verlassener Fräulein-Kink-Handschuh ist. Passen wir gut auf sie auf!

Anmerkung: Dieser Text entstand mit einigen anderen im Rahmen eines Handschuhprojekts, an dem im Jahr 2018 verschiedene Künstlerinnen und Künstler der Region teilgenommen haben. Weitere Texte rund um die Handschuhe findet ihr in dem Buch „Handschuhgeschichten", das gemeinsam mit der Künstlerin und Goldschmiedin Victoria Wittek erschienen ist.

Von Wundertüten und schwarzen Löchern – Teil 1

Ja, das sind sie wohl: Wundertüten, schwarze Löcher, ein Mysterium – für Männer allzumal. Erst neulich dachte wieder ein wohlmeinender Herr, er könne das Geheimnis meiner Handtasche mit einer Handtaschenlampe lösen, die er mir augenzwinkernd zukommen ließ und die direkt in den Untiefen meines All-time-Rettungsbeutels verschwand. Quelle idée ridicule, würde die Französin sagen, nicht nur, weil sie stilbildend auch in vielen Fragen der Handtaschenmode ist, sondern sie wäre damit auch gleich der Geschichte der Handtasche auf der Spur:

Bis zu Beginn des 20. Jahrhunderts nämlich waren in England und Frankreich kleine gestrickte Beutel für Damen verbreitet, in denen sie alles Nötige verwahrten. „Réticules" hießen die Beutel, „kleine Netze". Da war der Weg zu dem Wort „ridicule" – lächerlich – nicht weit. Die Männer hatten wohl ihren Spaß mit den kleinen Dingern voller vermuteter Unwichtigkeiten, weil sie Frauen per se nicht zutrauten, etwas wirklich Wichtiges mit sich herumzutragen. Tatsächlich war es nicht allzu viel, was sich in den Täschchen befand, und es betraf an sich auch nur die Damen der feinen Gesellschaft. Bis zum Premier Empire, also dem Beginn des 19. Jahrhunderts, konnten sie ihre Fächer und ihr Riechsalz, ihre kleinen Puderdosen, Parfumflacons und Taschentüchlein noch unter ihren üppig gebauschten Kleidern und Röcken verwahren: in am Taillenband befestigten Stoffsäckchen, in die man durch Schlitze im Rock hineingreifen konnte. Doch mit dem Ersten Kaiserreich kamen enganliegende Kleider und durchscheinende Stoffe auf. Da war nichts mehr mit irgendwo was verstecken und im Falle einer Ohnmacht schnell und unauffällig hervorzuzaubern. Und schon waren die kleinen externen Beutelchen erfunden. „Indispensables" – die Unentbehrlichen – nannte man die kleinen, vermeintlich lächerlichen Säckchen in England, durchaus etwas verständnisvoller als in Frankreich, aber wie gesagt, es war auch nur das Nötigste darin. Denn für alles Schwere hatte man ja die Männer: Ehemänner oder Dienstboten trugen Einkäufe oder andere Dinge nachhause, auch einen Schlüssel besaßen diejenigen Frauen, die Handtaschen trugen, nicht: Ihnen öffnete in der Regel ein Diener oder ein Hausmädchen die Tür.

Doch wir alle, die wir zu diesen Zeiten wahrscheinlich mehrheitlich der nichthandtaschentragenden Fraktion angehört hätten, wissen, dass die Zeiten sich änderten. So ist die Handtaschenmode durchaus als Zeichen sich verändernder Gesellschaftsformen und natürlich auch Rollenbilder zu sehen: Claire Wilcox, Professorin für Modekuration am London College of Fashion, sagt dazu, dass der gesellschaftliche Rollenwechsel der Frau sich auch im Wandel der Handtasche vom ursprünglich kleinen Beutel mit Zugkordelverschluss zum voluminösen Einkaufssack zeigt.

Feministisch betrachtet wird das vielschichtig: Während wir uns – egal mit welcher Handtasche und was auch immer sich darin befindet – meistens emanzipiert fühlen, fand beispielsweise die amerikanische Feministin Letty Cottin Pogrebin, die Handtaschenmode mache aus Frauen nicht nur – frei nach Simone de Beauvoir – das zweite Geschlecht, sondern auch das schleppende: Frauen würden dazu gezwungen, modischen Aspekten mehr Aufmerksamkeit zu schenken, als der Zweckmäßigkeit, und sie verwies darauf, dass „Kleidungsstücken für Damen meist nur winzige Taschen appliziert sind", während Männer in ihren Hosen und Anzügen zahlreiche Unterbringungsmöglichkeiten für Brieftaschen, Brillen, Schlüssel und anderes hätten. Das stimmt natürlich, aber ganz ehrlich: Wenn ich all das, was ich in meiner Handtasche mit mir herumtrage, am Leib tragen müsste, hätte das den Vorteil, dass ich nie wieder über eine Diät nachdenken müsste, da ich rundherum ausgestopft wäre, meist mit extrem eckigen Dingen wie einem Schreibheft und einem Mäppchen, dem immer größer werdenden Handy, dem ebenfalls immer größer gewordenen Portemonnaie, dem Täschchen, das – vielleicht ähnlich dem einstigen Réticule – die notwendigen Dinge wie Handcreme, Deoroller, Nagelfeile, Pflaster, Kopfschmerztabletten, Taschenmesser und Feuerzeug enthält, alles kleine Sachen, die man nicht einzeln in der Tasche herumfliegen haben möchte und die bei einem Taschenumzug schnell mitgenommen werden müssen. Aber auch die (zumindest) mir bekanntere Feministin Germain Greer behauptete, Frauen würden durch das Tragen von Taschen auf ihre archaische Rolle festgelegt: „Lasten zu schultern ist eine uralte Gewohnheit der Frau und Ausdruck ihrer Versklavung."

Auch wenn uns als passionierte Handtaschenträgerinnen – und mir im Besonderen als passionierte Große-Handtaschenträgerin – das etwas weit hergeholt scheint, können wir uns vielleicht darauf verständigen, dass wir uns mit der Emanzipation, die sich ja hauptsächlich an einer halbwegs gleichberechtigten Teilhabe am Arbeitsleben auswirkt – arbeitsmengenmäßig nicht unbedingt verbessert haben, um nicht zu sagen, verschlechtert. Ich kenne kaum einen Fall, in dem Erwerbs- und Familienleben zu gleichen Teilen unter den Männern und Frauen (jetzt mal das klassische Familienbild zugrunde gelegt) verteilt ist. Das führt dazu, dass wir als Frauen in unserem Alltag nicht nur verschiedene Hüte aufhaben, was ja nur im übertragenden Sinn gemeint ist und vielleicht auch mal eine eigene Betrachtung wert wäre, sondern auch verschiedene Taschen tragen oder -falls es nur eine ist – verschieden gefüllte. So sind Taschen in der Regel auch stets das Spiegelbild der aktuellen Lebensumstände einer Frau: Dem Inhalt des lebenswichtigen Accessoires kann man ansehen, ob es sich um eine fürsorgliche Mutter handelt, die stets Feuchttücher und abgepackte Kekse und Trinken mit sich rumschleppt, während eine Hundebesitzerin in ihrer Tasche stets ein paar Doggy Bags, Leberwurstpaste und andere Leckerlis umherträgt.

So kann durchaus etwas an der These des Soziologen Daniel Harris dran sein, der sagte, die Handtaschen der Frauen seien in dem Maß größer und voller geworden, in dem immer mehr Frauen einer Erwerbstätigkeit nachgingen: „Es war, als hätten die Frauen im Zuge dieses Rollenwechsels sozusagen am eigenen Leib ein mikrokosmisches Heim eingerichtet, eine mit Talismanen angefüllte, heimliche Vorratskammer, welche die Intimität und Geborgenheit der häuslichen Welt andeutete." Also, wenn ich so in meine Handtasche schaue, dann wird mir durchaus klar, was Herr Harris mit diesem etwas verschwurbelten Satz meint: Meine Handtasche kann mir durchaus das Überleben sichern, auch wenn sich die dazu nötigen Utensilien mit den Jahren, um nicht zu sagen mit den Jahrzehnten, gewandelt haben: Mit Anfang zwanzig war darin IMMER ein Beutelchen mit einer Zahnbürste, Zahncreme und einer Ersatzunterhose zu finden, da man ja oft nicht so genau wusste, wo man am nächsten Morgen aufwachen würde, was sich jetzt verwegener anhört, als es tatsächlich war. Dazu natürlich die

Pille, Tampons, ein Kajalstift, ein Adressbüchlein mit Briefmarken, Schreibzeug und ein Kalender. Viele dieser Dinge sind in einem Leben im 21. Jahrhundert und über fünfzig unnötig geworden und werden durch Handy und homöopathische Mittel gegen Wechseljahresbeschwerden ersetzt, durch Frischetüchlein und eine Slipeinlage für Notfälle aller Art. Nur das Schreibzeug ist geblieben. Aber ich schweife ab. Oder eigentlich auch nicht, denn Harris glaubt über das Ding mit dem Mikrokosmos hinaus, dass die Handtaschen bzw. deren Inhalt, Ausdruck sei für die „drei vernachlässigten Aufgaben der Frau: Sie sorgt für ein behagliches Heim, betreut den Nachwuchs und kümmert sich auch darüber hinaus um die Nöte der Familie." Im Klartext heißt das: Wir haben nicht nur unsere Survival Kits in unseren Taschen, sondern mindestens auch die unserer Kinder und ganz oft auch die unserer Männer: Bei uns verlassen sich alle drauf, dass ich Tempos, Schlüssel und Geld dabeihabe, seit neuestem auch Mundschutze, dass in meiner Tasche Platz für alle Handys ist, die inzwischen sogar für Männerhosentaschen zu groß geworden sind, und dass sich im Zweifel auch Pfefferminzbonbons, Zigaretten, Schnuggel und im Sommer etwas zu trinken darin befindet. „Die drei vernachlässigten Aufgaben der Frau" hört sich jetzt aus feministischer Sicht zwar ganz schön scheiße an, aber vielleicht – und ich kann da ja nur von mir ausgehen – ist die Handtasche am Ende tatsächlich Ausdruck des schlechten Gewissens, das wir als Frauen haben, weil wir permanent glauben, unsere Aufgaben eben nicht in ausreichendem, sprich perfekten, Maß nachzukommen.

Und so sind wir stolz darauf, dass wir mit dem Inhalt unserer Handtaschen allzeit bereit sind, unvorhergesehene Katastrophen zu meistern – zumindest für 99% aller Alltagssituationen wären wir gewappnet, würde ich mal behaupten. Als ich neulich einen Mann fragte, was er in seiner Tasche hatte, die er mit sich trug, sagte er: Portemonnaie, Schlüssel, Tempos. Fertig. Spätestens jetzt sollte klar sein, was die amerikanische Reporterin und Kolumnistin Enid Nemy damit meinte, als sie sagte: „Was eine Frau für lebenswichtig hält, bewegt sich in einem ganz anderen Rahmen, in einem viel größeren und kreativeren, als sich dies Männer vorstellen."

Von Wundertüten und schwarzen Löchern, Teil 2

Die schwierigste Frage im Zusammenhang mit einer Handtasche ist, wo fängt man an und wo hört man auf? Einmal in dieses Thema eingetaucht, eröffnen sich Welten voller verschiedener Eindrücke und Klischees. Schon allein eine Aufzählung aller Handtaschen-arten könnte einen Abend füllen, denn es gibt Handtaschen als Abendtaschen und Henkeltaschen, als Kelly- oder Birkin Bag, als Clutch oder iPurse. Sie sind Umhängetasche (und hatten bei ihrer Erfindung maßgeblichen Anteil daran, dass ihre Trägerin schlagartig beide Hände frei hatte – wozu auch immer), Koffertaschen, Schultertaschen, Aktentaschen, Flügeltaschen, Theatertäschchen, Bauchtaschen, Rücksäcke, Unterarmtaschen und allesamt können sie auch noch eine IT-Bag sein! Das Buch „50 Bags, that changed the World" listet so interessante Taschen auf wie die „Carpetbag", die im Amerika des 19. Jahrhunderts Geschichte schrieb, die „Sattlebag", die der Satteltasche John Waynes nachempfunden war, die „Gas-Mask Bag", die im 2. Weltkrieg elegant ein hässliches Utensil verbarg. Bei meinen Gegenwartsrecherchen fand ich so wunderbare Taschen wie die Cep-Handtasche, die die ZEIT anbietet (ja, die Wochenzeitschrift, warum auch immer), der kleine Shopper aus Hessenleinen von hessnatur, die Bag Cologne Medium von Birkenstock für 170 Euro, während die Bag Berlin schon 900 Euro kostet. Warum die Bag Hanover 1200 Euro kostet und damit teurer ist als die Bag Zurich für 1100 Euro, werden wir wohl nicht abschließend klären. Natürlich fand ich auch die neuesten diesbezüglichen Hauptstadttrends von Liebeskind Berlin, die endgültig klarmachen, für was genau das Wort Must-have erfunden wurde. Nicht, dass irgendeine dieser Aufzählungen auch nur annähernd vollständig wäre.

Dann gibt es sie natürlich von allen, wirklich allen Modeschöpfern, die etwas auf sich halten, von Chanel, Dior, Klein, Lacroix, Swarovski, Westwood, Hermès, Missoni, Vuitton – sie alle interpretieren das Mega-Accessoire im Geist ihrer Zeit, experimentieren mit Formen und Materialien, dass es nur so kracht. Bei den Recherchen liefen mir die Augen über: Leder als klassisches Ausgangsmaterial findet sich in Gesellschaft von Stoffen aller Art, Leinen und Brokat, LKW-Plane, Seide und Samt.

Metall, beispielsweise aus Getränkedosenverschlüssen zusammengesetzten Taschenseiten, Schiffernetzen, Knautschlack (der, wie ich im Zuge meine Recherchen am eigenen Leib, also an dem meiner Knautschlacktasche, erfahren musste, allerdings bei nicht sachgerechter Lagerung leicht bröselig wird), Muscheln – es gibt nichts, was es nicht gibt, und täglich kommen neue Ideen dazu. Kaum ein Teil scheint die Fantasie so anzuregen wie die Handtasche. „Seit Handtaschen zur Damenmode gehören, prägen sie die Individualität und Identität der Frauen" sagte die Modehistorikern Claire Wilcox. Das mag stimmen, aber sie sind auch Ausdruck von unglaublicher Kreativität ihrer Erschaffer.

Ein weiteres Geheimnis des Erfolges der Handtaschen und des enormen Suchtfaktors, den dieses Teil insbesondere auf Frauen ausübt, ist die Tatsache, dass es unabhängig von der jeweils gültigen Kleidergröße immer passt. Einfach so, ohne zu fragen. Wie eine gute Freundin. Und davon kann man ja bekanntlich nie genug haben. Ich habe aktuell ca. 30 Handtaschen im Einsatz. Der Gerechtigkeit halber versuche ich, jeden Monat oder zumindest saisonal zu tauschen, wobei sich immer mal wieder die Präferenzen verschieben. Zu vielen Handtaschen kann ich eine kleine Geschichte erzählen. Da ist die Handtasche aus Kuhfell, die ich auf einem kleinen holländischen Markt gekauft habe. Mit dem letzten Bargeld übrigens, das ich an diesem Abend noch übrighatte. Sie ist eine meiner Winterhandtaschen geworden und sieht unserem Hund, einem schwarzweißen Border-Collie, zum Verwechseln ähnlich, sowohl in der Größe als auch in der Farbgebung. Wenn ich sie nach dem Herbst zum ersten Mal im Einsatz habe, fragen sich meine Mitbewohner nicht selten, warum unser Hund so komisch über dem Treppengeländer hängt, bis sie mit nicht wenig Erleichterung merken, dass das bloß meine Handtasche ist. Die Männer um mich herum finden meine Handtaschen übrigens in der Regel überdimensioniert, aber sie nutzen ihre Aufnahmekapazitäten eigentlich immer gerne, da sie nicht im Besitz einer praktischen Herrenhandtasche sind. Ein ganz besonderes Stück in meiner Sammlung ist eine bunte, scheinbar aus vielen kleinen Lederresten zusammengesetzte Tasche, wegen der ich bisher schon überall, wo ich sie mithatte, angesprochen wurde. Sie ist der absolute Hingucker und das weiß ich natürlich auch. Jedes Mal, wenn man mich – sei es in Frankfurt, Berlin oder sonst wo – darauf anspricht, gebe ich voller Stolz bekannt, dass ich sie in Alsfeld gekauft habe, wo sich mich wochenlang aus ihrem Schaufenster heraus anstarrte (oder war es andersherum?) und ich sie endlich, endlich kaufte, als der Preis für sie um 50% reduziert wurde. Was ich im Nahhinein ein wenig schändlich finde, denn eigentlich wäre sie das Doppelte wertgewesen. Dann habe ich eine schwarze, zeitlose Handtasche, die sich als ganz hervorragende Beerdigungstasche herausgestellt hat. Ich hoffe, sie fühlt sich dadurch nicht benachteiligt. Ebenfalls ein Hingucker ist die Tasche, die aus alten Armeebeständen in einem Frauengefängnis genäht wurde: Olivgrün mit schwarzen Lederfranzen. Hammer! Die kleine Braune vom Flohmarkt in Paris habe ich in einem unnötigen Anflug von „Mein Leben muss leichter werden" leider auf dem Flohmarkt verkauft – ich trauere ihr heute noch nach, zumal sie so klein war, dass eh nichts Schweres reingepasst hätte. Aber sie war halt klein und kleine Handtaschen sind irgendwie nichts für mich. Meine Handtaschen haben in der Regel die Größe eines Shoppers und sind so unglaublich voll, dass mich schon mehr als einmal das Auto anmotzte, ich müsste meine Tasche anschnallen, als ich sie auf den Beifahrersitz knallte. Und so trifft die Aussage von Carrie Donovan, Moderedakteurin für Voque, Harper's Bazaar und New York Times, in jedem Fall auf mich zu: „Für viele Frauen ist die Einkaufstasche Bürotisch außerhalb des Büros, tragbarer Schminktisch, Spind im Umkleideraum, Butterbrotdose, Einkaufswagen, Reisetasche oder eine Mischung aus allem zusammen."

Gefragt, was andere Frauen so in ihren Handtaschen haben – sei es beabsichtigt oder weil sie vergessen haben, es rauszuräumen -, kommen viele, viele Dinge zum Vorschein, die deutlich machen, dass nicht nur der Style, sondern auch die Inhalte die Individualität der Trägerinnen ausmachen: Denn neben so Standardsachen wie Brillenschachteln, Portemonnaies, Taschentüchern, Handys und Schlüsseln, tragen die einen Ohrenstöpsel mit sich herum, die anderen eine Patronenhülse als Glücksbringer. Man findet in den Tiefen der Taschen beispielsweise die Broschüre „1000 Fragen an die Welt", Taschenmesser, Handcreme, Tee in einer Thermoskanne, eine Ingwerknolle gegen alle Widrigkeiten des

Lebens, Marmelade (???), Bücher, Schirm, Zahnseide, Zettel und Stift, Salbeibonbons, Schminkzeug, Manikürset, Flaschenöffner, Rescue-Tropfen, Pflaster, Kaufmanns Kindercreme, Krümel aller Art, Kalender, Miniwerkzeugkoffer, Nagelfeile und Nagelöl, Fenistil, Voltaren, OB, Lippenbalsam. Der unglaublichen WhatsApp-Gruppe Lovely Ladies sei Dank für diese kleine Übersicht, die meine Freundin, die Schneiderin, mit einem Bild von einem in ihrer Handtasche befindlichen Apfel, in dem eine Nadel steckte, krönte.

Magisch finde ich persönlich die Tatsache, dass manche Taschen sich selbst füllen. Ich hatte mal eine Tasche, die ich immer mit zur Arbeit mitgenommen habe – damals war ich noch Bedienung in einem Landgasthof. Beim ersten Mal hatte ich ein Feuerzeug darin, einen Stift und einen Block, so einen kleinen länglichen Wirtschaftsblock, auf dem oben „Will Bräu" stand. Alle paar Wochen hatte sich der Inhalt verzehnfacht, und wann immer ich die Sachen in der Gaststätte zurückgab, befanden sie sich nach kurzer Zeit doch wieder in meiner Tasche, die damals übrigens aus hellgelbem Leinen mit einem geflochtenen Boden gefertigt war.

Auch in der Literatur kommt der Handtasche eine große Bedeutung zu: Nur zu gerne erinnere ich mich an Lady Bracknell, die in Oscar Wildes Stück „The Importance of Being Earnest" erstaunt ausrief „In a handbag", als sie erfuhr, dass Jack, Gentleman und Freund ihres Neffen Algernon, als Säugling auf dem Londoner Bahnhof Victoria in einer Reisetasche gefunden wurde. Die Literaturkritik sieht hier die Handtasche als Symbol für eine Komödie aus Fehlern und Verwechslungen: „Jacks versehentliches Aussetzen an einem so obskuren und lächerlichen Ort wie einer Handtasche auf einem Bahnhof zeigt die absurden Folgen, die entstehen, wenn dumme, aber auch schwerwiegende Fehler gemacht werden", heißt es auf der Literaturplattform litchats.com. Wahrscheinlich stammt diese Interpretation von einem Mann, denn niemand unter uns Handtaschenträgerinnen würde eine Handtasche als obskur und lächerlich bezeichnen, wobei natürlich auch die wenigsten ihre Kinder darin aussetzen würden. Das wiederum könnte daran liegen, dass man diese Gelüste erst zu einem Zeitpunkt bekommt, an dem die Kinderchen auch in die größte Handtasche nicht mehr hineinpassen. Aber das nur am Rande.

Zurück zur Literatur, besser gesagt, zum Film: Wer kennt nicht diesen begnadeten Sketch von Loriot bei der Eheberatung, in dem er die Psychotherapeutin in Gestalt von Evelyn Hamann an einer Stelle fragt: „Aber haben Sie bemerkt, wie oft meine Gattin ihre Handtasche auf- und zuknipst und hineinguckt? Haben Sie das bemerkt?" „Herr Blöhmann", sagt daraufhin die Beraterin, „Ihre Gattin kann ihre Handtasche so oft auf- und zuknipsen und hineinsehen, wie sie will." „Aber nicht achtmal in sechs Minuten", meint Herr Blöhmann, „das sind im Jahr fast 365 000 Mal geknipst und geguckt." Wir wissen, wie es ausgeht, und könnten uns natürlich an dieser Stelle fragen, ob eine Handtasche symptomatisch für verschiedenste Eheprobleme sein kann, aber das würde dann an dieser Stelle doch zu weit führen und außerdem meine Kompetenzen weit überschreiten.

Psychologisch gesehen ist die Handtasche auf jeden Fall nach wie vor interessant. Daher möchte ich meine Betrachtungen mit einem Zitat einer herausragenden Psychologin der Gegenwart schließen. Carrie Bradshaw zum Thema Handtaschen: „Ich glaube, Männer haben ein ähnliches Verhältnis zu ihren Eiern wie Frauen zu ihren Handtaschen. Es mag zwar nur ein kleiner Beutel sein, aber ohne ihn fühlen wir uns in der Öffentlichkeit schutzlos."

Eine königliche Handtasche

Betty war todmüde, als sie am Nachmittag endlich den Pub putzen konnte. Die ganze Nacht bis weit in den Vormittag hinein hatten die Menschen gefeiert – im Pub „The Royal Secret" waren die Leute gekommen und gegangen, hatten getanzt, gelacht, sich umarmt, getrunken und gesungen. Eine Nacht lang ausgelassen sein – sie alle wussten, dass die Zeiten nun zwar besser, aber noch lange nicht gut sein würden. Es war der 8. Mai 1945, und die ganze Welt feierte den Sieg über Hitlerdeutschland. Die Engländer hatten der Rede ihres Königs George VI. gelauscht und ergaben sich einem kurzen Rausch der neuen Freiheit. Nun, am Nachmittag, war es wieder ruhiger geworden, selbst in London. Die Überreste der Friedenspartys vermischten sich in den Straßen mit denen der Bombenabwürfe: zerstörte Häuser, Schutt und Trümmer, über denen Luftschlangen hingen, dazwischen zahllose leere Bier- und Weinflaschen. Betty betrieb den Pub mit ihrer Mutter Angela. Sie war in dem Haus in der Corgy Street aufgewachsen und die Arbeit zwischen Theke, Tischen, Gläsern, Flaschen, Chips und Sandwiches gewohnt. Ihr Vater Albert hatte den Krieg nicht überlebt, ihre ältere Schwester Maggie war in Bristol verheiratet. Für sie selbst schien es nur den Pub zu geben. Im vergangenen Jahr hatte sie einen Soldaten geküsst, Philip. Er erschien ihr traurig und irgendwie heimatlos, und sie sah ihn nach dieser Nacht nie wieder. Wie durch ein Wunder war ihr Pub von schlimmen Schäden verschont geblieben, aber er hatte bessere Zeiten gesehen, das auf jeden Fall. Während des Krieges waren nur ab und zu ein paar Gläser aus den Regalen gefallen, wenn es rundum krachte, aber was war das schon im Vergleich zu den anderen Verwüstungen und Verlusten, die die sie alle ertragen mussten?

Ein wenig hatte Betty sich gewundert, dass die Menschen nach all diesen Erfahrungen so ausgelassen feiern konnten, wie sie es in der vergangenen Nacht getan hatten. Ihr Pub war ständig überfüllt gewesen; viele der Gäste kannte sie, sie kamen aus ihrem Viertel, aber es waren auch welche dabei, die einfach durch die Nacht streiften und da und dort einkehrten. Eine junge Frau war ihr aufgefallen. Sie durfte etwa in ihrem Alter sein. Sie sah nicht so aus, als würde sie sich üblicherweise in Pubs herumtreiben. Sie hatte so was Edles an sich, war perfekt frisiert und trug ein schönes rosafarbenes Kostüm mit passenden Handschuhen und einer passenden kleinen Handtasche. Ein Flieger, offensichtlich ihr Freund, ließ sie nicht aus den Augen. Sie wiederum schien irgendjemand anderen zu suchen, durchquerte den Pub dreimal in alle Richtungen und kam fast verzweifelt zu ihrem Freund zurück. Der Pub war übervoll, dauernd stieß sie mit anderen zusammen, die Biere schwappten über, einmal wurde sie fast umgeschubst und konnte sich gerade noch an irgendwem festhalten. Dann hatte Betty die schöne Frau und den Flieger aus den Augen verloren. Wie mochten sie wohl die Nacht verbracht haben? Was mochten sie erlebt haben und wie würde ihr Leben wohl weitergehen?

Betty liebte es, sich solche Gedanken über die Menschen zu machen, die sie flüchtig traf. Gerade wenn sie im Pub so vor sich hin putzte, Scherben wegfegte, Aschenbecher leerte, ließ sie ihren Gedanken gerne freien Lauf. Als sie schon fast fertig war und die ersten Männer schon wieder für ihr Nachmittags-Pint an der Theke Platz genommen hatten, sah sie es hell unter einer der hintersten Bänke hervorblitzen. Sie bückte sich und musste sich weit strecken, um das kleine rosa Bündel von dort hervorzuholen. Obwohl sie feststellen musste, dass in dieser Ecke des Pubs wohl eher selten bis gar nicht gefegt oder geputzt wurde, was sie sich direkt als nächste Aktion vornahm, war das Bündel, das sich als schickes Abendtäschchen entpuppte, kaum dreckig. Ein besonderer Glanz schien von ihm auszugehen. Betty hatte das feine Etui schon einmal gesehen – in der vergangenen Nacht am Arm der schönen Frau, die nicht in den Pub zu passen schien. Sie hatte in all dem Getümmel wohl ihre Tasche verloren, und dann hatten die Menschen sie wohl immer weiter getreten, bis sie schließlich in dieser hintersten Ecke gelandet war. Was war wohl darin? Und hoffentlich war nichts kaputtgegangen. Als Betty nachschauen wollte, merkte sie, dass sie unruhig wurde. Es war anders als neugierig. Es war so ein aufgeregtes Kribbeln. Dann öffnete sie die Tasche. Der Verschluss klackte und gab nach. Betty fand lediglich ein Taschentuch mit feiner Spitze, bestickt mit den Initialen „ER" *(E steht für "**Elizabeth**", R für "Regina", das lateinische Wort für Königin)* und einen Lippenstift. Eine Handtasche ohne Geld, ohne Schlüssel, ohne Ausweis? Und dann wurde ihr schwindelig.

Im Buckingham-Palast herrschte – man durfte es wohl so nennen – schlechte Stimmung. Die Prinzessinnen Margaret und Elizabeth hatten sich am Abend zuvor die Erlaubnis erbettelt, diese eine besondere Nacht im Königreich auszugehen. Sie wollten sich unters Volk mischen, feiern, sehen, was die Menschen bewegt. All das hatten sie ihren Eltern König George und Königin Elizabeth gesagt, um ihre Zustimmung zu erhalten, aber eigentlich wollten sie nur einmal so sein wie alle jungen Mädchen: Sie wollten ausgelassen tanzen, unerkannt bleiben und einmal, einmal nur frei sein. Für die königlichen Eltern war das keine so gute Idee gewesen: Sie stellten den beiden jungen Damen zwei Aufpasser zur Verfügung, doch die ließen sich bald ablenken von den vielen Möglichkeiten dieser Nacht und verloren ihre Schützlinge bald. Und dann lief alles furchtbar aus dem Ruder: Margaret folgte dem erstbesten Offizier von einer Party zur nächsten und Elizabeth versuchte verzweifelt, ihr zu folgen und sie unbeschadet und vor allem pünktlich wieder nach Hause zu bringen. Dass sie weder praktische Kenntnisse im Busfahren hatte noch einen Penny Bargeld besaß, erwies sich als hinderlich, rief aber Jack auf den Plan, einen jungen Flieger, der sich ihrer selbstlos annahm. Erst am nächsten Morgen kamen die beiden jungen Frauen zurück – und so sehr sich die Eltern auch freuten, war doch eine gewisse Verstimmung wahrzunehmen. Not amused, würde man sagen. Ganz abgesehen davon hielten sie auch Elizabeths Freund Jack nicht für standesgemäß, was die zukünftige Regentin wusste und einsah. Schließlich wurde sie seit langen Jahren auf ihre Rolle als Königin vorbereitet. Gleichzeitig war den beiden Prinzessinnen auch klar, dass diese Nacht ihre einzige Nacht in Freiheit bleiben würde. „Wenn es doch eine Möglichkeit gäbe, frei zu sein, zu tun und zu lassen, was ich möchte. Nicht immer, nur manchmal so eine Nacht wie diese", seufzte die junge Thronfolgerin und sank in einen tiefen Schlaf.

Im Traum fand sie sich wieder in der vergangenen Nacht. Sie spürte aufs Neue die Aufregung und das Prickeln, aber die Sorge um ihre Schwester war verflogen. In dem Pub, in dem sie als erstes mit Jack gelandet war, herrschte gähnende- Leere, nur zwei ältere Männer saßen am Tresen. Aber sie waren zu sehr in ihr Gespräch vertieft – es ging um die Rede des Königs, die anlässlich des Sieges am Vorabend im ganzen Land ausgestrahlt worden war – und beachteten die junge Frau in dem schönen rosa Kleid nicht. Hinter der Theke stand eine Frau, die in ihrem Alter sein durfte, in der Hand hielt sie Elizabeths Handtasche. Als Betty aufschaute, war ihr Schwindel verflogen. „Hier, deine Handtasche", sagte sie zu Elizabeth und hielt sie ihr hin. In dem Moment, als Elizabeth nach ihrer Handtasche greifen wollte, durchzuckte es die beiden Frauen. Es schepperte ein wenig in dem alten Pub und die zwei Männer sahen kurz auf. Hinter dem Tresen stand Betty und schaute sie irgendwie seltsam an. „Noch zwei Pint", knurrte der eine vor sich hin, und Elizabeth schaute ungläubig auf die alte Zapfanlage. Sie hatte diese noch nie zuvor berührt, aber instinktiv ließ sie zwei Gläser volllaufen, streifte den Schaum ab und stellte sie den Männern hin. Sie fühlte sich merkwürdig in Bettys alten Kleidern und schaute sich nach der jungen Wirtin um. Keine Spur von ihr.

Diese erwachte in überraschend weichen Federn, wohlriechend und seidig. Ihr Zimmer hatte große Fenster, die zu einem weitläufigen Park zeigten. Als sie aus dem Bett stieg und an sich herunterschaute, erkannte sie nicht, was sie trug – einen Pyjama, auf dem kleine Jagdszenen spielten -, aber es war bequem und fühlte sich gut an. „Gleich kommt der Außenminister zum König, Ma'am", hörte Betty eine freundliche, aber bestimmte Stimme sagen. „Dafür, dass Ihr gleich dabei sein werdet, seht Ihr noch sehr derangiert aus." Betty schaute in den Spiegel. Abgesehen davon, dass sie plötzlich aussah, wie die junge Frau im Pub, fand sie sich nicht sonderlich derangiert, aber ihre Hofdame und zwei Zofen hatten schon Hand angelegt, schubsten sie in die Badewanne – eine wirkliche Badewanne mit warmem Wasser und duftendem Schaum -, halfen ihr heraus, hielten ihr frische Wäsche und ein feines Cocktailkleid hin und frisierten ihre dunklen Locken. Nur dreißig Minuten später sah Betty aus wie aus dem Ei gepellt und saß gemeinsam mit dem König hellwach und gut informiert mit perfekten Umgangsformen dem Außenminister gegenüber. Es gab viel zu besprechen.

Der Nachmittag verflog, es wurde Abend und Nacht. Elizabeth schlug sich tapfer in dem Pub, schäkerte mit den Männern und strahlte vor Glück, als Jack durch die Tür trat. Allerdings erkannte er sie nicht – schließlich konnte er ja nicht wissen, dass sie es war, die als Betty hinter dem Tresen stand. Doch aus irgendeinem Grund fühlte er sich von der Wirtin angezogen und blieb bis zur Sperrstunde um elf, um sich mit ihr zu unterhalten, wann immer der Betrieb es zuließ. Betty hingegen streifte nach dem Termin mit dem Minister durch den Palast. Die kleine Betty Moore im Buckingham Palast! Sie wunderte sich nicht mal. Alles schien seine Richtigkeit zu haben. Dennoch verlief sie sich schneller, als sie schauen konnte, und war bald in einem Turm, in dem eine Treppe nach oben führte. Es war ganz ruhig im Schloss, alle schienen zu schlafen, als es von Big Ben her Mitternacht schlug. Aus einem kleinen Fenster hinaus blickte sie über die ganze Stadt. Auf einmal befiel sie eine merkwürdige Unruhe und sie setzte sich auf eine Bank, die mitten in der Turmstube stand und die sie beim Eintreten nicht gesehen hatte. Darauf lag eine wunderschöne Damenhandtasche – auch die hatte sie wohl zuvor übersehen. Mit dem letzten Schlag ging ein Raunen durch den Raum und Betty war nicht mehr allein. Elizabeth saß bei ihr. Die beiden jungen Frauen fühlten eine tiefe Verbundenheit. Gleichzeitig wussten sie, dass sie nur kurz Zeit haben würden, um sich abzusprechen. Elizabeth hielt ihre Abendtasche in Händen, Betty eine kleine, feine, weiße Unterarmtasche. Plötzlich war es beiden klar: Sobald eine von ihnen ihre jeweilige Zaubertasche öffnen würde, könnten sie bis zur nächsten Mitternacht die Räume und die Körper tauschen. Elizabeth könnte frei sein, gewöhnlich, eine junge Frau wie tausend andere, mit neuen, ganz neuen Erfahrungen. Und Betty könnte sich erholen von ihrem harten Alltag, sich ein wenig hegen und pflegen lassen und jede Menge lernen. Wie alte Freundinnen lagen sie sich in den Armen und schworen sich, ihren Zauber nie zu verraten und nie auszunutzen. „Einmal in der Woche du, einmal ich – und nur wenn wir wollen", flüsterten sie sich zu, als Big Ben ein Uhr nachts schlug und ihre Wege sich wieder trennten. Betty erwachte am nächsten Morgen in ihrem Holzbett mit der Pferdedecke, Elizabeth in ihrem lichtdurchfluteten Palastzimmer mit Blick zum Park.

Niemand weiß, was in dieser besonderen Nacht geschehen ist, als Her Royal Highness ihre Tasche in dem schmuddeligen Pub vergessen hatte. Niemand weiß von dem stillen Abkommen der beiden Frauen, das bis zum heutigen Tag hält. Gemeinsam gingen sie durch die Jahre, die Jahrzehnte. Heirateten ihre Männer, Jack und Philip, bekamen ihre Kinder und Enkelkinder. Eine wurde Königin und die andere Besitzerin eines Pubs, der schon seit ewigen Zeiten den Namen „The Royal Secret" trägt. Fest steht: Beide genießen bis heute ihre kleinen Fluchten und ihre gemeinsamen Mitternachtsstunden im Turm des Buckingham Palasts, wo sie sich treffen, bis Big Ben mit dem ersten Glockenschlag des Tages den Abschied verkündet. Sie erzählen sich ihre Erlebnisse und ihr Leben und keine möchte mehr ohne die andere sein.

Und so kann niemand genau sagen, ob es wirklich die Queen ist, die mit ihrer Handtasche auf Schloss Bellevue den Bundespräsidenten beehrt oder in Versailles mit dem französischen Präsidenten diniert. Und niemand weiß, ob er nicht vielleicht in einem nun nicht mehr ganz so schmuddeligen Londoner Pub von einer veritablen Königin sein Bier bekommt – auch wenn die nun schon ganz schön bei Jahren ist und die Pubgeschäfte an ihre Tochter und ihre Enkeltochter weitergegeben hat.

Was wir nun aber ganz sicher wissen, ist warum die Queen immer eine Handtasche dabeihat. Und wir können bedenkenlos zustimmen, wenn es heißt, dass die richtige Handtasche das Leben verändern kann.

Traudi Schlitt: Alles Gute

... oder wie man mit ein wenig Wahnsinn gut durchs Jahr kommt

In ihrem ersten Buch nimmt Traudi Schlitt ihre Leserinnen und Leser mit in die Welt des Alltags und seiner Tücken. Die Kolumnistin der Oberhessischen Zeitung spricht offen über ihre problematische Beziehung zum FC Bayern und ihre Schwierigkeiten im ständigen Kampf gegen die Zeit. Auch über ihre ganz persönliche Situation als Hausfrau und On-Off-Emanze denkt sie regelmäßig und meistens zur Freude ihres Publikums nach.

50 Kolumnen hat Traudi Schlitt im Jahr 2014 unter dem Titel „Alles Gute" erstmals in ein Buch gepackt.

ISBN: 9783734736872

Preis: 7,99 Euro

Traudi Schlitt: Alles bestens

... der Wahnsinn geht weiter

Unverdrossen hat sich Traudi Schlitt dem Alltag auf die Spur begeben, die Langsamkeit entdeckt (und wieder vergessen) und die beiden weiblichen Kernkompetenzen „Schönrechnerei" und „Schönrednerei" gelüftet. In ihrem zweiten Buch spricht die Kolumnistin über ihre schwierige Kindheit als Stöpselkind, sie offenbart ihr Diätgeheimnis und erklärt sich solidarisch mit Karl Lagerfelds ehemaliger Haltung zu Bequemkleidung.

50 neue Kolumnen hat Traudi Schlitt im Jahr 2015 unter dem Titel „Alles bestens" als Nachfolger ihres Erstlings „Alles Gute" veröffentlicht.

ISBN: 9783739207037

Preis: 8,-- Euro

Traudi Schlitt: Läuft!

...Neues von der Alltagsfront.

Das Leben schreitet unerbittlich voran und macht vor nichts Halt: Auch Traudi Schlitt kämpft weiter mit den Tücken des Alltags, und ihr „Läuft" könnte durchaus ironisch zu verstehen sein. in ihrem dritten Kolumnenband lüftet sie nicht nur Kleopatras Schönheitsgeheimnis, nein, sie gibt auch Tipps zur ultimativen Faschingsverkleidung, blickt zurück auf die Einführung des Frauenwahlrechts (die allerdings vor Erscheinen des Buches stattfand) und widmet sich den ersten Wechseljahresbeschwerden. In der ein oder anderen Kolumne sollen sich auch Männer wiederfinden ....

50 neue Kolumnen hat Traudi Schlitt im Jahr 2017 unter dem Titel „Läuft" als Nachfolger von „Alles bestens" und „Alles Gute" veröffentlicht.

ISBN: 9783739207037

Preis: 8,-- Euro

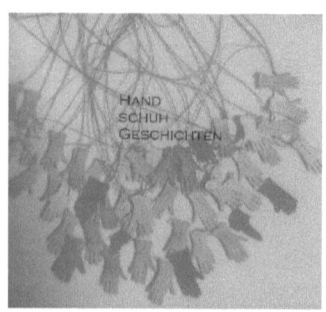

Traudi Schlitt

und

Victoria Wittek:

Handschuhgeschichten

Gesucht und gefunden oder für immer vermisst. Liegengelassen, geschunden, gehegt, voller Erinnerungen, edel und vornehm, dreckig und zerschlissen – all das können sie sein: Handschuhe! Man braucht sie für tausend verschiedene Dinge, und so unterschiedlich ihre Einsatzgebiete sind – bei der Müllabfuhr, in der Oper, auf der Baustelle, im OP, in der Kälte, auf der Hochzeit – sie sind immer, immer als das zu erkennen, was sie sind: Handschuhe.

Victoria Wittek hat Handschuhe und ihre wahren Geschichten gesammelt, sie hat sie katalogisiert, fotografiert, in die Sonne gestellt, in Rahmen gespannt, sie gezeichnet und angemalt, sie in Silber gegossen und im Computer verzerrt. Die Vielfalt der Fingerkleider hat sie damit nicht nur interpretiert, sondern auch erweitert. Mit schönen, geheimnisvollen, witzigen und manchmal auch traurigen Worten hat Traudi Schlitt ihren Bildern von Handschuhen Ausdruck verliehen. Worte und Bilder ergeben ein Kaleidoskop an Handschuh-Impressionen.

Wozu? Zur Inspiration, zur Muße. Zum Fühlen. Zur Unterhaltung und vielleicht auch zur Wertschätzung eines oft unterschätzten Begleiters, den man hier mit neuen Augen sieht.

„Handschuhgeschichten" ist ein selbstgemachtes Kunstwerk, das Freude macht. Es gibt es mit oder ohne silbernen Handschuh.

ISBN: 9783929359275

Preis: 39,-- Euro (ohne Schmuck), 52,-- Euro (mit Schmuck)

Erhältlich nur bei Victoria Wittek und Traudi Schlitt

Neues von Traudi Schlitt gibt es (fast immer) alle zwei Wochen auf ihrer Website www.traudi-schlitt.de.

Wer ihre Kolumnen als Newsletter abonnieren möchte, der kann dies tun unter info@traudi-schlitt.de